KB149942

한국이여! 깨어나라
Wake up Korea!

한국이여!
깨어나라

이당재 지음

Wake up Korea!

황금알

■ 책머리에

한 시대 한 나라 쇠망의 역사에서 무엇을 배울 것인가. 옛 로마의 번영은 제국쇠망의 종자種子를 처음부터 잉태하고 있었다고 한다. 에드워드 기번은 로마제국 쇠망사에서 풍요는 인간을 오만하게 하고, 의지를 약하게 하여 끝내는 쇠망의 길을 걷게 한다는 것이다. 로마제국 쇠망의 원인으로 무엇보다 정신의 쇠퇴 그리고 경박해진 국민과 경박해진 지도자를 꼽고 있다. 검소하고 소박한 기풍을 잃어버린 국민과 그런 국민에 영합하는 지도자가 만나 쇠망의 골짜기로 떨어졌다는 지적이다. 지금 우리는 근면 검소하고 남에게 기대지 않는 국민과 중후하고 근엄하며 확신에 찬 지도자가 만나 나라를 만들어가고 있는지 되돌아 봐야 한다. 여기에는 개인도 마찬가지다. 행운을 만날 때는 신중해야 하고 성공한 자는 겸허해야 하며 남의 불행으로부터는 항상 연민을 느끼고 교훈을 얻어야 한다. 그래서 잘난 내가 아니라 보다 겸손한 나, 새로운 나로 모두 변화되어야 하며 이제 우리는 지난 세기의 불행했던 역사를 되풀이 하지 말아야 한다.

지금 세계는 정보화 과학화로 한 동네처럼 지구촌이 되었고 문명의 세기를 이루었다. 하지만 지구 한 쪽에서 나비 한 마리의 날갯짓이 반대편에 폭풍우를 일으킬 수 있다는 「나비효과」이론처럼 지구의 어느 한 곳도 독자적으로 태평성대를 구가할 수 없게 되었다. 안개 속과 같은 불확실성 시대이지만 새로운 대안의 모색은 꾸준히 이뤄지고 있다. 독일의 시인 횔덜린은 "위험이 있는 곳에 구원도 따라 자란다."고 했다. 중요한 것은 흐르는 시간의 역사성에 대한 각성이고 그 각성은 실천이 뒤따라야 한다. 각성은 현재에 대한 절대적 인식에서 출발한다. 이러한 각성이 오늘을 이겨낼 수 있는 힘으로 작용할 때 새 세기의 여명은 더욱 밝아질 것이다.

지난 20세기는 끔찍한 전쟁으로 시작되었다. 나를 찬란하게 만들기 위해서 너는 죽어주지 않으면 안 되는 세상이었다. 지난 세기는 찬란하고 추악했다. 그러나 인간으로 하여금 상한과 하한을 분명하게 인지하도록 만들었다는 점에서 위대한 세기였다. 이제 우리는 20세기의 성과를 들고 그것의 잘못을 반성하면서 앞으로 나아가야 한다. 21세기가 요구하는 변화는 20세기의 연장선상에 있으면서도 인간 존재의 어떤 층위에서는 단호하게 전 시대와의 결별을 요구하고 있다. 21세기는 횡적으로 양적으로 움직이는 시대가 아니라 깊이 그리고 높이 질적으로 움직여야 하는 시대다. 21세기가 시작되었지만 아직 초입이다. 21세기의 정해진 형태는 아직 없다. 우리가 어떻게 사느냐에 따라 그 형태가 정해질 것이다.

19세기는 군대로 지배권을 행사했고 20세기는 경제로 가렸고 21세기는 문화로 가리는 시대가 되었다. 21세기는 문화의 세기다. 현대를 일컬어 문화 전쟁시대라고 한다. 우리의 운명은 우주의 거대한 플랜으로서 운명의 총체는 정해져 있다고 하지만 각 시대, 각자의 운명의 몫은 인간이 움직이는 바에 따라 달라질 것이다. 목숨이 있는 건 언젠가 사라지고 말리라(生者必滅), 한 때 영화롭던 모든 것엔 그늘이 지는 날이 반드시 오고야 만다(盛者必衰). 하지만 그 때를 얼마나 늦출 수 있느냐 여부는 사람의 의지와 노력에 달려 있다. 빛의 속도로 변화하는 21세기 디지털시대를 살아가려면 변화는 선택이 아니고 필수다. 변화하면 살고 변화하지 않으면 죽는다(變卽生不變卽死). 변화한다는 것은 새로워지는 것이다. 사람들의 의식과 사고, 행동이 새로워져야 하고 변화되어야 한다.

　요즘 나라 전체가 혼란스럽다. 미국 쇠고기 파동에 노조가 정치적으로 개입하고 각종 이념집단들이 가세하여 나라의 기강이 무너져 내리는 분위기다. 이 나라의 중심인 광화문과 서울광장이 연일 시위로 몸살을 앓고 시위진압 경찰은 정부의 방패막이로 곤욕을 치르고 있다. 각 언론매체에서는 새 정부에 대해 국민의 신뢰회복을 위한 인적쇄신 등 대통령의 결단을 촉구하는 지적과 질타가 빗발치고 있다. 이는 나라의 위기를 알리는 경고음인 자명종이 울리고 있는 것이다. 시끄럽지만 그래도 이 나라에 아직 희망이 있다는 증거다. 만약 이 소리도 잦아들면 마침내는 모두 흩어지고 말지도 모른다. 운명의 갈림길에서는 울리던 경고음도 운명이 정해진 순간부터 침묵해버린다는 사실이다. 흥망의 감각도 무디어져 끝내는 마비돼 버릴지도 모른다. 역사의 자명종 소리가 울려야 한다. 한국이여! 깨어나라 Wake up Korea!고 말이다.

　얼마 전 만난 친구가 갑자기 "아이쿠, 내가 벌써 70이 다 돼 뿌렀네."하고 내뱉듯 말했다. 자신이 열심히 살아왔다고는 하나 지난 세월이 허무하고 불현듯 아쉬웠던 모양이다. 어느 시인의 "사랑할 시간이 얼마 남지 않았다"는 시구처럼 글 쓸 시간이 얼마 남지 않은 시간의 불가역성不可逆性이 글을 쓰도록 압박했는지도 모른다. 운이 좋아서 인지 이미 죽은 사람들이 살아보지 못한 두 번째 맞은 뉴 밀레니엄시대, 새로운 세기를 경험하며 흐르는 시간에 대한 각성과 그 각성을 실천할 수 있는 기회를 더 가졌으니 행복한 삶이 아닌가 싶다. 지난 세기의 혼란과 격동의 현실 속에 부대끼면서도 1970년대부터 시작하여 뉴밀레니엄 이후 새로운 세기의 몇 년 동안 후진들에게 때론 삶의 근원을 찾아 인간답게 살 수 있는 길은 없을까 하는 구도적 에세이를, 변화하는 시대에 국가사회공동체의 일원으로서 어떻게 살아야 하는가를 강연 · 논설 · 칼럼을 통해 일간 · 주간신문 · 월간 문학지에 기고했던 것을 여기 한데 모았다.

그간 각종 저서를 비롯해 신문에 게재된 내용을 여러 분야에서 부분적으로 인용함으로써 주석註釋을 일일이 다 달지 못했음을 밝히며 양해를 구한다. 아울러 독자 여러분들의 아낌없는 충고를 기다리면서 이 책이 세상에 나오기까지 수고해 준 도서출판 황금알 김영탁 사장과 임직원 여러분께 깊은 감사를 드린다. 그리고 항상 곁에서 따뜻한 격려와 사랑을 베풀어 준 가족들에게 이 책을 선사한다.

2008. 6. 26.

淸虛堂에서

李 煻 宰

Wake u

Korea!

Korea!

Wake up Korea!

제1부

삶의 지혜

훌륭한 사람이 될 수 있는 기본(신身 · 언言 · 서書 · 판判의 덕목)

사람이 훌륭하다는 것은 말이나 행동이 나무랄 데가 없고(splendid) 얼굴과 태도가 마음에 들게끔 아름다우며(wonderful), 어떤 일을 한 결과가 칭찬할 만하게 아주 좋은(admirable) 사람을 이른다.

훌륭한 사람이 되기 위해서는 기본적으로 갖춰야 할 것이 있다. 이것을 옛 사람들은 신身 · 언言 · 서書 · 판判 네 가지 덕목으로 말했다. 이는 훌륭한 사람이 되기 위한 기본으로 이 정도면 훌륭한 사윗감으로도 손색이 없다고 할 것이다. 오늘을 살아가는 데는 남녀 할 것 없이 필요한 덕목이 아닐까 생각한다.

첫째, 신身이다. 이것은 사람의 외적 풍모다. 남자는 건장한 허우대를 가져야 한다. 키가 작고 왜소하면 아무래도 남 앞에서 당당해지기가 어렵기 때문이다. 여자도 마찬가지다. 요즘은 몸이 날씬하고 균형잡힌 팔등신을 미인의 표준으로 삼기 때문이다.

신은 체력이다. 사람이 산다는 것은 단순히 생존하는 것이 아니다. 건강해서 보람 있는 일을 할 수 있어야 한다. 행복하려면 가치 있는 일을 해야 하고, 가치 있는 일을 하려면 심신이 건강해야 한다. 건강은 인생의 기본적 가치요, 가장 큰 자본이요, 튼튼한 주춧돌과 같다. 그 주춧돌 위에 견고한 집을 지을 수 있듯이, 건강이라는 기초 위에 행복한 인생을 건설할 수 있다. 몸이 아프면 다른 사람에게 폐를 끼치게 되고, 사람으로서의 본분과 책무를 다할 수 없게 된다. 그러므로 건강은 자기 자신과 사회에 대한 일종의 의무다. 그래서 "건강하여라." 이것은 인생의 첫째가는 계명이다.

건강은 사람의 생리적 도덕이라고 했다. 건강은 남에게 빌려 쓸 수 없는 인생의 자본이다. 그러므로 건강해지는 도리밖에 없다. 건강관리에 소홀하거나 태만하면 불성실하고 무책임한 사람이다.

우리 몸은 마음이 살고 있는 집이요, 재능을 담는 그릇이요, 인격이 거주하는 주택이요, 영혼의 안식처다. 우리는 이것을 잘 관리해야 할 의무가 있다. 사람은 몸에 대하여 다음의 두 가지 의무를 갖는다. 첫째, 몸을 튼튼하게 할 것이며 둘째, 몸을 깨끗이 해야 하는 것이다. 건강과 청정淸淨에 힘써야 한다는 얘기다. 병이 있는 몸으로는 인생의 대업을 이룰 수 없다. 건강한 사람이라야 큰 사업도 할 수 있고, 사회에 공헌할 수도 있다. 또한 몸은 인격과 정신을 담는 그릇이기 때문에 청정해야 한다. 청정심淸淨心은 청정신淸淨身에서 나온다. 희랍의 옛말에 "건전한 정신은 건전한 신체에서 깃들인다."고 했다. 건강은 신체의 문제인 동시에 마음의 문제다.

우리 몸은 하느님이 창조한 만물 가운데 가장 복잡하고도 오묘하고 섬세하게 만들어진 그릇이다. 신체의 각 지체肢體는 질서와 협동, 조화와 분업의 원리로 짜여진 위대한 예술작품이다. 몸은 하나지만 지체인 팔 · 다리·손·얼굴·머리와 각 장기臟器 등이 모여 한 몸을 이루고 있다. 몸의 각 지체들은 각각의 자리에서 떠날 수도 없고, 떠나서도 안 된다. 분쟁 없이 서로 도우며 동일한 운명체로서 동고동락해야 한다.

우리 몸은 지혜롭게 관리하면 병에 잘 걸리지 않는다. 무리를 하고 절제를 하지 않고 과음·과식·과색·과유過遊를 하게 되면 병이 생기게 된다. 과過는 지나치다는 뜻과 잘못過失된다는 뜻을 갖는다. 과도에 흐르지 않는 것이 중용中庸이요, 절제의 지혜다. 건강은 근본적으로 마음가짐의 문제에 귀결된다. 마음을 맑게 하고 기분을 평화롭게 가지면서 중용과 절제의 자세를 갖는 데 힘쓰는 사람은 건강한 복을 오래 누릴 수 있다. 이러한 몸 관리, 즉 건강을 위해서 T임파구淋巴球를 늘려야 한다. T는 싸이머스thymus의 약자로 흉선, 즉 흉골胸骨 후방에 있는 내분비선이다. T임파구를 산출하여 체내에 침입한 병원균에 대해 식균食菌작용을 하며 암에 대한 자체 저항력을 갖는다. 마음을 편안하게 하고 긍정적으로 생각하며 감사할 줄 알아야 한다. 감사받고 살수록 병균이나 암에 대한 저항력을 갖는 임파구가 늘어나는 정신적 요인의 생리적 비중에 의학적 조명을 댄 학설이다.

우리 전통 건강철학에서도 사람이 지나치게 성을 잘 내거나, 슬퍼하거나 두려워하며, 미워하거나 의심하거나 초조해 하면 음양조화의 분수가 줄어들어 병이 생기고 단명하게 된다고 했다. 매사에 대범하고 마음 편하게 살면 음양조화의 분수가 커져서 있던 병도 없어지고 장수하게 된다는 이론과 같은 논리다. 정신건강과 음양조화의 분수를 현대의학으로 입증한 셈이다. 오늘날 시대적 상황이 T임파구 학살의 전형적인 모습을 보면서 체내의 T임파구를 늘릴 수 있는 경세經世철학을 터득해야 한다.

황희 정승은 조선조 태조에서 문종까지 5대 임금을 섬긴 최장수 재상이었다. 그는 노비奴婢의 아이들이 사랑채에 들어와 옷을 밟고 수염을 뽑거나 문서에 오줌을 싸도 노여워하지 않고 웃으며 손수 방을 훔쳤다. 또한 악동들이 배나무에 돌팔매질을 하여 무르익은 배가 뜰에 떨어졌을 때에도 그 배를 주워 악동들에게 돌려주며 타일렀다. 억불抑佛정책에 대해 성균관 학생들이 "네 따위가 정승이 되어 임금의 그릇됨을 바로잡지 못한다."고 윽박지르자 "너희들이 이만한 기개가 없다면 이 조정의 앞날이 어떻게 되겠느냐!"며 쾌재를 불렀기에 장수하였다는 얘기를 배워야 하지 않을까 싶다.

건강을 위해서는 무엇보다도 날마다 자기 몸에 알맞은 운동을 해야 한다. 사람의 몸은 쓰면 쓸수록 발달하고 안 쓰면 퇴화된다. 눈은 보아야 발달하고, 귀는 들어야 발달하고, 머리는 써야 발달하고, 심장은 뛰어야 발달한다.

건강은 건강할 때 조심하라는 말이 있다. 건강하다고 건강에 무관심하고 몸을 함부로 하다가 어느 날 갑자기 몸에 이상이 생겨 병원을 찾게 되지만, 이미 때를 놓친 경우를 흔히 보게 된다. 건강한 나무에 행복의 꽃이 핀다. 병으로 밤낮 앓아눕는다면 부귀와 영화가 무슨 소용인가! 인생의 행복자가 되고 훌륭한 사람이 되기 위해서 건강에 힘써야 한다. 몸에 활력이 넘치고 얼굴에 밝은 미소가 피어나는 건강한 모습은 인생 제일의 조건을 잘 갖추고 살아가는 사람이다.

둘째, 언言이다. 사람은 말을 잘 해야 한다. 체격이나 얼굴이 좋을지라도 말을 잘 못하면 일단 꿀리거나 좋은 인상을 줄 수 없다. 사람은 말씀의 존재다. 로고스logos, 즉 하느님의 말씀을 가진 동물이다. 짐승은 말이 없고 소리만 있다. 그들은 약육강식을 일삼는다. 약자는 강자에게 먹히고 마는 힘의 투쟁이 있을 뿐이다.

만물의 영장인 사람은 이성으로 대화를 할 줄 안다. 투쟁은 동물의 방법이요, 대화는 인간의 방법이다. 대화, 즉 말로써 서로를 이해하고 사랑하며 살게 된다. 너와 나 사이에 가로놓인 장벽을 무너뜨리고 베일을 벗겨야 한다. 그것을 해결하는 길이 말이요 대화다. 나는 너를 알아야 하고 너는 나를 알아야 한다. 그러려면 서로 말을 해야 한다. 대화를 나누어야 한다. 말은 화살과 같다. 한 번 나가면 돌이킬 수 없는 게 말이다. 또 말은 물과 같다. 한 번 쏟으면 주워 담지 못한다.

먼저 말은 진실해야 한다. 말에서 진실을 읽을 수 있어야 한다. 나는 너의 진실을 알아야 하고, 너는 나의 진실을 알아야 한다. 말이라고 다 같은 말이 아니다. 참말만이 말이다. 거짓말은 말로서의 자격이 없다. 나의 진실과 너의 진실이 만날 때 높은 가치가 창조되고, 인생의 참된 가치가 솟구친다. 나의 거짓과 너의 거짓이 합할 때 불신과 불행이 잉태되고, 결과는 비극밖에 없다.

또한 친절한 말이어야 한다. 친절한 말은 장님도 볼 수 있고 귀머거리도 들을 수 있는 언어다. "말로 천 냥 빚을 갚는다."고 했다. 빚을 받으러 갔다가 친절하고 상냥한 말에 상대방을 이해하고, 오히려 동정심이 생겨 그냥 돌아가는 경우다. 미국의 문학자 마크 트웨인은 "친절한 말로 사람을 대하면, 앞을 보지 못하는 맹인과 소리를 듣지 못하는 귀머거리도 가슴과 심정으로 느낄 수 있다."고 했다.

친절한 대화는 ①평화의 정신이다. 이는 모놀로그monologue(독백)가 아니고 다이얼로그dialogue(대화)다. 마음의 문을 활짝 열고 상대방을 받아들이는 ②개방의 정신이다. 나는 너를 알고, 너는 나를 알기 위해서 말은 서로를 이해하는 데 목적이 있는 ③상호이해의 정신이다. 사람의 친절하고 공손하며 예의바른 말은 인생의 중요한 가치 중의 하나다.

셋째, 서書다. 이는 공부, 또는 지식이다. 사람이 살아가는 데는 풍부한 지식이 있어야 한다. 요즘처럼 복잡한 세상을 잘 살아가려면 보편적인 상식은 물론이고, 전문지식이 있어야 한다. 평생을 공부하는 마음과 자세를 갖고 살아야 한다. 흔히 학교만 졸업하면 배우는 것이 다 끝나는 것으로 생각하고 책을 멀리하는 경향이 있다. 졸업한 뒤에도 그 동안 배운 것을 바탕으로 더욱 넓고 깊이 있는 공부를 해야 하지 않을까!

왜 책을 읽는가! 선인들과 정신적 대화를 나누기 위해서다. 옛날의 뛰어난 인물과 만나기 위해서요, 그들의 말씀을 듣기 위해서요, 그들의 가르침에 귀기울이기 위해서다. 독서는 위대한 혼과 자신과의 깊은 만남이다. 이러한 만남은 눈을 크게 뜨게 하는 정신의 개안開眼과 영혼의 각성을 가져오게 한다. 한 권의 책이 인생의 방향을 바꾸게 하기도 하고, 양심과 사명과 신앙의 눈을 뜨게 하기도 한다. 독서는 인생의 안내자 역할을 한다. 남의 깊은 지식을 나의 지식으로 만들고, 남의 귀중한 지혜와 경험을 나의 것으로 만든다. 우리 가까이에는 위인도 없고 위대한 철인도 없으며 큰 스승도 없다. 그러나 책을 읽으면 내가 원하는 위대한 인물들을 내가 원하는 때에 만날 수 있다. 또 책을 읽으면 천 년의 인생을 살 수 있다. 명작과 양서를 만나면 옛 사람들의 지혜의 음성을 들을 수 있기 때문이다. 플라톤의 사상에 접하고, 원효의 이야기와 공자의 말씀을 경청하고, 사도 바울의 부르짖음을 들을 수 있다. 독서는 우리 생활의 폭과 양과 질을 무한히 확대·심화시킬 수 있다. 시공을 초월하여 고대를 경험케 하고, 중세를 살게 하며,

근대를 경험케 하기도 한다. 독서는 인생의 정신적 향연이다. 독서로 심전경작心田耕作을 해야 한다. 독서로 마음의 밭을 갈고 닦아야 한다는 말이다.

글을 배운 사람으로서 항상 책을 읽고 해박한 지식을 가지고 있다면 훌륭한 사람이 될 수 있는 자질을 갖췄다고 할 것이다. 지식에 바탕을 두지 않는 말은 논리적 체계가 없는 허황된 말이 되기 쉽다. 말은 지식을 바탕으로 한 말이어야 더욱 훌륭하고 가치 있는 말이 될 수 있다.

넷째, 판단判斷이다. 판단을 잘 할 줄 알아야 한다는 뜻이다. 훌륭한 사람은 판단이 건전하고 합리적이다. 사람들은 선과 악, 정의와 불의, 합리와 불합리가 공존하는 가운데 살아간다. 삶의 의미와 운명의 부조리에 대해서 의문을 던지고 정신적으로 방황할 때가 많다. 나는 어디서 와서 어디로 가는 것이며, 또 무엇을 해야 하고, 어떻게 살아야 할 것인가, 또 무엇이 참되고 무엇이 정의로운가를 항상 생각하고 판단해야 한다. 인간의 모든 품위는 생각하는 데 있다. 그러므로 잘 생각하도록 힘써야 한다. 이것이 판단의 원리이다. 인간다운 품위와 존엄성과 위대성은 이성을 갖고 생각하는 데 있다. 이성적인 생각과 사색은 바로 판단이다. 정의로운 판단, 선의적인 판단, 합리적인 판단을 할 줄 알아야 한다. 인간은 사색하고 판단해야 한다. 사색이나 판단은 그 자체를 위해서 하는 것이 아니다. 올바로 행동하기 위해서이다. 옳게 행동하려면 옳게 사색하고 옳게 판단해야 한다. 사색이나 판단 없는 행동은 혼돈을 가져오고 방향을 상실하기 쉽다. 사색과 판단은 행동의 원동력이 되고, 그 행동은 사색과 판단의 결정체가 되어야 한다.

훌륭한 사람은 결국 판단에 귀결歸結된다고 할 수 있다. 판단이 좋지 못하면 신·언·서가 모두 무가치하게 될 공산이 크기 때문이다. 판단이 건전하지 못하고 합리적이지 못하면 몸이 좋으니 폭력을 휘두르는 깡패가 되기 쉽고, 말을 잘 하니 사기꾼이 되기 쉬우며, 지식이 많으니 고등 사기꾼으로 전락하기 쉽다. 세상을 살아가면서 신언서판을 제대로 갖춘 사람이라면 주위사람들로부터 존경과 숭앙崇仰을 받으면서 멋있고 보람있는 인생을 살 수 있지 않을까 생각한다.

사랑·신앙·노동에 살아야

사람은 누구나 행복하게 살기를 원한다. 행복은 인생의 꿈이다. 아리스토텔레스는 그의 명저 『윤리학』에서 "인간 최고의 선善은 행복이다."라고 갈파했다. 우리의 모든 행동의 귀일처歸一處는 행복이다. 여기서 우리는 무엇을 행복으로 보느냐(행복관), 또 어떻게 하면 행복에 도달할 수 있느냐(행복의 방법론) 하는 두 가지 문제를 생각하게 된다. 올바른 행복관과 올바른 행복의 방법론을 알아야 한다.

프랑스 화가 밀레의 「만종」은 저녁노을 속의 한 부부가 밭에서 일하다가 멀리서 들려오는 교회의 종소리를 들으며 기도하는 모습을 담고 있다. 미국의 유명한 문필가 반다아크는 "「만종」은 '사랑과 신앙과 노동'을 그린 인생의 성화聖畵다."라고 극찬했다. 인생 행복의 근본요소인 사랑과 신앙과 노동의 3대 원리가 「만종」에 그려져 있다는 것이다.

첫째, 사랑이다.

인생의 행복은 사랑에 있다. 사람의 어원은 사랑이다. 모든 사물에는 다 주성분이 있다. 사람의 주성분은 사랑이라는 것이다. 사람은 물리화학적으로 볼 때 단백질과 탄수화물이 주성분이다. 그러나 사람을 정신적·인격적으로 볼 때 주성분은 사랑이다. "사람은 빵만으로 사는 것이 아니라 하느님의 말씀으로 산다."고 그리스도는 말했다. "하느님의 말씀은 곧 사랑이다." 그리스도교는 사랑으로 이루어진 교회다. 사람은 사랑으로 사는 존재다. 사람에게는 여러 가지 사랑이 있는데 부모와 자식간의 사랑, 애인과의 사랑, 동포끼리의 사랑, 하느님에 대한 사랑, 자연에 대한 사랑, 진리에 대한 사랑, 미에 대한 사랑 등 다종다양한 사랑이 있다. 이 중에서 가장 중요한 사랑은 인간끼리의 사랑이다.

부모·처자·애인·친구간의 사랑이 없을 때 인생을 살아갈 용기와 힘이 생기지 않는다. 사랑이 없는 인생은 허무하고 무의미하다. 나를 사랑해 주는 이도 없고, 내가 사랑할 사람도 없을 때 세상을 살아갈 필요를 느끼지 못할 것이다. 사람은 사랑을 먹고 산다. 육체는 밥을 먹고 살지만 정신은 사랑을 먹고 산다. 밥은 육체적 양식은 되지만 정신적 양식은 될 수 없다. 사람에게 밥 이상으로 중요한 것은 사랑이라는 정신적 양식이다. 사람이 소외감이나 고독감, 또는 허무감을 느끼게 되면 마음의 병에 걸리기 쉽다. 즉 정신 영양결핍증에 걸리게 된다. 사랑을 느끼지 못할 때 정신적 질병을 갖게 되는 것이다. 다양한 종류의 사랑을 골고루 가질 때 행복할 수 있다. 사랑은 인간 가치체계의 최고 위치를 차지하고 있다. 사랑은 인생의 근원적 가치요, 목적적 가치요, 가장 으뜸가는 가치다.

인생에서 무엇이 비극이냐. 그것은 사랑의 고갈이다. 무엇이 행복이냐.

그것은 사랑의 충만이다. 사랑은 인간 행복의 핵심이다. 이처럼 인간의 가치와 행복의 근원을 이루는 사랑을 여러 측면에서 분석해 볼 수 있다. 먼저 사랑이라는 단어를 보면 영어·불어·독어·라틴어·중국어에는 사랑이라는 단어가 하나씩밖에 없다. love·amor·liebe·amaur·애愛 등이 그것이다.

그러나 철학적 사색의 천재라는 희랍어에는 사랑이라는 단어가 세 개나 있다. 그 사랑의 대상에 따라 세 가지로 표현한다. 신과 인간의 종교적 사랑을 아가페agape라 했다. 이는 자기를 희생함으로써 실현되는 하느님과 이웃에 대한 사랑이다. 남녀 간에 오가는 사랑을 에로스eros라 했다. 남녀 간 성애의 사랑이다. 같은 인간끼리의 따뜻한 우정은 필리아philia다. 이는 서로 아끼고 보호하는 애호愛護를 뜻한다.

한자에서 '사랑 애愛' 자를 파자破字해 보면 그 구조가 의미심장하다. '받을 수受' 자에 '마음 심心' 자가 들어 있다. 사랑이 무엇이냐 하면 마음을 주고받는 것이라는 뜻이다. 물질을 주고받는 것도 사랑의 한 표현일 수 있다. 그러나 진정한 사랑은 참마음을 주고받아야 한다. 사랑은 서로간의 수수收受작용이다.

사랑은 인간존재의 근원이다. 동서고금의 위대한 철학과 종교에서는 사랑을 인생의 제일의第一義로 강조했다. 그리스도는 아가페라 했고, 석가는 자비慈悲라 했으며, 공자는 인仁이라 했다. 기독교에서 아가페를 역설했는데 "신, 즉 하느님은 사랑이다."라고 했다. 신에 대한 사랑과 동시에 이웃에 대한 사랑을 강조하고 있다. 그리스도는 원수까지도 사랑하라고 말한다. "사랑은 오래 참고, 온유하며, 투기하는 자가 되지 아니하며, 자랑하지 아니하며, 교만하지 아니하며, 무례히 행하지 아니하며, 자신의 유익을 구하지 아니하며, 성내지 아니하며, 원한을 품지 아니하며, 의義 아닌 것을 기뻐하지 아니하며, 바른 것을 기뻐하고, 범사에 감사하며 범사에 믿으며, 범사에 견디 나니라."(고린도 전서 13장)고 했다. 이렇게 외치는 것은 사랑의 최고 표현이요, 최심最深의 통찰이다.

불교에서는 자비라 했다. '자慈'는 범어梵語에서 진실한 우정과 친애의 정情이요, 비悲는 슬픔과 동정을 의미하고 있다. '자'는 기쁨을 주는 것이고, '비'는 고통을 제거하는 것이다. 부모가 자식을 사랑하는 것이 '자'라면, 자식이 괴로워하는 것을 보고 부모가 슬퍼하는 마음이 '비'다. 나와 관계가 없는 일체 중생에 대해서도 자비심을 가지라는 것이 석가의 가르침이다.

유교에서는 인을 강조했다. 공자는 '인人은 곧 애인愛人'이라고 갈파했다. 사람을 사랑하는 것이 곧 '인'이라는 것이다. '불인不仁이면 불인不人'이라 했다. '인'이 없으면 사람이 아니다. 사람을 사람답게 하는 것이 바로 '인'이다. 공자는 또 '천하귀인天下歸仁'을 역설했다. 온 천하가 다 '인'의 자리로 돌아간다는 뜻이다.

인류의 3대 스승이 이같이 이구동성으로 강조한 것이 사랑이요, 자비요, 인이다. 사랑이 인생의 대본이다. 사랑에 가까울수록 행복하고 사랑에서 멀어질수록 불행해진다. 사랑은 인생의 알파요, 오메가다. 사랑은 인생의 시작이요, 끝이라는 얘기다. 그러므로 제대로 사랑하려면 다섯 가지 속성을 지켜야 한다. ①관심concern을 가져야 한다. 무관심은 사랑이 아니다. ②책임responsibility이다. 책임은 부를 때 대답하는 것이다. 부모가 자식을 부를 때, 남편이 아내를 부를 때, 국가가 나를 부를 때 대답하고 나가면 1차적인 책임을 완수하는 것이다. 사랑하는 사람이 부를 때 대답을 하지 않는 것은 1차적인 책임도 다하지 못하는 것이다. ③존중respect이다. 사랑하는 사람의 신체와 인격을 존중하는 것이다. 후려갈기는 것은 사랑이 아니다. ④이해understanding할 줄 알아야 한다. 이해는 겸손에서 시작된다. 겸손은 남의 밑에under 선다standing는 뜻을 담고 있다. 사랑하는 사람을 이해한다는 것은 사랑하는 사람의 밑에 설 줄 아는 것이다. ⑤사랑은 주는 것giving이다. 사랑은 시간과 노력과 정성을 아낌없이 주는 것이다. 물질은 주는 만큼 줄어들지만 사랑은 주는 만큼 더 커지는 것이다. 행복의 첫째 조건인 사랑은 간결하면서도 위대하다. 행복하려면 사랑을 배우고 실천에 옮겨야 한다.

둘째, 노동이다.

행복해지려면 노동을 하며 살아야 한다. 노동은 체력과 정신을 써서 일하는 것이다. 98세까지 살다가 세상을 떠난 러셀은 그의 자전적 회상에서 "나는 일하다 죽고 싶다."고 말했다. 인생은 향락의 놀이터가 아니다. 창조의 일터다. 일터에서 일을 해야 보람과 발전과 행복을 가져올 수 있다.

사람에게는 피와 땀과 눈물이 있다. 이것은 인간의 고귀한 3대 액체다. 피는 용기와 결단의 상징이고, 땀은 근면과 역행의 표상이며, 눈물은 정성과 사랑의 심벌이다. 이 3대 액체를 흘리지 않고는 위대한 업적을 이룰 수 없다. 피와 땀과 눈물을 흘리지 않고 훌륭한 인물이 된 경우가 없고 뛰어난 민족이 된 예가 없다. 모든 영광, 일체의 성공, 온갖 승리, 모든 가치, 모든 위대한 것, 모든 고귀한 것은 다 피와 땀과 눈물의 산물이요, 결정結晶이요, 성과다. 피와 땀과 눈물을 흘려 보지 않은 사람은 인생을 논할 자격이 없고, 가치를 운운할 자질이 없다.

역사에는 기적이 있을 수 없다. 또 요행이나 우연을 기대해서도 안 된다. 오직 노동을 통한 피와 땀과 눈물을 흘려야 개인에게는 행복을 가져오고, 나라에는 부강을 가져오고, 역사에는 영광을 가져다 준다. 우리는 행복의 속성의 하나인 노동에 살아야 한다.

셋째, 신앙이다.

행복하려면 신앙을 가져라. 신앙은 종교생활의 의식적 측면으로 절대자를 믿고 따르는 일이다. 신앙은 인생을 참되고 보람있고 행복하게 살 수 있는 지혜와 신념을 길러준다.

종교란 무엇이냐? 한마디로 인생의 근본이 되는 가르침이란 뜻이다. 「본립도생本立道生」즉 근본이 확립되면 길은 저절로 열린다는 것이다. 인생의 가장 중요한 덕목은 근본을 확립하는 것이다.

종교는 자아의 완성과 인류구원을 목표로 삼는다. 이것이 모든 종교의 기본목표요, 공통점이다. 모든 종교의 기본목표는 같은데 다만 길이 다를 뿐이다. 기독교는 사랑의 천국을 강조하고 불교는 극락정토를 가리킨다. 정토淨土나 천국은 죽어서 가는 곳이기도 하지만 날마다 생활 속에서 창조되어야 한다.

현대 실존주의 철학자 키에르케고르는 "인간이 어떻게 하면 진정한 기독자가 될 수 있을까?"를 두고 수십 권의 저서를 남겼다. 인간의 생존에는 세 가지 단계가 있다는 것이다.

①미적 실존이다. 쾌락을 추구하는 존재이다. 될수록 네 인생을 향락하여라. 이것이 미적 실존의 행동원리다. 이것은 감각추구의 생활이다. 얼핏 보기에는 흥겹고 자유스런 실존으로 보이지만 감성적 쾌락의 노예로 전락

하기 쉽다. 결국은 권태와 우수의 허무감을 느끼게 된다. 권태를 잊기 위해 다시 쾌락을 추구하게 되고, 더욱 심한 고독과 무력감과 권태에 빠지게 된다.

②윤리적 실존이다. 네 의무를 다하고 양심의 명령대로 살아라. 이것이 윤리적 실존의 생활윤리다. 성실하게 매일 매일의 생을 살아가야 한다. 이 것이 건전한 중용적 인생관이요, 착실한 생활태도이다. 인간으로서 한 사람의 시민으로서 책임과 도리를 다하면서 건실하게 살아가야 한다. 그러나 이 윤리적 실존만으로는 인생의 만족과 보람을 느끼지 못하게 된다는 것이다.

③실존의 최후·최고의 단계는 종교적 실존이다. 이것은 신앙으로 살아가는 것이다. 신앙은 지식이 아니다. 종교적 진리는 과학적 진리처럼 객관적으로 증명할 수 있는 것이 아니다. 신앙은 주체적 선택이요, 엄숙한 결단이다. 실존적 진리이다. 주체성이 진리다. 주체적 진리란 무엇인가? "온 천하가 다 무너져도 이것만은 꽉 붙들고 놓칠 수 없다. 나는 이것을 위해서 살고, 이것을 위해서 죽을 수 있는 진리, 내 인격에 혁명을 가져오고 내 생활에 새로운 변혁을 일으킬 수 있는 진리, 이것을 위해서 온 정열을 바칠 수 있는 진리, 이러한 진리가 주체적 진리요, 실존적 진리이다." 키에르케고르가 수학이나 과학과 같은 객관적 진리를 부정하는 것은 아니다. 그것은 다만 싸늘한 진리요, 피와 살과 정열이 없는 진리다. 실존주의가 추구하는 진리는 뜨거운 진리요, 생명적 진리요, 이것을 위해서 살고 이것을 위해 죽을 수 있는 진리를 강조하고 추구했다. 인간은 무엇인가를 위해서 살고 무엇인가를 위해서 죽을 수 있는 사명적 존재다. live for와 die for의 대상이 되는 진리, 이것이 주체적 진리다. 종교적 진리는 바로 이러한

진리를 말한다. 키에르케고르는 미적 실존에서 윤리적 실존으로, 다시 종교적 실존으로 상승의 길을 걸었다. 현대는 이와는 반대로 종교적 실존에서 윤리적 실존으로, 다시 미적 실존으로 하강의 길을 걷고 있는 것이 문제다.

인간의 참된 행복은 어디에 있는가. 쾌락에 사는 미적 실존도 아니요 의무에 사는 윤리적 실존도 아니다. 신앙에 사는 종교적 실존에 참된 행복이 있다. 뜨거운 정열과 헌신의 대상이 될 수 있고, 신념과 용기를 주는 주체적 진리 즉 신앙을 가지고 살아야겠다.

오늘날 종교인을 비판하는 소리가 높다. 그렇다고 종교를 나무랄 수는 없다. 올바른 신앙을 갖지 못한 인간에게 잘못이 있을 뿐 모든 종교에는 반드시 진리가 있기 때문이다. 또 이 신앙 생활에는 마음으로 바라는 바를 비는 기도가 있다.

올바른 신앙을 통해서 간절한 기도를 해야 한다. 일상생활을 기도하는 마음으로 청정한 정심正心을 갖고 살아간다면 어떤 천직, 어떤 소명에도 정열을 바쳐 지성으로 일하고 응답할 수 있으리라 생각한다. 이러한 신앙을 가짐으로써 행복한 인생을 살 수 있을 것이다.

인생이란 참된 것, 착한 것, 아름다운 것을 향해 가는 정신의 순례다. 진실한 사랑, 성실한 노동, 참된 신앙을 향해 꾸준히 노력하는 데서 삶의 의미와 보람과 행복을 찾아야 한다. 행복은 운명과 노력의 교향악이다. 교향악은 여러 악기소리가 합하여 하모니를 이룬다. 진실한 사랑, 성실한 노동, 참된 신앙이 한데 어우러져 행복이라는 가치를 창조하게 된다.

우리는 행복의 나무를 아름답게 가꾸는 인생의 농부다. 간절한 염원과 총명한 지혜와 정성된 노력을 꾸준히 쌓아간다면 분명 행복해질 것이다. 행복은 신념과 의지의 문제다. 뜻이 있는 곳에 길이 있듯이, 행복이라는 목표를 향해 노력하면 분명 행복의 열쇠를 차지할 수 있을 것이다.

세상에는 행복하게 사는 사람도 있지만 불행하게 사는 사람도 많다. 왜 그럴까? 칼 붓세의 말처럼 "산 너머 저 멀리 행복이 있다기에 찾아가 봤지만 찾지 못하고 집에 돌아와 처마 밑에서 행복을 찾을 수 있었다."는 얘기가 있다. 행복의 주소는 어디 있는지, 행복이 무엇인지 잘 모르는 사람이 많다. 또 알고 있어도 행복에 도달하는 방법을 모르는 사람이 많다. 사랑하는 사람의 눈동자 속에서, 땀 흘려 일하는 일과 속에서, 단란하게 마주 앉은 가정의 식탁 위에서, 어린아이를 지켜보는 어버이의 평화로운 얼굴에서, 내일의 꿈을 안고 열심히 공부하는 자녀들의 열정 속에서, 자연의 절경에 도취하는 여행객의 눈동자에서, 사랑하는 연인들의 흐뭇한 미소 가운데서 행복을 발견할 수 있다. 행복은 인생의 무지개가 아니다. 생활의 실감이다. 행복은 하늘의 별이 아니고 땅위의 꽃이다. 분수를 알고, 분수에 만족하며, 지혜로운 사랑과 부지런한 노동과 정성스런 신앙에 힘쓴다면 행복의 여신은 찾을 수 있는 인생의 향기로운 꽃이다.

세상을 살면서 사랑을 잃는 것은 정신적 양식을 잃는 것이요, 노동을 잃는 것은 육체적 정신적 양식을 잃는 것이다. 그러나 신앙을 잃는 것은 영생의 행복까지 모두 잃어버리게 된다는 것을 알아야겠다. 우리는 죽는 날까지 사랑과 노동과 신앙으로 살아가야 진정 행복한 삶을 살 수 있을 것으로 확신한다.

인생의 희망과 보람

인간은 희망을 먹고 사는 존재다. 밥만 먹고 살 수 있는 존재가 아니다. 밥만 먹는 것으로는 결코 행복해질 수 없다. 밥은 육체적 양식에 불과하다. 인간은 정신적 양식을 먹어야 한다. 정신적 양식에는 여러 가지가 있다. 사랑·신앙·지혜·용기·예술·도덕·기쁨 등은 모두 정신적 양식이다.

마음속에 희망의 등불이 켜질 때 삶의 용기가 솟구친다. 생활에 희망의 태양이 떠오를 때 활기가 넘친다. 앞길에 서광이 비칠 때 얼굴에는 희열의 빛이 밝아 보인다. 희망에 가득 찬 사람과 절망에 빠진 사람의 얼굴 표정은 다르다. 이는 광명과 암흑처럼 다르고, 생명과 죽음처럼 많은 차이가 있다. 희망인의 표정과 행동을 보라. 그 얼굴은 명랑하고, 몸은 활기에 넘치고, 걸음걸이는 씩씩하고, 눈은 맑고, 입술에는 미소가 감돌고, 손은 부지런히 움직이고, 마음은 자신이 넘치고, 머리는 미래의 꿈과 계획으로 충만해 있다. 그러나 절망에 빠진 사람의 표정과 행동은 정반대일 것이다.

희망은 신념을 낳고, 활동은 성공을 낳고, 성공은 행복을 낳는다. 희망은 정신의 빵이요, 생활의 견인차 역할을 한다. 어떻게 해야 희망을 가질 수 있을까? 희망을 가지려면 어떤 정신적 준비자세가 필요할까? 우선 사고의 과감한 혁신이 필요하다. 생각하는 방식의 변화가 요구된다. 그러려면 우선 생각하는 법을 배워야 한다. 행동이나 생활에 습관이 있듯이 사고와 감정에도 습관이 있다. 사물을 긍정적으로 생각하는 습관이 있는 사람은 모든 사안을 긍정적으로 생각하게 되고, 부정적으로 생각하는 습관이 있는 사람은 모든 문제를 항상 부정적 견지에서 바라본다. 모든 것을 긍정적으로 밝게 보는 습관을 가져야 한다. 부정적 사고를 긍정적 사고로 바꾸고, 절망적 사고를 희망적 사고로 바꾸며, 소극적 사고를 적극적 사고로 바꾸고, 방관적 사고를 책임적 사고로 바꾸며, 위축된 사고를 진취적 사고로 바꾸어야 한다. 이것이 사고의 혁신이다.

세상에서 가장 어려운 일의 하나는 습관의 개조다. 오랫동안 몸에 밴 잘못된 습관을 새로운 습관으로 바꾸는 것처럼 어려운 일은 없을 것이다. 오래된 병을 고질痼疾이라고 한다. 생각에도 고질이 있다. 부정적 사고의 습관은 고질이다. 사물과 사안을 밝고 긍정적이고 적극적으로 보는 사고의 습관을 길러야 한다. 모든 일을 부정적이나, 소극적, 비관적, 냉소적으로 생각하는 사고의 고질을 과감히 버려야 한다. 따뜻한 눈으로 사물을 보라. 깊은 애정의 눈으로 존재를 보라. 희망과 낙관의 눈으로 인생을 보라. 차가운 눈으로 사물을 보지 말라. 냉소의 눈으로 인생을 보지 말라. 불교에서는 불안佛眼을 가지고 사물을 보라고 했다. 불안은 사랑과 자비의 눈이다. 따뜻한 애정과 깊은 자비심을 가지고 사물을 볼 줄 알아야 한다. 그래야만 희망이 솟구친다. 자안온심慈眼溫心은 자비로운 눈과 따뜻한 마음으로 인생과 세상을 보라는 것이다.

사람은 자기가 심은 대로 거둔다. 심지 않고는 거둘 수 없다. 종두득두種豆得豆요, 종과득과種瓜得瓜다. 콩을 심으면 콩을 거두고, 오이를 심으면 오이를 거두게 된다는 것이다. 많이 심은 자는 많이 거두고, 적게 심은 자는 적게 거둔다. 많이 심었는데 적게 나는 일이 없고, 적게 심었는데 많이 나는 일이 없다. 심지 않고 거두려는 어리석음을 버려야 한다. 적게 심고 많이 거두려는 바보가 되지 말아야 한다.

인생의 밭에 사랑과 근면과 신앙의 씨앗을 뿌려라. 그러면 미래의 행복을 거둘 것이다. 희망의 푸른 나무를 심어라. 희망의 태양을 마음속에 품고, 희망과 낙관의 눈으로 인생을 보아야 한다. 그러면 그 인생은 밝고 행복해질 것이다. 긍정적인 사고방식으로 인생을 대하면 기쁨과 희망으로 넘칠 것이다. 인생의 밭에 희망의 씨앗을 뿌려라. 반드시 행복한 미래를 거둘 것이다.

인간은 보람으로 살아가는 존재다. 일한 보람, 고생한 보람, 공부한 보람, 노력한 보람으로 사는 것이다. 보람 있는 인생은 즐겁고 행복하다. 보람 없는 인생은 허무하고 무의미하다. 보람은 인생의 뿌리요, 행복의 핵심이다.

시성詩聖 괴테의 시 가운데 「앉은뱅이 꽃의 노래」가 있다. 어느 날 들에 핀 앉은뱅이꽃이 순진무구한 시골 처녀의 발에 짓밟혀 시들어 버리고 말았다. 그러나 앉은뱅이꽃은 조금도 그것을 서러워하지 않는다. 추잡하고 못된 사내 녀석의 손에 무참히 꺾이지 않고, 맑고 깨끗한 소녀에게 밟혔기 때문에 꽃으로 태어난 보람을 느낀 것이다. 이 시의 상징에서 보듯이 들에 핀 꽃 한 송이에도 꽃으로서의 보람, 생명으로 태어난 보람이 있는 것이다. 행복은 인생의 보람을 느끼는 것이요, 불행은 인생의 보람을 느끼지 못하는 것이다.

화가가 아름다운 그림을 캔버스 앞에서 완성했을 때, 작곡가가 전심全心을 다해 좋은 노래를 작곡했을 때, 어머니가 자식의 장래를 위해 밤낮없이 수고하여 자식이 성공했을 때 우리는 삶의 보람을 느낀다. 삶의 보람을 느끼기 때문에 고생이 고생으로 느껴지지 않는 것이다. 생에 기쁨을 주는 것이 곧 보람이다. 보람이 클수록 기쁨도 크다. 생의 보람을 못 느낄 때 허무의 감정과 공허한 의식이 우리의 마음을 사로잡는다. 우리가 하는 일이 보람있는 일이라고 생각하면 허무주의자가 될 수 없다. 자신이 하는 일에 보람을 못 느낄 때 회의적인 어두운 그림자가 생긴다. 행복은 모든 사람의 소망이다. 행복한 삶을 원하거든 먼저 삶의 보람을 찾아야 한다. 보람 있는 삶을 살 때 꽃이 향기를 발하듯이 행복이 저절로 따른다. 사람은 보람을 추구하는 존재다.

우리는 어떻게 하면 보람있게 살 수 있을까? 보람있게 사는 데는 두 가지 원리가 필요하다.

첫째, 자유로운 자아실현의 원리다. 내가 하고 싶어서 하는 일이라야 보람을 느낄 수 있다. 남이 강요한 일에는 보람을 느낄 수 없다. 원치않은 일을 할 때에는 고통을 느낄 뿐이다. 노예가 불행한 것은 원치않은 일을 강요 당하기 때문이다. 보람을 느끼려면 자유가 필요하다. 자유의 땅에서 보람의 꽃이 핀다. 따뜻한 햇빛 아래서 화초가 싱싱하게 자라듯이, 자유로운 공기 속에서 보람된 인생을 살 수 있다. 인간은 자아실현의 욕구를 갖는다. 자아가 실현될 때 즐거움을 느끼게 된다. 시인은 시를 쓸 때 의미를 발견한다. 등산가는 산을 오를 때 즐거움을 느낀다. 가수는 노래 부를 때 희열을 맛본다. 기업가는 새로운 시장을 개척했을 때 일하는 보람을 느낀다. 우리는 왜 즐거운가? 자아실현의 보람을 느끼기 때문이다. 시인에게 그림을 그리라고 하면 고역이다. 화가에게 노래를 부르라고 하면 괴로워할 것이다. 자아실현의 활동이 아니기 때문이다. 자유로운 자아실현 속에서라야만 삶의 보람을 느낄 수 있다.

둘째, 가치창조의 원리이다. 내가 하는 일이 어떤 가치창조를 지닐 때 보람을 느낀다. 보람이란 무엇인가? 뭔가 이루어졌다는 성취의 기쁨이다.

어떤 목표를 달성했다는 만족의 감정이다.

작가가 작품을 완성했을 때 창조의 기쁨이 있다. 피나는 노력으로 원하는 학교에 들어갔을 때 성공의 환희가 있다. 허리띠를 졸라매고 근검저축한 끝에 자력으로 자기 집을 장만했을 때 비할 수 없는 보람을 느낀다. 내 힘으로 가치있는 일을 이루어 놓았을 때, 성취의 기쁨을 느끼고, 자기 능력에 자신을 가질 때 생의 보람을 경험한다. 보람은 일하는 자의 선물이요, 노력하는 자의 보답이다. 창조하는 자의 축복이요, 땀 흘리고 수고하는 자가 거두어들이는 인생의 흐뭇한 열매다.

칸트가 말하기를, 행복한 것도 중요하지만 그보다 더 중요한 것은 행복을 누리기에 합당한 사람이 되는 것이라고 했다. 행복은 우리의 대화에 항상 오르내리고, 생활에 제일 중요한 위치와 무게와 의미를 차지하는 단어다. 행복은 인생의 알파요 오메가다.

서양의 신화에 의하면 행복의 여신은 짓궂은 여신이다. 쫓아가면 도망가고 냉정한 태도로 멀리하면 유혹하려 든다. 단념하면 배후에서 사람을 조롱한다. 행복의 여신은 이렇듯 다루기 어렵다는 것이다. 쫓아가면 도망가고, 쫓아가지 않으면 유혹하고, 단념하면 조롱한다. 그러므로 행복에 대해서 관심을 갖지 않는 것이 좋다. 행복에 연연해하지 않고 보람 있는 일을 하려고 애쓰며 정성스럽게 일하노라면 뜻밖에도 행복의 여신이 아름다운 미소를 지으며 찾아올 것이다. 행복의 길은 행복에 해당하는 행동을 하는 것이요, 행복을 누릴 자격이 있는 사람이 되기 위해서 애써 일하는 것이다. 인생은 보람을 위해서 일하는 것이다.

중학교 영어 교과서에 이런 삽화가 있다. 교회를 짓는데 석공 세 사람이 대리석을 조각하고 있었다. 당신들은 무엇 때문에 일을 하느냐고 물었는데, 세 사람의 대답이 다 달랐다. 첫 번째 사람은 험상궂은 얼굴에 불평불만이 가득 찬 표정으로 말했다. "죽지 못해 이놈의 일을 하오." 두 번째 사람은 담담한 어조로 말했다. "돈을 벌려고 일을 하지요." 그는 첫 번째 사람처럼 불평을 하지는 않았지만, 그렇다고 행복감이나 보람을 느끼지 못하는 사람이었다. 세 번째 사람은 만족스러운 표정으로 대답을 했다. "하느님의 영광을 드러내기 위하여 대리석 조각을 합니다." 그는 자기가 하는 일의 보람과 행복을 느끼는 사람이다. 이 삽화의 상징적 의미는 무엇을 말하는가. 사람은 저마다의 안경을 쓰고 인생을 바라본다. 그 안경으로 바라본 빛깔이 검은 사람도 있고 맑고 깨끗한 사람도 있다. 검은 안경을 쓰고 인생을 바라보느냐, 푸른 안경을 통해서 인생을 바라보느냐. 그것은 마음에 달린 문제다. 불평의 안경을 쓰고 인생을 내다보면 보고 듣고 경험하는 것이 모두 불평 투성이요, 감사의 안경을 쓰고 세상을 바라보면 감사하고 축복하고 싶은 것이 한없이 많을 것이다. 똑같은 하늘의 달을 바라보면서도 바라보는 사람의 마음에 따라 슬프게, 정답게 혹은 허무하게 느껴질 것이다. 행복의 문제도 마찬가지다.

사람이 살아가는 데는 의식주와 처자와 친구와 사회적 지위와 명성이 필요하다. 또 남과 더불어 살 수밖에 없는 사회적 존재인 이상 돈·건강·가정·명예 등은 필요한 조건이다. 이런 조건을 떠나서는 결코 행복할 수 없다. 그러나 그러한 조건이 다 갖추어졌다고 행복해지는 것은 아니다. 행복하다는 것과 행복의 조건을 갖추었다는 것은 별개의 문제다.

집을 지으려면 돌과 목재·시멘트가 필요하지만, 그걸 다 갖추었다고 바로 집이 되지 않는 이치와 같은 논리다. 행복에 있어서 제일 중요한 것은 스스로 행복하다고 느끼는 것이다. 행복감을 떠나서 행복은 달리 있을 수 없다. 아무리 돈이 많고, 명성이 높고, 좋은 집을 갖고, 재능이 뛰어나다 하더라도 스스로 행복하다고 느끼지 않는다면 어떻게 할 도리가 없다. 행복한 조건을 갖추고도 불행하다는 사람이 있고, 그와는 반대로 행복한 조건을 별로 갖추지 못한 사람도 행복하다는 경우를 주변에서 자주 볼 수 있다. 전자의 불행은 어디서 유래하며 후자의 비결은 어디에 있을까?

맹자는 "항산(恒産)이 없으면 항심(恒心)이 없다."고 했다. 항산은 행복의 조건이란 말로 바꾸고, 항심이란 말을 행복감이란 말로 바꾸어도 의미에는 별 차이가 없을 것이다. 행복의 조건을 갖추지 못하면 행복할 수 없을지 모른다. 그러나 행복의 조건을 다 갖추지 못해도 행복할 수 있다는 것이다. 스스로 가장 행복하다고 느끼는 국민은 미국인도 일본인도 아닌 가장 가난한 나라 방글라데시 사람들이라는 점을 상기할 필요가 있다. 행복의 조건이 행복의 객관적 요소라면 행복감은 행복의 주관적 요소다. 행복해질 수 있는 조건을 갖고 있으면서 행복하지 못하는 비극의 원인은 어디에 있으며, 행복해질 조건을 별로 갖추지 못했으면서도 행복을 누리는 비결은 무엇일까!

행복의 기준은 없다. 많은 것을 가지고도 불행하다 하는 이가 있고, 없이 살면서도 행복하다는 이가 많다. 행복은 환경이 아니라 마음먹기에 달린 문제다. 링컨은 말하기를 "사람은 자기가 결심한 만큼 행복해질 수 있다."고 했다. 행복의 핵심은 만족감이다. 이 만족감의 상태가 언제까지라도 계속됐으면 하고 바라는 것이 인간의 심리다. 이는 우리에게 기쁨을 주고, 안식을 주고, 평화를 주는 마음이다. 행복은 흐뭇한 보람의 감정이다. 행복은 정신의 향기다. 생활의 흡족함이다. 존재의 희열이다. 그러나 행복은 인생의 무지개가 아니다. 생활의 실감이다. 그것은 하늘의 별이 아니고 땅위의 꽃이다. 지혜와 정성을 기울이면 누구나 찾을 수 있는 인생의 향기로운 꽃이다. 우리는 행복의 둥지를 찾아서 꾸준히 바른 길을 걸어가야 한다.

자신과 싸워 이겨야

계절의 여왕 5월에는 라일락 향기가 그윽히 풍긴다. 신록이 신선한 충격을 던져주면서 그 동안 관심 밖으로 밀려났던 작고 소중한 것들을 생각하게 해주는 달이다. 나라의 새싹인 어린이들을 생각하고, 어버이의 사랑에 보답하며, 스승의 은혜를 기리고, 성년을 맞이하는 청년들에게 성년식을 통해 그들의 책임과 자세를 가다듬게 한다.

현대 산업사회의 발달로 생활이 윤택해지면서 부모들은 자신들이 받아보지 못한 호강을 아이들에게 마음껏 베푸는 데 온갖 신경을 쓰는 것을 보게 된다. 과보호 속의 청소년들은 편한 것, 쉬운 것, 좋은 것만을 즐기면서 커간다. 청소년들의 체력검사 결과 체격은 커졌으나 체력은 약해졌다는 통계보고는 요즈음 청소년들이 정신적으로나 육체적으로 약해졌다는 사실을 잘 나타내 주고 있다. 반면에 많은 보호시설에는 부모들로부터 버려진 아이들이 따뜻한 사랑을 받지 못하여 구김살을 펴지 못한 채 자라고 있는 한편에서는 부모들의 과보호 속에서 나약하게 길러지고 있는 데 사회적으로 문제가 되고 있다. 조금만 환경이 바뀌어도 적응하지 못하거나 눈

요기성의 향락과 퇴폐성 놀이에 심취하여, 부모가 주는 용돈에 만족하지 못하고 비행소년으로 전락하는 경우를 보게 된다.

범죄통계를 보면 절도·강도, 심지어 10대 성폭행 사고 등 청소년 범죄가 전체 범죄의 50퍼센트를 넘고 있는 현상은 청소년과 가정·나라의 장래를 어둡게 하고 있다. 이런 점에서 부모들은 많은 관심과 정성을 가지고 청소년들의 성장과 생활을 지켜보아야 한다. 부모 스스로도 모범을 보이며 세심한 지도편달을 해야 할 것이다. 사람들은 어릴 때부터 늙어서까지 누구에겐가 의존하고 싶은 심리가 있다고 한다. 이러한 의존심을 단절시키고 자립심을 키우기 위해 10세 전후에 베푸는 성인식이 그것이다. 인디언들은 사내아이가 10살이 되면 먹을 것도 주지 않고 황야로 추방시켜 땡볕에 앉아 있게 하거나, 단식의 고행을 겪게 한다. 영·미지역에서도 10살이 되면 기숙寄宿학교에 넣기도 하고, 아르바이트로 용돈을 스스로 벌어서 쓰게 하고 있다.

우리나라에서도 부모 의존을 단절시키기 위한 성인식이 없었던 것은 아니다. 근래 산업화사회가 되면서 청소년들의 응석왕국이 되고 말았다. 앞으로는 어린이날을 아이들의 응석받이로 무력화·무능화시키는 과보호·과성찬過盛饌에서 벗어나 자립심을 키우는 건전한 정신놀이 문화행사로 현대적 의미의 성인식으로 바뀌었으면 한다.

플라톤은 "남을 이기기는 쉬워도 나 자신을 이기기는 어렵다."고 말했다. 인생의 싸움 중에서 가장 어려운 싸움은 자기 자신과의 싸움에서 이기는 것이다. 이를 극기克己라고 한다. 마음 가운데는 내가 싸워야 할 악과 불의가 항상 도사리고 있어 시간만 있으면 도전해 온다. 이기심·탐욕·교만·게으름·비겁함 등과 항상 싸워야 한다. 내 마음의 적과 싸워서 이겨야만 부지런한 사람이 될 수 있고, 용감한 사람이 될 수 있고, 진실한 사람이 될 수 있고, 겸손하고 너그러운 사람이 될 수 있다.

청소년들에게는 바깥세상의 많은 유혹이 더욱 자신과의 싸움을 어렵게 하고 있는지도 모른다. 청소년은 무한한 가능성을 지니고 자라며, 자신과 가정·조국과 민족에게 영광과 번영을 가져올 수 있는 내일의 주인공이다. 청소년은 원대한 꿈을 가지고 튼튼하고 정정당당하고 밝고 부지런해야 한다. 주춧돌이 튼튼해야 견고한 집을 지을 수 있듯이 심신이 건강해야 승리와 성공과 행복의 인생을 건설할 수 있다. 청소년은 모름지기 튼튼한 체력 증진에 노력해야 한다. 정정당당하고 밝게 자라나야 한다. 어두운 뒷골목에서 일시적 쾌락이나 놀이에 눈이 팔려, 용돈이 궁한 나머지 또래나 하급생을 향한 폭력이나 비행심리를 과감히 떨쳐 버리고 떳떳하게 자라나야 한다.

청소년은 광명정대光明正大해야 한다. 빛나고, 밝고, 곧게, 커야 한다. 이것이 청소년의 참모습이다. 또한 부지런해야 한다. 부지런함이 잘사는 길이요, 행복하게 사는 근본이다. 부지런한 마음을 갖고 열심히 뛰놀고 열심히 공부해야 한다. 고난과 역경을 참아 이겨내는 슬기와 인내를 배우고 내일의 희망을 향해 줄기차게 전진하자. 자신과의 싸움에서 기필코 승리하자. 자신과의 싸움에서 이기는 자는 능히 세계를 지배할 수 있다. 5월은 청소년의 달. 더욱 좋은 꿈, 밝은 건강, 함박웃음이 청소년과 함께 할 수 있어야 하겠다.

말에도 훈련이 필요하다

인간은 '말씀'의 존재이다. 이것은 인간의 특색이다. 사람은 말을 하지 않고는 하루 한시도 살 수 없다 해도 과언이 아니다. 상대방을 알기 위해서는 대화를 나누어야 하고, 대화를 하기 위해서 성실하게 말해야 하고, 겸허하게 들어야 하고, 진실하게 대답해야 한다. 말이라고 다 말이 아니다. 참말만이 말이다. '믿을 신信' 자를 파자하면 사람 '인人'에 말씀 '언言'으로 사람의 말을 믿는다는 것이다. 공자는 무신불립無信不立이라고 했다. 믿음이 없으면 아무것도 이루어질 수 없다는 것이다. 말은 혼자 하는 것이 아니다. 누군가가 있어 서로 주고받는 것이다. 대화를 잘할 수 있도록 많은 언어 훈련을 하여야 하겠다.

첫째, 남의 말을 잘 경청할 줄 알아야 한다.

사람의 말은 동물의 무언無言과 신의 침묵, 그 중간에 속한다고 한다. 말을 하기 전에 남의 말을 들을 준비가 되어 있지 않은 사람은 대화의 파트너로서 자격이 없는 사람이다. 경청이야말로 최고의 대화이다. 좋은 친구를 사귀는 최상의 비결은 친구의 말을 경청하는 자세가 중요하다. 그냥 듣기만 하는 것이 아니라 대화하는 상대의 입장에서 같이 기뻐하고, 같이 슬퍼하는 경청이어야 한다. 이런 대화의 상대자를 좋아하지 않을 사람은 없을 것이다.

둘째, 신중한 말이어야 한다.

영국의 시인 워즈워스가 "시란 무엇이인가?"라는 질문에 이렇게 대답했다. "시는 감정의 절제 없는 방출이 아니라 오히려 이를 절제하는 것이다." 언어구사 자체가 하나의 예술이어야 한다. 예술은 미를 창조·표현하려고 하는 활동으로 정성과 온갖 기교를 자아내 연출하는 것이다. 하물며 낙서하듯이 긁어댈 수는 없는 일이다. 개인의 감정을 절제한 말씨를 써야 한다. 자기의 감정이나 기분 나쁜 일을 가지고 대화에서 화풀이라도 하는 경우 그 반감은 마음속에 응어리로 남아 사라지지 않게 된다. 말 한 마디 한 마디에 신중한 생각을 담아 발언하는 태도가 오늘의 복잡한 사회에서 그 어느 때보다도 긴요한 것이다. 신중한 말이야말로 그 사람의 품격을 대변하는 중요한 요소가 됨을 명심해야 하겠다.

셋째, 진실이 담긴 대화여야 한다.

말은 진심에서 우러나와야 한다. 외설스러운 농담이나 짓궂은 장난도 말하기에 따라 친근한 감정을 느끼게 할 수 있다. 상대방을 이해하고자 하는 마음이 말하는 내용을 부드럽게 이끌어 내는 것이다. 말을 잘하고 싶거든 편안한 마음으로 애정을 가지고 상대방을 바라보라. 상대방에게 무엇을 말할 것인가. 어떻게 말할 것인가. 진심으로 하는 말만큼 훌륭한 말하기 기술과 매너는 없을 것이다.

넷째, 모든 사람들에게 존댓말을 쓰자.

인간에게서 가장 이상적인 언어상황은 인격이 대등하게 존중되어 일방적이거나 강압적인 말이 오가지 않아야 한다. 텔레비전 화면에서 선생님이 어린이에게, 할머니가 손자·손녀에게 "이렇게 하세요. 저렇게 하세요."하며 경어를 쓰는 것을 볼 수 있다. 존댓말 하고 뺨 맞지 않는다. 상대방을 높이면 상대도 저절로 높여줄 것이다.

다섯째, 표준말·바른말을 사용하자.

표준말은 한 나라의 국어를 대표하는 말이며 정치·행정·교육·문화의 공용어로서 모든 언중言衆이 익혀 씀으로써 의사소통을 원활하게 함은 물론, 일체감을 공고히 하는 것이다. 모처럼 찾아온 경상도 사람이 전라도 사투리를 유별나게 쓰는 사람에게 친근감을 갖지 않는 것은 당연한 이치이다. 사투리는 서로 간에 오해의 소지가 있을 수 있다.

말은 음악과도 같다. 음악처럼 음의 완급을 조절해서 운율을 가지고 말하면 말하는 사람과 듣는 사람이 함께 느끼고 호흡할 수 있을 것이다. 항상 제대로 말해야 한다는 문제의식을 갖고, 제대로 된 발음과 제대로 된 화법을 구사하려는 노력이 필요하다. 이러한 노력에다 지식·교양·연륜이 더해지면 필요한 말을 적재적소에 쓸 수 있는 진정한 말하기의 토대가 마련될 것이다.

각종 매스미디어의 발달로 인해 사람들의 의식수준도 나날이 달라지고 있다. 모든 사람들은 이 의식수준에 맞춰 사고와 행동양식이 바뀌어야 한다.

대화란 탁구공과 같다. 주고받는 맛이 있어야 재미가 있다. 사람을 만나는 것이 재미있으려면 반드시 내가 말한 만큼 남에게도 말할 기회를 주어야 한다. 대화란 꽃과 같다. 한 번 들을 때는 아름답고 감동적이지만 계속해서 들으면 시든 꽃을 보는 것처럼 지겹기만 하다. 대화란 섹스와 같다. 상대방의 마음을 확인하지도 않고 일방적으로 덤벼들면 환상은 깨지고 실망하여 상처만 남게 된다.

현대는 설득의 시대이다. 무슨 일이든지 자신이 생각한 바를 정확하게 전달해야만 성공할 수 있다. 말을 잘 한다는 것은 말하는 태도·목소리·의사전달 방법 등이 모두 갖추어져 있는 것이다.

말에도 매너가 필요하다. 매너 없는 말은 사람들로 하여금 오해와 불쾌감을 불러일으킨다. 이것은 마치 좋은 옷은 입었지만 목욕을 자주 안했거나 몸에 어울리지 않는 디자인으로 보는 사람으로 하여금 불쾌하고 거북스럽게 만드는 것과 같다. 투박한 목소리와 거칠고 예의 없는 말투는 멋진 용모와 의상으로도 감출 수 없다.

우리 모두 말하는 훈련을 꾸준히 쌓아 좋은 말을 주고받는 가정과 이웃, 우리 사회를 만들어 밝고 명랑하고, 살기 좋은 세상이 되어야 하겠다.

인간의 참된 가치

『시경詩經』에 보면 "하늘 아래 임금의 땅 아닌 곳이 없다(溥天之下 莫非王土)."라는 말이 있다. 이 말은 중국 봉건사회의 토지국유제도를 나타내는 말이다. 중국에서 군역軍役을 나와 일하다 지친 젊은이가 광활한 대륙을 바라보며 땅 한 줌 없는 자신의 처지와 견주어 탄식조로 말한 것이다.

우리나라의 얼마 전 통계를 보면 전체 국민의 1.3퍼센트에 불과한 사람이 전 국토 민유지의 65.2퍼센트를 소유하고 있다. 만약 오늘 우리의 『시경』이 있다면 "한국의 넓은 하늘 아래 재벌의 땅 아닌 곳이 없다(韓國溥天之下 莫非財閥土)."며 서민들은 한숨을 짓고 있지 않을까 싶다.

지난날 봉건·식민사회와 6·25전쟁의 역사적 수난을 거치는 동안 철저한 무소유의 가난한 생활에서 찌들어 지내며 살아왔다. 1960-70년대 이후 경제적으로 발전하면서 너나 할 것 없이 그 무소유의 한풀이라도 하듯 부동산 투기로 재산증식에 열을 올리는 사회풍토가 되고 말았다. 그러다 보니 힘 있고 돈 있는 곳에 부동산 투기는 있게 마련이었고 오히려 그렇지 못한 사람이 바보취급을 받아 왔다. 그 동안 정책당국이 국토의 미래에 대한 장기비전이 없었을 뿐 아니라 토지 관리에 관한 원칙과 철학이 없이 갈팡질팡 시행착오를 거듭해 왔다. 이에 부유층의 투기의식을 바로잡지 못하여 부익부 빈익빈의 사회적 괴리현상을 낳게 하였다.

 주변에는 한쪽에서 너무 많이 차지했기 때문에 상대적으로 가난할 수밖에 없다고 생각하는 이웃이 얼마나 많은가! 이런 현상이 계층 간의 위화감과 단절감을 불러일으켜 오늘날 사회불안의 요인이 되고 있다.

 돈이나 물질은 사람이 살아가는 데 없어서는 안되는 요긴한 생활수단이다. 그러나 필요한 분량 즉 생존적 소유를 지나 끝없는 욕망을 채우기 위해 분별없이 긁어 모으다 보면 불행의 씨가 되는 경우를 보게 된다. 돈이나 물건은 절대로 혼자 찾아오는 법이 없다. 돈과 물건이 오면 반드시 탐욕이라는 친구가 따라오기 때문이다. 영어에서 사유私有를 뜻하는 'private'란 말은 '빼앗는다'는 뜻인 라틴어의 'privare'에서 나온 말이다. 사복私腹을 채우기 위해 무엇엔가 너무 집착할 때 그것이 자신을 옭아매는 사슬이 된다는 사실을 권력과 재벌들의 유착으로 법의 심판을 받고 교도소로 끌려가는 것을 보면 알 수 있다.

 칼 마르크스는 "우리들의 목표는 풍부하게 소유하는 데 있지 않고 풍성하게 존재하는 것이어야 한다."라고 말했다. 우리가 사람일 수 있는 것은 자신의 처지와 분수를 알고 자제할 수 있기 때문이다. 무엇인가를 갖는다는 것은 소유를 당하는 것이며, 그만큼 부자유스러워지는 것이다. 무엇인가를 가질 때 정신은 그만큼 부담스러워지고, 이웃들로 하여금 시기심과 질투와 대립을 불러일으키게 된다.

『금강경』에 보면 "모양이 있는 모든 것은 언젠가는 부서지고 마는 헛된 것이니, 그 모양이 영원하지 않는 이치를 알면 부처의 세계를 보게 된다(凡所有相 皆是妄苦 見諸相非相 卽見如來)."는 말이 있다. 영원히 가질 것처럼 쌓고 뺏고 모으며 탐욕스러운 인간들에게 그러한 삶이 덧없음을 일깨우고 쪼들리지 않는 인생을 살라는 금언이다. 지천명知天命 세대 전후의 재벌급들 가운데 20~30년 뒤 이 땅에 살아남아 노래 부를 사람이 몇이나 될 것인가! 눈가에 지는 세월의 흔적을 거울 속에서 들여다보면서도 자신의 죽음이 하루하루 다가오고 있음을 의식하지 못하는 사람들이 늙고 병들어 죽어가는 모습을 바라보며 그걸 의식하고 긍정할 수 있을 때 좀 더 진실된 삶을 살다 가지 않을까 싶다. 오늘의 사회적 갈등과 아픔, 긍정과 부정, 소유와 무소유의 삶을 살아오면서 모두가 배워야 할 것은 앞에 놓인 실존마저도 허상이요, 한판 꿈이라는 것을 깨달아야겠다.

우리는 나름대로의 인생을 살아가고 있다. 자신의 성공을 위해서 또 행복한 미래를 향해서 열심히 달려가고 있는 것이다. 그러나 나이가 들고 보면 무덤을 향해 가고 있다는 참담한 현실을 느끼면서 진정한 인간의 가치는 어디에 있을까 자문해 보게 된다.

인도의 성자 스와미 묵탄다에게 한 제자가 찾아와 "진정한 인간의 가치는 무엇입니까?" 하고 물었다. 스승은 그 제자에게 진귀한 보석을 한 개 주면서 말했다."이 보석을 시장으로 가져가 값을 물어 보아라. 하지만 어떤 값에도 팔지는 말아라"고 시켰다.

제자는 과일가게 주인에게 물었다. "이 보석의 대가로 무엇을 주겠습니까?" "오렌지 두 알을 주리다." 다음으로 그는 감자를 파는 가게주인에게 물었다. 상인은 이렇게 대답했다. "그 보석을 내게 준다면 감자 네 근을 주겠소." 이번에는 대장간으로 갔다. 대장장이는 보석상을 한 경험이 있어 그 보석을 보고 5백 루피를 주겠다고 했다. 제자는 마지막으로 유명한 보석상을 찾아가 물었다. 이 보석 상인은 자세히 살펴보더니 이렇게 말했다. "이 보석은 돈으로 사고 팔 수 있는 것이 아니요. 이 보석은 값을 매길 수 없을 만큼 대단한 가치를 지니고 있소"라 했다

제자는 그 보석을 들고 스승에게 돌아와 자신이 겪은 이야기를 했다. 그러자 스승은 이렇게 말했다. "이제 너는 인간의 진정한 가치를 깨달았느냐? 사람은 자기 자신을 오렌지 두 알에 팔아넘길 수도 있고, 감자 네 근에 팔아넘길 수도 있으며, 5백 루피에 팔수도 있다. 그러나 원한다면 값으로 따질 수 없을 만큼 귀한 존재로 자기 자신을 만들 수도 있다. 그 모든 것은 자신을 어떻게 생각하느냐에 달려 있느니라." 했다.

인간의 참된 가치로 여겨야 할 것은 소유가 아니라 나눔이다. 나누면 몫은 작아지지만 많은 사람이 갖게 된다. 적게 가질수록 사랑할 수 있다. 어느 날엔가 적게 가진 그것마저도 다 버리고 올 때 빈손으로 왔던 것처럼 갈 때도 역시 흙 한줌 못 가지고 빈손으로 떠나야 함을 깨닫고 미리미리 떠날 준비를 하는 마음자세로 살아가야 하지 않을까! 인간의 참된 가치가 무엇인가에 늘 깨어 있어야 한다.

아름다운 국토의 산하에 새봄이 왔다. 이명박 정부라는 이름의 역사의 날개에 실려와 우리는 지금 여기 서 있다. 우리들 각자는 이 사회에 어떻

게 기여하고 있는지 생각해 보아야 한다. 우리 각자는 마음을 가다듬고 새롭고 깨끗한 역사의 봄으로 가꾸는 데 스스로 유익한 사람이 될 수 있는 길을 찾아야 하겠다.

인생의 세 가지 계명

해마다 맞이하는 푸르고 싱그러운 5월, 청소년의 달이면 각 사회단체에서는 어려운 환경에서 자라는 청소년들을 위로하고 격려하는 자리를 갖는 것을 보게 된다. 위로와 격려를 받은 청소년들은 인간의 거대한 스승인 고난과 역경의 교훈을 배우면서 무한한 가능성을 지니고 자라고 있는 것이다. 여유 있는 가정에서 자라나는 청소년들은 온실에서 자라나는 화초처럼 생명력이 약하고 끈기와 집념이 없기 쉽다. 하지만 벌판에서 비바람을 맞으면서 자라나는 잡초가 생명력이 강하듯이 어려운 환경에서 자라는 아이들에게는 고난과 역경에서도 굴하지 않는 용기와 저력이 잠재해 있다. 추위에 떨어본 사람만이 태양의 따뜻함을 절감하게 된다. 배고파 울면서 빵을 먹어본 사람만이 인생의 깊은 의미를 깨달을 수 있다. 잔잔한 바다에서는 훌륭한 뱃사공이 나오지 않는다. 폭풍과 격랑이 험난한 바다에서 유능한 뱃사공이 길러진다. 인간은 고통 속에서 성장한다.

철학자 쇼펜하우어와 야스퍼스는 "고통은 인간의 본질이요, 고난은 인간의 속성"이라고 갈파했다. 괴로움이 없는 인생은 없다. 괴로움을 지혜와 슬기로 이겨내고 원대한 희망과 꿈을 갖고 튼튼하고, 밝고, 부지런하게 살아가느냐에 인생의 성공과 실패가 달려 있다. 오늘날 복잡한 사회를 살아가는 데 3가지 지켜야 할 계명이 있다. 기독교의 십계명은 옛날 이스라엘 사람들이 지킨 인생과 사회의 금언으로 모든 행동의 준칙이 되었다. 이 3가지 계명도 우리들이 날마다 지켜야 할 원칙으로 행동의 기준이 되었으면 싶다.

인생의 첫째 계명은 "속이지 말자."는 것이다.
우리 사회는 거짓말이 너무 많은 것 같다. 우리 생활에는 속임수가 너무도 흔하다. 사람을 속이는 거짓말은 언젠가 진실 앞에 무릎을 꿇게 돼 있다. 언론에 보도된 각종 범죄를 보면 일일이 열거하지 않아도 속이고 속는 우리 사회의 실상을 보면서, 세상에 사람은 많아도 믿을 수 있는 사람은 새벽하늘의 샛별처럼 보기 드물다고 개탄하는 소리가 많다. 진실하고 정직하고 신의 있는 사람을 대하면 눈물이 나도록 고마움을 느낄 때가 있다. 그런 사람에게는 절을 하고 싶어진다. 속이지 말자. 거짓말하지 말자. 이것을 우리의 생활의 신조로 삼고 살아야겠다.

인생의 둘째 계명은 "헛되이 놀지 말자."다.
일하기 싫어하고 놀기만을 좋아하는 젊은이가 많은 것을 보게 된다. 땀 흘리기 싫어하고 편하고 쉽게만 살려고 한다. 국민소득 2만 불이 안 되는 시점에서 이대로 주저앉지 않나 걱정된다면 기우일까! 일하는 자가 대접받고 빈둥빈둥 노는 사람은 푸대접받는 사회. 그것이 우리가 기대하는 바람직한 사회다. 부지런한 손은 축복받은 손이다. 게으른 손은 저주받은 손이다.

러시아의 문호 톨스토이의 만년의 작품인 『이반의 바보』에는 이상적인 가치관과 바람직한 생활철학이 그려져 있다. "누구든지 부지런히 일해서 굳은살이 박인 사람은 식탁의 제일 상좌에서 따뜻한 밥을 남보다 먼저 먹을 수 있지만, 빈둥빈둥 놀아서 손에 굳은살이 박이지 않은 사람은 식탁의 제일 밑자리에 앉아서 남이 먹다 남은 찌꺼기의 찬밥을 맨 나중에 먹어야 한다."는 것이다. 일하는 사람은 모름지기 대접을 받고, 게으른 자는 마땅히 푸대접을 받아야 한다는 얘기다. 나태의 나무는 쇠망의 벌레가 먹고 불행의 낙엽이 떨어진다. "헛되이 놀지 말자." 이 평범한 계명을 우리의 생활신조로 삼고 살아가야겠다.

인생의 셋째 계명은 "싸우지 말자."는 것이다.

학원폭력이 난무하고 있다. 학교에서 폭력으로 귀찮게 하는 학생에게 참다못해 칼로 죽이기까지 했다. 피해자가 가해자가 되는 순간이다. 한때의 만용이 폭력으로 후배를 괴롭히고 싸움을 벌여 주위를 불안하게 한다. 가정에서도 재산문제로 부부간·형제간의 폭력과 살인이 벌어지고 있다. 폭력은 또 다른 폭력을 낳는다. 저마다 훈훈한 마음으로 서로 아끼고 서로 사랑해야겠다.

마음의 밭에 화목의 나무를 심어야 한다. 정신의 밭에서 싸움의 독초를 뽑아야 한다. 화목의 나무에는 즐거움의 꽃이 피고 감사의 향기가 풍긴다. 싸움의 나무에는 불행의 벌레가 먹고 파멸의 열매가 떨어진다. 서로 싸우지 않기로 힘쓰고 서로 화목하기를 노력해야 하겠다.

속이지 말자, 헛되이 놀지 말자, 싸우지 말자. 이 지극히 평범한 인생의

3가지 계명을 날마다 실천할 때 생활은 밝아지고 자신과 가정과 사회는 아름답고 번영할 것이다. 기성세대인 어른들은 청소년의 달을 행사로만 끝낼 것이 아니라 날마다 청소년 보호 선도를 위해 봉사와 희생을 아끼지 않는 지역사회의 촛불이 되어야겠다. 또 위로와 격려를 받은 청소년들은 감사하는 마음을 가져야 하겠다. 감사할 줄 아는 사람은 마음이 풍요로운 사람이요, 마음이 가난하지 않다. 마음이 가난하지 않은 사람은 여유가 있고, 또 남을 도울 수 있는 힘이 생긴다.

자연에서 배운다

날씨의 변덕은 가히 요지경이다. 아침저녁에는 쌀쌀한 늦가을 기온이고, 낮에는 한여름 무더위를 느끼게 한다. 세계 곳곳이 기상 이변으로 몸살을 앓고 있다. 심한 가뭄 끝에 집중호우가 쏟아지고, 찜통더위 끝에 살인한파가 닥치는 식의 기후 양극단 현상이 벌어지고 있다.

전문가들은 기상이변의 원인은 지구 온난화 영향이 큰 것으로 보고 있다. 지구 온난화를 일으키는 이산화질소의 농도는 심각하다. 대기오염 물질인 미세먼지 농도가 한국이 OECD국가 중 제일 높다. 경유 다목적 차량의 증가(35퍼센트 점유)로 대기오염도는 더욱 높아졌다. 경유 버스 한 대가 휘발유 승용차 20대분의 오염물질을 쏟아낸다. 서울의 대기오염을 3분의 1만 낮춰도 노인의 심장질환을 50퍼센트 줄일 수 있다고 한다.

날마다 마시는 물의 오염도 심각하다. 시민들의 식수원인 팔당호 상수원 보호구역 안의 수많은 음식점에서 구정물을 바로 강물로 흘려보낸다. 또 크고 작은 공장에서 폐수가 흘러내리고 소 · 돼지 축사에서 배설물을 마구 쏟아낸다.

우리나라의 4대 강부터가 부영양화富榮養化와 녹조현상으로 우리의 목숨을 위협하고 있다. 지구 생명체의 터전인 흙이 오염되고, 산성화로 인하여 지력이 쇠퇴되어 문명의 종말을 예고하고 있다. 지구촌 곳곳에서 일어나는 기상 이변과 자연 생태계 변화는 인류에 대한 자연의 복수라는 얘기가 설득력 있게 들린다.

사람은 산소와 물을 만들어 내지 못한다. 나무나 풀만이 산소를 만들고 물을 맑게 간직한다. 산소와 물이 없다면 사람이 어떻게 살 것인가! 사람이 나무나 풀을 잘 보호해 주어야 자연은 깨끗한 산소와 물로 보답한다.

공룡은 2억 년 전 지구를 지배했었다. 인간 이전의 시대에 공룡은 지구의 제왕이었다. 공룡의 삶은 거침이 없었다. 무소불위였다. 먹을거리를 획득하는 데 아무런 불편이 없었다. 그 거대한 몸집을 유지하기 위해서 어떤 나무건 주둥이 닿는 높이라면 모두 먹어치웠다. 그러나 공룡은 지구상에서 전멸하고 말았다. 공룡의 멸망에 대한 학설을 보면, 공룡은 자신에게 먹이를 제공해 준 자연과 상부상조하지 않음으로써 자연으로부터 보복을 당했다는 것이다. 반면에 곤충이나 원숭이 같은 포유동물은 자연과의 공생공존으로 지금까지 잘 살고 있다.

곤충들은 날개에 꽃가루를 묻혀 이 꽃에서 저 꽃으로, 이 나무에서 저 나무로 옮겨 다니고, 꽃과 나무는 감지덕지해서 잎과 열매를 제공해 상부상조했다. 원숭이 같은 포유동물들은 열매를 먹으면서 속살은 취하고 씨는 버리는가 하면, 먹은 것을 배설하여 다시 열매를 맺을 수 있는 새 생명의 싹을 틔우게 했다. 함께 사는 법칙을 알고 실천한 것이다.

자연과 조화를 이룬 생명체는 유구한 세월을 통해서 그 인자를 지속시킬 수 있지만, 그렇지 않은 생명체는 소멸되고 말았음을 알 수 있다. 사람이 공룡의 길을 택하느냐, 곤충이나 원숭이의 길을 택하느냐의 기로에서 공룡의 어리석음을 택하지 않아야 한다.

수년 전 남아시아의 쓰나미(지진해일) 피해는 바닷가의 해일을 막을 수 있는 맹그로 나무숲을 해쳐 리조트 시설을 했기 때문에 15만 명의 많은 인명이 참사를 당했다. 우리는 개발과 환경이 공존할 수 있는 지혜를 택해 실천해야 한다.

푸른 하늘, 초록빛 산과 들, 울긋불긋한 꽃과 황금빛 오곡백과는 생명의 빛깔이요, 맑은 물소리, 바람소리, 지저귀는 새소리, 윙윙대는 풀벌레소리는 생명의 소리다. 푸른 나무숲을 조성하고 해치지 않아야 생명의 빛깔과 소리를 보고 들을 수 있다.

자연은 만물을 낳아서 기르면서도 자기 소유로 삼지 않는다. 우주의 생명체와 사람이 모두 하나다. 이 대자연의 현묘玄妙한 덕을 생명의 빛깔과 소리로 사람들에게 베풀어 주고 있다. 우리는 자연에서 겸허하게 배워야 한다.

행복한 삶과 죽음

세상이 문명화되면서 사람들이 제명대로 살지 못하고 죽는 경우가 너무 흔한 것 같다. 생때같던 사람이 어느 날 갑자기 죽어간다. 쓰나미 사고로 순식간에 15만여 명이 죽었고, 해외여행 중 캄보디아 비행기 사고로 20여 명이 불의의 떼죽음을 당했다.

자살이 전염병처럼 번지고 있는 것도 문제다. 생활고에 견디지 못한 서민에서부터 유명 연예인까지 자살로 생을 마감하는 사례가 잇따르고 있다. 하루 평균 30명으로 48분마다 한 명꼴로 자살한다는 보도를 접하면서 인간세사 무상함을 더해 처절한 감상感傷에 빠지게 된다. 이러한 죽음은 각자가 받은 자신의 죽음이 아니기에 더욱 슬퍼하는지도 모른다. 연극이 5막이 아닌 3막으로 끝나는 경우다. 더욱이 젊은이들 중에는 채 막을 올리지 못했거나, 막을 올리기 위해 무대 앞뒤로 부리나케 뛰어다니다가 비명 횡사한 경우가 많다. 전쟁·학살·사고사와 자살은 빼앗긴 죽음이자 강제 당한 죽음, 그리고 아무나 받아들일 수 없는 낯선 죽음이다. 태산보다 무겁다는 생명이 홍모鴻毛보다 가벼워서야 될 말인가.

구약전서 시대 유대인들은 "일찍이 태어나지 않은 자는 가장 복된 자요, 어제 죽은 자는 조금 복된 자요, 아직 살아남은 자는 가장 불행한자니라." 며 절망과 허무를 노래했다. 산다는 것이 얼마나 고뇌와 절망으로 이어졌기에 이런 노래가 나왔을까 싶다.

그러나 우리 속담에 "개똥밭이라도 저승보다 이승이 낫다."는 말이 있다. 아무리 어려운 역경에 살더라도 어제 죽은 자보다는 살아있는 자가 행복하다는 생각이다. 그래서 "어제 죽은 자는 불행한 자요, 오늘 살아남은 자는 복된 자니라."고 노래하고 싶다. 어제보다 오늘이, 작년보다 금년이 지난 세기보다 새 세기의 문명화된 세상에서 살게 되기 때문이다. 그래서 살아 있는 이 순간을 맘껏 사랑하며 살아야 하지 않을까!

푸른 산과 맑은 물, 아직 오염되지 않은 희망의 땅이 있고, 새로 태어나는 어린 아이가 있는 한 인류는 행복할 수 있기 때문이다.

지구촌에 종말이 오더라도 사과나무를 심는 사람이 있을 것이고, 겨울이 물러간 자리에 봄의 새싹이 소임을 다할 것이다. 산 자들의 고난과 역경이 아무리 어렵더라도 행복을 찾기 위한 고뇌요 도전이 아닐까! 만일 갖고 싶은 행복을 비록 다 갖지 못할지라도 그 행복을 찾는 과정에서 작으나마 행복을 느낄 수도 있기 때문이다.

행복은 마음의 질량에 의해 결정되기 때문에 사람마다 다르다. 행복의 기준은 없다. 행복은 환경이 아니라 마음이다. 사람은 삶 그 자체가 절대 목적이다. 사람과 삶은 일체에 앞선 것이기 때문이다.

사람마다 이처럼 행복하게 살 권리가 있는가 하면 행복하게 죽을 권리도 있다. 생명을 받은 사람들이라면 누구나 행복한 죽음으로 자신의 삶을 완결지을 수 있어야 한다. 사람마다 이를 마음의 지표로 삼고 살아야 하지 않을까 생각된다. 생명이 문지방 넘어가듯 자연스럽게 저승으로 회귀되어야 한다. 사회가 존속하는 한 행복한 삶과 죽음을 보장할 수 있어야 한다. 여기에 국가와 사회가 존속하는 이유이다.

공자는 "삶도 제대로 모르는데 죽음을 어찌 알랴(未知生 焉知死)."고 했다. 사람의 죽음은 언제 어떻게 올지 모르는 것일뿐, 기필코 한 번 오고 마는 것이다. 지금 살아 있는 순간의 바로 다음 순간이 최후가 될지 모르는 일이다. 이처럼 사람은 언젠가는 죽는다.

라틴어의 경구에서는 "죽음을 기억하라Memento mori."고 했다. 마지막 삶을 잘 정리하고 품위 있는 죽음을 생각해야 한다. 쇠잔해진 불꽃이 조용히 꺼지듯 생명의 불꽃도 그렇게 조용히 꺼져야 한다. 자연스럽게 자신의 삶을 완결 지을 수 있는 죽음은 악이나 벌이 아니라 "아름다운 이 세상 소풍 끝나는 날"의 귀소歸巢로 여기는 것이다.

오래 두고 두려워하며 버티는 죽음은 최악이다. 죽어 보지 않고도 죽어가는 사람 이상으로 죽음을 의식할 수 있는 사람은 진정 삶을 삶답게 살아 본 사람이다. 잘 죽기를 준비하면 그 삶도 용기 있고 겸손하며 평화로울 것이라 믿는다. 죽음의 본체는 밝고 맑은 생의 철학에로의 길을 모색하는 것이다.

참 자유인!

초정艸丁 김상옥은 「소망」이라는 시에서 "사람이/살아가다가/꽃 위에 눈물도 뿌리고/멋있는 젊음과 사귀다가/일부러 가는 귀 먹고,/갈 때는/한 점 반딧불처럼/푸른 빛 어둠에 묻혔으면."이라며 아름다운 죽음을 읊었다.

고양이는 죽음이 임박했음을 느끼면 아무도 보지 않는 곳으로 숨는다고 한다. 비록 동물이지만 보기 흉하게 죽어가는 장면을 남에게 보이고 싶지 않아서일까 싶다. 하물며 인지가 있는 사람은 죽음 앞에서 어떠해야 할까!

성경에 이런 얘기가 있다. 어느 부유한 사람이 땅에서 많은 소출을 거두었다. 그는 속으로 말했다. "내가 수확한 것을 모아둘 데가 없으니 어떻게 하나! 곳간을 헐어내고 더 큰 것들을 지어 거기에다 내 모든 곡식과 재물을 모아두어야겠다. 그리고 나 자신에게 말해야지. 자, 내가 여러 해 동안 쓸 많은 재산을 쌓아두었으니 쉬면서 먹고 마시며 즐기리라." 그러나 하느님이 그에게 말하였다. "어리석은 자야, 오늘 밤에 네 목숨을 되찾아 갈 것이다. 그러면 네가 마련해 둔 것은 누구 차지가 되겠느냐" 자신을 위해 재화를 모으면서 하느님 앞에서는 부유하지 못한 사람이 바로 이러하다고 했던가! 사람들이 천년만년 살 것처럼 많은 것을 차지하려고 급급한 세태를 경고하는 메시지다. 이러한 세상은 이악스럽고 살벌하기만 하다.

"파초가 열매를 맺으면 파멸해 가고 대나무도 열매를 맺으면 시들어가고 노새도 새끼를 배면 죽게 된다." 이 말은 사람이 명리名利를 탐하면 스스로 파멸해 간다는 경고다. 명리를 탐하고 사는 세상의 소용돌이 속에서 잠시 가던 길을 멈추고 자신을 되돌아보며 마음과 행동을 가다듬어야 하지 않을까 싶다.

한국불교의 큰 별이었던 성철 스님은 80평생을 살아오면서 가진 것이라고는 몽당연필, 앉은뱅이책상, 누더기 장삼 한 벌이 전부였다. 마지막 가는 마당에는 누더기 장삼 한 벌마저 버리고 열반했다. 스스로 선택한 마음의 청빈에서 맑고 조촐한 가운데 넉넉한 삶을 살다 간 그 정신만이라도 배워 실천한다면 한결 가볍게 떠나갈 수 있는 마지막 길을 준비하는 삶이 되지 않을까 생각한다.

나뭇잎을 말끔히 떨쳐버린 나목을 바라보며 계절이 보여주는 살풍경함만을 느껴서는 안 된다. 비본질적인 삶의 부스러기들을 떨쳐 버림으로써 본질적인 삶을 이룰 수 있다는 암시요 계시로 받아들일 수 있다면 한 걸음 앞서 깨끗한 죽음을 준비하는 삶이 아닐까 여겨진다. 이처럼 범속한 삶에서 벗어나려면 결단과 용기가 있어야 한다. 선뜻 버리는 공간과 여백은 본질과 실상을 떠받쳐 주고 있는 것이다. 마음의 여백은 삶의 본질을 새롭게 인식하게 해주기 때문이다. 의식의 개혁은 이미 있는 것에 대한 변혁이기보다는 삶의 공간과 여백에서 찾아내는 새로운 삶의 양식이다.

의식의 개혁 없이는 새로운 삶은 이루어질 수 없다. 잎이 말끔히 져버린 나목은 그 빈자리에 새 봄에 틔울 싹을 마련하듯이 거칠고 살벌한 이 풍진 세상에서도 마음 안에는 원천적으로 여리고 부드러움이 내재되어 있어 언제나 새로운 삶을 준비할 수 있다.

사람이 산다는 것은 끝없는 탐구이며 시도이며 시험이다. 한 생각 돌이켜 선뜻 버리고 새로운 사유로 삶의 여백을 지닐 수 있어야 한다. 우리의 눈을 현란케 하는 세상의 외양과 물량공세를 멀리 두고 바라보며 올 때 빈손으로 왔던 것처럼 갈 때도 빈손으로 가게 된다는 것을 생각하고 삶의 마지막을 준비하는 삶을 살아야 하지 않을까 싶다.

생명을 받은 사람으로서 행복한 죽음으로 삶을 마감할 수 있어야 한다. 명대로 살다가 편하게 죽는 죽음이어야 한다는 말이다. 이런 죽음을 인간 오복의 하나인 고종명考終命이라 했다. 그런데 이런 복을 누리기가 그렇게 쉽지만은 않은 것 같다. 세상이 문명화되면서 명대로 살지 못하고 죽는 경우가 너무도 많기 때문이다. 전쟁으로 인한 학살, 어린이 유괴살인. 각종 재해. 안전사고, 더욱이 지금 시대가 인명재천이 아니라 인명재차在車시대의 교통사고가 그렇고 심지어 자살로 자기 목숨을 끊는 경우도 허다하다. 이런 사람은 생명을 받을 때 함께 받은 죽음이 아니다. 이는 빼앗긴 죽음이자 강제당한 죽음이고 아무나 받아들일 수 없는 낯선 죽음이다. 사람마다 행복하게 살 권리가 있듯이 행복하게 죽을 권리 또한 있어야 한다. 국가사회가 존속하는 한 이것을 보장해 주어야 한다.

늙어서 오랜 투병으로 가족에게 부담과 불편을 끼치다가 죽는 경우도 많다. 그래서 인생을 어떻게 살았느냐는 관 뚜껑 닫을 때 봐야 안다고 했던가! 어떻게 하면 인생을 보람 있고 건강하게 살다가 문지방 넘어가듯 대문을 나가듯, 자연스럽고 행복하게 떠날 수 있을까! 이것은 우리들의 영원한 마음속의 논쟁거리요 숙제다. '죽음을 기억하라' 는 말처럼 죽음을 항상 준비하면서 살아가야 한다. 미리미리 빚진 것 다 갚아 주고 그래도 남은 것 있다면 다 나눠 주어 버리고 죽음을 준비하는 사람은 참으로 아름답고 숭고하기까지 하다. 언제 어디로 갈 것인가! 바람이 부니 바람 따라 사는 데까지 살다가 때가 오면 언제라도 마지막 가진 것도 다 훌훌 털어버리고 북망산을 찾는 사람은 참 멋있고 행복한 사람이다. 참 자유인이다.

Wake up Korea!

제2부

아름다운 인간관계

부모와 자식 간의 사랑만이 희망이다

자식이 부모를 버리거나 생매장하는 기로속棄老俗이 있었던 때 얘기다. 중국 초나라의 원곡原穀의 할아버지가 늙고 병들자 당시 관습대로 원곡의 아버지는 아들에게 할아버지를 산중에 버리고 오도록 시켰다. 원곡이 할아버지를 버리고, 싣고 갔던 수레를 끌고 돌아오자 아버지는 호통을 쳤다. "그 흉물스러운 것을 버리지 않고 뭣에 쓰려고 다시 가져왔느냐!" "아버지도 머지않아 늙고 병들 텐데 그때 다시 쓰고자 가지고 왔습니다"고 했다. 이에 원곡의 아버지는 크게 깨달은 바 있어 버려진 노부를 모셔와 극진히 모신 것이 효도의 효시가 되었다고 전한다.

이민가려는 데 거추장스럽다고 노모를 제주도에 버리고 간 사례가 있더니, 재산 욕심으로 부모를 난자해 죽이고 집에 불을 지르기까지 하더니, 생활력이 없는 70노인이 서울에 사는 다섯 자식들로부터 버림받고 자신이 모실 길이 없는 노모를 목을 졸라 살해한 살어미殺母사건이 있었다. 원시적 미개 사회의 살노殺老시대로 회귀하는 인간정신의 추락을 보는 것 같아 경악을 금할 수 없다.

우리 사회가 안고 있는 문제는 모두 가정에서 비롯되고 있음을 볼 수 있다. 부한 가정이 선한 가정의 표준이 아니다. 반대로 가난한 가정이 꼭 악한 가정이 되는 것도 아니다.

무쇠의 건각健脚으로 인간의 한계에 도전하여 세계를 제패한 마라토너 황영조 선수에게서 부모자식 간의 뜨거운 사랑만이 희망임을 볼 수 있어 그래도 다행이라 생각했던 적이 있다. 그는 결승점에 골인한 후 왜 쓰러졌느냐는 기자들의 질문에 "순간 어머니 생각이 나면서 긴장이 풀려 갑자기 다리에서 쥐가 났다."고 하여 외국 기자들의 폭소를 자아냈다. 그가 왜 골인하는 순간 어머니를 떠올렸을까! 황 선수가 말한 '어머니'라는 세 음절의 단어는 오직 자식에게 희망을 걸고 희생적인 사랑과 고난의 역경을 이겨낸 눈물진 삶의 상징어이기 때문이다. 그때 사람들의 마음을 감동케 했던 것이 무엇이었는지, 그다지도 온 나라를 들끓게 했던 것이 무엇이었는지 곰곰이 생각하게 된다.

너나 할 것 없이 이기주의적인 황량한 세태에서도 아직 어디엔가 살아 있는 어진 부모에게 착한 자식이 있다는 것이었다. 황영조 선수의 피나는 노력이 있었겠지만 그 뒤에는 아들의 건강과 성공을 밤낮으로 비는 어머니의 눈물겨운 정성이 있었다. 황 선수의 우승이 세상엔 의외였는지 모른다. 분명 하늘이 준 것을 사람은 알 수 없는 것일까! 모르기 때문에 뜻밖이라고 했을 것이다. 그러나 뜻밖이 아니다. 인간의 노력과 정성에 천운이 맞춰진 것이다.

"어부인 부모님께 금메달을 바치고 싶습니다. 제가 떠나온 뒤 밤낮으로 기도하는 어머니께 조금이라도 도움이 되었으면 하고 노력했을 뿐입니다." 황 선수의 우승소감이다. 그는 거창한 구호도 내세우지 않았다. 조국이나 민족도 들먹이지 않았고 "손기정 옹의 말을 되새겼다."는 말뿐이었다. 그에게는 오직 부처님 앞에 빌고 계실 어머니의 모습이 전부였다. 부모를 기쁘게 해드리는 것 이상의 더 좋은 효행이 어디 있겠는가! 황 선수가 뼈를 깎는 훈련의 고달픔을 이겨낼 수 있었던 것은 해녀와 어부로 일하는 어머니와 아버지의 고생에 보답하겠다는 마음의 결의가 전부였다. 그에게는 가난한 가정환경이 오히려 희망의 싹을 키워주었다. 황 선수 외에도 양궁의 금메달리스트 조윤정은 어떤가. 서울의 달동네 10평에 7백만 원짜리 전셋집에 살고 있었다. 파출부인 홀어머니의 딸이다. 유도의 김미정은 메달도 메달이지만 부모의 전세방을 넓혀 줄 수 있는 연금에 기쁨을 감추지 못했다. 핸드볼의 남은영은 끼니와 학비를 해결하기 위해 간호사의 꿈을 버리고 운동을 택한 소녀가장이었다.

미당 서정주 시인이 "나를 키운 것은 8할이 바람이었다."고 했듯이 이들에게 메달을 쥐게 해준 것은 모두 '가난의 바람'이었다고 할 수 있다. 여기에 성공한 메달리스트들의 사례를 들었다.

그 무렵 동기와 목적이 불분명한 엽기적인 지존파 살인사건이 있었다. 이들이 가난해서 진학을 못했고, 성공의 대열에 들지 못했더라도 스스로의 노력으로 막노동판에서라도 땀 흘려 일을 했거나, 집단을 조직하고 인명의 살상을 꾀하는 기지와 용기로 고통을 이겨내고 열심히 운동이라도 했더라면, 끔찍한 범행으로 사형을 당하는 길은 가지 않아도 되지 않았을까 하는 안타까운 생각이다.

아직 우리 주변에는 가난을 숙명처럼 받아들이고, 가난을 세습하며 무기력하게 살아가거나, 내가 잘못된 것은 부자나 기득권층, 공부깨나 한 사람들이라거나, 못난 부모 탓이란 피해의식에 사로잡혀 있는 것이 문제다. 우리에게 중요한 것은 부모와 자식 간의 사랑이 선한 가정의 바탕에 있어야 하고, 가난에서 탈피하려는 노력과 열성이 있어야 한다.

불륜과 부도덕이 판을 치는 이 시대지만, 진정으로 지녀야 할 덕목은 부모와 자식 간의 올바른 관계설정이다. 선한 사람의 바탕에는 선한 부모가 있다. 선한 가정이 그 바탕이다. 이런 선한 가정의 모임이 바로 사회요, 국가여야 한다.

조국을 빛나게 한 금메달리스트 얼굴들의 면면을 보면 모두 가난한 가정에서 자라나 고난을 이겨내고, 그 속에서 맡은 일을 성실히 했던 결과다. 황영조의 일백 여리 고독한 싸움의 길은 가난한 부모님이 자신을 위해 바친 사랑과 정성을 생각하며 꼭 금메달을 따내는 것만이 아니라, 자기에게 맡겨진 일에 최선을 다하는 것이 효도라고 생각했던 것이다. 부모와 자식 간에 주고받는 사랑과 정성이 고난과 역경을 이겨낼 수 있었던 것이다.

하늘은 스스로 돕는 자를 돕는다. 때는 그냥 주어지지 않는다. 오직 준비하는 자에게, 노력하는 자에게 주어지는 것임을 가정의 덕목인 효행에서 배울 수 있다.

지금 우리는 동방예의지국의 국민정신도, 백의민족의 혼도 무디어 축이 부러진 수레가 되어가고 있는 지경이 아닌가 싶다. 수레바퀴를 돌릴 수 있는 중축中軸이 필요하다. 이 중축이 바로 가정에서 부모와 자식 간의 사랑으로 효가 되살아나고, 근면성실의 덕목을 지키는 것만이 우리들의 희망을 이룩할 수 있다고 본다.

폭력이나 사술에 의한 쟁취가 아니라, 선한 가정의 부모와 자식 간의 진정한 사랑이 평화로운 가정의 바탕이 되어야 한다. 이런 바탕 위에 질서 있고 안정된 사회와 국가가 이룩될 것이다.

너와 나의 만남을 소중하게

사람은 태어날 때부터 수많은 만남을 갖게 된다. 막 태어났을 때 어머니와의 만남을 시작으로 가족·이웃·친인척, 성장과정에서는 친구, 사회생활에서는 직장동료, 상하관계 등 수많은 만남을 통해서 때론 기쁨과 시련을 겪으며 성장해 간다. 어쩌면 인생은 만남의 연속선상에서 살아간다고 할 수 있다.

독일의 의사요 작가였던 함스 카로사Hams Carrossa는 "인생은 만남이다."라고 했다. 이것을 불가에서는 인연이라고도 한다. 옷깃만 스쳐도 인연이라는데 인생의 여러 만남 중에서 특별히 깊은 만남이 있다. 공자와 그의 제자 안연의 만남은 인격과 인격끼리의 성실한 교육적 만남이요, 괴테와 실러의 해후는 우정과 우정의 두터운 인격적 만남이다. 단테와 베아트리체의 만남은 이성과 이성의 맑은 순애적 만남이요, 아벨의 번제를 시기하고 동생을 죽인 형 카인의 만남은 미움과 미움의 저주스러운 비극적 조우였다.

실존철학자 야스퍼스는 인생의 만남에 대해 두 가지 형태를 말했다. "하나는 겉 사람과 겉 사람끼리의 만남인 피상적 만남이요, 다른 하나는 인격과 인격끼리의 실존적 만남이다." 라고 했다. 너와 나의 깊고 성실한 만남, 이것이 우리가 갖고 싶은 조우요, 이 조우 위에 인생의 행복이 건설된다.

너의 참과 나의 참이 만나는 것처럼 기쁘고 행복한 일은 없다. 좋은 부모를 만나는 행복, 성실한 친구를 만나는 즐거움, 훌륭한 스승과 믿음직한 제자를 만나는 보람, 착한 아내와 훌륭한 남편을 만나는 기쁨 등은 너와 나의 성실한 참 만남이다. 이러한 만남 위에 진정한 인생의 행복이 건설된다.

그러나 우리가 알아야 할 것은 좋은 만남보다는 마음에 내키지 않는 만남, 내 생각과 뜻이 맞지 않는 만남, 참 만남이 아닌 거짓 만남이 많은 데 인생의 어려움이 있다. 스스로 선택하여 일생을 언약한 부부도 살다보면 뜻이 맞지 않아 툭탁거리며 싸우기도 하고, 심지어 헤어지는 경우도 많다. 타의에 의한 만남이면서 같은 목적과 임무를 띠고 같은 일터에서 일하게 되는 경우도 많다. 이러한 만남이 기쁨과 즐거움과 보람이 있는 만남이 되기 위해서는 상대방을 이해하려는 노력과 정성이 필요하다.

사람의 잘못이나 흠결欠缺이 그 사람의 한 부분이거나 일시적인 것이지 전부가 아니라는 점을 알아야 한다. 한순간의 잘못이나 실수를 보고 그 사람의 전부인 양 '이때다' 하고 매도하거나 치부하는 것은 장님 코끼리 만지기가 되기 쉽다. 장님이 코끼리 다리를 만져 보고는 "코끼리는 기둥과 같다."고 했고, 코끼리 배를 만져 보고는 "코끼리는 벽壁과 같다."고 하는 것처럼, 사람을 어느 한 면만을 보고 재단裁斷해서는 안 된다.

세상에 완벽한 사람은 없다. 사람들은 다 장단점이 있게 마련이다. 다른 사람의 좋은 점을 봤으면 격려해 주고, 단점을 봤을 땐 질책이나 따끔한 충고 이전에 일단 감싸주는 것이 서로의 만남을 소중히 하는 길이 될 것이다. 우리가 사는 사회는 출생성분 · 성장배경 · 성격 · 학력 · 사고력 · 생활환경 등이 다르다. 이처럼 여러 가지 면에서 서로 다른 사람끼리의 만남이니 항상 좋을 수만은 없다. 만남을 소중히 여기고 서로 이해하기 위해서는 역지사지易地思之, 서로 입장을 바꾸어 놓고 생각해 보는 노력이 있어야 한다. 너와 나 사이에서 '내'가 '너'의 처지였을 때 '나'라면 과연 어떻게 했을까 하고 상대방의 실수나 과오를 너그럽게 이해하는 관용이 필요하다. 그러기 위해서는 대화와 이해를 통해 만남의 인연을 소중히 여기는 가운데 우리라고 하는 공존의 사회에서 함께 행복한 삶을 살 수 있지 않을까 생각된다. 사회생활을 하다 보면 작든 크든 조직의 틀 안에 있게 마련이다. 사람과 사람 사이, 마음에 드는 사람이 있는가 하면 싫은 사람도 있다.

사람은 바뀌어도 조직은 오래 남아 있는 경우가 많다. 그 조직에서 영원히 기억될 수 있는 사람이 되기 위해서는 나와 다른 남을 인정하고 포용할 줄 알아야 한다. 나와 다른 남이 있어야 조직은 다양성을 유지하면서 여러 기능을 발휘할 수 있고, 창의력이 개발될 수 있다. 세상은 혼자 살 수 없다. 함께 살아가기 위해서 독불장군이 되어서는 안 된다. 너와 나, 서로서로 협동하는 가운데서 만이 가정과 사회조직은 화합하고 발전할 수 있다. 이것은 '너와 나의 만남'을 소중히 여기는 데서부터 시작된다. 화합도 분열도 '너와 나의 만남'에서 시작되고 끝나게 되는 것이다.

이 세상에 죄 없는 자 그 누군가! 간음한 여인을 둘러싸고 돌로 쳐 죽이라고 소리치는 군중을 향해서 "죄 없는 자, 저 여인을 돌로 쳐라!"고 말하자 나이 많은 사람들부터 모두 그 자리를 떠나버리는 장면이 성서에 쓰여 있다.

너는 간음한 여인이고 나는 깨끗하다고! 이렇게 '너와 나' 사이를 이분법적으로 획을 긋는 한 열차의 레일처럼 '너와 나'는 영원히 만날 수 없는 길을 가는 사이가 될 수밖에 없을 것이다. 우리 가정도 사회도 '너와 나'의 만남에서 시작되고 끝나게 된다는 것을 알아야겠다. 서로의 만남을 항상 소중히 생각하며 살아야겠다.

진정한 교우관계

유교사상의 근간인 『논어論語』의 20편 5백 개 문장 중, 첫 장에 "친구가 있어 먼 곳으로부터 왔으니 이 어찌 즐겁지 아니한가(有朋而自遠方來 不亦樂乎)."로 시작된다. 예나 지금이나 정답고 서로를 알아주는 친구가 있다는 것은 인생의 즐거움이요, 보람이 아닐 수 없다.

사람은 학교·직장·사회생활을 통해서 많은 만남의 관계가 있지만 같이 있을 때 뿐, 헤어지면 관계가 끝나 버리는 경우가 많다. 친구는 만나는 많은 사람 중에서 선택해야만 성립된다. 직업이 같고 취미가 같은 것만으로도 안 된다. 서로의 마음이 통하고 호의를 느껴야만 친구가 될 수 있다. 보나르는 우정을 "정신궁전에서의 마음과 마음의 향연"이라고 찬미했다. 친구 중에서도 '나를 진정으로 알아주는 친구(知己之友)'가 있느냐가 중요하다. "나를 낳아준 분은 부모지만 나를 알아주는 것은 포숙아"라고 관포지교管鮑之交의 관중管仲이 말했듯이 인간관계 중에서 운명적인 만남보다도 선택적인 만남인 우정을 인생의 중요한 가치로 높이 받들고 있는 것이다. 친구는 나이, 직업의 귀천, 지식의 유무에 상관없다. 노인이 어린이에게 "너와 나는 이제 친구다."라고 말하는 것을 볼 수 있다. 외국의 경우 대학교수가 작업복을 입은 노동자와 식당에 앉아 담소하는 것이 조금도 어색하지 않고 자연스럽게 보이는 것은 마음만 맞으면 누구나 친구가 될 수 있기 때문이다.

친구 사이에 무엇보다 중요한 것은 얼마나 인간적으로 맺어진 관계냐는 것이다. 친구 간에 최대의 적은 배신이다. 단테의 『신곡』 「지옥」편에 보면 죄가 클수록 지옥의 맨 밑바닥에서 무서운 형벌을 받고 있는데, 최하층인 9층에서 배신죄를 범한 세 사람이 벌을 받고 있다. 하나는 예수를 배반한 유다이고, 두 사람은 막역한 친구인 카이사르를 배반한 브루투스와 카시우스다. "브루투스, 너까지도!"라고 절규하며 죽어간 친구를 저버린 죄값이 아닐까.

서로의 이해에 얽혀 친구를 이용하려들고 자기에게 불리해지면 외면해 버리기 일쑤인 세대다. 어느 철인哲人은 "옛날의 교우가 가마솥이라면 현대의 교우는 알루미늄 그릇"이라고 개탄한다. 이해득실에 따라 쉽게 식어 버리는 교우 관계를 지적한 것이다. 이는 공리功利를 초월한 진정한 우정이 없기 때문이다. 저마다 고독한 군중으로 전락하기 쉬운 오늘의 대중사회에서 부담없이 만나고 서로를 이해하는 진정한 친구가 있다면 항상 인생을 즐기며 살아갈 수 있을 것이다.

지금 세대들은 어릴 때부터 고향에서 함께 자라며 친구의 부모나 친구의 자녀들과 서로 교분을 갖고 지내는 관계는 참으로 보기 어렵다. 지금 고향을 잃어버린 시대에 살고 있기 때문이다. 직장 따라, 학교 따라, 또 재산 증식을 위해 자주 이사하며 살다 보니 친구 아버지를 알 수 없고, 아들의 친구를 알고 지내는 경우는 매우 드문 것 같다. 인간관계는 대代를 이어 유지될 수 없고 헤어지면 관계가 끝나 버리는 게 요즘 세대다. 살아가면서 어느 곳에서건 만나고 헤어지는 무수한 관계에서 사랑과 미움, 믿음과 불신을 겪으면서 인정의 따스함도, 매섭게 차가움도 느끼면서 살아가게 된다.

서로의 관계를 이성적으로 처리할 수 있는 방법을 찾아야 한다. 너와 나의 허심탄회한 만남이어야 하고, 서로의 이해가 상충될 때는 차분한 대화로 타협을 모색할 줄 알아야 한다. 서로의 관계는 '주고받는(give and take)' 사이여야 한다. 주기만 해도 피곤하고 받기만 해도 부담이 되기 때문이다. 아집과 명분이나 긍지만으로 지나치게 자신을 내세워도 안 된다. 항상 서로의 이해와 관용으로 따뜻이 포용할 수 있는 관계를 계속 유지하는 가운데만이 진정한 교우관계는 유지될 수 있을 것이다. 조선시대 명문名門 다산 정약용 선생의 자제와 제자 사이의 3대에 걸친 교분은 이 시대에는 찾아볼 수 없는 것일까!

일생업－生業을 가져라

프랑스의 문인 앙드레 모로는 "인생을 살아가는 기술의 하나는, 하나의 공격목표를 선정하고 여기에 온 힘을 집중하는 데 있다."고 했다. 이 말은 인생을 살아가는 방법과 지혜를 가르친 간결한 표현이다.

요즘 주변에서 보면 월급이 적고 처우가 나쁘다고 철새처럼 직장을 자주 옮겨 다니는 경우가 많다. 또 하루아침에 경기가 좋다는 업종으로 바꾸는 것을 다반사로 여기고 있는 세태다. 내일이 없는 사회의 어두운 장래를 내다볼 수 있는 것 같아 안타깝기만 하다.

중소기업의 많은 근로자들의 이직離職 실태가 그렇고, 도심의 거리 심지어 시골에까지 우후죽순처럼 퍼지고 있는 노래방·단란주점·다방·러브 호텔의 간판이 우리 경제가 다양하지 못하고 얕다shallow는 실례가 증명되고 있다.

직업을 선택하는 데 있어서 중요한 것은 자신의 천분天分과 개성에 맞고 삶의 보람을 누릴 수 있으며, 사회에 유익하고 가치 있는 일이어야 한다. 일단 자신의 직업으로 선택한 이상 혼신의 힘을 집중해야 한다. 한결같이 집중된 힘처럼 무서운 것은 없다. 힘이 분산되면 큰일을 하지 못한다. 어느 목표든 힘을 집중하면 안 되는 일이 없다. 사람의 생각과 능력과 시간과 정성을 목표를 향해 오래 집중하는 자가 성공하고 큰일을 한다. 생애의 사업을 가져야 한다. 죽는 날까지 일생 동안 실현하고 추구하는 사업이 있다면 쉽게 늙지도 않을 것이다.

일생업을 갖기 위해서는, 첫째, 일을 하는 데 있어 진심으로 임해야 한다. 일에 대하여 마음을 다하지 않는 것은 일이 자신의 인생 그 자체라고 생각하지 않거나, 자기 일이 아닌 남의 일이라는 의식이든가, 마음에서 우러나 능동적으로 하는 것이 아니라, 남이 시켜서 마지못해서 자기가 아닌 가짜 모습으로 임하기 때문이다. 모든 일에 겉마음이 아니라 속마음으로 임해야 한다. 정말로 들어가고 싶은 학교나 회사에 시험을 칠 때처럼, 있는 힘을 모두 발휘하기 위해 필사적으로 노력하는 것처럼 하는 일에 진심을 다하고 그 일에서 인생을 찾아야 한다.

둘째, 자기가 하는 일의 프로페셔널이 되라는 것이다. 예능인이든, 스포츠맨이든 프로페셔널은 자신이 가지고 있는 기능을 상품으로 팔고 있는 것과 같다. 일반적인 직업세계에서 프로페셔널과 아마추어라는 말은 잘 사용하지 않지만, 급료를 주고 생활을 보장해 주는 경영인의 입장에서나,

서비스를 받는 고객의 입장에서도 프로페셔널한 기능을 발휘해 줄 것을 기대하고 있는 것이다.

프로페셔널은 자기가 하고 있는 일에 대해 직업적 양심을 갖고 스스로 기량을 향상시키기 위해 끊임없이 각고의 노력을 다해야 한다. 프로페셔널은 조그만 실수도 용납되지 않는다. 그러기 위해서는 계속해서 엄격한 수련을 쌓아 최고의 기량을 발휘할 수 있어야 한다.

셋째, 에이스적인 직업인이 되라는 것이다. 프로야구의 에이스는 그 팀에서 가장 믿을 수 있는 투수이다. 꼭 이겨야 하는 시합에는 선발투수로 기용되고 완투完投하여 팀에 승리를 안겨주는 사람이다. 멤버들로부터나 관객들로부터 전폭적인 신뢰를 모으는 사람이 바로 에이스다. 직장의 에이스도 이와 똑같은 의미를 갖는다. 회사가 핀치를 맞으면 몸을 던져 그 회복을 위해 진력하고, 찬스가 도래하면 선두에서 공격을 가하여 찬스를 잡는다. 그 행동에 직장의 상하 동료들은 물론 고객들의 신뢰를 받게 됨으로써 그는 승승장구할 수 있는 사람이다.

우리 기업인들도 가족적 기업경영 풍토인 산업 가부장제적 노사철학이 있어야 한다. 노사문제에 있어서 기적을 이루고 성장한 일본 굴지의 석유회사인 이데미스出光興産처럼 노동자를 이윤의 수단으로서가 아니라 가족주의적인 시각에서 노사경영에 임해야 한다. 그러한 기업은 반드시 성공할 것이고 철새처럼 떠나는 직장인도 없어지게 될 것이다.

서독의 파업일수가 세계에서 가장 적은 이유는 무엇일까. 산업 가부장제의 전통이 살아 있어 인간 위주의 기업경영 풍토가 유지되기 때문이라고 한다. 세계에서 가족주의 의식이 가장 강한 우리의 역사와 전통을 감안하여 기업가들이 이런 노사철학으로 임한다면 기업인과 직장인은 자연히 일생업을 갖게 되어 기업은 확장되고, 가정과 사회는 안정되며, 나라의 경제는 발전하게 될 것이다.

사람은 일생동안 자기 일에 열과 성을 다해야 한다. 자기 일에 미칠 정도가 되어야 한다. 대성한 사람이나 대업을 성취한 사람은 모두 자기 일에 신명身命을 바친 사람이요, 일심불란一心不亂으로 정열을 쏟은 사람이다. 우리는 일터의 일꾼들이다. 전심전력을 다하여 일생동안 변함없이 한 직장을 지키면, 직장은 그 직장인과 그 가정을 지켜줄 것이다.

요즘 경제 사회적 상황이 한 직장에서 오래 머물러 있을 수 없는지 모른다. 장래를 보장해 주지도 않고 전망도 없는 직장이라면 떠날 수밖에 없다. 하지만 선택하는데 신중을 기하고, 일단 선택했으면 어느 정도 끈기를 가지고 열심히 하는 데까지는 직장을 지켜야 한다. 철새처럼 자주 직장을 바꾸는 사람은 신뢰성과 자신의 몸값을 낮게 만드는 경우를 보게 되기 때문이다. 만일 자신이 오너라면 직장을 너무 자주 옮긴 이력이 있는 사람을 채용하기 좋아할 것인가를 직장을 바꾸기 전에 한번쯤 다시 생각해 볼 일이다.

몸과 정신이 함께 가야...

미국의 사냥꾼이 아프리카로 사냥을 갔다. 야수들이 몰려 있는 곳을 찾아내 일행들은 급히 달려갔다. 그런데 한참 달리다 말고 아프리카 현지주민들이 주저앉아서 쉬는 게 아닌가. 사냥꾼이 아프리카 현지주민 반장에게 물었다. "왜 여기서 쉽니까?" 그러자 반장이 대답했다. "우리는 너무 빨리 달렸습니다. 그 바람에 정신은 뒤에 놔둔 채 몸만 앞질러 왔습니다. 정신이 뒤따라올 때까지 몸이 기다려야 합니다." 미국 사냥꾼이 항의도 하고 위협도 하고 달래기도 했다. 그러나 아프리카 주민들은 끄떡도 하지 않았다.

1만 미터 상공을 날고 있는 여객기 조종사가 말했다. "기장으로서 여러분께 좋은 소식과 나쁜 소식을 하나씩 알려드리겠습니다. 나쁜 소식은 방향판이 고장나서 목적지를 찾기 어렵다는 겁니다. 좋은 소식은 그래도 지금 우리는 시속 2백마일 이상의 뒤바람을 받아 날아가고 있다는 사실입니다."

우리는 지금까지 어떻게든 잘 살기만 하면 되는 줄 알았다. 그리하여 어디에 도달하는지도 모른 채 무턱대고 달리기만 했다. 마치 방향판이 고장난 비행기를 타고 마냥 달린 것과 같다. 또 우리는 아프리카 사람들의 지혜를 몰랐다. 그 결과 정신은 뒤에 놔두고 몸(물질)만 앞으로 달려왔다.

우리는 경제적으로 세계 11위 수준에 있다. 그러나 아직 우리는 선진국이 아니다. 지금 선진국으로 가는 중도에서 자칫 뒷걸음질 치거나 낭떠러지로 추락할 위험마저 없지 않다. 속도주의와 역동성 덕분에 고속성장을 가져온 긍정적인 측면도 있지만, 그로 인한 부작용으로 많은 대가를 지불해야 했다. 모든 일에는 절차와 과정과 순서가 있고 법과 규정이 있다. 그런데 이를 무시하고 저지르는 일들이 너무도 많다.

정치 지도자들도 실무진과 참모, 또는 전문가와 사전에 충분히 검토하고 검증된 말을 하지 못하고, 즉흥적인 말을 함부로 하다보니 뒷수습에 힘과 시간을 낭비하고, 더불어 불신을 사고 있는 점을 볼 수 있다. 이 모든 게 그 동안 우리 몸에 밴 빨리빨리, 속도주의 의식과 그 타성 때문이 아닐까 싶다.

체코의 작가 밀란 쿤테라의 "속도에는 이야기가 없고 역사가 없다."라는 말에 귀를 기울여야 한다. 이제라도 아프리카 사람들처럼 잠시 걸음을 멈추고 뒤를 돌아다보며, 마냥 달려오느라 내버리고 온 정신을 되찾고 우리의 좌표를 다시 점검해야 한다. 빨리빨리, 크게, 많이 하려던 목표에서 벗어나 모든 일에 정성과 혼을 담아 착실하고 정확하고 안전하게 삶의 질을 향상시키는 인간 안보의 정신으로 가다듬어야 한다. 국제간·동맹간의 관계와 협력도 멀리 보고 생각하고 대처해야 한다. 그러기 위해서는 소홀히 해 왔던 우리 주변의 작은 것에 충실하고 겸허한 자세로 우리가 해야 할 기본을 잘 지켜야 한다. 빨리빨리 국민성에다 산업화시대의 효율성 지상주의가 맞물려 사회가 너무 각박해져 있다는 생각이다. 미국 사냥꾼은 아프리카에 머무는 동안 다급한 목소리로 닦달하는 사람을 보지 못했을 것이다.

사람은 타인이란 거울에 비춰볼 때 비로소 자신을 발견하게 된다. 20세기가 물질문명의 시대였다면 21세기는 문화의 세기다. 이제는 몸과 정신이 함께 가는 문화시대를 열어가야 할 때가 아닌가 싶다.

기러기 정신을 배우자

맑은 가을 창공을 날아가는 기러기의 질서 있는 비익飛翼을 보면 그 멋진

행진에 감탄하게 된다. 수십 마리가 떼를 지어 앞에서 인도하는 한 마리의 지휘자에 의해 한 방향으로 질서 있게 날아간다. 구만리 장천을 날아가도 대열을 헝클어뜨리지 않고 일사불란하게 날아가는 기러기는 참으로 놀라운 새다. 독수리는 혼자서 고독하게 하늘을 난다. 참새는 잡동사니로 무질서하다. 새 중에서 가장 질서 있고 모범적인 새가 기러기다. 그런 면에서 기러기는 네 가지 덕을 갖고 있다고 생각된다.

앞에서 이끄는 한 지휘자에 의해서 한 방향으로 질서 있게 날아가는 기러기는 ①명확한 방향감각이 있고, ②확고하게 행동통일을 기하며, ③상호부조의 놀라운 협동심을 발휘하고, ④서로간의 신의를 지킨다는 점이다.

사람들이 가정생활 또는 사회생활을 하면서 이러한 기러기의 덕목을 지킨다면 항상 가정은 화평하고 사회는 질서있고 평온을 유지하는 참으로 살기 좋은 세상이 될 것이다. 평소 가정에서 어버이의 말씀에 순응하고 잘 따르는 자녀들이라면 부모에게 항상 효도하고 형제간에 우애하며 각자 열심히 살아가는 가운데 사회에 유익하게 기여하는 사람이 될 것이다.

사람들은 어느 사회든 조직의 일원으로 활동하게 마련이다. 조직에서 리더의 인도하는 방향에 따라 흐트러짐이 없이 똑같은 방향감각을 갖고 잘 따르는 것이 조직원으로서의 도리이다.

가정에는 가풍이 있고 사회조직에는 보편적 또는 특정적인 행동기준이 통상적으로 있게 마련이다. 가정과 사회조직의 구성원 상호간에 행동기준에 따라 확고한 행동통일을 기함으로써, 규율과 질서가 잘 유지되어 서로간의 안전이 확보되기 때문이다. 이러한 행동 기준을 잘 따르지 않고 개인이 자의적인 행동을 하는 것은 질서정신에 반할 뿐 아니라 가정이나 직장,

또는 사회에 혼란을 초래하게 된다.

"백짓장도 맞들면 낫다."고 했다. 협동심이 그것이다. 협동이란 마음과 힘을 합치는 것이다. 협동은 힘의 원천이요, 발전의 어머니요, 부강의 뿌리다. 모든 위대한 것은 협동의 산물이다. 조직사회에 가장 필요한 덕목이 협동정신이요, 절실한 훈련이 협동훈련이다. 합심하고 협력하는 협동정신만이 개인과 조직 또는 사회에 발전을 가져올 수 있다. 인간사회에서 신의는 기본적인 도덕률이요, 사회생활의 근본원리다. 기러기처럼 행동을 같이 할 수 있는 것은 서로 믿기 때문이다. 신의는 자신이 몸담고 있는 조직을 지탱할 수 있는 근본이다. 신의를 저버리는 것을 배신이라고 한다. 인간관계에서 배신은 가장 무서운 죄악이다. 사회가 복잡하고 경제가 뒤틀리자 조직사회의 상하관계나 친구 사이에 배신행위가 만연되고 있는 현실은 참으로 안타까운 일이다.

도산 안창호 선생은 국민의 2대 훈련을 강조했다. 하나는 지·덕·체를 겸비한 인격형성이요, 그 둘은 굳은 단결과 협동훈련이었다. 도산 선생은 기러기 정신과 기러기 덕목을 배워야 한다고 역설했다.

나라 안이 온통 혼란에 휩싸여 있다. 모든 사람들이 기러기의 네가지 덕목을 잘 지키고 살아간다면 질서 있는 생활, 질서 있는 거리, 질서 있는 가정, 질서 있는 사회, 질서 있는 나라가 될 것이다.

질서란 무엇인가? 사물의 올바른 순서이고, 도리이다. 모든 사람이 마땅히 있어야 할 곳에 있고, 서야 할 자리에 서고, 가야 할 길을 가고, 해야 할 일을 하는 것이다. 질서는 줄을 서는 것이요, 제자리를 지키는 것이요, 올바른 규범을 따르는 것이다.

미국의 철학자 존 듀이는 "문명은 질서이다."라고 했다. 문명이 발달한 사회는 질서가 있는 사회요, 미개한 사회는 질서가 없는 사회다. 질서는 문명의 척도다. 그 속에 정연한 미가 있고, 평화로운 기쁨이 있고, 건전한 선善이 있고, 꾸준한 발전이 따르고, 확실한 진보가 있고, 발랄한 생명이 있다. 인생만사에 지켜야 할 원칙이 있고, 밟아야 할 순서가 있고, 거쳐야 할 단계가 있고, 따라야 할 과정이 있다. 기러기처럼 모든 일에 질서를 지키는 자주적 성숙인成熟人이 되어 좀 더 평화로운 사회를 만들어야겠다.

휴대폰 매너

예전엔 시골에서 미친 사람을 한두 명씩 보곤 했는데 근래에는 거리에서 미친 사람을 너무 많이 보는 것 같다. 푸코는 근대가 광기를 병원에 감금했다고 했는데 세상이 잘못돼 가는 것일까!

주택가 골목에서 웬 중년 남자가 혼자서 소리를 고래고래 지르며 나온다. 미친 사람 같다. 그 광기인은 큰 길 횡단보도에 나타나 많은 사람 가운데서 허공에 삿대질을 해대며 고함을 지른다.

"뭐! 빌려준 돈을 당장 갚으라고?" 그러면서 차마 입에 담지 못할 욕설을 잔뜩 퍼부어댄다. 길을 건너니 보행 신호등 아래서 젊은 여자가 뭐라고 혼자 종알거리며 서 있다. 마치 실성한 여자 같다. 예전 같으면 귀 언저리에 예쁜 꽃을 단 여자의 수줍은 얼굴을 볼 수 있었을 텐데 요즘은 휴대폰을 귀에 댄 여자가 귀청 때리는 소리를 지르는 모습을 많이 보게 된다. 사람이 홀로 중얼거린다든가 혼자 깔깔깔 웃는 건 분명 광기狂氣다. 이 광기가 있는 사람들은 보이지 않는 누군가와 끊임없이 지껄인다. 그들은 또 아무 데서나 얘기한다. 큰길에서든, 지하철에서든, 화장실에서든 혼자서 누군가와 얘기를 주고받는다. 그러나 바로 옆 사람들과는 얘기하지 않는다. 먼 데 있는 사람하고만 얘기한다. 휴대폰이 손에 쥐어져 있기 때문이다. 그들은 누가 옆에 있건 없건 개의치 않고 자기 얘기만 늘어놓는다.

현대과학이 만들어낸 기계, 모든 현대인들을 실성한 광기로 변화시켜 버린 것이 휴대폰이다. 휴대폰 보급률이 얼마나 되는지 정확히 모르지만 젖먹이까지 장난감 휴대폰을 주물럭거리며 웃기도 하고 칭얼대기도 한다. 침묵을 견디지 못하게 하는 기계를 너나없이 몸에 휴대하고 다닌다. 필자도 대세에 저항하다 결국 굴복하고 말았다. 등산을 좋아하다 보니 산 정상에서 찌르륵찌르륵 벨이 울린다. "여보세요!" 소리가 나다 말고 끊어졌다. "여보세요!" 혼자 큰소리를 지른다. 통화권 밖이란다. 누가 보면 나도 분명 미쳤다.

지하철이나 버스 등 공공장소에서 시도 때도 없이 휴대폰의 여러 가지 듣기 싫은 벨소리에 짜증이 난다. 더욱 가관인 것은 통화내용이 하찮은 것이라는 데 있다. 아침밥 먹었느냐, 어느 미장원이 싸다느니, 그 친구 때문에 분위기 망쳤다느니 등등 시시콜콜한 남의 개인사를 듣고 앉아 있어야 하는 간접통화의 후유증은 간접흡연 후유증보다 더 짜증스럽다. 정신건강엔 더 해롭다. 그래도 말리는 사람이 없으니 한창 강파른 사람들의 심사를 생각하면 너그럽기도 하다는 생각이 들 때도 있다. 공공장소에서 휴대폰 통화를 개인의 에티켓에만 맡겨두기엔 간접통화의 폐해가 너무 심각한 지경에 이르렀다.

미국 뉴욕만 해도 극장·박물관·도서관·강연장·화랑 등에서 휴대폰을 쓸 수 없게 했다. 통화는 물론이고 벨이 한 차례 울리기만 해도 50달러까지 벌금을 물린다. 싱가포르는 두 번째 걸리면 휴대폰을 몰수한다.

휴대폰은 문명의 이기다. 없을 때 어떻게 살았나 싶다. 휴대폰은 이용하는 사람의 염치를 마비시키는 마물魔物이기도 하다. 일본에서는 미디어 디자인 대회에서 휴대폰의 반사회성을 바로잡는 '사회적 이동 전화기 SOMO(Social Mobil)'가 대상大賞을 받았다. 이 휴대폰은 필요 이상의 큰 소리로 통화할 경우 뺨에 전기충격을 주도록 설계됐다고 한다. 이대로 가다가는 앞으로 흡연금지구역처럼 통화금지구역이 설정돼야 할 때가 틀림없이 올 것 같다.

워싱턴에서 한 20대 사무직 여성이 지하철에서 내려 걷는 동안 휴대폰으로 약혼자에게 심한 욕설을 퍼붓다가 목소리를 낮추라는 경찰의 제지를 받았다. 이 여성은 어떻게 통화하든 무슨 상관이냐고 대들었고, 경찰은 그녀를 바닥에 넘어뜨려 몸 뒤로 수갑을 채웠다. 그녀는 공공의 평화를 해치고 체포에 저항한 혐의로 재판을 받았다. 이 여성은 임신 5개월의 몸으로 거칠게 체포당하고도 여론의 동정을 별로 받지 못했다. 워싱턴포스트 여기자는 이 사건을 소재로 칼럼을 쓰면서 오히려 고소하다는 톤이었다. 인정 많은 우리 사회는 과연 어떨까! 모든 사람들이 남을 배려하는 휴대폰 에티켓으로 우리 사회의 희극적 비극을 막을 수 있기를 기대한다. 휴대폰 에티켓은 이제 현대인이 꼭 지켜야할 기본 매너가 되었다. 우리 모두 자신의 매너에 신경을 써야 할 때다.

공인의 윤리의식

충남 연기군의 모 군수가 '관권선거 양심선언'으로 한때 사회를 들끓게 했던 기억이 새롭다. 당시 그 군수는 33년째 공직생활을 했던 배경과 양심선언의 동기를 볼 때 공인으로서의 윤리의식과 자세 면에서 아쉬움으로 남았기 때문이다.

한 지역행정을 책임진 수장首長으로서 직무 수행과정에서 불법·불의한 사태를 예방하고 정의롭고 평화스러운 사회를 이룩하는 데 창의적인 노력과 최대의 능력을 발휘해야 함은 당연한 일이다.

나치시대에 유대인 학살에 가담했던 사람들은 나중에 한결같이 자기는 명령에 따랐을 뿐이라고 변명했다. 살기 위해 어쩔 수 없이 그랬다는 말도 했었다. 그 시대 히틀러의 명령을 어긴다는 것은 개인이든 단체이든 불가능한 일이었을 것이다.

그러나 우리는 지금 자유민주주의 체제하에서 개인과 조직의 권리와 책임을 당당하게 주장할 수 있을 뿐 아니라 공적·사적 생활에 어떤 위협이나 불안을 느끼지 않는 가운데 비교적 자유롭게 살아가고 있다.

당시 총선 때에도 감당하기 어려운 위협이나 명령으로 인한 극한적인 상황이 없었다는 점은 모두가 공감하는 사실이다. 설사 어떤 불법 부당한 명령이 있었다 할지라도 지금의 민주적 공직풍토 분위기에서 얼마든지 슬기롭게 물리칠 수 있었을 것이다.

그럼에도 연기 군수는 각 언론의 보도대로라면 논공행상論功行賞에 의한 어떤 반대급부를 기대하고 그러했는지는 모르지만 스스로 일을 저질렀거나 과잉충성의 일면을 보이고 있다. 그 양심선언의 동기와 시기에도 문제가 있다. 관권선거가 위법부당하다고 느꼈다면 공인의 양심으로 돌아가 바로 군수 직에서 물러났거나 그 즉시 양심선언을 했어야 옳았을 것이다.

어떤 상황의 변화나 입장이 달라져서 그러했는지 모르지만 총선 6개월이 지나서 뒤늦게 양심선언 운운하는 것은 아이러니컬한 일이 아닐 수 없다. 또 그 양심선언은 지역주민과 공무원 조직 내의 상하 동료관계에서 신의를 저버린 배신행위로 그가 경험했던 과거 공직생활의 연륜으로 볼 때 떳떳하지 못했다는 생각이다.

평소 지역주민들이 군수를 보는 위상과 권위에 대한 신뢰는 대단한 것이다. 주민들은 자신들이 태어나고 살아가는 지역의 명예와 전통을 잘 세워줄 것을 기대하고 있었을 것이기 때문이다. 소속된 조직 내의 상하 간에 검찰 조사과정에서 대질과 헐뜯는 모양은 양심선언의 명분이 아무리 옳다 하더라도 의리와 정리를 중시하는 우리나라 전통적인 정서감정에 크게 상처를 입히고 있다.

일본의 경우 록히드 항공기 사건 때처럼 공무원의 부정이 적발되면 책임을 혼자 뒤집어쓰고 자살하는 경우가 많다. 자살하는 공직자는 책임을 남에게 떠넘기지 않고 죽음 앞에서 변함없는 충성심은 공인들의 윤리의식으로 본받아야 하지 않을까 생각한다.

어느 때는 같이 손잡고 의리와 단합과 충성을 호소하며 어우러지다가 자신의 이해와 명리에 따라 어느 순간 등을 돌리고 딴전을 피우는 것은 사회가 지향하는 신의와 도리, 아름다운 감성의 전통과 정리에 배반된 행위임을 부인할 수 없는 사실이다.

세상사에는 합법적이지만 비윤리적이고 부당한 일이 적지 않고, 위법적이지만 윤리적이고 사회적 정서에는 정당하다고 동정 받는 사안도 있게 마련이다. 모든 윤리의 오염은 그럴싸한 명분 밑에서 싹트기 시작한다고 한다. 아무리 명분이 좋은 사안이라도 합리적이고 합법적이어야 함은 물론 인간윤리와 도리에 맞아야 한다.

그 양심선언의 경우 군수의 용단과 민주정치 선거발전의 대의명분론의 정당성을 주장하고 있을지 모른다. 그러나 공인으로서 더욱이 지방 행정의 수장으로서 사전에 슬기로운 예방행정 조치는 하지 못한 채 뒤늦게 고발 조치로 인하여 사회적으로 물의를 일으켰을 뿐 아니라 고위직 공직인으로서 조직의 위상을 실추시킨 점은 정당하다고 할 수 없다. 많은 비난 또한 면치 못할 것이다.

당시 언론에서는 나라의 기둥이 뿌리째 흔들리고 있는 것처럼 야단을 떨었다. 가장 믿을 수 없고 책임질 줄 모르는 관료집단으로 매도하고 모든 공인들을 그와 같은 사람으로 몰아붙이고 또 법과 도덕의 불감증 환자들로 치부하기도 했다. 공인들에게 새로운 윤리의식과 자세를 가다듬으라는 채찍으로 여기고 싶지만 그것 또한 공직사회의 한 단면을 보고 공직사회 전체로 확대시키는 것은 결코 바람직하다 할 수 없다. 그런 가운데서도 나라와 사회는 나름대로 움직이고 있다. 시민생활을 흔들림 없이 지탱하고 있는 것은 대부분의 공직인들이 성실한 마음으로 묵묵히 임무에 충실하고 있고 많은 국민들이 이들을 믿고 따르기 때문이다.

3천 년 전 태공망太公望은 "현명해 보이지만 실은 깊은 생각 없이 어리석은 자, 선량해 보이지만 실은 부정을 저지르는 자, 조심스레 보이지만 실은 오만한 자, 성실해 보이지만 실은 믿음성이 없는 자, 충성스레 보이지만 실은 배신하는 자."라고 공인을 향해 꾸짖고 있다.

모든 공인들이 태공망의 책망의 거울 앞에서 자신을 비춰 보고, 공리나

이해를 떠나 변함없는 충성심과 윤리의식을 새롭게 깨달아야 하겠다. 이후 제2의 파렴치한 양심선언이 공직사회에 다시 나타나지 않기를 바라는 마음이다.

당시 그 군수는 부인을 통해 『논어』와 『주역』을 차입해 들여갔다니 법과 공인의 윤리의식에 충실할 수 있는 진정한 양심공부를 더하여 정신적 건강과 성숙이 있기를 기대하는 것이다.

21세기 선진 한국을 지향하는 대한민국의 공직인들이 앞장서서 국민을 선도하기 위해 올바른 도덕성과 공인의식으로 정신을 가다듬고 새로 태어나기를 기대한다. 그런 면에서 국가 최고 지도자인 대통령과 공직인들의 뜻과 행동이 함께 따라가야 할 것이다.

가족이기주의를 극복하자

매년 5월은 지구촌이 힘찬 색깔로 뒤덮이는 생명의 달이다. 5월은 가정의 달이자 정감 넘치는 날이 유난히 많다. 근로자의 날, 어린이날, 어버이날, 석가탄신일, 스승의 날, 성년의 날, 31일은 우리 민족의 해양진출과 연관이 있는 '바다의 날'까지 있다. 여기에 민중항쟁을 통해 한국 현대사에서 국민을 나라의 주인으로 우뚝 서게 한 5·18까지 끼어 있다.

이 생명의 달, 가정의 달은 가정의 소중함을 되새기게 한다. 부모와 자녀가 따뜻한 손길을 각별하게 주고받는 달이다. 물론 아름다운 모습이다. 그러나 여기서 그치기에는 뭔가 아쉽고 허전함을 느끼게 하는 것은 왠일일까!

가정이 행복의 원천임에는 틀림없다. 그러나 가족이기주의가 각종 반사회적 행태를 낳는 터가 되고 있음을 깨달아야 한다. 내 자식, 내 식구만 잘 살면 된다는 가족이기주의가 비뚤어진 교육열, 수단방법을 가리지 않는 출세 지상주의, 부정부패와 투기 등 사회 문제의 근원지가 가정이라는 울타리 안에서 생성되는 것은 아닌지 곰곰 생각해 봐야 할 일이다. 그러다 보니 가족의식은 좋은데, 자칫 이기주의에 빠져 사회 공동체의식이 실종돼 버려서 문제가 되고 있다.

계간 『역사비평』이 지난 20세기 「한국의 부끄러운 자화상 열 가지」를 골랐을 때 그 첫째가 바로 가족이기주의였다. 성공회대 김동춘 교수는 가족이기주의는 '한국인의 가장 강력한 종교'라고 진단했다. 가족이기주의는 국민의식과 공공의식을 마비시킨다. 이는 우리 사회의 주인의식을 말살시키고 이웃과 더불어 사는 데 대한 고려 없이 사회를 메마르게 하고 민주주의 실현에 장애가 되고 있다. 한국에는 사회나 공동체가 없고 각자의 울타리 속에 갇힌 가족만 있을 뿐이라는 혹평도 나온다. 가족이기주의를 극복하지 않고는 선진국에 이를 수 없다는 것이다.

미국의 부모는 "남과 나누는(share) 삶을 살아라."고 항상 강조한다. 일본의 부모는 "남에게 폐 끼치는 사람이 되지 말라."고 귀에 못이 박히게 가르친다. 한국의 부모는 "남을 이기고 성공해야 하고 출세해야 한다."고 어릴 때부터 닦달한다.

한국 부모들의 이 같은 교육이 경이로운 경제성장을 가져오는 데 기여한 점도 있을 것이다. 그러나 한국이 '사람 사는 사회'가 되기 위해서는 가족이기주의를 넘어야 한다는 것이다.

몇 년 전, 프랑스 청소년체육부의 신세대 의식조사 결과를 보고 놀란 적이 있다. 이 시대를 살면서 가장 중요하게 생각하는 것을 문자 소외계층에 대한 손길, 에이즈와 마약 방지, 병든 자와 장애인 돕기, 환경보호, 제3세계 지원, 반인종주의 등 이웃에 대한 관심이 맨 앞줄을 점하고 있었다. 이래서 선진국이구나 하는 생각이 들었다.

5월을 '가정의 달'에서 가족이기주의를 뛰어넘는 '이웃 사랑의 달'로 하면 좋겠다는 생각이다. 가정의 울타리를 넘어 공동체를 겨냥하는 운동이 나타나고 있는 것은 참으로 다행스러운 일이다. 인터넷에서도 남남이 모여 가족과 같은 공동체를 지향하며 정을 나누는 운동이 벌어지고 있는 것을 각종 매체를 통해 쉽게 접할 수 있다. 텔레비전의 백혈병 어린이 돕기 생방송의 ARS 모금에 수만 명이 동참하는 것을 보면서 우리도 가능성이 있다는 것을 느끼게 된다. 다만 아직 생활 속에 뿌리내리지 못하고 있을 뿐, 심성 깊숙이 잠재돼 있는 의식을 깨우치기 위해 5월을 '이웃 사랑의 달'로 만들어 어려운 이웃을 돌보는 희망의 쟁기질을 해야 하지 않을까 생각한다. 어려운 이웃과 소외계층을 그대로 두면 우리 가정에도 사회불안이나 범죄로부터의 부메랑에서 자유로울 수 없다는 것을 알아야겠다.

타인을 흔히 나와 분리된 것으로 아는 데 폭력의 본질이 있다는 것이다. 나와 한 몸의 지체라고 볼 때 폭력은 있을 수 없다. 수목樹木을 베어버리면 그 옆에 잘리지 않는 나무들도 연계해서 고사하고 만다는 사실이다. 이 사실은 한 수목림樹木林이 그 아래 자라나는 관목·이끼류·버섯류 등과 밀접한 공생 관계에 있으며 인접 기생숙주 식물이 그 산 전체의 산림과 접목돼 있어 한 지역의 개발이 엉뚱한 지역에 집단고사集團枯死의 폐해를 초래한다는 사실이다. 자연 생태계가 이렇듯이 우리가 몸담고 있는 공동체도 서로

서로 연관을 맺고 있다는 것을 알게 된다. 지금 이렇게 살고 있는 것은 다른 모든 사람의 덕택임을 알아야겠다.

각박한 세상이다. 가진 자의 오만에 못 가진 자의 분노가 쌓이면 어떻게 되는가를 종종 보게 된다. 나의 삶의 방식이 남에게 상처나 폐를 끼치지 않는지 주위를 살펴보고 자신을 헤아려 보는 지혜가 필요하다.

우리 사회에는 자선과 기부행위가 아주 적다는 점도 문제다.

"적선하십시오. 한 푼만 적선하십시오." 길거리에서 나이든 걸인이 추위에 떨며 애처로운 모습으로 구걸하고 있었다. 그러나 누구 하나 이 걸인에게 적선하는 사람은 없었다. 마침 지나가던 행인이 걸인 앞에 걸음을 멈췄다. 이 행인의 행색 또한 걸인이나 별 다를 바 없이 누추하기만 했다. 행인은 걸인의 손을 잡았다. "미안하오. 줄 것이라곤 하나도 없군요." 행인은 걸인의 손을 잡은 채 말을 잇지 못했다. 그렇지만 걸인은 행인을 나무라지 않았다. "아니오, 감사합니다. 당신은 이미 내 손을 잡은 것만으로도 내게 적선을 한 거요." 그 행인은 따뜻한 마음의 손을 가지고 적선을 하였던 것이다.

오늘의 회색 짙은 콘크리트 문화는 인정이 메마르고, 이해에 따라 이합집산하는 삭막한 분위기만이 주위를 맴돌고 있고, 잠겨진 문은 좀처럼 열리지 않는다. 우리 주위에는 불우한 이웃, 갑작스런 재난에 시달리는 이재민, 고통으로 신음하는 병자 등이 헤아릴 수 없이 많다. 도움이라고 하면 물질적인 것만 생각하는데 관심 있는 따뜻한 말 한 마디가 더욱 소중한 것이다. 사랑은 관심이다. 무관심은 사랑의 외면이다. 한 푼 없는 따뜻한 마음의 손이라도 잡아주는 관심이 중요하다. 관심은 사랑의 표현이다. 어느 복지단체장의 말에 의하면 한꺼번에 10만 원보다는 매달 1만 원씩이나 하루에 1천 원이라도 계속성 있는 자선이 도움이 된다고 한다.

장마비가 쏟아지는 어느 날, 한 여인이 갓난아기를 품에 안은 채 온몸에 비를 맞으며 육교 위에서 동전통을 놓고 구걸하고 있었다. 빗줄기는 갓난아기에게까지 마구 들이쳐 발걸음을 저절로 멈추게 했다. 이런 광경과 맞닥뜨렸을 때 우리는 어떤 선택을 할 것인가.

①앵벌이꾼이 연극을 하고 있는 것이다. 모르는 척하고 지나치는 것이 낫다. 동정하면 앵벌이를 조장하게 된다.

②비 맞는 갓난아기를 빤히 보면서도 지나쳐 버린다는 것은 인간으로서 도리가 아니다. 우선 도움을 줘야 한다. 앵벌이를 해야 할 만큼 절박한 건 사실이 아닌가!

③특정인에 대한 우연한 동정으로는 문제가 결코 해결되지 않는다. 근본적 해결을 위한 제도 마련을 위해서는 안됐지만 이 딱한 광경을 방치해 국민들이 사회모순을 직시해야 한다.

학생 때 이런 논지로 옥신각신하던 기억이 있다. 나는 당시 맨 마지막 주장을 하는 쪽에 속했다. 그런데 요즘 두 번째의 것에 생각이 쏠린다. 물론 기존생각을 송두리째 바꾼 것은 아니다. 그러나 그때로부터 40여 년이 지났는데도 육교 위의 풍경은 그냥 그대로인 현실을 보면서 여전히 그들을 구조개선의 도구로 삼을 용기는 더 이상 없어졌다. 단 한 번의 삶을 사는 인간으로서 다른 사람의 불행을 사회문제 해결의 수단으로 삼는 것이 너무 비정하다는 생각이 들어 스스로를 반성하게 된다.

자선이나 기부행위는 법에 근거한 것이 아님은 물론이다. 그러나 선진사회일수록 그것은 제도에 못지않은 힘을 지닌 사회적 관행으로 굳건히 자리 잡고 있어 제도의 허점이나 취약점을 보완해 주는 역할을 한다. 선진국 중에서도 미국은 자선이나 기부행위가 사회적 비중이 가장 큰 나라로 꼽힌다. 그래서 세계를 지배하고 있구나 하는 생각이 들기도 한다. 어느 핸가 미국인의 기부금 총액이 1천2백억 달러에 달했다. 미국은 사회복지를 제도적으로 보장하는 유럽 국가들로부터 복지를 개인의 동정심에 의존한다는 비판을 받기도 한다.

그러면 우리나라는 유럽 쪽인가, 미국 쪽인가. 아직 우리 사회는 그 어느 쪽도 아니다. 근래 정부가 상당히 복지 부분에 예산을 배려하고 있지만 선진국에 비하면 미미하다. 또 우리나라 전체 자선과 기부금에 대한 공식적인 통계가 없다. 일부 법인들이 낸 기부금이 통계로 잡히고 있으나 선진국에 비교도 할 수 없는 액수다. 그나마도 자신들이 만든 재단에 대한 출연금이라는 것이다. 이렇게 우리 사회는 아직 제도적 복지도, 자선이나 기부도 미미하다.

선진국에서 요즘 우리처럼 실업이 급증했다면 난리가 났을 판인데 우리 국민들은 '양들의 침묵' 인 양 조용하고 다소곳하기만 하다. 우리 사회 구성원들의 마음속에는 아직 복지에 대한 관념이 별로 없는 탓일까! 있다면 오히려 복지는 사치스런 생각이라는 것이 복지에 대한 기대보다 더하지 않을까 생각된다. 언젠가는 이에 대한 걷잡을 수 없는 반발이 폭발할 수도 있을 것이다. 우리 사회의 인간적인 유대가 모두 상실된 정글의 사회법칙이 횡행한다면 경제가 다소 회복된다 한들 문제 해결에는 많은 어려움이 속출할 것으로 보인다.

사회보장제도가 발달한 유럽 선진국에서는 얼마 전 경기가 나빠지고 실업자가 늘어나자 이를 돕기 위한 자원 봉사자와 그 조직이 급증하고 있다는 소식이다. 이에 비해 우리나라는 IMF 이후 그나마 각 단체에 대한 후

원금이나 기부금이 크게 줄어들고 있다고 한다. 교회·성당·사찰에 신자는 늘었지만 헌금은 줄어드는 현상을 보이고 있다는 것이다.

영국의 전 왕세자비 다이애나가 숨졌을 때 워싱턴포스트지 명예회장인 캐서린 그레이엄 여사가 쓴 추모 특별 기고문 가운데 감동을 주는 얘기가 있다. 언젠가 둘이서 테니스를 치고 돌아가는 차 안에서 다이애나는 이렇게 말했다는 것이다. "나는 사랑하는 내 두 아들이 세상엔 왕족만이 아니라 고통 받는 사람도 있다는 것을 깨달으며 자라기를 바란다." 왕자로서의 품위나 왕도가 아닌, 왕자 어머니의 가정교육 덕목치고는 순수하고도 어려운 이웃을 생각하는 그 아름다운 인간상과 귀족다운 품위를 엿볼 수 있다.

주간지에 나온 토정비결을 보면 2004년 갑신년 이 해 우리 국운이 그다지 좋지 않은 것으로 나타나 있다. 하지만 하나의 문이 닫히면 두 개의 문이 열린다고 했던가! 이는 희망을 잃지 말라는 말인 듯싶다. 꿈과 희망은 아름답기는 하지만 살다 보면 배반을 당하는 경우가 많다. 우리들의 희망의 싹은 어디에 움트고 있을까!

언젠가 무형문화재 공옥진 여사가 방송광고 출연료로 받은 7천만 원을 몽땅 불우이웃 돕기에 내놓았다는 소식이 전해졌다. "전화 거는 거 한 장면 찍었을 뿐인데 웬 돈을 그렇게 많이 주느냐!"면서 말이다. 그 분은 돈이 분수에 넘는 건 자기 것이 아닌 것으로 여기고 사회에 환원하는 용기를 보여주었다. 어려운 세상이라지만 이것이 우리 사회의 아름다운 면이요, 우리들의 희망이 아닐까 생각된다.

세상 돌아가는 것은 우주의 눈금이 아니라 우리들의 마음이요 행동이다. 우선 현실의 밝은 측면으로 눈길을 돌리자. 신문·방송에서 보면 세상은 추하고 악한 것들로 도처에 널려 있는 것 같다. 하지만 이는 잘못을 바로 잡기 위한 비판이기에 쌍수를 들고 환영한다. 우리 주변에는 사악하고 불순한 사람이 있지만 착하고 순박한 사람들이 더 많다. 보도기자들이 미치지 않는 곳에서 묵묵히 자리를 지키며 착실하게 살아가는 사람이 곳곳에 많이 숨어 있다. 어느 쪽에 속한다고 생각하는가. 말보다 행동을 앞세워 일하는 수많은 이름없는 국민들이 있어 사회는 그래도 평온하고 살맛이 난다. 보이지 않게 행동하는 사람들이 바로 국민이다. 국민이 주인의식을 행사하여야 한다. 「수처작주隨處作主」란 말이 있다. 임하는 곳마다 주인의 눈과 자세로 살피고 행동해야 한다는 말이다.

수처작주의 마음가짐으로 나라와 이웃을 둘러봐야 한다. 모두 주인의식으로 돌아가야 한다. 이 나라의 시급한 과제의 하나가 무지의 짐을 지고 가난의 고통에 허덕이는 이웃의 불행을 어떻게 할 것인가이다. 국민소득 4만 달러를 국정 목표로 걸어 놓은 이 나라에, 인구의 1할인 5백만 명의 이웃이 하루하루 힘들게 끼니를 때우고 있는 현실이기 때문이다.

사회의 바닥을 뜨거운 쇳물로 흐르면서 꿈틀거리는 절대빈곤과 가난의 대물림 문제가 빈부 갈등의 문제로 치솟는 날, 우리의 공동체는 심각하게 흔들릴 것이다. 이제 불우한 이웃에 대한 배려는 미덕이기보다 의무이고 그들을 위한 정부의 대책은 시혜가 아니라 정부의 존재 이유다.

뛰어난 예술가, 국위를 선양하는 운동선수, 위대한 사상가도 좋지만, 우리에게 정말 소중한 것은 국민 모두가 높은 의식수준과 교양을 쌓은 한 사람 한 사람이 되어야 한다는 것이다.

삼성 이건희 회장은 "천재 한 사람이 만 명을 먹여 살린다."고 했지만 이는 경제논리이다. 사회적 측면에서 보면 사람마다 각자의 위치가 있다. 각자의 위치에서 주인의식으로 자기 할 일을 다 해야 건강한 사회가 유지된다. 한두 명의 영웅도 중요하지만 주인의식 있는 국민이 희망인 것이다.

미래의 진정한 행복은 당장 눈앞에 보이는 성과나 몇몇 인물들의 성공에 있는 것 아니라, 주인의식이 있는 국민을 길러낼 수 있는 교육적 문화적 저력에 있다. 이 저력이 깨어 있는 국민들을 길러내고 그 힘으로 모순된 현실에 맞설 때 우리의 미래에 희망이 있다는 것이다. 새로운 희망의 날은 기다리는 것이 아니라 스스로 만들어 가야 한다.

어느 여성 지도자는 아나기(아줌마는 나라의 기둥)라고 역설했지만 필자는 나나주(나는 나라의 주인이다)를 생각하고 실천해 보자고 감히 권유하는 것이다.

여성의 사회참여

스위스 국제경영개발원의 세계 경쟁력 보고에 의하면 한국여성의 사회활동 수준은 참으로 딱한 처지에 있던 적이 있었다. 조사대상 42개국 중 41위이기 때문이다. 그러나 우리는 바로 이러한 후진성이 새로운 도약의 가능성을 보여주고 있다는 일견 모순된 결론을 내릴 수도 있다. 만약 우리 여성의 사회참여가 경제의 부피나 수출의 크기에 비례하여 세계 11위로 뛰어오른다면 지금 국가의 총체적 위기는 확실히 해소될 수 있을 것이라면 지나친 예단일까!

정치 · 경제 · 윤리 · 치안 등 여러 분야에서 발전보다는 정체적停滯的 신호가 우리를 불안하게 하고 있다. 총체적 난국을 타개하는 최선의 해결책을 가까운 곳에서 찾을 수 있어야 한다. 그것은 이미 정치 지도자들이 여러 번 약속했던 여성의 사회참여 확대를 모든 분야에서 과감히 실천에 옮기는 일이다.

여성의 정치참여와 공직참여를 위해서 여성 운동사와 정치를 주름잡았던 세계의 여걸들을 생각해볼 필요가 있다. 여성해방운동은 산업혁명 이후 인간의 자유와 존엄성이 거론되기 시작하면서 여성의 참정권 요구가 그 효시가 되었다. 이러한 여성운동은 교육운동에서부터 시작되었다. 여성들이 남성에 비해 교육에 소외되고 배제되는 것을 깨닫고 여성의 문제는 남이 해결해 주는 것이 아니라 여성 자신이 해결해야 한다는 생각을 가지게 되었다.

이 여성운동에 이론적 근거를 제공해 준 보봐르, 케이프 율데이스 등이 여성 문제는 남자들이 해결 못한다는 결론을 얻고 눈에 보이지 않는 남녀 차별에서부터 여성학자들의 여성문제 연구가 본격화되었다. 여기서 중요한 것은 "한 여성의 개인적인 것은 정치적인 것이다."라는 말이다. 농어촌이나 달동네에 사는 한 주부의 고통스런 삶이 농어촌과 도시 빈민가의 배경, 교육적 환경을 국가정책과 자본주의 경제구도, 유교문화와 역사를 가진 사회에서 만들어진 것으로 여성 개인의 삶의 모든 문제를 정치적인 것으로 보고 해결해야 한다는 것이다.

여성학에서 여성의 개인 문제는 그 시대의 문화적 · 사회적 · 역사적인 맥락 속의 한 개인이지, 독자적인 한 사람으로서만 존재할 수는 없다. 이는 우리 사회와 가족이 전반적으로 억압적 구조에 의한 문제로 풀어나가야 할 것이다. 이러한 사회적 구조 속에서 우리나라 여성 운동은 3·1운동 이후 1920년대 한국여성운동을 시작으로 1945년 이후 남북분단으로 인해 우익적 여성들이 사회운동에 참여하게 되고 1960년대 이후 1990년 사이에 각 종교단체를 주축으로 많은 여성 활동이 이루어졌다.

여기서 잠시 밖으로 눈을 돌려 정치를 주름잡은 몇 분의 여걸들을 일별해 볼 수 있다. 지성과 정력을 갖추고 사교하며 냉정과 책임감을 함께 보여주는 능률가로서 우아한 옷맵시와 정확한 모음 발음으로 영국 보수당의 집권과 영국의 경제적 난국을 타개한 철의 여걸 마가레트 대처 전 영국 수상이 있다. 5억 인구의 통치자, 인종 폭동과 기아 문제, 그리고 정적들의 끊임없는 도전에도 불구하고 정치적 기반을 구축한 간디 인도 수상과 세계 최초의 여수상이며 최장수 여수상 반다라나이케 스리랑카 수상도 있다. 빈틈없고 콧대 세기로 유명한 이사벨 페론 아르헨티나 대통령 등은 시대와 환경의 제약을 딛고 치열한 삶을 살아가면서 세계사 흐름에 커다란 영향을 끼쳤던 분들이다.

여성운동에 있어서 거대한 조직이나 구호보다도 작지만 의미 있는 행동으로 역사의 물줄기를 바꾼 여성도 있다. 버스 좌석에 흑·백인석을 따로 두었던 1955년 미국의 흑인 재봉사 노자 파크스는 좌석을 비워달라는 백인의 요구를 조용히 싫다고 거절했다. 이 조용하고 작은 불씨의 하나인 파크스사건은 결국 흑인 인권운동에 불을 붙이는 단초가 됐고 킹 목사의 신화를 탄생시켰던 것이다.

오늘날 IMF시대를 겪은 우리 한국인에게 필요한 것은 무엇일까? 부지런한 일손과 절약정신이다. 그것도 감성과 창의성과 부드러움이 넘치는 부지런한 일손이다. 21세기를 향한 경제전쟁에서 영상·패션·정보 등 점차 다양해져가는 많은 분야에서 우위를 확보하기 위해서는 여성의 근면하고 섬세한 손이 최대의 무기가 아닌가 생각되기 때문이다.

우리 여성들이 가사활동에만 얽매이게 하지 않고 경제도약에 참여시키기 위해서는 보다 많은 시설의 확충이 요구된다. 보육시설의 확대는 물론 방과 후 아동지도제도의 도입, 학교급식의 전면실시 등 더욱 박차를 가해야 할 문제다. 여성의 취업을 촉진하기 위해서는 정책당국의 다양한 조치가 시급히 취해져야 한다.

아울러 우리의 정치도 새로운 스타와 스타일을 필요로 하고 있다. 고비용·저효율의 폐해가 가장 두드러진 분야가 바로 정치인들이라고 보기 때문이다. 우리 정치는 아직도 해묵은 관행과 대본에 얽매여 있다. 이러한 정치의 틀을 단숨에 깨어 버리는 방법의 하나는 여성의 정치참여를 과감히 확대하는 것이다. 여성 국회의원이 9명 아닌 50명 이상의 국회는 상상만 해도 신선함을 느끼게 할 것이다. 여성의 공직참여 비율의 제고를 위해 모든 노력이 경주되어야 한다. 이는 정부의 생산성과 관료들의 유연성을 동시에 높이는 지름길이다.

우리는 지금 가정에서 주부가 경제권을 쥔 가장의 인계인수 시대의 도래와 아울러 아버지의 권위가 없어진 사회가 되어가고 있다. 반면, 부모성 같이 쓰기, 여성 사관생도, 하늘을 주름잡는 제트기 여조종사, 고개 숙인 아버지의 기 살리기 등 여성의 사회참여와 역할이 확대되면서 남녀평등사회의 틀이 갖춰져 가고 있는 추세다. 이는 우리 사회가 여성에 대해 기대하는 바가 더욱 크다는 것을 알 수 있다.

우리는 무엇보다도 안심하고 살 수 있는 사회를 원하고 있다. 그것은 인재人災로 인한 사고가 없는 사회, 치안이 확보된 사회를 뜻한다. 사고예방을 위한 각종 안전관리 체계의 운영에도 여성이 대거 참여함으로써 획기적 능률향상을 기대할 수 있을 것으로 보기 때문이다. 폭력으로부터의 해방을 지향하는 치안문제 해결도 우리 여성이 선두에 서서 범국민적 운동을 지속적으로 이끌어 갈 때 그 효율성이 더욱 증대될 것이다. 학교폭력, 성폭력, 가정폭력 등에 대한 대응책도 이미 여성들이 앞장서서 강구하고 있지 않은가.

도처에서 가치관의 혼란과 사회윤리의 붕괴가 수반되는 병리현상이 발견되고 있다. 이에 대한 적절한 진단과 처방, 그리고 치료는 여성의 적극적 참여 없이는 불가능하다. 우리가 함께 꾸며가는 가정과 이웃, 그리고 공동체에 대한 여성의 꿈과 지혜와 결단이 이 나라의 밝은 미래를 보장할 수 있을 것이라고 믿어 의심치 않는다.

(원불교대학교 여성문제연구소 개소식 축사 요지)

여성 파워시대

수렵사회 · 농경사회 · 산업사회는 남성 사회다. 역동적이고 근육질적으로 단단한 하드웨어hardware적 사회가 그렇다. 그러나 컴퓨터 사이버의 소프트soft는 부드러운 것으로 여성 사회에 알맞다. 얼마 전부터 각종 언론에서 경쟁적으로 여성파워다, 우먼파워다 해서 보도에 열을 올리고 있었다. 여성들의 활동이 눈에 띄게 많이 보이기 때문일 것이다.

탈옥수 신창원이 경찰을 우롱하고 전국을 휩쓸고 다닐 때 있었던 얘기다. 사나이 중의 사나이가 경찰이다. 태권도 6단, 유도 · 검도 유단자들이 많기 때문이다. 거기다가 멋진 제복에 방망이를 들고 권총에 실탄까지 장전하고 거리를 활보한다. 그런데 신문보도에서는 신창원을 7번이나 놓쳤다. 그의 일기에는 9번으로 돼 있다. 그런데 유도 6단 경정계급의 과장에게 신창원의 목덜미가 잡혔다. 꼼짝 못하고 끌려가는데 경정 과장의 귀를 살짝 물어버렸다. 순간 신창원을 놓쳐버려 경찰서장이 직위 해제되는 우스운 일이 벌어졌다. 그 무렵 서울 모 은행에 대낮에 강도가 침입했다. 누가 잡았느냐. 21살 먹은 여직원이 잡았다. 태권도 유도도 안 했는데 칼로 푹푹 쑤시는 위험을 무릅쓰고 돈주머니로 때려잡았다. 또 신창원이 잡히지 않은 상태에서 한 달이 지날 무렵 오토바이에 검정 플라스틱 모자를 내리쓴 권총 강도가 모 신용금고에 나타났다. 이때도 여직원이 잡았다. CCTV를 보니 남자 직원이 안 보인다. 남자 직원이 없었느냐. 아니다. 책상 밑으로 숨어버린 것이다. 4천5백만 인구 중 여자가 절반인데 여자 두 사람 가지고 그렇게 평가하느냐 할지 모르지만 금녀의 집단인 육 · 해 · 공군에 여성이 입교했다. 반세기 군 역사에 금녀의 벽이 무너진 것이다. 고등고시에서도 그 동안 여자 합격자는 어쩌다 한두 명 있었던 것이 요즘 여자 합격자가 50퍼센트 정도로 높다. 판 · 검사 임용도 여자가 50퍼센트에 육박한다. 수석 합격도 여성 차지다.

연전에 안암골 호랑이 고려대학의 학생회장이 누군가? 역시 여학생이었다. 초등학교 여교사가 80퍼센트, 중학교는 60퍼센트이고, 대학도 여대생이 절반에 육박하고 있다. 내가 다니던 때에 법학과에는 여학생이 단 2명이었는데 격세지감이 든다.

IMF 이후 가출은 여자가 많이 한단다. 그래서 고아원은 여자보다 남자가 많이 출입한다는 것이다. 아버지가 어린이를 맡아서 그렇다. 소설가와 시인도 여자가 많다. 종전에 머리 염색은 여자가 했는데 요새는 노랗게 빨갛게 염색하는 남자가 많다. 여자에게 잘 보이기 위한 본능일 것이다.

동물의 세계에서도 수놈보다 암놈이 강자다. 수놈끼리 피나는 경쟁에서 1등을 해야 암놈을 차지한다. 벌·개미·거미·사마귀도 교미 중에 수놈이 약하면 잡아먹어치워 버린다. 새의 경우에도 수놈은 고달프다. 춤도 잘 추어야 하고 노래도 잘해야 한다. 집도 잘 지어야지 엉성하면 암놈이 왔다 그냥 가버린다. 그러면 또 집을 새로 옮겨지어야 한다. 동물 세계가 그렇거늘 하물며 사람이랴.

일본의 경우 정년이 돼 은퇴하면 마누라에게 가려고 벼른다. 그 동안 열심히 직장에서 봉급 타다 주었으니 왕으로 받들어 주겠지 생각한다. 그런데 천만의 말씀이다, 대접이 소홀해서 몇 마디 하니 나가라고 한다. 아웃out이다! 재산도 2등분해서 갈라선다는 것이다. 쫓겨난 가장은 텐트에서 잔다. 화장실에서 면도하고 밖으로 나갈 때는 체면상 넥타이를 매고 나가지만 처량한 신세다.

70대 노인이 이혼소송을 제기했다. 가정법원에서 "그냥 사시지 그러느냐!"고 하니까 대법원까지 항소해서 이기고 갈라섰다.

우리 사회에 이렇게 여성파워가 생긴 것은 1985년 봉급이 은행 온라인으로 들어간 이후인가 싶다. 돈이 여성에게 돌아간 이후 남자는 돈만 벌어다 주었지 관리를 여성이 하다 보니 이것이 바로 파워가 된 것이다. 여성에게 잘 대해주어야 한다. 요새 신세대들은 길거리 공공장소에서도 보면 가족끼리 잘하는 것을 흔히 보게 돼 다행이다. 자기 부인을 안해라 한다. 집안의 햇님이어서일까! 하여간 가정과 사회가 평화로워지기 위해서도 여성의 힘과 지혜를 십분 활용해야 할 것이다.

Wake up Korea!

제3부

교육 평준화의 족쇄 풀어야

(교육의 현재와 미래)

룰라의 재능과 가정교육

한때 엉덩이를 두드리는 특유의 율동이 인상적인 룰라 열풍이 대단했던 적이 있었다. 20대 4명의 젊은이들이 「날개 잃은 천사」 디스크 판매 1백만 장으로 20억 원 이상의 수입을 올리고 인기 절정을 치달았다. '신세대 반란의 정점' '댄스 뮤직의 가요계 장악' 등 이들에 대한 일반적 찬사의 보도 뒤에는 그들의 피나는 노력이 있었다. 또한 부모들이 이들의 재능을 살리기 위한 남다른 관심과 노력은 다시 새겨볼 만하다는 생각이다.

금색으로 물들인 머리, 한쪽 귀고리, 배꼽티 등이 룰라의 평소 모습이었다. 얼핏 보면 부모 속깨나 썩이는 문제아 같아 보였다. 평소 하라는 공부는 하지 않는 골칫거리 자식으로만 받아들여졌다면 평생 열등감과 불만에 가득 찬 현실 부적응의 낙오자로 남았을 것이 십중팔구다. 그러나 이들 부모들은 일찍이 자식의 소질을 인정하고 격려해 준 공통점을 갖고 있다. 룰라의 헤로인 김지현 군은 안양예고 진학 때 반대하는 아버지에게 어머니가 "젊기 때문에 많은 것을 시도할 수 있다." 며 설득하여 성사시킨 경우다. 아버지는 이후 모니터와 팬을 자청하고 성원을 아끼지 않았다.

　이상민 군의 어머니는 보험회사 설계사였다. 고교 졸업 후 팔당에서 합숙하는 아들이 파김치가 돼 오가는 것을 눈여겨보고 선뜻 소형 자동차를 사주면서 "넌 언젠가 성공할 것이다."고 격려해 줬다. 고영욱 군은 유치원 때 "혜은이와 결혼하겠다."고 할 정도로 노래와 율동에 끼를 보였다. 6살의 생일 때 부모가 소형 드럼세트와 피아노를 사줬다. 그의 아버지는 그가 초등학교 때 가수 자화상 그림을 사진으로 찍어 지금도 간직하고 있다. 고교시절 친구들과 나이트클럽에 춤추러 다닐 때도 어머니는 오히려 비용을 대주었단다.

　누구나 다 룰라처럼 될 수는 없다. 그러나 우리 주변에는 수많은 분야에서 예비 룰라들이 자신의 소질과 꿈을 신뢰받지 못한 채 어른들의 잣대에 의해 희생당하는 젊은이가 얼마나 많은가. 꼭 룰라의 노래가 아니고 공부가 아닐지라도 한 가지씩 타고난 재질에 관심을 갖고 키워주어야 한다는 생각이다.

　우리의 전통 가정교육에 밥상예절이라는 것이 있다. 어릴 때 할아버지와 아버지로부터 "상 모서리에 앉지 마라, 밥상머리에서 턱을 괴지 마라, 밥 먹으면서 잡담하지 마라, 쩝쩝 소리 내지 마라, 반찬 뒤적이지 마라, 국을 후룩후룩 마시지 마라, 코 훌쩍이지 마라, 밥 깨끗이 쓸어 먹어라, 음식 흘린다, 숟가락을 왜 왼손으로 잡느냐, 젓가락을 너무 짧게 잡았다, 밥 다 먹었으면 일어서라" 와 같은 가르침의 이유는 하나같이 복 나간다는 것이었다. 그러나 복 나간다는 것은 듣기 좋은 위협이다. 사실은 그런 밥상예절을 모르는 사람은 상놈이라는 가르침이었다. 무슨 계급의식을 인식시키는 것이 아니다. 식탁을 함께하지 못할 사람, 더불어 예를 말하지 못할 사람, 상종하지 못할 사람이 되지 말라는 경고였다. 그러나 오늘의 우리 식탁은 예절을 잃어버렸다. 식탁에서 아무렇게나 떠들고 음식을 무더기로 갖다가 먹지도 않고 버리는 것이 예사다. 성인이 다 돼서도 젓가락질을 못하니 식사예절을 말하는 것부터가 우습게 돼버렸다. 이유는 간단하다. 어릴 때부터 부모들의 밥상머리 가정교육이 없었기 때문이다. 요즘 산업화·도시화·핵가족 시대의 병폐가 바로 부모와 자식 간의 올바른 가족관계가 형성되지 못하고 있는 점이다.

요즘 가정에서 가족의 식사시간이 모두 다르다. 아버지는 사업핑계로 밤늦게 귀가하여 늦잠을 자거나 그렇지 않으면 새벽에 일찍 나가고, 어머니는 동창회나 계모임을 핑계로 밖으로 나돌기 일쑤다. 아이들은 피자나 빵이나 우유 등 인스턴트식품으로 배를 채우고 과외학원으로 달리니 밥상머리 교육은 일찌감치 멀어져 있다. 근래 가정에서 인자한 어머니만 있고 현명한 어머니, 엄한 아버지가 없다.

아이들은 교육과 훈련을 통해서 올바르게 성장한다. 이것은 이른바 잘못된 버릇을 바로잡는다는 점이다. 아이들이 젓가락질을 할 줄 모르는 것은 하나의 예이지만 늦게나마 교육부가 초등학교 1학년 아이들에게 젓가락질을 가르친다고 한다. 가정교육을 학교가 떠맡는 셈이니 문제가 아닐 수 없다. 가정에서의 식사시간은 단순히 식사하는 의미보다도 가족이 한자리에 모여 대화를 통한 부모의 사랑과 위엄, 이해와 존경, 예의와 질서, 양보와 협동을 가르치고 배우는 중요한 가정교육 시간이다. 가정은 작은 학교다.

10대 청소년의 살인·강도·절도·폭력·성범죄의 증가는 무엇을 말하는가! 아이들이 이러는 동안 가정의 부모는 무엇을 했는가? 바로 가정에 문제가 있는 것이다. 전통적인 가정의 윤리교육이 무너져 가고 있는 것이 그 원인이다. 올바른 가정교육을 통하여 자라나는 아이들이 삶의 지뢰밭을 피해갈 수 있도록 노력해야 한다.

싱그러운 신록의 여름이다. 우리의 가정이 신록의 푸른 빛깔처럼 활기차고 행복하게 살아가는 삶의 시간과 공간을 이룩해야 한다. 우리 가정의 행복은 결코 가진 것과 비례하지 않는다는 평범한 진리를 깨닫자. 아이들이 지니는 개성과 재능을 존중하고 인간의 도덕적 가치를 의식하며 꿈과 현실이 조화와 균형을 이루도록 개성을 살리는 가정교육을 강구해 나가야 하겠다..

누군가에게 속았던 순진한 대학생에게

영국의 계관시인 존 메이스필드는 '지상에서 가장 아름다운 곳은 대학'이라고 갈파했다. 첫째, 대학은 꿈과 미래가 창창한 젊은이의 집단이다. 둘째, 그 젊은이들이 왕성한 지식욕과 진지한 탐구정신으로 진리와 학술을 배우고 연구하는 곳이다. 셋째, 대학은 미래를 창조하는 집단이다.

강의실에서 고도의 지식을 배우고, 연구실에서 많은 기술을 연마하고, 도서관에서 깊은 연구에 몰두하고, 강단에서 심오한 말씀을 경청하고, 푸른 숲속에서 아름다운 꿈을 잉태한다. 대학은 지적 대화의 광장이요, 인재 양성의 도장이요, 진리탐구의 상아탑이다. 그러므로 대학은 민족의 밝은 두뇌요, 뜨거운 심장이다. 이 지상에서 존재하는 집단 중에서 대학보다 희망적이고 건설적이고 미래적인 데가 없다. 대학은 권력을 갈구하거나 돈을 모으거나 향락을 추구하는 집단이 아니다.

우리 대학은 어떤가. 한국대학생총연합(한총련)은 '통일축전'이라는 이름의 폭력적 시위를 벌였던 적이 있다. 우리나라 명문 사학 연세대는 전쟁의 폐허처럼 파괴되고, 화마火魔가 할퀴고 간 능선처럼 캠퍼스가 시커멓게 타 버렸던 때가 있다. 잔해 덩어리의 강의실과 연구실을 바라보며 모든 사람들이 분노했었다.

전 세계인들로부터 무시와 외면을 당하고 있는 공산주의 이데올로기 주체사상을 추종하고 있을 뿐 아니라, 미군 철수와 보안법 철폐를 주장하고, 고려연방제 통일의도를 지지했다. 그것이 북한에서 조종하는 허수아비 노릇인지를 알고도 그렇게 지지하고 있었는지, 대학생들의 보편적 지식수준을 의심하지 않을 수 없었다. 말로는 민족자주를 부르짖으면서 우리 정부를 도외시하고 친미외교에 매달리는 북한의 갖은전술, 평화통일을 부르짖으면서 서울의 불바다를 공식회담장에서 거침없이 발설하고, 핵무기로 동포를 위협하는 벼랑 끝 전술, 그리고 남한을 향해 사회주의 계급 혁명화의 망상에 젖어 온갖 책략을 꾀하는 시멘트전술을 몰랐단 말인가!

남한의 보안법 철폐를 끈질기게 부르짖으면서 북한은 사회안전법을 여전히 숨기고 있다는 것을 한총련은 알고 있었을 것이다. 그러면서 왜 그랬는가! 지난 반세기 동안 김일성 주체사상, 그 부자 세습체제에 얽매여 인간의 본능적 욕구인 의식주조차도 해결 못하고, 북한 주민들을 국제적 거지꼴로 만들어 놓고도 세상에 부러울 것 없다고 어린이들에게 노래와 구호를 부르게 하고 있는 그 허위와 위선을 모르고 있었는가. 그대들의 구호대로 "애국의 십자매여, 백만 청춘의 나팔수여, 꿈틀대는 청년의 심장이…." 이 정도였단 말인가. 전국의 대학생들이여! 그대들은 제대로 알지 못했다.

이념싸움은 1789년 프랑스혁명에서 시작하여 1989년에 구소련의 붕괴와 함께 이미 종말을 고했다. 2백 년에 걸친 이데올로기 역사에서 좌익과 우익 격돌의 종언을 고했다.

유명한 다니엘 벨 교수에 의하면 이념은 세속종교라고 했다. 세속종교의 특징은 집요한 싸움이다. 그들은 한쪽이 사멸할 때까지 싸우는 것이다. 마치 사이비 종교에 심취한 인간들이 바깥세상과 자기 집단을 마귀와 성도로 이분, 마귀 세상에는 물불을 가리지 않는 적의를 갖고, 자기 교단에는 무조건적 숭배와 애정을 바치는 것과 다를 바 없다. 이와 같이 이념 싸움은 세속종교라는 말이 붙을 정도로 치열하고 격렬하게 싸우는 속성을 갖고 있다.

한총련 대학생들이여! 이미 끝나버린 이념 싸움을 새로 시작하는 저의가 무엇이었던가. 그대들은 누구에겐가 속고 있었다. 순수를 가장한 불순한 주체 사상과 주구走狗들, 통문대(통일문예선봉대), 문예일꾼을 자칭하는 선배들에게 속았던 것이다.

그대들은 어린애가 아니다. 미몽迷夢에서 깨어나 스스로 건전하고 합리적인 판단을 했어야 했다. 그대들의 순수성은 어디엔가 남아 있었을 것이다. 잘못된 이념의 포로가 되면 그대들의 일생을 망치기 쉽다. 그대들의 그 알량한 선배들, 의장님 등 지도부들은 일이 터지고 나니 제일 먼저 도망쳐 버리지 않았는가! 그대들의 그 잘난 선배들은 공산주의 전법대로 꼭꼭 숨어버렸다.

위대한 정치가 윈스턴 처칠은 "민주주의는 최악의 정치형태이지만 민주주의보다 나은 여하한 정치형태도 존재하지 않는다."고 했다. 우리의 자유 민주주의가 비록 교과서적인 것에는 미치지 못한다 하더라도 북한 공산주의보다는 훨씬 우월하고 정당하다는 사실을 이미 배웠어야 했다. 누구에겐가 속고 있을 순수한 다수 학생들에게 꼭 들려주고 싶은 얘기다.

건물 안에 갇힌 채 "집에 가고 싶어요. 엄마가 보고 싶어요."라는 글귀를 내붙이는 괴로움과 애절한 마음을 적어 종이비행기를 날렸던 순수한 다수는, 그 쓰라린 경험을 통해서 배우고 각성하여야 할 것이다. 그때 여러분의 학교와 사회는 너그러운 마음으로 그대들을 감싸 안고 가르칠 것이다.

사람은 근원을 알아야

사람은 누구나 자신의 뿌리를 가지고 있다. 그것은 바로 자기 생존의 근원根源인 가계家系를 갖고 있는 것이다. 해마다 설이나 추석 등 명절이면 민족의 대이동을 보게 된다. 아직도 전통적인 가족제도의 조상과 부모에 대한 숭조崇祖관념과 효사상이 전래되어 오고 있는 것은 참으로 다행스러운 일이다.

산업화·도시화로 인해 전 인구의 80퍼센트가 도시에서 태어나 자란다. 한 세대 전만 해도 멀게만 느껴졌던 도시가 바로 고향이 되어 가고 있다. 어쩌면 다음 세대에는 오늘과 같은 민족 대이동은 자연히 사라지지 않을까 싶다. 따라서 전통적인 숭조 제례의식이나 가계에 대한 인식은 점점 희박해질 것이라는 우려를 하지 않을 수 없다.

요즘의 세태가 부계사회의 가계전통을 흔들리게 하고 있다는 점이다. 서울대 교육연구소가 발간한 「신세대의 이해와 그들의 의식과 유형」이란 연구 보고서를 보자. 전국 초·중·고·대학생과 학부모 7천2백 명을 대상으로 설문조사한 결과를 보면, 가장 가까운 혈족은 이모였다. 다음으로 외할머니·외삼촌 순이었다. 삼촌과 할머니가 겨우 그 뒤를 이었으며, 삼촌보다 외삼촌이, 할아버지보다 외할아버지를 가깝게 생각하고 있는 것으로 나타나 있다. 이는 어느 틈엔가 가족 중심이 부계에서 모계로 옮아가고 있다는 것을 보여주고 있는 것이다. 또 젊은 세대들이 장인·장모 호칭보다는 아버님·어머님의 호칭이 보편화되고 있는 것도 이런 현상을 뒷받침하고 있다.

도시의 경우 아들이 친부모를 찾거나 안부를 묻는 횟수보다 딸이 친정 부모를 찾거나 안부를 묻는 횟수가 많다는 사실이다. 앞으로 이러한 부계 중심 사회가 모계중심 사회로의 습속의 변화에 과연 어떻게 대응할 수 있을 것인가? 오늘을 사는 우리는 다 같이 숙고해 볼 필요가 있지 않나 생각된다.

가족 간의 교류가 부계중심이건 모계중심이건 그 자체에 어느 것이 좋고 나쁘다고 잘라 말하기는 어렵다. 그러나 그 문제의 동인動因이 한마디로 요즘 신세대의 이기주의 때문이라는 것이 문제다. 굳이 따지고 들자면 이모·외할머니·외할아버지는 사랑이나 도움을 주는 쪽이지만, 삼촌·할아버지·할머니는 주기도 하지만 받으려고 하는 쪽이라는 것이다. 그러다 보니 신세대들은 이모나 외할머니·외할아버지 쪽을 더 친밀하게 느낄 수밖에 없다는 것이다.

혈족간의 교류에서마저 이렇게 이기주의가 팽배하고 있는 현세태를 보면서 우리 후손들을 어떻게 교육하고 지도할 것인가, 기성세대가 어떻게 처신해야 할 것인가를 곰곰이 생각하게 하고 있다.

시성 타골은 "빛은 동방으로부터, 일찍이 아세아의 등불이었던 한국"이라고 찬사를 보냈다. 토인비 교수는 "21세기는 극동에서 세계를 주도할 사상이 나올 것이다."라고 했다. 게오르규 신부는 "한국이 낳은 홍익인간 사상이 21세기의 태평양시대를 주도할 것이다." 라고 설파했다. 또 미국의 역사학자 폴 케네디는 "민주화와 함께 도덕적 가치체계를 갖춘 나라만이 21세기를 주도할 수 있다."고 말했다. 이러한 석학들의 논증처럼 새로운 세기는 우리의 전통문화와 도덕성에로의 회귀가 아니면 안 된다는 것이 일치된 견해다. 현대사회의 산업화와 도시화 현상으로 인해 대가족제가 무너지고, 핵가족으로의 변형은 극도의 개인주의를 가져왔다.

지금 조상에 대한 숭조관념이나 상경하애上敬下愛·상부상조의 미풍양속과 도덕관념은 점점 사라져 가고 있다. 우리의 전통문화는 가치절하하고, 남의 그것은 높여 아첨하는 문화적 사대주의가 팽배하고 있다.

부모나 조상을 모르는 사람을 고아라고 한다. 고향이 없는 사람을 이방인이라고 한다. 이방인이나 고아의 감정, 이것이 현대인이 갖기 쉬운 마음이다. 우리는 마음과 정신의 구원을 원한다.

무엇이 구원인가? 바로 마음과 정신의 고향을 찾는 것이다. 잊혀져가는 도덕성과 전통 문화의 뿌리를 찾아야 한다. 어디서 어떻게 찾느냐. 이것이 오늘을 살아가는 우리들 앞에 놓여 있는 정신적 숙제다. 우리 모두 조상에 숭배하고 부모형제·이웃과 함께 사랑과 관용, 협동과 동기의식으로 도덕심을 되찾고 전통문화를 되살려야 한다. 여기에 허장성세나 자기 과시를 피하고 겸손과 절제와 예절로써 있는 그대로의 우리의 뿌리를 찾아 바르게 보고, 배우고, 생활해 나가야겠다. 또한 자신의 근원인 조상의 가계를 숙지하고, 종사宗嗣를 도모하는 일에도 적극 참여하는 자세를 보이고, 자녀들에게도 그 본보기를 보여주어 가계의 뿌리를 잘 가르쳐 주어야겠다.

알렉스 헤일리가 쓴 소설 『뿌리』는 미개한 원시 정글의 땅, 아프리카 흑인이 노예의 신분으로 뿌리를 찾는 처절한 이야기이다. 살이 찢어지고 피가 튀기는 고통 속에서도 뿌리를 지키려는 쿤타 킨테의 정신을 배워야 하지 않을까 생각한다. 왜 그들이 뿌리를 찾으려 했는지 곰곰이 생각해 볼 필요가 있다. 거기엔 육신의 뿌리와 함께 정신의 뿌리가 있기 때문일 것이다. 그 정신의 뿌리 속에는 그들의 문화와 전통이 살아 숨쉬고 있을 것이다. 문화와 전통은 21세기가 추구해야하는 가치이다.

내가 있어야 할 자리

모락산에 자주 오른다. 모락산은 행정구역상으로 경기도 의왕시에 위치해 있다. 안양의 집 안에서도 바라볼 수 있는 산이기에 주말은 물론 평일에도 많은 등산객들 틈에 끼어 자주 오르내리게 된다. 손금처럼 나있는 여러 등산로를 타고 오르다가 큰 바위들로 이뤄진 정상에서는 바위 사이의 길이 하나로 모아져 오르게 돼 있다.

바위 사이로 오르는 길목에 조그만 자연석 하나가 있어 오르내릴 때마다 밟아야만 오를 수 있는 계단 역할을 하고 있다. 신기하다는 생각이 들

정도로 어쩌면 그렇게 꼭 있어야 할 자리에 정확히 있어 그 많은 사람들에게 편의를 제공해 주는지 모른다. 어쩌다 돌로 태어나 사람들에게 짓밟히는 신세가 되었는지 안타까운 생각이 들기도 한다. 그러나 다른 한편으로 생각하면 어차피 돌로 태어난 바에야 사람의 발이 닿지 않는 외진 곳에서 그냥 쓸쓸하게 모진 풍상에 씻겨 사라지느니 차라리 많은 사람에게 편의를 제공해 주는 돌계단으로서의 운명이 오히려 가치와 보람이 있지 않을까 여겨질 때가 많다. 그 자리를 지날 때마다 일행들에게 꼭 있어야 할 자리에서 묵묵히 소임을 다 하고 있는 그 돌계단을 자랑스럽게 얘기해 준다.

만물은 자기 자리에 있을 때 아름답다. 모든 것은 있어야 할 자리에서 제자리를 지킬 때 남에게 즐거움과 희망을 주기도 하고 스스로도 보람을 느끼게 된다. 그러나 있지 않아야 될 자리에 있거나 있는 자리에서 제대로 제 자리를 지키지 못할 때 문제를 일으키게 되고 생각지 못한 사고를 유발하여 주위사람들에게 불쾌감이나 실망감을 주게 되고 심한 경우 인적·물적 피해를 야기하는 경우가 많은 것을 볼 때마다 안타까웠다.

음식도 제 그릇에 담겨 있어야 제 맛을 느낄 수 있다. 장국이나 막걸리는 사발에, 맥주는 맑은 유리컵에 담겨져 있어야 시원스런 맛을 음미할 수 있다. 사람들이 먹는 밥도 밥그릇에 담겨 있을 때는 먹음직스럽지만 땅에 떨어져 있으면 보기에도 흉하고 입맛을 잃게 된다. 만물은 다 제각기 있어야 할 자리에 있어야 한다는 생각이다.

사람도 마찬가지로 각자의 자리가 있다. 대통령은 대통령으로서의 자리가 있고, 장관은 장관으로서의 자리가 있다. 가정에서 아버지는 아버지로서, 어머니는 어머니로서, 아들딸은 아들딸로서의 자리가 있다. 국가든 가정이든 그 구성원이 각자의 자리를 제대로 지키면 그 사회는 질서 있고 평화로울 것이고, 그렇지 못할 때 그 사회는 무질서와 혼란이 초래될 수밖에 없다.

자기가 사는 사회인의 한 사람으로서 있어야 할 자리에 제대로 있느냐, 이웃에게 불편이나 폐를 끼치지 않는지, 자신이 사는 지역의 공공질서와 규범은 잘 지키고 있는지. 특히 날마다 다니는 교통규칙은 잘 지키고 있는지도 되돌아볼 일이다. 사실 모든 규칙을 다 잘 지키려면 조금은 불편할지도 모른다. 그러나 그 조그만 불편을 참고 교통규칙을 지키면 사고가 나더라도 보상을 제대로 받을 수 있고 손해 볼일이 없으니 일석이조一石二鳥의 좋은 일이 아닌가 싶다.

자기 자리를 지키는 것은 자유와 책임과 의무를 균형 잡는 것에서 시작해야 한다. 나 또한 연로한 사람으로서 가정에서도 사회에서도 자리를 제대로 지키고 있는지 날마다 자신을 돌아보며 몸과 마음을 가다듬어야겠다.

교육평준화의 족쇄 풀어야(교육의 현재와 미래)

교육평준화를 시행한 지 30여년, 강산이 세 번 변할 시간이 흘렀지만 아직도 말썽 많은 게 우리 공교육 현실이다. 대학입학 내신 성적의 반영을 놓고 대학과 교육인적자원부와 청와대 사이에 마치 이전투구泥田鬪狗를 보는 것 같은 그 혼란스러움에 과연 이 나라 교육이 어디로 가는 것인지 걱정스럽기까지 했다.

평준화교육이 대학교육에 영향을 줄 정도로 신입생들의 실력이 저하되었다는 교수들의 지적은 이미 나온 얘기다. 서울대학은 신입생들의 수학·물리·화학·생물 등 이공계 필수과목에 대해 심화반과 정규반 외에 기초반을 운영하고 있다고 한다. 전반적인 실력이 본고사 시절의 70퍼센트 수준에 불과하다는 것이다. 고교교육을 이렇게 방치해서는 우리 기술의 질적 경쟁력을 확보하기 어렵다. 서울 강남 출신 수험생의 서울대학교 사회과학대 합격률이 전국 평균의 2.5배, 또 고소득의 전문직 아버지를 둔 학생의 입학률은 일반 학생의 17배에 달했다고 한다. 이는 서울대 사회과학대학만의 얘기일 수 없고 다른 학부도 다를 바 없을 것이다. 소위 일류대라는 학교들도 비슷한 결과가 나올 것이다. 이같은 조사 결과를 보면서 우리 교육에 근원적인 문제가 있지 않나 생각하게 된다.

교육의 목표는 개인의 타고난 인성을 함양해 지적·도덕적 능력을 향상시키고 정서적으로 건전한 인간을 키워내는 것이다. 이와 아울러 사회의 존립과 발전을 위해 필요한 인재를 키워 내보내는 일이다. 교육의 또 다른 의의는 각자에게 주어진 조건을 운명으로 받아들이지 않는 사람들에게 자신의 노력으로 이 조건을 바꿔 나갈 수 있는 상승의 사다리를 제공하는 것이다.

우선 양심 있는 교직자와 교육 행정가에게 묻고 싶다. 평준화 이전과 이후를 비교해서 지금의 교육이 인성함양에 제몫을 다하고 있는지 대답해 보라. 빠른 사회변화를 소화하지 못해 거친 품성으로 변해 가는 아이들에게 학교는 속수무책일 뿐이다. 또 교육이 사회에 필요한 인재를 공급해 주고 있는가? 서울대학에서는 입학식도 치르기 전에 신입생을 특별 합숙훈련을 시켜야 하는 형편이다.

교육평등을 입에 달고 다니는 사람들은 지금 글로벌 세계, 국경이 무의

미해진 시대에 우물 안의 평등이란 이념적 자기기만일 뿐이라는 사실을 외면하고 있다. 이처럼 냉혹한 국제경쟁의 터로 내보내는 우리 아이들에게 지금의 교육은 갑옷도 입지 않은 채 전쟁터의 사지로 내모는 무책임한 자세라고 할 수밖에 없다.

중국은 13억 인구에 4천만이 넘는 대졸 인력이 연구개발과 산업현장에 투입될 날을 기다리고 있다. 일본의 1억4천만 인구는 세계 최고의 기술력에다 기초과학 분야에서 10여 명의 노벨상 수상자를 배출하고, 노벨상 예비후보가 줄을 서 있다. 이런 틈바구니에 끼어 있는 우리가 평준화라는 시대착오적인 교육 시스템에 매달려 있는 한 우리의 현재와 미래를 모두 포기하는 거나 같다.

평준화교육은 자신의 운명을 개척하고 높은 이상과 목표를 향해 나아가려는 청소년에게 '다 같이'라는 족쇄를 채워서 자기실현의 꿈을 앗아가고 있기 때문이다. 공교육은 폐허화되고 사교육비는 하늘 높은 줄 모르고 뛰어오르는 상황에서 가난한 집안 아이들은 어디서 실력을 기르고 무슨 꿈을 키워나갈 수 있겠는가. 상승의 통로와 기회가 막혀 버린 사회에서는 좌절과 증오와 자포자기라는 독버섯을 키우고 있을 뿐이다.

교육에도 경쟁과 차별화와 혁신의 개념은 적용되어야 한다. 다음 세대들이 힘겹게 살아갈 때 오늘의 결과에 책임 있는 사람들은 이미 사라지고 난 뒤일 터이니 누굴 붙잡고 원망할까!

서울대학을 없애려고 고민할 것이 아니라 서울대학을 능가하는 대학을 만들려고 노력해야 한다. 하버드대학을 부러워하며 그런 대학을 가질 수 없을까를 고민하는 사회와 이미 있는 명문대조차 없애려는 사회가 과연 앞으로 어떻게 다른 운명을 겪게 될까 걱정이 앞선다.

중국의 경우 1백 개 대학을 세계 일류대학에 들게 하겠다는 계획(211 공정)이고, 9개 대학을 선정, 미국 하버드대학과 같이 만들겠다(985 공정)며 집중적인 재정지원을 하고 있다. 중국이 선택과 집중을 통해 국가 경쟁력을 키워가고 있는 동안 우리는 평등과 분산을 통해 힘을 잃어가고 있지 않은지 정신을 차려야 할 때다.

역사교육과 자학自虐 사관

역사를 통감通鑑이라 했다. 역사는 과거사를 거울삼아 오늘을 비춰 보고 내일을 설계하는 체험적인 실용학문이다. 역사를 존중하고 두려워할수록 의로운 사람이요, 의로운 정권이며 역사를 깔보고 경시할수록 의로움이 멀어져 가는 사람이요, 정권이다.

오거스티누스는 「신의 나라 대하여」에서 "하나의 국민은 그들이 소중히 여기는 것을 나누어 누리는 것으로 결속된 이성적 공동체다. 그러기에 한 나라의 장래성을 가늠하기 위해서는 그 국민들이 그 무엇을 얼마만큼 소중히 여기는가로 측정되는 것이다. 한 민족과 국가를 결속시키고 그 장래를 측정하는 그 무엇이 바로 그 국민이 수천 년 동안 살아온 자취인 역사다."라고 말했다.

이론이나 사상보다 더 중요한 것은 사실이다. 이론과 사상이 아무리 거창해도 그것이 사실과 부합하지 않으면 모두 헛것이다. 출발도 중요하지만 더 중요한 것은 결과다. 출발이 그럴듯해도 결과가 엉망이면 도로徒勞에 불과하다.

북한정권은 이론과 사상의 산물이다. 사회주의 주체사상으로 노동자 농민들이 '이밥에 고깃국'을 먹는 지상낙원을 만들겠다는 것이었다. 이론과 출발은 그러했다. 그러나 오늘의 북한 현실은 사실과 결과에 있어 노동자 농민들이 굶어죽어 가는 경제난에 허덕이며 탈출하는 사람이 날로 늘어만 가고 있다. 또 주체사상을 실질적으로 체계화한 주역들이 망명하여 사상적 위기의 사회로 전락했다. 오늘날 북한이 '미 제국주의 식민지, 반봉건 사회'로 매도해 온 한국을 북한보다 더 형편없는 나라로 말하는 외부세계 사람은 없다. 한국 안에서만은 유별나게 한국보다 북한이 더 우월하다고 생각하는 사람들이 꽤 있다. "한국이 경제발전 운운하지만 결국은 저임금에 기초한 성장일 뿐이며 한국의 주류 세력은 대기업과 중소기업의 이중경제, 농촌경제에 대한 차별, 불균형한 소득분배, 정부가 시장기능 왜곡을 불러온 "친미 친일 사대 매국노, 분열주의 세력, 반민족 반통일 세력이기 때문"이라는 것이다.

반면 북한은 "미 제국주의자들의 반북反北 도발 책동 때문에 비록 고난의 행군을 하긴 했지만, 그래도 반미라는 혁명적 민족주의를 견지하고 있는 한에는 남한 57년 역사보다 훨씬 더 도덕적으로는 우월하다."는 것이다.

우리 사회에는 이런 따위의 '대한민국 역사 깎아내리기'와 '북한 역사 치켜세우기' 사관이 심지어는 교과서라는 모습으로까지 우리 청소년들의 영혼을 좀먹고 있다. 청소년들은 또 민중주의 포퓰리즘의 궤변과 선동에도 무방비 상태로 노출되어 있다. 바로 국민을 타도하는 자들과 타도당할 자들의 선악 이분법으로 나누는 언어들이 그것이다. 모든 나쁜 일들의 원인은 "대기업 사람들, 서울 강남 사는 사람들, 미국보다 더 친미적인 사람들, 좋은 학교 나온 사람들, 메이저 언론, 영어 잘 하는 사람들 탓"이라고 몰아붙이는 식이다.

결국 "김정일보다 미국이 더 위험하다."고 믿는 청소년을 양산하는 오늘의 이 미친바람은 지난 20년 동안 이런 자학사관을 퍼뜨리는 '어제의 주사파, 오늘의 얼굴 없는 실세들'의 선전선동이 다수의 젊은 세대들에게 가랑비에 옷 젖듯 먹혀들었음을 알 수 있다. 이렇게 강변하는 사이비 이념 종교들의 교리는 과연 현실과 부합하는가!

지나간 대한민국 57년 역사에 부끄럽고 반성해야 할 점이 어찌 없겠는가! 이 세상에 결점 없는 역사는 없다. 일부 잘못된 역사가 있었다 해도 "대한민국이 처음부터 있어서는 안 될 것, 북한보다 도덕적으로 못한 것, 못사는 사람들의 원흉으로 치부하고 뿌리와 골격을 허물어 버려야 한다."고 어찌 말할 수 있을 것인가. 그래서 오늘의 남북한 현실을 '사실과 결과'를 두고 두 눈으로 똑바로 견주어 볼 수 있어야 한다. 우리는 "올바른 민족주의를 식별하는 눈, 남한과 북한의 삶을 정확하게 비교하는 눈, 북한의 처참한 인권을 보는 눈, 시장경제에 대한 올바른 이해, 한·미동맹이 왜 중요한가, 우물을 벗어나 세계로 왜 나가야 하는가, 왜 대한민국이어야 하는가."를 우리 청소년들의 뇌리에 확실하게 심어주어야 한다. 또한 저들이 지난 20년 동안 우리 청소년들의 마음을 훔쳐가는 사이 우리들 부모와 선생님, 학교와 지도층은 무엇을 했는지 통렬히 반성해야 한다.

이런 점에서 얼마 전 '교과서 포럼'의 심포지엄에서 '중·고 경제관련 교과서 이대로 좋은가'는 참으로 의미 있는 출발이었다. 역사를 아는 분들이 억지에는 사실로, 궤변에는 정론으로 맞서야 한다.

역사학계와 교육계가 민족사에 대한 균형 잡힌 역사 교육을 강화하여

자학사관으로부터 우리 역사와 청소년들의 영혼을 지켜 통일을 앞당기고 세계무대에 당당히 나아갈 수 있기를 기대한다.

학문의 자유와 대학문화

1990년대 극한적 정서가 출렁이는 대학가의 일부 교수들이 문제였다. '학문의 자유'라는 보호벽 아래 학문적으로 무방비 상태에 있는 1, 2학년 학생들에게 편향적인 견해를 일방적으로 가르친 것이었다. 세상이 발 빠르게 변하는데 반하여 대학사회와 재야세력들만은 변하지 않았던 것이 우리의 딱한 현실이었다.

어네스트 보이어 카네기교육재단 이사장은 "서투른 외과 의사는 한 번에 한 사람밖에 상처를 주지 않는다. 그러나 서투른 교사는 1백 30명에게 상처를 준다."고 말했다. 그릇된 교육의 병폐를 지적한 것이다.

진보적 성향의 소장파 교수들이 1980년대 한국사회를 대미 의존적·종속적 식민지 사회로 보는 관점과 식민지 반복론, 또는 반봉건 사회로 규정하는 주장들이 서로 맞물려 벌인 소모적 사회 구성체제 논쟁을 10년이 지나서도 계속 하고 있었으니 개탄을 아니 할 수 없었다. 4백여 쪽에 달하는 『한국사회의 이해』라는 책을 보면 자본주의 사회를 자본가가 노동자를 착취하는 사회로 규정하면서, 그 모순을 해결하는 길은 마르크스주의밖에 없다고 주장한다. 책의 끝머리에는 계급투쟁의 가열 찬 방식을 제시하고 있었다.

1989년 동구권이 무너지고, 소련의 해체로 마르크스 사회과학이 이미 임종을 한 것이나 다름없는 마당에, 1994년의 개정판에도 똑같은 주장을 되풀이하고 있었으니 이런 아이러니가 또 어디 있겠는가. 하기야 무너진 것은 현실사회주의이지 마르크스 이론이나 학문적 방법론이 아니라고 말할 수도 있을 것이다. 그러나 이론과 실천을 구별해선 안 된다고 하는 것이 마르크스주의이기에 실천에 실패한 이론 역시 휘청거리지 않을 수 없는 것이다.

대학가 운동권의 정신적 지주였던 이영희李泳禧 교수가 당시 어느 인터뷰에서 "모택동 문화혁명이나 김일성 인간형 모두가 인간의 본성을 인위적으로 조작하려는 환상에 불과하다."고 자기 회한적悔恨的 반성을 한 적이 있기는 하다.

시대가 바뀌고 체제가 바뀐 만큼 현대사회를 이해하는 틀이나 시각도 바뀌어야 할 터인데, 대학의 진보주의 학자들은 얼마 전까지도 반체제 운동권의 낡은 틀에서 조금도 벗어나지 못하고 있는데 문제가 아닐 수 없다. 단순히 학문 연구자로서의 자세라면 시대적 변화에 관계없이 요지부동의 이론을 고집할 수 있다. 그러나 문제는 연구자에서 벗어나 교수가 강의실에서 1천여 명의 학생을 대상으로 교양과목의 대학교재로서 케케묵은 마르크스 일변도의 편향적 이론을 강의하였다는 점은 형평과 균형을 잃은 것이라고 지적하지 않을 수 없다.

미국 어느 대학의 사회과학 세미나에서 교수가 마르크스 사관에 관한 주제발표를 한 학생에게 지적하였다. 학생의 긍정적 평가가 끝나고 교수의 질문이 시작되었다. 역사에는 마르크스의 말대로 필연성만 있고 우연성은 없는 것인가? 역사에 있어서 개인의 역할을 무시하려는 마르크스 사관에서 가령 나폴레옹이나 레닌의 역할을 어떻게 평가할 것인가? 하층구조에 의해 상층구조가 결정된다면 마르크스 사상에도 시대적 한계가 있는 것이 아닌가?

교수는 이같은 질문을 통해 모든 학생에게 마르크시즘 이론에 한계와 모순이 있음을 가르치면서 아울러 그 이론의 역사적 공헌에 대한 평가에도 인색하지 않았다. 그 교수는 진보적 지식인은 아니었지만 학문의 자유의 신봉자였다고 한다.

대학의 기능과 사명은 ①학생을 교육하는 것, ②학문을 연구하는 것, ③사회에 봉사하는 것이다. 이 세 기능은 학문을 연구하는 것으로 연결되어야 한다. 학문을 새롭게 연구할 수 있는 수준에서만 참다운 교육과 봉사가 가능하기 때문이다.

대학의 교육은 인간교육과 학문교육으로 나눌 수 있다. 이 두 가지 교육에서 중요한 것은 자치와 자율과 자유이다. 근세 이전의 대학은 국가나 교회의 간섭을 받지 않고 자치와 자율을 생명으로 하는 단체였으나, 근세국가가 형성되면서 대학은 국가의 존재를 초월한 존재가 아니라 국가의 존립과 조화를 이루는 한도 내에서 허용된다는 최소한의 제한을 받지 않을 수 없는 것이 대학의 현실임을 직시해야 한다.

변화와 개혁은 세계적 조류이고, 역사의 흐름이며, 시대가 요구하는 정신이다. 또한 그것은 국제경쟁 시대에 국가의 경쟁력을 높이기 위한 생존전략으로 꼽을 수 있다. 이 변화와 개혁은 사회의 제반현상에 대한 근본적인 성찰을 바탕으로 점진적인 개선을 유도해야 한다.

현실감각이 없는 막연한 환상과 모든 것을 한꺼번에 얻으려는 과격한 행동은 지금까지 땀과 노력으로 성취해 놓은 생활터전을 하루아침에 허물어버리는 우를 범하지나 않을까 걱정이 앞선다.

우리의 민주주의가 교조적教祖的 북한 공산주의에 비해 훨씬 우월하고 정당하다는 사실을 외면하는 극소수 목소리 큰 자들에 의해서 이 사회가 이끌려가서야 어디 될 말인가!

대학이 당면한 첫째 과제는 대학교육의 질을 사회변화에 앞지르는 수준으로 높이는 일이다. 이는 모든 대학인들이 책임 있게 연구하고 더욱 열심히 공부하는 분위기를 조성하는 데서 이뤄질 수 있다. 대학은 교수와 학생이 격의 없는 대화로 함께 고뇌하는 가운데 인간의 다양성과 유연성을 갖는 가치 속에 공존하는 건강한 인간 존중의 대학문화가 형성되고, 사상과 이념을 갖되 합법적이고 합리적인 행위문화가 정착될 수 있도록 대학인 모두의 참여와 협력이 있어야 할 것이다.

『프랑스 혁명사』를 쓴 미슐레에게 어린이와 민중과 조국을 위해 정치는 어떠해야 하는가 하고 묻자 대답하기를 "첫째도 교육이요, 둘째도 교육이요, 셋째도 교육이다."라고 했다. 우리의 잘못된 대학교육 문화는 하루빨리 바로 잡아야 하지 않을까 생각한다.

교육환경의 변화를 알아야

교육이 어려워지고 있다. 교육은 단순히 지식의 전달이 아니다. 상호교류 속에 독창적인 일을 하는 것이다. 사이버 세계에서는 지식을 머리에 담는 것은 의미가 없다. 앞으로 50퍼센트 이상의 교수들은 일자리가 없어진다. 선진국의 석·박사의 강의를 집에서 들을 수 있는 시대가 오기 때문이다. 지금은 개념 파괴 시대다.

20세기는 돈·사람·물자 등 유형자본으로 인하여 국가와 기업 간의 경쟁이 확대되었다. 남에게 잔인할수록 자신은 행복을 만끽할 수 있었다. 제로 섬 게임Zero Sum Game이다.

21세기는 무형자본시대다. 무형자본인 시간·지식·신용은 많이 쓰면 쓸수록 빛이 난다. 남의 행복이 곧 나의 행복이다. 윈윈 게임Win Win Game의 법칙이 지배하는 사회다. 상생의 법칙이다. 지역과 공간이 무너진다. 따라서 국경과 국적이 없어진다. 전략적 제휴와 합병이 더 많이 이뤄질 것이다. 의식의 패러다임이 변화되고 있다. 일본이 잘 살아야 우리도 잘 산다. 전 세계가 글로벌리제이션이다. 조화점을 찾아야 한다. 양보다는 질이, 질보다는 화和가 중요하다. 교육에 있어서 20세기적 사고와 21세기적 사고는 달라져야 한다.

서태지가 미국에 가서 두문불출하고 있다가 4년 만에 돌아온 김포공항에 10대 청소년 수천 명이 모여 "서태지 오빠, 오래 사세요!"하고 아우성을 쳤다. 고등학교를 중퇴한 서태지에 대해 영국에서 연구논문이 나왔다. 교수보다 엄청나게 유명하고 돈도 많이 번다. 대통령에 관한 기사는 신문에 조그맣게 실리지만 서태지 인터뷰는 대서특필이다. 관심있게 보니, 머리는 노랗고 빨갛게 물들이고 색안경을 쓰고 다리를 약간 벌리고 꺼-떡, 꺼-떡 빠른 리듬에 맞춰 춤을 춘다. 서태지 노래에 「교실 이데아」가 있다. 오늘의 교육문제의 일면을 볼 수 있다. 서태지가 청소년의 우상이 된 이유를 알 수 있다.

"됐어, 됐어. 이젠 됐어. 이제 그런 가르침은 됐어. 그걸로 족해, 족해.

이젠 됐어, 됐어. 매일 아침 우리를 조그만 교실에 몰아넣고 아이들의 머릿속에 똑같은 것만 집어넣고 있어. 널리 덥석 모두 먹어 삼켜버린 이 시커먼 교실에 막힌, 꽉 막힌, 사방이 꽉 막힌 교실에서 보내기란, 내 젊음을 보내기란 너무 아까워. 초등학교·중학교에 들어가 고등학교를 지나 포장센터로 넘겨, 겉보기 좋은 널 만들기 위해 우릴 포장지로 쌓아버리지. 이젠 생각해 봐. 아! 대학이 본얼굴을 가린 채 근엄한 척, 한 시대가 지나가버린 건. 좀 더 솔직해 봐. 넌 알 수 있어. 왜 바꾸지 않고 마음을 조이며 젊은 날을 헤맬까. 바꾸지 않고 남이 바꾸기를 바라고 있을까. 됐어, 됐어. 이젠 됐어. 이제 그런 가르침은 됐어."

10대 청소년들에게 서태지 오빠가 최고다. 우리를 알아준 건 서태지 오빠밖에 없다고 한다. 서태지가 잠실에서 노래 한번 한다 하면 3일 전부터 날밤을 샌다. 근엄한 척 교권을 확립하려고 회초리 들고 때리면 경찰에 신고해 선생님을 잡아가 버린다.

60명 중 한 명이 공부할까 말까 하는데 선생님은 한두 명 가르치고 봉급받는 격이다. 한 교실에서 5명만 장악하면 대성공이라는 것이다. 똑같은 교실에서 똑같은 과목, 똑같은 시간, 똑같은 수능시험을 치르는 공부는 평등 교육으로 획일적이고 기계적인 인간을 만드는 산업사회의 교육방식으로는 안 된다는 것이다.

조작된 인간을 만들고 있다. 선생님이 시키는 대로 달달 외우면 실력파=기계다. 서태지는 창의적인 사람이다. 빌 게이츠, 이상엽 군 등 모두 창의적인 사람이 뜨고 있다. 심형래는 용가리, 신지식인이라고 매스컴에 뜨고 있다. 이렇게 교육환경이 바뀌고 있는데도 교육계는 뭘 생각하고 있는 걸까!

Wake up Korea!

제4부

한국이여! 깨어나라 Wake up Korea

법대로

　루소는 『인간 불평등 기원론起源論』에서 "처음에는 아무 경계선도 없던 땅에 먼저 울타리를 치면서 '여기서 여기까지 내 땅이다.'라고 한 그 놈으로 인하여 불평등이 비롯된 것이다."라고 했다. 사유재산제도가 불평등의 원인이라는 것이다. 있는 자와 없는 자, 가진 자와 못 가진 자가 생기면서 사회질서가 무너지게 되었고, 그러면서 법이라는 것이 생겼다는 것이다. 그러나 사유재산의 개념이 분명해지면서 소위 문화라는 것이 크게 발전하기 시작하였을 것으로 본다. 인구가 늘어나고 고도산업사회로 치달으면서 빈부의 격차가 벌어지고 재력으로 사회계층을 구분 지으면서 인간의 이기심이 팽배해지고 이로 인한 무질서와 혼란이 가중되고 있는 것이 사회적 문제다.

　법은 이러한 사회질서를 유지하기 위한 국가적 규율이다. 법질서는 국가사회의 안정과 발전을 위해 최소한 지켜야 한다고 정한 서로의 약속이요, 신의다. 이 법질서는 구성원들이 모두 지키려는 마음과 의지가 있어야 한다. 이것을 법의 정신, 질서의 의지라고 일컫는다. 법法 자를 파자하면 '물 수水에 갈 거去로 물 흐르는 대로 간다.'는 뜻이다. 물은 먼저 흐른 순서대로 흘러간다. 물은 절대로 추월하지 않는다. 순서를 지키지 않고 추월하거나 새치기하는 것은 법의 정신에 맞지 않는 것이다. 동양의 선철先哲은 "만물유서万物有序"라고 했다. "이 세상의 모든 사물에는 모름지기 질서가 있다."는 것이다. 질서란 사물의 올바른 순서요 도리이다. 질서는 제자리를 지키는 것이요, 올바른 규범을 따르는 것이다.

희랍의 철인 플라톤은 "이상 국가는 정의의 원칙이 지배하는 사회"라고 했다. 정의는 지혜 · 용기 · 절제가 각각 그 법도를 지켜 조화를 이루는 것을 말한다. 정의는 바로 질서와 직분과 조화의 원리이다. 더불어 자기가 맡은 직분을 잘 수행하고 남을 침범하지 않는 것이다.

문명이 발달한 사회는 법질서가 있는 사회요, 미개한 사회는 법질서가 없는 사회이다. 법질서는 문명의 척도이다. 법질서 속에는 정연한 미가 있고, 평화로운 기쁨이 있으며, 건전한 선이 있고, 꾸준한 발전이 따르고, 발랄한 생명이 있다.

합리주의가 지배하는 사회여야 한다. 구미歐美 사람들은 합리적인 사회생활에 익숙해져 있다. 비합리적이거나 우연적인 것, 법에 어긋나는 일은 하지 않는다. 법을 위반하면 그에 상응한 벌을 받는 것을 당연시한다. 불만을 나타내거나 시비를 따지지 않는다고 한다.

그에 비하여 우리나라 사람들은 인정이 지배하는 사회생활이 습관화되어 있다. 법을 어기고도 "이 정도야 봐주겠지."하는 기대심리에 젖어 있다. 그러고도 '똥 싼 놈이 성낸' 격으로 자신의 잘못은 아랑곳하지 않고 오히려 단속하는 공무원에게 삿대질하기 일쑤다. '법은 멀고 주먹은 가깝다.'는 무법적 행동심리의 발동이라고 할까! 근래 우리 사회는 혼란과 무질서가 횡행하여 불안하기 짝이 없다. 눈에 보이는 것은 위법이요, 무질서가 판을 치고 있는 듯하다. 길거리에 나부끼는 광고 선전물에서, 물밀듯이 밀려오는 자동차에서 불법을 예사처럼 볼 수 있기 때문이다. 주차장을 20, 30미터 옆에 두고도 노상 불법주차를 밥 먹듯이 하고, 육교나 횡단보도가 있는데도 가까운 지름길이라 하여 도로를 무단 횡단하다가 사고를 당하는가 하면, 많은 시민이 다녀야 할 도로를 무단 점용하는 상품진열 행위나, 내 자식은 귀한 줄 알면서도 남의 자식에게 불법 전자 오락기나 음란 비디오를 보게 하는 행위 등, 많은 사람들이 다른 사람의 이익이나 법질서는 지키지 않은 채 자기 이익만을 챙기고 행동하는 현실이 안타깝기만 하다.

민주주의는 자유와 권리에 따르는 책임과 의무가 수반된다는 상식조차도 아는지 모르는지 알 수 없는 일이다. 자기 권리나 이익을 주장하기에 앞서 남의 권리나 이익을 생각하고 남보다 먼저 법을 실천할 자세가 요구되기 때문에 민주주의하기가 그만큼 어렵다는 것이다.

민주시민은 문화인답게 줄을 설 줄 알아야 한다. 교양인은 새치기를 하지 않는다. 두 사람 이상이 모이면 마땅히 줄을 서야 한다. 자동차를 탈 때에도 줄을 서고, 물건을 살 때에도 줄을 서야 한다. 법질서를 지키면 모든 사람이 서로 편리하고 사회가 안정되기 때문이다.

우리나라가 1970년대 이후 고도산업사회로 발전하면서 사회구조가 더욱 복잡해지고 서로의 이해관계가 첨예하게 대립되어 사회가 불안하고 혼란에 빠져들고 있다. 이런 때일수록 안전과 평화를 찾을 수 있는 길은 우리 모두가 법질서를 지키는 길밖에 다른 방법이 있을 수 없다. 그러면 누가 먼저 법질서를 지킬 것인가? '나 하나' 부터 법대로 살아야 한다는 의식이 중요하다. 하나는 가장 작은 수이다. 하나는 흔히 사람들의 생각 밖에 있는 수요, 무시당하기 쉬운 수이다. 더욱이 공동체 생활에서 나 하나를 생각지 않고 하나를 예외시하는 습성을 많이 볼 수 있다. 자동차의 부속품 하나가 고장 나면 그 고장 난 부속품 하나로 인하여 자동차 전체가 움직이지 못하게 된다. 우리 인체도 얼굴·팔·다리·눈·귀·코 등 여러 지체가 모여 몸 전체를 이룬다. 그 지체 중 어느 하나가 병이 들면 아파서 눕거나 생명까지도 잃는 수가 많다.

모든 것은 나 하나부터다. 천주교회에서 "내 탓이요, 내 탓이요, 내 탓이로소이다."라는 신앙고백처럼 '모든 사회적 책임은 나 하나부터'라고 하는 시민운동은 이 시대에 가장 바람직한 운동이라고 생각된다. 그런데 얼마 가지 못하고 흐지부지 되고 말았다. 나 하나부터 법대로 살아야겠다는 의지와 자세를 가다듬어야겠다.

법 앞에는 만인이 평등하다. 모든 사람이 법에 의한 권리와 의무가 똑같다는 말이다. 소크라테스는 "악법도 법이다."라고 부르짖으면서 스스로 독배를 마시고 죽었다. 법을 존중하고 법을 준수하는 표본인 것이다. 법은 결코 무서울 것이 없다. 오히려 법을 안 지키면 불안하게 되고, 법을 지켰을 때보다도 몇 십 배의 손해를 입을 수 있다는 점을 알아야 한다.

일본은 아시아권의 유일한 선진국이며 세계에서 두번째 국부國富를 가진 기술 강국이다. 세계인구의 5분의 1이고 땅덩이가 가장 넓은 중국에 비해 미국은 세계 인구의 5% 밖에 안 되지만 세계 전 생산량의 30%에 소비의 40%를 차지하며 국민소득 4만$인 선진국이다. 우리가 이들 나라와 어깨를 겨루고 선진국가로 발전하기 위해서는 일본이나 미국처럼 법질서가 확립되고 모든 게 법과 제도가 지배하는 사회를 이룩해야 한다.

법대로 살면 당장은 조금 불편할지라도 자신은 물론 이웃과 사회에 평화와 질서가 온다는 것을 알아야겠다. '나 하나부터 법대로'라는 시민정신을 모두가 깨닫는다면 혼란스러운 사회가 좀 더 질서 있고 평화스런 사회가 되지 않을까 생각한다. 법질서 앞에서 항상 나 하나가 중요하다는 것을 알아야 하겠다.

인간안보의 정신

"우리가 경험하고 있는 세계는 지금 혼란스럽기 짝이 없다. 모든 것이 가능해 보이지만 그 어느 것도 확실치 않다. 지구문명은 현재 전반적인 변화의 국면을 맞고 있지만 우리는 그 앞에 무력하게 서 있다. 또 우리는 도덕적으로 매우 병들어 있다. 왜냐하면 사람들은 이런 말을 하면서도 속으로는 딴생각을 하는 데 젖어 왔기 때문이다. 우리 모두가 이런 상황의 공범자들이다." 이 말은 체코의 하벨 대통령이 미국 필라델피아의 자유메달 수상식에서 한 말이다. 정의와 진실을 외면하고 비합리적으로 살아가는 인간사회의 한계성을 지적하고 있는 것이다.

냉전 종식 이후 오늘의 세계정세를 '차가운 평화'라고 규정한다. 혹자는 이 평화의 본질을 '전쟁 없는 시대의 전쟁 준비기간'이라고 규정하기도 한다. 이념과 국경선이 분명했던 초강대국간의 무기경쟁은 끝났지만, 세계 곳곳에서 아직도 인종·언어·종교·오산·비합리에 의한 국지적 분쟁이 끊이지 않고 있다. 국내적으로도 사회적 불평등과 갈등이 확산돼 국제평화 유지에까지 위협적 요소로 등장하고 있다.

선진국들은 국경 없는 세계를 향해 무한경제 경쟁에 돌입, 후진국들에게 주권의 일부를 양보하고 포기하도록 압력을 가하고 있다. 이것을 느끼면서 새롭게 민족보존을 주장하며 자기방어에 나서고 있다. 선진국과 후진국 사이에 날로 커지는 자본과 기술의 격차는 이러한 갈등을 더욱 증폭시키고 있는 것이다.

1994년, 유엔이 「인간개발 보고서」에서 '인간안보'라는 개념의 배경에는 이러한 지구적 상황에 대한 위기감이 깔려 있다. 인간안보의 개념은 포괄적이다. 의식·교육·의료·고용·소득 등 기본적 안보를 포함하여 민주주의와 법의 지배, 환경오염의 방지, 다양한 문화와 종교의 인정, 범죄와 사고의 예방 등 인간의 삶의 질과 관련된 모든 항목을 포함하고 있다. 전쟁·빈곤·불평등을 비롯하여 범죄와 사고의 위험으로부터 해방된 이상적인 인간적 삶의 확보와 그 조건의 구축이 '인간안보'가 추구하는 목표다. 유엔이 제시한 이 '인간안보'는 바로 오늘 우리가 국내적으로 풀어 나가야 할 긴급한 과제들이 포함돼 있다.

지금까지 경제성장 과정에서 뒤돌아볼 틈도 없이 앞만 보고 달려온 결과, 많은 후유증이 때와 장소를 가릴 것도 없이 일어나고 있는 현실을 우려하는 소리가 높다. '인간안보'의 다양한 개념 가운데 범죄와 사고예방은 온 인류가 추구하고 있는 중요한 문제의 하나다. 미국의 오클라호마주 연방 건물 폭탄테러, 일본의 옴진리교 독가스테러 사건과 우리나라 대구

가스폭발 사고로 온통 세상이 들끓은 적이 있다. 일본에서는 10명이 죽고 수천명이 독가스에 중독됐고 미국에서는 1백 40명이 사망하고 수백 명이 부상했다. 대구에서도 역시 1백 명이 목숨을 잃고 수백 명이 부상했다. 미국·일본의 테러사건과 대구지하철 폭발사고는 근본적으로 차이가 있다. 미국·일본의 경우 고의적이고 의도적 악의적 증오와 광적인 살의를 바탕으로 저지른 만행이다. 반면 사고는 아무도 의도하지도 바라지도 않았고 악의나 살의는 손톱만큼도 개입되지 않은 것이다. 대구의 사고는 부주의에서 비롯되었다. 바로 하찮은 부주의, 규정무시로 인해 인적·물적 피해는 물론 사회 전체에 끼치는 영향은 가증할 만한 테러와 별차이가 없다는 데 있다. 착잡한 마음을 가라앉히고 그동안 걸어온 길을 뒤돌아보고 달려오느라 내버리고 온 정신을 되찾아 좌표를 새로이 설정해야 할 때다.

대충대충, 빨리빨리, 크게 많이 하려는 목표에서 탈피하여 모든 일에 정성과 혼을 담아 착실하고 정확하고 안전하게 삶의 질을 향상시키는 '인간 안보'의 정신을 가다듬어야 한다. 그리하여 멀리는 인류와 우주에 대한 새로운 자각, 더 가깝게는 인간과 지구에 대한 새로운 관계정립을 위해 국제 간의 협력을 생각하고 실천해야 할 때다.

그러나 지금 우리에게는 이처럼 멀리 그리고 크게 세계를 바라볼 여유가 없는지도 모른다. 당장 우리 사회 내의 낡은 의식, 역기능적 모든 폐습을 개혁하고 내실을 다지는 것이 중요하기 때문이다. 그러기 위해서는 그동안 소홀히 해 왔던 주변의 작은 것에 더욱 충실해야 한다. 겸허한 자세로 우리가 해야 할 기본에 충실해야겠다. 시대정신과 기상을 키우는 데 힘을 한데 모아 정진해야겠다.

미래는 오는 것이 아니다. 우리가 가는 것이다. 미래는 기다림의 대상이 아니라 우리가 하는 만큼 만들어지는 창조의 대상이다. 우리의 시선과 발걸음이 어디를 향하고 있느냐에 따라 미래는 달라질 수 있다. 인간은 우주를 닮았다고 한다. 인간을 소우주라고 부르지 않는가! 우주에 있는 모든 별자리를 컴퓨터에 입력하면 사람의 모양을 하고 있다고 한다. 우주에 존재하는 모든 것은 인간의 몸속에 존재하고 있다는 것이다. 우리 자신이 우주를 자신의 몸속에 포괄하고 있는 자연의 일부이면서 자연과 대립하는 존재가 인간이다. 사람은 누구나 자연과 함께하는 삶을 동경한다. 그러나 자연과 함께하기 위해서는 시간과 경제적인 대가를 지불하는 시대가 되었다. 주말이나 휴일이면 많은 사람들이 자연과 일체감을 느끼기보다 수많은 자동차로 인한 교통체증으로 시간을 헛되이 낭비하고 많은 매연을 내뿜어 대기를 오염시킴으로써 자연을 피폐화시키고 있는 것을 보게 된다.

"산은 따뜻하고 들은 넓은데 구름은 가볍고 바람은 맑았다. 들판의 보리는 평평히 펼쳐져 있고 초록 비단 같은 나무와 꽃들이 섞여 알록달록 아름다웠다."

옛 사람의 글이다. 마음이 청정하지 않으면 이런 글이 나오지 않을 것이다. 인간이 저지른 행태로 인해 자연재해가 부메랑이 되어 인간에게 앙갚음하는 현실이 삶을 위태롭게 하고 있다. 우리 모두 자연으로 돌아가 마음의 여유를 갖고 친환경적인 삶을 사는 것이 '인간안보'의 지름길이 아닐까 생각된다. 늘 바라보는 산과 들과 나무와 강물과 새들과 함께 조화를 이루어 서로의 간극이 없는 경지로 돌아가는 삶이 꿈이 아니기를 감히 기대해 보는 것이다.

친환경적인 삶의 조화와 마음의 여유로 인간끼리의 관계도 원만해져서 인류사회의 모든 문제에서도 능히 서로 이해와 관용의 정신이 저절로 싹

터야 한다. 이것만이 우리 후손들이 세세손손 살아갈 수 있는 길이다.

침묵하는 다수의 중간층에게

지금 우리는 새로운 세기에 살면서 어디쯤에 서 있고 어디로 가야 하는 가를 분명히 해야 할 때가 아닌가 싶다. 21세기를 살면서도 지난 20세기의 역설적 현상과 씨름하고 있다는 생각이다.

독일은 통일을 이루고 민족의 공존과 사회적 평화를 달성했지만 그 이후에도 탈냉전과 민주주의 시대적 역설이라 할 수 있는 민족대결과 사회갈등에 시달려야 했다. 세기말의 역설적 현상은 민족이익 우선화를 통한 남북관계의 평화적 공존모색이었다. 핵개발이라는 탈냉전 시대의 역설적 저항과 젊은 세대의 이데올로기적 갈등에서 파생되는 도전이다. 우리의 현대사에서 세대 간의 정치 사회 현상에 대한 인식의 차이는 어쩔 수 없는 산물이라고 봤다. 그러나 지금 우리를 괴롭히고 있는 것은 세대 간의 마찰도 문제이지만 세대 내의 분해과정에서 동시적으로 나타나고 있는 이른바 X세대와 김일성 주체사상 주의를 지지하는 조직인 주사파主思派와의 역설적인 만남이다.

젊은 세대들은 새로운 시대를 향해 젊음과 지성을 발산시킬 미래지향적 에너지의 원천이다. 그러나 국제화시대의 흐름 속에서 보편적 인식수준이면 다 느끼고 알 수 있는 마르크스의 공산주의 이론이 이미 종주국 러시아에서도 쓰레기통에 버려진 것을 주워 모으는 시대착오적 이데올로기의 첨

병이 되고자 하는 주사파들이다. 또 X세대들이 근면절약과 윤리의식마저 저버린 채 사치·낭비·쾌락 제일주의로 치닫고 있는 것도 문제다. 이들 X세대들에게서 21세기의 에너지를 느낄 수 없는 데에 문제는 더욱 심각했다. 더욱 문제가 되는 것은 이들 주사파와 X세대의 양극화 사이에서 침묵하고 부유浮遊하거나 끌려 다니는 다수 중간층 젊은 세대들의 윤리의식의 공동화 현상이다.

어느 집단이나 통용되는 계층 간의 기준은 꼭대기 5퍼센트와 밑바닥 5퍼센트를 제외한 나머지 90퍼센트를 무난한 계층으로 잡아 중간층이라고 한다. 이들을 흔히 무난한 안전지대로 간주한다. 민주화 내지 근대화는 이 중간 계층의 성장발전 여부에 달려 있다. 밑의 5퍼센트가 10, 20, 30퍼센트로 양적으로 늘어날 때 그 사회는 불안해지고 동요를 면치 못하게 된다. 어느 정도 자리가 잡힌 민주주의 국가라면 계층의 질적 구조면에서 밑의 5퍼센트 계층이 사회적 위상 면에서 중간층으로 상승 가능성이 있는 사회이다. 그 가능성 때문에 그 사회는 희망과 활기가 넘치는 것이다.

우리도 지난 30여 년간 산업화 과정을 통해 광범위한 중간층이 축적되어 있었다. 어떤 조사에 의하면 1990년대 초반까지는 스스로 중산층이라고 생각하는 사람이 무려 전체 응답자의 94.5퍼센트에 달했던 적이 있다. 실질소득 여하에 관계없이 이처럼 많은 사람들의 주관적 의식이 권력 엘리트나 민중보다도 중간을 지향하고 있다는 사실이다. 국민의 압도적인 다수가 정치적·사회적·문화적인 감각과 가치관에 있어 극단적인 수구론守舊論과 혁파론革罷論의 양극화가 아닌 중간을 선호한다는 것을 반영하고 있는 것으로 평가된다.

중간층을 선호하는 다수 국민은 바로 이 사회의 시민권에 속한다. 이 시민권은 바로 봉급생활자, 중·소상공업자, 화이트칼라 계층이며 지식인·교육자·기능직 종사자·기술자·산업역군들이고 관리자이며 경영자들이다. 근로자·농·어민층 역시 전략적 의미의 중간층으로 폭넓게 함축할 수 있다고 본다. 여기서 꼭 어떤 계층상의 중간층만을 의미하기보다는 그와 상관없이 모든 갈등을 합리적으로 조정하고 해결함으로써 공동체의 안정속의 발전과 평화적인 변화를 이룩하고자 하는 다수 국민이라 할 수 있다.

그런데 지금까지 우리 사회에 이러한 평균적 다수 국민, 즉 중간층에 문제가 생긴 것이다. 물론 여기에는 정치권이 다수 국민의 대변자로서 대표성과 각계각층의 다양한 욕구와 이해를 수렴하지 못하고, 중간층 스스로도 그 평균적 다수에 걸맞지 않게 조직화되지 못하고 용기를 잃은 채 소시민적 기득권에 안주하며 역사의 향배向背에 무관심한 자세를 취했던 탓에 중간층은 위축되고 말았던 것이다.

중간층이 다시 서기 위해서는 이러한 소시민 의식을 극복하고 참다운 시민정신과 사회진보에 대한 책임감을 갖고 그 목소리와 역량을 결집하고 제고提高해야 한다. 이러한 각성과 결의만이 중간층의 지적·도덕적 지도력과 정당성의 발휘를 보장할 수 있을 것이다. 제반 이익의 맹목적 추구를 민주적인 것으로 착각하고 '색깔내기'를 사회의 방향성 제시로 혼돈하고 있는 기득권 세력과 언론의 오만으로부터 중간층을 구해내야 한다. 중간층이 해야 할 일은 분명하다. 중간층 스스로 사회의 중심축이자 접착제로서 수성守城과 개혁의 두 요구에 다 같이 주도적으로 부응해야 할 막중한 책무를 지고 있음을 명심해야 한다. 또 철부지처럼 생떼를 부리는 소수 극렬한 좌경노선의 주사파와 X세대 사이에서 샌드위치가 돼 있는 절대다수의 건전한 중간층 젊은 세대들은 힘 있는 조직력으로 그들에게 맞서고, 용기와 비전을 갖고 살아가야 할 것이다.

꿈이 실현되지 않는 어려움이 있는 것이 현실이지만 체호프의 『세 자매』 얘기처럼 "절망에 빠지면서도 살아나가지 않으면 안 된다."고 스스로에게 타이르면서, 미래에 대한 희망을 잃지 않고 성실하게 살아가야 한다. 이미 21세기가 시작된 지 벌써 몇 년이 흘렀다. 이 새로운 세기는 분명 우리 한국이 주도해야 한다. '빛은 동방으로부터' 라는 말을 현실로 증명할 때가 되었다.

임하는 곳마다 주인의식과 자세로(隨處作主)

새해에 바치는 기도
-2004년, 일출을 바라보며-

새해 아침 우리 모두
동녘 하늘의 해돋이를 바라보며
청신한 가슴으로 희망에 부풀게 하소서
뼈아픈 상실과 혼란의 지난 1년을 뉘우치고
운동의 방식에서 경세의 방식으로
작고 약하고 더딘 나라에서
크고 강하고 빠른 나라로 바꿔 놓게 하소서
가는 곳마다 주인의 눈과 자세로 행동하는

*수처작주_{隨處作主}의 마음가짐으로
나라와 이웃을 돌보게 하소서

사회의 밑바닥을 뜨거운 쇳물로 흐르면서
꿈틀거리는 가난한 마음의 빙탄_{氷炭}에
서로의 속사랑으로
기름 부어 포용하게 하시고
나쁜 일은 말하지도
보지도 듣지도 말게 하시고
원숭이의 지혜와 날쌤을 닮아
아침 햇살이 들판의 안개를 걷어내듯
시련과 수난도 슬기롭게 극복하고
새해 아침에 이웃을 사랑하는 마음을 갖고
서로를 도울 수 있는 자비심을 갖게 해 주소서.

우리 모두에게 즐겁게 일할 수 있는
건강을 주시고, 기본생활 조건에 충족하는
경제적 여유를 주시고
좋은 결과가 나올 때까지 노력하는 인내로
장래에 대한 불안을 이겨낼 희망을 갖고
이 한 해 동안 우리 모두의 행복을
찾아 나서게 하소서

* 수처작주_{隨處作主} : 임하는 곳마다 주인의 눈과 자세로 살피고 행동한다.

2004년 이 한 해는 어떤 해여야 할까. 화두는 무엇이어야 할까. 화두는 글자 그대로 말머리다. 커뮤니케이션을 시작하는 첫 말이다. 그 첫 말에서 결론이 나온다. 올해의 화두는 '국민의 주인의식 행사'이다. 국민이 진짜 주인이 되어 국가방향을 확실히 정하고 행동하는 것이다. 고대국가든 현대국가든 공통적으로 국가는 두 개의 이성理性을 갖는다. 이성이란 논리적으로 사고하는 능력, 본능이 감성적 충동에 의하지 않고 개념적 사유에 기초하여 의사와 행위를 규제하는 능력을 말한다.

두 개의 국가 이성 중 하나는 국가안보요, 하나는 국가이익이다.

국가안보는 국민을 안전하게 살게 하는 것이고, 국가이익은 국민을 넉넉하게 살게 하는 것이다. 이 이성 때문에 국민은 비싼 세금을 내고 국가를 존속시킨다. 우리에게 국가안보는 북한의 핵위협 앞에 있는 현실에서 무엇보다도 중요한 과제이다.

국가이익은 시장경제를 바탕으로 떡덩이, 즉 파이의 증대다. 그 어느 때보다도 국가 방향과 국가기강을 바로잡아야 할 때다. 따라서 국민이 그 어느 때보다도 다짐하고 나서 이 원칙을 잘 지켜 나가야 할 것이다. 어려운 국제환경 속에서 국가가 발전하기 위해서는 국민 모두가 언제 어디서나 주인의식과 자세를 가지고 행동해야 한다.

필자가 어릴 때 있었던 얘기다. 밤중에 도둑이 닭을 잡아가기 위해 닭장 앞에서 서성인다. 남자주인은 밖에 나가서 돌아오지 않고, 안주인은 애들을 데리고 곤히 잠자는 한밤중이었다. 집을 지키는 개는 도둑을 보자 겁怯이 나서 마루 밑으로 기어들어가며 가냘픈 소리로 짖어댄다. 그때 안주인은 개 짖는 소리에 잠에서 깬다. 발자국소리와 웅성거리는 소리가 들리는 순간 틀림없이 도둑이 들었다는 것을 직감했다. 안주인은 어떻게 처신해야 할지 몰라 당황했다. 당장 뛰어나가 도둑을 잡아야 하는데 여자 혼자의 몸으로 겁이 났다. 더구나 도둑은 흉기를 지녔을지도 모른다. 여러 가지 생각이 곤두박질쳤으나 안주인은 순간 문을 활짝 열어젖히며 소리쳤다. "누렁아, 물어라!" 그 소리가 끝나기도 전에 개는 마루 밑에서 쏜살같이 뛰쳐나갔다. 도둑을 향해 온 힘을 다해 짖어대며 무섭게 대들었다. 도둑은 겁에 질려 도망쳐 버렸다. 이튿날 아침 확인해 보니 도둑은 이웃집에서 훔친 닭이 가득 들어 있는 닭장마저 내팽개치고 도망쳐 버렸다.

「주인의식」은 이처럼 어떤 이슈가 있을 때 지혜와 순발력이 발휘된다. 이것이 주인정신이다. 방관자가 아니라 책임의식의 발동이다. 이 집의 개 역시 평소 훈련된 잠재의식이 도둑을 향해 내달린 것이다. 이 시대의 주인이 되기 위해서는 지금 이대로는 안 되겠다는 생각이다.

몽골의 영웅 칭기즈칸은 이렇게 외쳤다. "성을 쌓는 자는 망할 것이고, 이동하는 자는 흥할 것이다. 후대에 비단옷을 입고 떵떵거리고 살 때 멸망할 것이다. 끊임없는 위기의식과 호기심을 바탕으로 새로운 것에 대한 도전 없이 한 가지 성과에 만족하여 안주한다면 발전은 커녕 결국은 현재의 위치조차 유지하기 어렵다."

옛 몽골은 위기의식과 도전정신으로 대표되는 유목민의 기질을 앞세워 한반도와 중국은 물론 서쪽으로는 러시아, 남쪽으로는 베트남까지 정복하면서 세계 역사상 가장 넓은 영토를 차지했다.

그러한 몽골의 유목민 정신은 오늘날 우리에게 타산지석이다. 12세기 초까지 이러한 끊임없는 도전정신으로 승승장구하던 몽골도 12세기 후반 원나라 개국 이후 내정에만 몰두한 나머지 내분을 겪었고, 결국 2백 년도 안 되어 명나라에 의해 쫓겨나게 된 것이다. 아이러니컬하게도 앞에서 애기한 것처럼 칭기즈칸이 몽골제국의 몰락을 예견한 셈이다. 칭기즈칸의 경고는 오늘날 우리에게도 중요한 의미를 지니고 있다.

한국이 자랑하는 최대 수출품목 메모리얼 반도체 시장은 그 어느 분야보다도 퇴출과 합병이 활발한 분야이다. 오직 일류一流만이 생존할 수 있다. 현재의 위치에 만족하고 새로운 도전을 게을리 하여 신기술이나 신제품 개발, 신규투자에 소홀한 업체들은 예외 없이 시장에서 퇴출당했다. 오늘날 시장은 유목민 정신을 가진 몇몇 기업에 의해 급격히 과점화寡占化가 진행되고 있다. 끊임없는 도전과 개척정신만이 1등을 유지할 수 있는 세상이다.

지금은 무한경쟁시대 '정글의 법칙'으로 절대 강자만이 살아남는다. 2, 3등은 별 의미가 없는 시대다. 어느 분야에서나 1등을 달성하고, 이를 지키기 위해서 성을 쌓고, 또 다른 목표로 이동하지 않는다면 지금의 위치조차 절대 보장받지 못한다. 앞으로 세계는 빌게이츠나 스티븐 스필버그처럼 뛰어난 천재성과 창의력을 바탕으로 차세대 제품을 개발하고 새로운 문화를 창조하는 사람만이 살아남을 수 있다.

세계경제는 미국과 유럽을 비롯한 일본 등 아시아 경제도 회복기에 접어들고 있는 것으로 전망했다. 한데 유독 한국만이 제자리걸음을 하고 있다고 걱정하는 사람들이 많다. 더 이상 미루지 말고 유목민 정신을 바탕으로 모두가 주인의식을 갖고 사회의 구석구석을 점검하고, 새로운 도전을 시도할 때다. 사회가 풍요로워지면서 새로운 것에 도전하고자 하는 사고는 점차 퇴색하고, 현실 안주를 위해 책임은 회피하고, 권리만을 주장하는 풍토가 만연되는 것은 참으로 안타까운 일이다. 몽골의 유목민 정신에서 새로운 도전과 개척의 정신을 배워야겠다.

20여 년 전 전남 장흥 남해 바닷가에 사는 청소년 셋이 1톤급 통통배를 훔쳐 타고 동지나해를 지나 두 달 남짓 헤매다가 양츠 강 하구에서 중국 관헌에게 잡혀 송환된 일이 있다. 배를 훔친 것도 잘못이요, 부모 애간장 녹인 것도 잘못이며, 목숨을 경시하기도 한 겁 없는 아이들이었다. 하지만 이들의 마음 후미진 곳에는 건포도처럼 메말라 가는 한민족의 진취정신의 원형을 보는 것 같은 싱그러운 기상이 엿보였다.

한국에서 오래 살았던 프랑스 출신 여동찬 신부는 한국 아이들은 바다가 가까워지면 저도 모르게 달려가는 데에 예외가 없음을 발견하였다. 3면이 바다요 그 속에서 조상대대로 살아온 우리에게 바다의 사상이 비장돼 숨 쉬고 있는 증거란다. 바다의 사상, 곧 바다 너머로 진출하고 싶은 신선한 프런티어십이 옛 신라 젊은이들 사이에 살아 있었다.

콜럼버스가 겨우 배 두 척으로 아메리카 대륙을 발견한 것이 15세기였다. 하지만 그보다 6백 년 전인 신라 민애왕 때였다. 장보고張保皐는 청해진에서 수백 척의 선단을 호령하며 중동지역까지 세력을 떨쳤다. 1천2백 년 전 9세기 최고의 하이테크 상품인 자기磁器의 국제교역을 장악한 무역왕이자 정치·군사·종교·문화 등 여러 방면에 걸출한 업적을 남긴 영웅이었다. 장보고를 바다의 신으로 그린 최인호의 소설『해신海神』의 현지취재 과정에서 뜻밖의 소득이 있었다. 장보고가 한국보다 일본·중국에서 신라 명장으로 불리며 신神으로 추앙받았다는 사실이다.

사람들은 나름의 삶에 테마를 지닌다. 장보고에 대해 라이프워크life work를 건 분이 전 한국무역협회장 김재철 씨다. 그는 원양 어획고 세계 1위를 했다. 강진농고와 부산수산대학을 졸업했으며, 장보고기념사업회장, 동원산업 사장이다. 거센 파도를 헤치며 원양어선선장 시절에 쓴『남태평양에서」는 진취적 기상이 풍기는 글로서 초·중·고 교과서에 실려 있다. KBS 5부작 「장보고」는 다큐멘터리로 제작비 3억 원을 들여 만들어졌다. 장보고는 21세기 한국이 나아가야 할 해양 세계관의 상징이다. 역사적으로 우리 민족은 바다로 진출할 때, 해양 지향적일 때 발전했다. 고려 중기이후 대륙 지향성이 강해지면서 진취성을 잃고 왜소해졌다. 내부 세력 다툼인 중원中原을 흉내 내려다 반병신이 돼 버렸던 것이다.

1960년대 이후 수출과 해외진출이 시작되면서 바다를 되찾아 태평양을 왕래하는 배 4척 중 1척은 한국 선원이 몬다고 한다. 짧은 시간에 다시 바다를 상당부분 주도하게 되었다는 건 그나마 다행이다. 확실히 우리에겐 장보고의 피, 해양민족의 피가 흐르고 있다고 본다.

김재철 회장은 한국 지도를 바다를 향해 거꾸로 놓고 본다고 한다. 그는 항상 바다를 향한 꿈을 꾸고 있는지도 모른다. 남태양의 23만 제곱킬로미터인 한 섬을 99년 간 조차租借하려고 교섭을 벌였다. 광활한 바다를 장악하고 활동하는 것이 바로 장보고 모델의 실현이라고 역설한다.

그런데 지금 우리가 잘못하고 있는 것이 있다.

룰Rule(Gloval Standard)을 지키지 않는다는 것이다. 1998년 월드컵에서 한국 축구팀이 선제골을 넣고도 멕시코에게 지고 말았다. 세계 4위의 우승 후보 팀을 상대로 3무 8패의 전력인 한국 팀에게는 한 사람이 더 많아도 이길까 말까 할 형편에, 당시 하석주 선수가 백태클로 퇴장 당해 수비와 공격에 공백이 생기면서 이로 인해 선수들의 체력 안배도 안 돼 실패하고 말았다.

이 백태클은 축구에서 흔히 있을 수 있는 것 아니냐 할지 모르지만 냉엄한 국제사회의 룰은 용납하지 않았다. 선수 한 명의 실수로 팀 전체를 위기로 몰아넣은 것이다. 하석주라는 축구 선수에 한정된 얘기지만, 한국 호라는 배가 망망대해의 폭풍우 속에서 한 사람의 실수로 난파됐을 경우를 생각하게 된다. 그동안 우리 사회는 너무도 많은 백태클을 용인하고 살았다. 기업은 어떻게 하든 돈만 끌어다가 수출실적만 높이면 최고였다. 정치인은 이런저런 명분으로 편의를 봐주고 기업으로부터 돈을 받아 선거자금으로 쓰고 자기 호주머니만 채우면 됐고, 국민들도 어떤 수단방법을 써서라도 주식과 부동산 투기로 한탕을 즐기면 그만이었다.

기업가가 법에 걸리면 경제발전을 핑계로 풀려났고 안 걸리면 다행이었다. 권력자의 힘만 믿고 노동자와 공동노력으로 이룩한 과실을 공평하게 분배하지 않았고, 노동자들은 투입과 산출에서 발생된 정상적인 이익 외의 플러스 알파 배분을 요구하고 나섰다.

그 가운데 일부 기업가들은 노동자들의 비위를 맞추고, 다른 한편으로 돈을 빼돌려 사익을 챙기고, 회계장부를 엉터리로 기재하기도 했다. 기업은 망하더라도 양쪽 다 좋은 일이었다. 이 실상을 잘 알고 있는 경제 관료들은 외국의 끊임없는 경고에도 불구하고 한국경제는 기초가 튼튼하다고 자신만만했다. 이것이 1998년 말 IMF의 관리를 받게 만든 것이다. 그 동안 한국사회는 규칙은 있었지만 강력한 심판이 없어 퇴장이라는 뒤탈을 걱정하지 않는, 보편화된 백태클 의식이 문제였다.

21세기 새로운 이데올로기는 국제자본주의다. 이 새로운 이데올로기는 자본의 자유로운 이동이라는 소극적 개념으로부터 WTO에 의한 자유무역의 확대, 정보와 첨단과학 기술의 지식 자본화, 글로벌 스탠더드 정착 등이다. 백태클 행태에 대한 규칙 적용도 보다 엄격해졌다. 백태클 행위 자체는 물론이고, 그런 의도를 가진 선행행위까지도 공정치 못하다는 이유로 규제하고 있다. 아웃을 당한 뒤에도 "우리 규칙과 다르다. 선진국의 월권이다."라고 푸념만 하고 있어서 될 일이 아니다. 개혁에 주춤거리고 있는 정치인 · 관료 · 기업인 · 노동자는 물론 모든 국민들은 냉엄한 국제 사회의 룰을 다시 생각해야 한다. 그 이전에 나라 안에서부터 하루빨리 법과 질서를 지키는 훈련을 하지 않으면 안 될 것이다.

우리나라가 세계에서 교통사고로 죽는 사람이 제일 많다. 얼마 전까지도 1위였다. 아직도 2, 3위는 될 것이다. 왜 교통사고가 많을까? 룰을 지키지 않기 때문이다. 법을 만드는 국회의원뿐만 아니다. 모두가 그렇고 그런 한 마디로 무법천지라 해도 지나친 말이 아니다.

나 한 사람이 중요하다. 나 한 사람정도야 어떠랴 생각할지 모르지만 100은 하나부터 시작된다. 자기 자신을 비하하지 말아야 한다. 하찮은 존재로 여기지 말아야 한다. 나 하나가 잘해야 내 가정이 살고 이 사회와 이 나라가 발전할 수 있다. 이웃이 눈감아 주고 사촌이 적당히 사정을 봐주던 시대는 지났다. 지금은 울타리가 없는 시대다. 세계가 훤히 들여다보고 있다. 바지저고리 다 벗은 상태라 해도 과언이 아니다. 그러니 우리 자신에게 좀 더 엄격해져야 한다. 주인정신과 주인의식을 인식할 때 법이 지켜지고 국제적 룰을 따르게 될 것이다.

한국이여! 깨어나라. wake up korea!

인간은 관계 속에서 살아간다. 나와 너의 관계를 떠나서는 살아갈 수 없다. 인간은 관계적 존재다. 사람을 단순히 인人이라고 하지 않고 인간人間이라고 한 것은 참으로 의미심장하다. 사람은 사람과 사람 사이 속에서 살아간다. 부부지간, 부자지간, 형제자매지간, 사제지간, 상하지간, 동료지간 속에서 살아간다. 나를 둘러싼 관계의 그물 속에서 살아가는 것이다. 사람과 사람 사이를 뜻하는 인간관계를 사회로 보는 인간 공동체로 파악했던 것이다. 이처럼 인간은 먼저 부모와 자손으로 이뤄진 씨족사회를 이루고, 더 나아가 촌락사회 · 지역사회 · 국가사회의 한 구성원으로서 살아가게 된다. 인간은 성장과정에서 보호와 간섭을 받기도 하고 또 여러 가지 영향을 주고받는다. 우리는 다른 사람들과 일정한 관계를 맺고 일정한 사회제도 속에서 많은 영향과 제약을 받고 살아간다. 개인의 욕망이 다 다르고 그 능력에 따른 직업이 분화될수록 개인은 또 다른 집단과 관계를 맺고 협동하면서 살아간다.

루소는 "사회는 서로의 계약(Contrat Social)에 의해서 이루어진다."고 말했다. 이러한 사회적 관계 속에서 어떤 관계를 유지 또는 변경하는 것을 인간의 사회적 행위라고 한다. 오늘날의 사회성립은 인간이 봉건적인 지역생활에서 개인으로 성장하여 시민사회를 형성해 온 것이다. 『인간성 Human Nature』을 쓴 영국의 경험론 철학자 홈즈는 인간사회를 처음부터 "만인의 만인에 대한 생존 투쟁"으로 보았다. 그러나 이런 자연 상태에 있어서는 자기보존의 이기적 본능에 의해서만 생활해야 하는데, 이러한 상태 속에서는 싸움이 그치지 않는다. 이 자연 상태를 벗어나기 위해 개인과 개인 간의 사회계약을 통해서 시민사회시대로 들어갔다. 이 개인은 사회적으로 자연스럽게 평등한 시민권을 인정받지 않으면 안 되었다.

홉즈와 더불어 근대 자연법론자로서 시민주권을 주장한 사람이 루소다. 그의 주장에 의하면 사회는 인간이 만들어낸 것이므로 사회가 만일 그릇된 것이라면 그 사회를 개혁하여 보다 합리적인 사회로 변용할 수 있다는 사회혁명의 권리를 주장했다. 그러한 사상이 오늘의 민주주의 사회의 기틀이 되었다. 근대 시민생활의 전제가 되어 있는 개인은 사회생활뿐만 아니라 정치·경제·문화의 제반 생활에 대해서 하나의 원리가 되었다. 그리하여 몬테스큐는 정치에 있어서 독재정치를 배격하고 삼권분립을 통한 입헌정치 체제적 정치생활을 주장했다. 경제생활에 있어서도 영국의 고전 경제학자 아담 스미스는 『국부론』에서 개인의 경제생활을 최대한도로 보장하는 「시민사회경제이론」을 내놓았다.

우리 사회에 있어서 시민적 사회의식이 싹트기 시작한 것은 조선 말엽부터였다. 그러나 일본 식민통치하에서 왜곡된 근대화 과정을 밟음으로써 사회의식이나 사회구조가 전근대적인 성격을 내포한 채 현대로 연결되었다. 사회생활의 무궤도성이나 정신적 불안정성이나 부정적 사고 방법은 반세기가 지나는 사이에 일제가 한국인에게 심어 놓은 정신적 악이라 할 수 있으며 지금도 그 후유증에 시달리고 있다. 우리 사회가 보다 더 행복한 사회로 발전하려면 우리 모두가 그릇된 사회현실을 구조적으로나 발전적·단계적으로 변혁해 가는 데 힘을 기울여야 한다.

오늘날 우리가 살고 있는 사회는 어떤 사회인가. 현대를 일컬어 과학기술 혁명의 시대요, 정보지식 사회라고 한다. 사이버 스페이스Cyber Space처럼 무한정한 공간개념에서 살고 있다. 우주 위에 또 하나의 우주가 만들어지고 국경과 국적이 없어지는 시대가 되었다. 60억 인구가 하나의 유기체 내에 살 수 있는 시대다. 이러한 현대 사회는 몇 가지 특징적 요소가 있다.

첫째, 현대사회에 있어서 모든 집단은 기능적으로 전문화되고 관료화되기 때문에 인간은 집단을 마음대로 가입 또는 이탈할 수 있는 자유의 폭이 매우 좁아졌다

둘째, 각 분야에서 전문화되고 기계화되기 때문에 집단을 자기 의사대로 좌우할 수 있는 소수 엘리트에 의해서 독점되어 버리고 대중은 이들로부터 불합리한 활동을 강요당하는 수단적 존재로 무력화되어 가기 때문에 근대사회가 시작된 초기의 자유·평등·창의 등은 이미 찾아볼 수 없게 되었다.

셋째, 현대사회는 각종 매스컴의 발달로 사람들의 가치관이나 일상적 생각들이 모두 같아져 가고 있다. 사람들의 가치체계가 획일화됨으로써 현대사회를 대중사회로 변형·확대시켰다. 사람들의 공통된 성격은 개인의 지향과 행동이 자기 주관은 상실해 버리고 각종 매스컴과 대중사회의 기대에 민감하게 반응하고 인기에 영합하려 한다.

넷째, 근대사회에서의 국가기능은 문화적인 복지국가로 변모되어 대중 생활의 안정을 위한 봉사자로서 사회발전의 주도권을 갖게 된다. 따라서 현대사회는 독점화·집단화의 현상이 두드러지게 나타난다. 그 내부에 있어서 기능적 합리성은 갖고 있으나 그 목적은 소수의 엘리트들에게 방임되어 있는 셈이다. 대중은 그 사회 내부에서 합리적으로 적응하거나 인간으로서의 합리적 기능을 갖기 어렵게 되었다. 이러한 현상들은 사회 모든 분야에서 전문화되어 가기 때문에 전문적 지식을 가진 소수 엘리트에 의해서 다스려지게 되고, 대중은 이들에 의하여 조종당하는 수동적 지위에

놓이게 되었다. 이것은 인간해방과는 정반대로 인간조종의 가능성이 인간의 운명을 위협할 수도 있을 것으로 본다.

사회변화에 따르는 문제들

• 인구

세계인구는 과거 50만 년 동안 대단히 서서히 성장했다. 1650년에는 5억이었다. 21세기 현재 그 사이 생산된 인구수는 인간 역사 1만년에 걸쳐 생산된 숫자에 해당된다. 세계인구는 1초에 2명, 하루 21만 명, 한 달에 6백만 명, 1년에 7천4백만 명이 불어난다. 1백 년 후 지구촌 인구가 2백80억만 명이 되리라고 한다. 우리나라도 1980년대 이후 1퍼센트대로 떨어졌지만 그래도 1년에 48만여 명으로 마산시만한 도시가 하나씩 불어나는 셈이다.

현대생활에 관한 모든 것은 현재 60억 인구의 생존이다. 정부가 국민생활의 질, 전쟁의 가능성, 집단기아, 미개발 국가의 현대화 열망, 세계협동의 꿈, 엄청나게 불어나는 인구, 주택·교육·식량·위생·보건 등의 서비스를 어떻게 제공할 것인가 하는 문제가 제기되고 있다.

• 지식

『미래의 충격』을 쓴 앨빈 토플러는 "우리 시대에 있어서 지식은 변화다."라고 했다. 지금 세계는 기술과 인구폭발과 더불어 지식의 폭발을 경험하고 있다. 몇 가지 두드러진 현상을 보면 이해가 간다.

과거 여러 세기에 걸쳐 1천6백 년까지 만들어낸 모든 책보다 현재 매일매일 더 많은 책들이 만들어지고 있다. 이 세상에 살았던 과학자들 중에

90퍼센트가 현존하고 있다는 것은 대부분의 과학자들이 현대에 와서 산출되었음을 말해 준다. 대학과 대학생 수도 1950년 이전 인간의 역사가 지녔던 학생 수보다 그 이후에 배출한 학생 수가 훨씬 더 많다. 우리나라도 1945년 해방 전만 해도 대학교가 겨우 하나(경성제국대학)였는데, 1960년대 22개 대학에서 몇 년 전 3백54개 대학교였으나 지금은 더 많이 늘어났을 것이다.

미래의 대학은 사회 전인원을 멤버로 하고 교육자의 역할은 텔레비전이 대신할 때가 왔다. 텔레비전은 스틸 화면처럼 단편적인 것이 아니라 1초 동안에 3백만의 미세한 점선이 쉬지 않고 움직이면서 만들어낸 모자이크와 같은 것이다. 이렇게 지식의 폭발은 기술의 폭발을 촉진시켰으며, 그것이 다시 사회변화를 자극하게 되었다.

• 기술

오늘 날 과학기술의 발달은 커뮤니케이션 테크놀러지 시대이다.

구텐베르그 시대(활자시대)의 인간은 일시에 하나만 보았다. 그땐 일의 순서에 의해서 문제를 해결했다. 그러나 현대의 인간은 전기 미디어, 즉 텔레비전·라디오·영화·전신·전화·컴퓨터 등으로 동시에 다양한 메시지를 받고 있다. 종전의 시각적 인간에서 다多감각적 인간으로 변했다.

• 인구의 도시 집중화

어느 작가는 "서울은 만원이다."라고 했다. 해방 전 1백만을 헤아리던 장안이 1천3백만여 명이니 우리나라 인구의 4분의1 이상으로 초만원이 아니라 폭발 직전이다. 도시의 성장은 인구의 성장보다 더 빠르다. 이 도시화 현상은 인구·건물·교통문제 등 외형적인 것뿐이 아니고 내면적으로 빈곤층·사건사고·환경생태·소외계층의 상호갈등 문제 등 모든 사회악이 만들어지고 있다.

이런 도시화는 인간상황을 개선하는 긍정적 측면도 있다. 예를 들면 경제의 효율성, 인력과 두뇌의 집중, 보건위생 환경의 개선, 예술과 문화의 발전이 많은 사람들에게 기회를 확대 제공하기도 한다. 반면 각종 욕구의 증대, 배금풍조, 사치·낭비, 이기주의 팽배 등 사회병리 현상의 만연이 문제다. 이런 중요한 결과를 가져온 도시화는 현대사회를 보다 진지하게 연구하지 않으면 안 되게 되었다.

사회 변화에 따르는 문제들을 하나하나 짚어보면 현 시대는 불확실성의 시대다. 모든 게 예측하기 어려운 격변의 시대다. 눈 깜박할 사이에 나라의 흥망이 엇갈리는 상황이 빠르게 전개되고 있어 정신을 못 차릴 지경이다.

역사의 자명종 소리

• 흥망의 감각

1988년 예일대학 역사 교수인 폴 케네디가 쓴 『강대국의 흥망(The Rise and Fall of the Great Power)』이 미국 서점가를 휩쓸었던 적이 있다. 뉴욕타임스 집계에서 30주 연속 논픽션 부문 베스트셀러 자리를 차지했다. 케네디는 일약 유명인사가 되어 대통령 후보 지망생, 상·하의원 면담요청이 줄을 잇고, 의회 청문회·세미나·심포지엄에서 그를 불러내 1분 1초를 쪼개 써야 할 정도로 폴 케네디의 해였다.

이 책은 그렇게 흥미진진한 책이 아니다. 백악관의 권력암투나 스캔들을 다룬 것도 아니다. 분량이 5백 페이지가 넘는데다 역사상 강대국들의 군비지출을 비교하고, 그 부조화에서 강대국 몰락의 단서를 찾아낸 것이다. 책도 사람처럼 때를 잘 만나야 한다. 강대국 흥망의 시운時運을 타고 태어난 책이다. 1988년 미국 경제가 한없이 추락하던 때다. 당시 이런 분위기 속에서 미국 경제의 위기와 일본 경제의 위협을 지적하는 수많은 책과 연구 보고서가 출간됐다. MIT 교수들이 공동 집필한 『Made in America』 등 40~ 50권에 달했다. 그런 가운데 『강대국의 흥망』이 베스트셀러가 된 데에는 레이건 대통령이 최대의 후원자였다. 레이건 대통령은 내리막길 경제에 아랑곳하지 않고 대소對蘇 대결정책과 그에 따른 국방예산의 대폭증액 방침을 밀어붙였다. 미국의 내리막길 경제와 대폭적 군비지출 증가라는 절묘한 배경 속에서 케네디의 불길한 예언이 울려 퍼진 것이다.

"이대로 가면 머지않아 미국이 초강대국에서 그렇고 그런 보통국가로 주저앉으리라!"

그로부터 15년, 케네디의 불길한 예언은 보기 좋게 빗나갔다. 미국은 초대국에서 유일한 패권국가로 다시 한 단계 올라섰고, 미국을 위협하리라던 일본 경제는 15년 불황에 허덕였다. 이 정도의 상황변화에 저자가 무슨 말을 할 수 있겠느냐고 생각한다면 오산이다. 케네디는 당당했다. 케네디의 메시지는 "미국이여, 깨어나라 Wake up America!"였다. "미국은 1988~1993년 사이 피나는 구조조정을 통해 최강의 경제로 다시 태어났다."는 그의 말은 옳았다.

그러나 더욱 대단한 것은 깨어나라는 자명종 소리에 벌떡 자리를 박차고 일어난 미국의 국민이었다. 이건 역사에 흔치 않은 일이다. '역사에서 자명종이 울리지 않고 몰락한 나라는 없다' 는 것이다. 나라다운 나라라면 경고의 자명종은 울리게 돼 있다. 그 소리에 벌떡 일어나느냐 아니면 그냥 지나쳐 버리느냐에 따라 나라의 운명이 갈리게 되는 것이다.

지금의 패권국가 미국의 선배격인 대영제국의 운명이 그랬다. 1860년 무렵 영국은 세계 면적의 4분의 1과 세계인구의 6분의 1을 지배하던 나라였다. 덩치만 큰 게 아니라 전 세계 석탄과 철강의 60퍼센트를 생산하고, 면제품의 50퍼센트를 공급하던 나라였다. 펄럭이는 유니언 잭의 나라에 그늘이 확연해진 것은 1889년 파리에서 열린 제2차 만국박람회 전후다. 전기산업은 미국에, 화학공업은 독일에, 자동차와 제철은 독일과 미국에 선두자리를 내주고 말았다. 그 시절 영국에 울렸던 사이렌 소리는 요란했다. 빅토리아 여왕의 남편 앨버트는 그 훨씬 전에 과학교육의 혁명을 촉구했고, 그의 아들 조지 5세는 연설문에 "영국이여, 깨어나라!"라는 구절을 거듭 천명했다. 언론도 "영국인들이 미래에 대해 희망과 자신감이 흔적 없이 사라졌다."고 되풀이 지적했다.

문제는 정치계였다. 영국은 평등을 앞세우던 극좌파가 수구파로 내몰리고, 얼마 전까지의 보수 세력이 개혁파로 재등장하는 지각 변동을 겪고 있었다. '이념적 개혁' 과 '효율적 개혁' 으로 갈린 정치세력들은 자명종 소리를 듣지 못하고 끝내 자리에서 일어나지 못했다. 영국의 운명이 결정된 것이다.

여기서 눈여겨봐야 할 것은 운명의 갈림길에서 울리던 사이렌도 운명이 정해진 순간부터는 침묵해 버린다는 사실이다. 흥망의 감각도 무디어지고 끝내는 마비돼 버리는 것이다.

근래 우리나라 곳곳에선 요란한 사이렌 소리가 계속 울렸다. 사회가 혼란스럽다. 나라의 위기다. 미래에 희망과 자신감이 사라지고 있는 것은 아닌지 뭔가 불안하다는 것이었다. 아직도 후진적 정치행태가 그렇고, 좌·우 사상적 대립과 갈등이, 북한 핵문제가 계속 꼬이고, 한·미 관계의식의 격차가 국론분열처럼 보이고, 나라경제는 IMF 때보다 더 곤두박질치고, 이에 아랑곳하지 않고 밥그릇 싸움에 죽기 살기 하는 전투적 노조의 시위 양상에 대한 매스컴과 식견 있는 분들의 지적과 질타가 많았다.

역사의 위기를 알리는 경고음인 자명종이 울린 것이다. 시끄럽지만 그래도 이 땅에 아직은 희망이 있다는 증거다. 그러나 이 소리마저 잦아들고 말면 마침내는 모두 흩어지고 말지도 모르는 일이다.

• 공존의 규칙

과천 정부 제2종합청사 앞에는 각종 시위 소음때문에 거의 매일이다시피 조용할 날이 없다. 계속되는 집회 시위로 인해 서울대공원 길목까지 차량들이 즐비해 교통소통에 큰 어려움을 겪는다. 신문이나 텔레비전을 보면 노조뿐만 아니라 각종 이익집단들이 목소리를 높여 시위나 집회를 갖는 회수가 너무나 빈번해 거의 일상화돼 버린 느낌이다.

개인보다는 집단과 조직을 통해서 목소리를 내는 것이 더 효과적이라는 인식이 확산된 탓이다. 이것은 민주주의 사회에서 당연하고도 바람직한 것인지 모른다. 예전엔 듣도 보도 못한 텔레마케터, 부동산 중개업자, 노점상, 비정규직들의 조직과 노조들이 집단시위에 등장하고 있다. 그러나 이런 집단들의 시위방식을 보면 매우 획일적이라는 인상을 지울 수가 없다. 대부분의 집회와 시위는 붉은 띠를 두르거나 휘장과 현수막과 플래카드가 등장한다. 마치 전쟁터에 출사하는 옛날 군사들처럼 보인다. 이들의 강렬하고도 규격화된 몸짓과 노랫소리는 마지막 전투에 임하는 비장함이나 북한 열성 공산당원의 퍼레이드를 보는 것 같은 느낌을 갖게 된다. 시위의례의 절정엔 지도부의 삭발이 있다. 끝까지 집단의 목적을 관철하겠다는 의지의 표현으로 자리매김하고 있다.

시위양상은 1970년대 중반부터 시작하여 1980년대를 휩쓸던 대학가 중심의 저항문화가 그랬던 것과 같다. 대학가에서 민중문화 운동과 맥을 같이하면서 이뤄졌던 반정부 시위들은 우리 사회에 저항의 새로운 방식을 제공했다.

1992년 문민정부 출현 이후 사실상 단일한 대항대상은 급속히 와해되었다. 세계화 · 국제화 · 정보화 등의 흐름 속에서 우리 사회도 명실 공히 다원화된 사회가 되어가고 있다는 사실이다. 세계 각지에 퍼져 있는 재외한국인들을 통한 문화의 탈지역화가 그렇다. 우리 사회 내에 집단적으로 자리 잡고 있는 중국 동포와 외국인 노동자들이 단일민족이라는 신화에 기반 해 한국사회의 동질성을 주장할 수 없게 되었다는 사실이다. 그렇다면 다원화된 우리 사회의 생존원리는 무엇일까? 그것은 저항이 아니라 다양한 집단들과의 공존이다. 이런 다양한 집단들의 공존의 규칙은 무엇일까. 그것은 다수가 공감하는 게임의 규칙을 정하는 것이다.

현재의 게임규칙은 "목소리 큰 사람이 최고다."거나 "정부나 대통령하고만 얘기하겠다."고 하는데 이것은 공정한 게임의 규칙이 아니다. 공정한 게임규칙의 기초는 바로 '다름'을 받아들이는 것이다. 내 집단의 다름을 인정받기 위해서는 다른 집단의 다름을 인정하는 것이다. 내 집단의 다름만을 관철시키는 것이 아니라 다른 집단의 다름과 나의 다름을 조율하는 것이다. 이 조율 속에서 다른 집단들이 받아들일 수 있는 공정성이 만들어지는 것이다.

6·25 때 좌익세력이 강력했던 충남 예산지역에서의 일이다. 목숨이 언제 어떻게 될지 모르는 살벌한 시기였지만 뜻밖에도 좌익이 우익을 살려주고, 우익이 좌익을 살려준 사례를 적지 않게 찾아낼 수 있었다는 정신문화연구원의 현지조사 얘기가 있다. 전쟁판에서도 한 지역 주민들이 공유하는 공정성에 기반 한 사회적 정의가 작동했던 것이다.

지금의 '밥그릇 전쟁'은 공존을 위한 것이 아니다. 이제 다름을 포용하고 공존의 규칙을 창출할 수 있는 목소리내기 방식을 모색해야 한다.

화이부동和而不同의 사회

우리는 자연에서 보고 깨우치고 배워야겠다. 늦은 봄이나 여름 산에 오르다 보면 온갖 푸나무들이 잘도 어울려 자라고 있는 것을 볼 수 있다. 푸나무들은 종류와 크기, 잎새들의 생김새, 초록의 색도는 다 다르다. 하지만 산자락은 온통 싱그러운 초록빛으로 풋풋하고 시원스런 녹색 융단은 다름 아닌 화이부동이다. '같지 않되 화합하는 것'이다. 『논어』에서 자로子路가 한 말이다. 나와 다른 남이나 다른 의견에 자신의 확고한 의견 없이 남의 의견을 좇아 뇌동雷同하지 않는 것이다. 바꿔 말하면 '화합하되 같지 않다는 것'이다.

푸나무들의 세계에도 생존과 번영에 유리한 조건을 쟁취하려는 다툼이 치열할 것은 틀림없는 사실이다. 그럼에도 큰 나무는 작은 나무에게 비바람을 걸러주고, 흙 사태를 막아주고, 작은 나무는 큰 나무의 보호를 받으며 비켜 비추는 햇볕을 쬐느라 안간힘을 쓰듯, 큰 나무의 종아리쯤에서도 그 여건에 잘 적응하며, 최대한으로 제 모습을 가꾸고 자라는 것을 볼 수 있다. 사람들보다 덜 싸운다. 제 몸과 가지들은 구부려주고 휘어가며 자라는 모습에서 서로 조금씩 비켜주고 비켜 받는 양보와 화해의 모습을 보는 것 같다.

숲속의 쉼터에 누군가 읽다가 두고 간 신문을 집어 들었다. 온통 양극을 치닫는 우리 사회의 모습이 푸나무들 앞에서 문득 부끄러워졌다.

사회적 갈등에서 무슨 운동이든 주장이든 사생결단하듯 격렬한 모습에 우리는 너무 지쳐 있다. 새만금개발의 찬반이 그렇다. 나이스인지, 네이스 Neis인지 하는 것, 노사현장에서 보듯 우리 사회의 수많은 갈등이 화해와 양보의 기미는 보이지 않고 대결의 양극화로 치닫고 있다.

평소의 걱정과 염려가 푸나무들 앞에서 마음 아프게 느껴진다. 우리는 왜 푸나무의 가지와 잎새들처럼 서로에게 조금씩 비켜주고 양보 받으며 자기 생각을 조금씩 구부려주고 휘어주지 못할까. 자기감정의 칼날을 예리하게 벼려 서로를 겨누듯 상대방에게 비키라고만 하는가.

여러 민족이 여러 언어를 쓰며 사는 나라에서도 사회문제를 잘 풀어 가는데 우리는 너무 똑똑해서 그런가! 왜 지칠대로 지쳐 여기까지 와야 하는가. 산자락에 있는 푸나무들만도 못할까!

유대인들은 만장일치를 믿지 않는다고 한다. 우연이라도 만장일치가 되면 몇 사람이 자진하여 자기 의견을 바꾸어 다수결로 만든다고 한다. 생각은 서로 다르고, 달라야 정직하다고 인정하는 것이다.

두세 식구의 생각도 서로 다른데 출신·성격·배경이 다 다른 사람들의 생각은 당연히 다를 수밖에 없다. 서로 다르다는 것, 바로 그 점이 스스로를 성찰케 하고 다양성과 다원사회를 이룬다는 것을 깨달아야 한다. 늦었지만 우리도 서로 다르다는 점을 존중해 가며 무엇이 서로를 위한 것인지 또 공익을 위해 서로 먼저 조금씩 구부리고 휘어주는 양보와 화이부동처럼, 군자 되기는 어렵겠지만 옛날의 군자처럼 오늘의 지식인이라면 달리 생각해 볼 수도 있지 않을까 여겨진다. 매스컴의 발달로 배운 사람이든 못 배운 사람이든 보편적 지식인이라 할 수 있는 세상이다. 더욱이 우리의 교육수준이 세계에서 가장 높다고 평가한다. 교육수준이 높아진 만큼 지식인들도 많을 텐데 과연 지성적인가! 우리는 소인배처럼 "같으면서 화합하지 못한다."는 동이불화同而不和하지 않는지 진지하게 생각해 볼일이다. 애써 우리 사회의 에너지가 넘친다고 좋게 보고 싶어 하다가도 아까운 에너지를 낭비하는 것 같아 안타깝다. 지금 세계는 자기 나라의 발전에 온 힘을 쏟는데 우리 국민만 기운을 헛되이 소모하는 건 아닌지 걱정이 앞선다.

글로벌리제이션

종전의 전통적 노조 파업의 이슈는 임금 인상과 종업원 후생이었다. 최근엔 그에 더하여 신상품 개발·공장이전·외주 등 핵심경영에까지 노조의 참여를 요구하고 있다.

노조의 경영참여를 선뜻 들어준 현대자동차와 달리 외국 기업들은 단호한 입장을 보이고 직장 폐쇄(한국네슬레, KGI증권)를 단행했다. 문제는 정부나 일부 학자들까지도 노사가 합의 또는 최소한 협의수준 이상의 참여가 있어야 노사 관계가 선진화된다고 믿는 데 있다. 노조의 경영참여가 기업의 경쟁력 향상에 필수적이라고 주장하고, 또 재산권 경제이론을 왜곡, 손익의 공유 없는 근로자의 경영참여를 정당시하고 있는 게 문제다.

기업에서 경영권을 가진 주체는 수익을 배분할 때 가장 나중에 그 수익을 가져가는 측이다. 채권자인 은행은 원금과 이자를 챙겨 가고, 협력업체는 대금을 받아 가고, 정부는 세금을 거두어 간다. 그러나 주주는 끝까지 위험부담을 안게 된다. 회사가 잘못되면 마지막 손실을 고스란히 안게 되는 것이다. 이것이 경영권의 본질이다. 문제는 근로자들이다. 이들은 회사 사정이 어떻게 되든 임금을 고스란히 가져가겠다는 입장이다. 회사가 아무리 어려워도 그 손실과 책임은 지지 않겠다는 것이다. 그러나 노측이 경영에 참여하겠다면 위험부담도 노사가 함께 고스란히 안아야 한다. 회사가 어렵다면 자진하여 임금을 절반으로 줄이거나 안 받겠다는 식으로 손실과 책임을 경영주와 분담해야 맞다. 그런데 노조의 주장을 보면 임금은 고스란히 챙기면서 경영권에 참여하겠다는 것이다. 그러면서 경영에 책임은 지지않겠다는 식이다. 이것은 이기적일 뿐만 아니라 경제이론에도 맞지 않는다.

만일 노측이 경영에 참여하겠다면 그들보다 더 위험부담을 안은 채권자나 협력업체가 경영에 먼저 참여하겠다고 나서도 할 말이 있겠는가. 노조의 경영참여가 기업의 민주화와 경영의 투명성 제고를 위해 필요하다는 주장도 있다. 그러나 기업은 영리조직이다. 기업의 영업방식은 목표달성을 위한 수단일 뿐 경영자의 경영환경에 따라 다를 수 있다. 경영의 투명성 또한 주주와 자본시장이 알아서 할 일이다.

경영이란 노측이 잘 할 수 있는 일이 아니다. 노측이 받는 임금은 경영참여와 관계없이 노가 최선을 다할 것을 전제로 주어지는 것이다. 노측이 회사 주식을 일부 보유한다 하더라도 주주총회를 통해 경영권을 행사하면 된다. 이를 빌미로 노조가 단체로 경영에 직접 참여할 이유는 없다. 노조가 경영참여를 주장하는 가장 솔직한 이유는 조합원의 일자리 지키기 때문이지도 모르겠다. 하지만 평생직장은 현실성이 없으며 내 일자리 하나를 지키는 것이 남의 일자리 10개를 뺏을 수 있다는 점을 인정해야 한다.

오늘날 기업을 노사 · 협력업체 · 채권자 · 국세청 등 이해 관계자들의 계약관계라고 보면 이들 이해관계는 항상 일치할 수는 없다. 상대방의 의도나 행동을 알 수 없으니 갈등과 불신도 있을 수 있다. 선진적인 노사문제의 해결방법은 경영권에 대한 일방적 양보를 강요하는 데서 찾기보다는 오히려 경영권의 제도적 확립과 철저한 집행에서 찾아야 하리라고 본다.

일본 아와지(淡路) 섬에서 아시아 · 태평양 경제포럼이 열렸다. 간사이(關西) 지역의 실업계 인사들이 대거 몰려들어 회의장은 만원이었다. 주제 발표자 윤종용 삼성전자 부회장이 서울에서 회사 전용기로 왔다. 지난해 삼성전자 매출액은 반도체와 휴대전화 덕분에 4조 엔(약 40조 원)을 넘었으며, 순이익은 7천억 엔(약 7조 원)을 웃돌았다. 명실 공히 한국을 대표하는 세계기업이다.

그러나 이런 삼성전자도 1997, 1998년 아시아 경제위기 때는 거액의 부채로 심각한 상황에 시달렸다. 이때 경영진은 철저한 혁신을 추진해 2백57개의 사업을 정리하고 국내 인원의 33퍼센트, 해외 인원의 36퍼센트를 감원했다. 그 혁신 진행사항을 보면 우선 기득권자의 저항을 단호히 물리쳤다. 과거 한때 성공했던 조직일수록 기득권을 완고하게 지키려 한다. 혁신은 점 · 선 · 면 단계로 진행했다. 종업원들에게 하면 된다는 자신감을 갖도록 해주었다. 이어 목표와 비전을 제시하고 우수한 관리자에게 대폭 권한을 넘겨주었다. 결국 위기의식을 갖느냐, 그렇지 않느냐이다.

삼성그룹 이사급 1천 명 중 3분의 2가 40대 이하이고, 또 1천7백 명의 박사와 3백50명의 경영학 석사(MBA출신)가 있다. 대부분 구미歐美에서 자격증을 취득했다. 혁신이란 글로벌리제이션을 통해 성장해 가는 것이다. 여기에는 이 포럼을 주관한 산요의 회장 겸 CEO인 이우에 사토시(井植敏)의 협력에 의해서 이루어진 것이다.

윤 부회장은 30년 전 군마현 산요 전기 공장에서 1년간 제조 기술자로 연수를 받았고, 이우에 회장도 그 무렵 서울에서 산요와 삼성 합작사업의 일본 책임자로 매주 한국 출장을 다녔다. 합작 사업은 이후 없어졌지만 다시 연료 전지와 차세대 기술의 공동개발 제휴를 진행했다. 꽤 오래 전 삼성 이건희 회장은 이우에 회장을 만나 이런 얘기를 했다고 한다.

"일본의 식기는 도자기라 떨어지면 깨지고 맙니다. 그래서 일본 사람은 물건을 소중히 다루는지 모릅니다. 한국은 금속제라서 떨어져도 부서지지 않습니다. 그래서 물건을 소중히 하려는 마음이 부족합니다. 일본은 훌륭한 재산을 갖고 있습니다."

이때 이우에 회장은 일본의 오랜 제조업 전통의 중요함을 새롭게 느꼈다고 한다. 산요도 삼성도 세계시장에서 격렬한 경쟁을 벌이며 각자의 재산 가치를 재발견해 낼 필요성을 절감하고 있을 것이다. 각사의 강점을 결합해 새로운 부가가치를 만들어 보자는 사고가 양사의 제휴를 가져왔다.

이우에 회장은 세계적인 경쟁력을 갖춘 가전제품을 하드웨어와 소프트웨어뿐만 아니라 시스템에서도 중국의 하이얼(海爾), 한국의 삼성과 제휴해 세계표준으로 만들겠다는 꿈을 갖고 있다. 산요는 일본 국내시장에서 큰 라이벌 회사들과 결전을 벌이는데도 중국과 한국의 두 회사의 힘을 활용하고 싶어 한다는 것이다.

글로벌리제이션은 남의 장점을 내 것으로 삼는 것이다. 내 장점은 개성이기도 하지만 다양성이기도 하다. 이우에 회장은 "글로벌리제이션 시대에 개성이 없는 사람은 외톨이가 되고 만다."고 했다. 산요·삼성·하이얼에 의한 한·중·일 글로벌리제이션은 각각의 경쟁력을 높이고 개성을 살려 아시아 지역 통합의 일익을 담당할 것이다. 이러한 기업 간의 관계는 국가 간에도 새로운 관계를 만들어 낸다. 아시아·태평양의 국가 간 관계는 종적 형태가 아닌 횡적 형태가 되어야 한다. 선두 일본을 뒤쫓는 기러기 떼 같은 형국이란 생각은 급속히 무너지고 있다는 것이다. 아시아와 함께 아시아로부터 배운다는 재생을 위한 개척정신이 일본사회에 퍼지고 있다. 일본은 명치시대나 제2차 세계대전 후의 일본과는 다르다는 점을 알아야겠다.

근래 부르짖는 우리 화두는 국민소득 4만 달러 시대를 열자는 것이다. 어느 국가, 어느 조직이든 성공하려면 공유하는 전략적 과제를 비전으로 가지고 있어야 한다. 그러나 그보다 더 중요한 것은 말이 아니라 어떻게 실천하느냐 하는 행동이 문제다.

어떻게 행동할 것인가. 추구하고자 하는 목표를 설정해야 한다. 1960, 1970년대 수출이라는 목표를 설정하고 달성함으로써 후진국에서 중진국으로 도약했다. 앞으로 수출 외에도 상위 3천대 기업의 경제적 부가가치라든가 외국인 직접 투자액과 같은 중요한 목표지표를 2, 3개 정도 구체적으로 설정할 필요가 있다. 이렇게 구체적인 목표가 설정되면 이를 달성할 수 있는 행동에 대한 아이디어를 끌어내야 한다.

정부의 행동조치는 기업에 대한 규제 완화, 노사관계의 유연성 제고, 법인세 인하, 좋은 기업환경을 조성해 주는 것이다. 기업인 측면에서는 보다 투명하고 인간적인 경영을 통해서 노사관계를 개선하는 조치들이 취해져야 한다.

국민들 관점에서는 집단 이기주의적 태도를 지양하고, 기업의 경영수지에 합당한 노동자의 권익을 챙기는, 보다 개방적인 태도를 가져야 한다. 정부·기업·국민의 관점에서 모두 힘을 합쳐 비전과 목표와 행동을 일관성 있게 엮어나가야 하겠다.

국가경영이나 기업경영이나 똑같이 어떤 비전을 정부와 국민, 회사와 종업원이 공유하느냐 하는 것이 무엇보다 중요하다. 기업의 예를 들면 삼성전자는 1993년 '질質경영'을 선언하면서 세계적 기업으로 커나갈 수 있었다. 그 성공의 비결은 철저한 행동 지향적 조치와 구체적인 언어로 질경영의 비전을 종업원과 공유한 점이다. 12시간 애프터서비스까지 해주면서 많은 인력과 자금을 투자했다. 일부 직원들이 이러다간 회사가 망하는 게 아니냐고 우려하자 이건희 회장은 "회사 돈이 고갈되면 내 개인 돈을 낼 테니 걱정하지 말라."고 했다. 이처럼 톱은 구체적이고 행동지향적인 언어로 얘기할 때 추진력이 생기는 것이다. 그냥 기술개발 열심히 하라고 말로만 하는 것이 아니라 "연구실은 24시간 불이 켜져 있어야 한다."라든지, 그에 합당하게 돈을 아끼지 말아야 한다.

4만 달러 시대의 비전을 국민과 함께 공유하기 위해서는 구체적인 행동지향적인 언어는 무엇일까! 4만 달러 달성의 핵심적 요소는 규제 완화와 노사관계, 외국인 직접투자 등에서 국민과 공감대를 형성할 수 있는 구체적인 언어를 개발할 필요가 있다. 우선 당장 이 비전을 철저하게 시행하기 위해서는 이것을 하지 않으면 나라에 큰일이 난다는 긴박감을 가져야 한다. 이 긴박감은 위기와 도전의식을 갖는 것이다.

지금 우리는 중국이 전 세계 생산기지로 바뀌면서 블랙홀처럼 우리 산업기지를 공동화시키고 있고, 집단 이기주의에 의한 사회분열과 이공계 기피현상은 미래 성장잠재력을 약화시키는 위기적 상황임을 직시해야 한다. 우리는 도전의식을 가져야 한다. 우리보다 별 나을 것이 없다는 일본의 국민소득이 3만 달러인데, 우리는 아직 2만 달러라면 왜 안 되는가 하는 도전의식을 가져야 한다. 위기가 코앞에 와 있는 우리는 행동하지 않으면 파멸이다. 그런 의미에서 우리는 역설적으로 4만 달러 달성에 필요한 긴박감을 가질 수밖에 없는 좋은 여건에 놓여 있다고 본다.

우리에게 주어진 시간은 결코 많지 않다. 역사의 자명종 소리가 들리지 않는가. 위기는 기회다. 긴박감과 도전의식으로 정부·기업·국민 모두가 화이부동의 공생의식으로 혼연일체가 되어 4만 달러 시대의 비전을 잘 추진해 나가야 하겠다. 중진국에서 다시 선진국으로 경제적 재도약이 달성되기를 간절한 마음으로 빈다.

역사의 자명종 소리가 들리지 않는가!

한국이여! 깨어나라 Wake up Korea!

IMF가 가르쳐 준 경제교육

IMF 당시 텔레비전에 히트치고 있던 광고는 어깨 축 처진 아버지 기氣를 살리는 내용이 떴다. 오래 전부터 '고향의 맛'을 주제로 삼아 온 제일제당의 '다시다' 광고를 보자. 아버지가 해질 무렵 지친 모습으로 집에 돌아오는데 식탁에는 먹음직스럽게 끓는 찌개그릇이 놓여 있다. 아들이 "아버지, 먼저 드세요." 하고 권하자 아버지는 "그래, 이 맛에 산다." 며 밝은 얼굴이 된다. 가족 사랑을 식탁의 찌개 맛으로 상징한 것이다.

위장약 '잔탁'은 남편에 대한 위로의 말을 아내의 편지로 대신하고 있다. "여보, 요즘 힘드시죠! 직장일 하랴, 집 걱정하랴. 사랑해요." 이 편지를 보면서 남편은 활짝 웃는다.

IMF시대는 세상의 많은 아버지들을 일터에서 내몰았다. 광고계가 어깨축 늘어진 아버지와 남편들을 격려하는 내용의 광고가 잇따라 나왔던 것은 초라해진 아버지에게 아내와 가족들이 위로의 말을 보내고 힘을 북돋는 내용이 크게 어필하고 있었다. 어려운 때일수록 가족들끼리 따뜻하게 감싸 주고 용기를 잃지 않도록 해야 한다. 어려운 때 서로가 기댈 수 있는 것은 가족밖에 없기 때문이다.

기이한 행동으로 유명한 고대 그리스 철학자 디오게네스는 광장의 통나무 속에서 살았던 것으로 잘 알려져 있다. 알렉산더 대왕이 그를 찾아가 소원을 묻자 "햇빛을 가리지 말라"고 했다는 그는 '세계의 시민'을 자처하며 고대 그리스인들이 하던 대로 옷감을 몸에 걸치고 밤이면 이것을 몸에 둘둘 말고 어디서나 잠을 잤다. 그는 장려한 신전이나 공공의 건물을 보면 손으로 가리키며 말했다.

"아테네인은 정말 친절하단 말이야. 나를 위해 훌륭한 침상을 많이 준비해 뒀거든." 그러면서 너털웃음을 웃었다.

또 고대 그리스 최대의 서사 시인이며 서구 문학의 종주로 알려진 『일리아드』와 『오디세이』의 작자 호메로스도 거리를 떠돌던 맹인이었다고 전한다. 그리스에서는 지금도 호메로스의 출생지를 둘러싸고 서로가 자기네 고장에서 태어났다고 7개 도시가 입씨름을 하고 있다지만 집이 없었던 그에게는 그런 논쟁조차 무슨 의미가 있겠는가! 세상에는 집이 없어 떠도는 사람도 있고, 집은 있어도 집에 머물 수가 없어 거리 잠을 자는 사람도 있다.

한때 미국에는 집 없는 사람(Home less)들이 2백만 명에 육박한 일이 있다. 1987년 미국의 겨울은 혹한이 엄습했다. 노상 동사자가 속출했고, 일본에도 도쿄에만 노숙자가 3천3백 명을 넘는다고 했다.

IMF 이후 우리도 노숙자가 급증해 한때 6천 명을 넘어선 적도 있었다. 불제자는 한 뽕나무 밑에 3일을 계속 자지 않는다 하여 불삼숙상하不三宿桑下라 했다던가! 얼마 전까지 멀쩡하던 사장과 회사원들이 거지꼴이 되어 길거리 한뎃잠을 자고 있는 것은 참으로 안타까운 일이다. 한때 우리 사회의 어두운 분위기를 말해 주었다.

IMF를 초래한 원인과 향후대책은 두 가지 측면에서 풀었어야 했다는 생각이다.

첫째, 경제 정책적인 측면과 국민 정신윤리 측면에서 문제가 있었다고 본다. 김기환金基桓 순회 대사가 어느 세미나에서 "공기업이라는 단어 하나가 한국의 신뢰도를 떨어뜨리는 데 결정으로 작용했다."는 요지의 발언을 했다. 벌써 까마득한 옛날 얘기 같지만 정부는 기아자동차를 법정관리에 넣으면서 굳이 공기업이라는 단어로 포장한 것이 잘못됐다는 뜻이다. 기아를 정부가 공기업으로 끌어안아 준 후 한국 국민들은 이제 마무리됐다고 가슴을 쓸어내렸지만 외국인들은 정반대였다. 1960~70년대 국가통제 경제정책이 먹혀 들어가던 시절의 방법을 쓴 것이 문제였다. 부실회사를 정리하지 않고 왜 공기업으로 만들어 살려내느냐는 비판이 곧장 미국과 유럽 언론에서 제기됐다. 한보철강이 무너졌을 때 정부는 포항제철에 위탁경영을 시켰다. 대다수의 한국인들은 튼튼한 포철이 형님처럼 한보를 돌봐 주면 종업원만은 살아남을 것이라고 안도했다. 그러나 미국정부와 외국인 투자가들은 곧장 한국정부의 개입에 반발했다.

제일은행의 부실경영이 문제가 됐을 때도 정부는 1조 원의 한국은행 특별 융자금을 제공했다. 게다가 정부가 대부분의 지분을 인수했다. 이때도 우리들은 은행을 망하게 할 수야 있느냐며 은근히 정부의 결정을 지지했다. 하지만 외국 언론들은 국유화 조치를 단행했다고 보도했고, 부실은행을 다른 은행에 인수시키거나 정리했어야 한다고 핀잔을 주었다.

"IMF 구제 금융을 신청할 때 한국인들은 수많은 치욕적인 광경을 목격했다. 캉드쉬 총재가 안하무인격으로 몰아붙이는 태도나 한국의 허점을 찌르고 파고드는 미국과 일본에도 수치심을 넘어 분노를 표현하는 사람들이 많았다.

한마디로 수치심을 느끼고 분노해야 할 것은 그 동안 세계화 규칙을 무시해 왔던 우리들의 오만함이었다." 영어로 번역하기조차 힘든 '부도유예 협약'이라는 변칙적인 룰을 만든 나라, 외국 상품만을 막는 정책을 지속하는 나라, 장관이 미국산 쌀을 수입해 주겠다고 약속하고는 장관이 바뀐 뒤에는 "그런 일은 없었다."고 둘러대는 나라, 금융시장을 개방했다고 발표했지만 막상 들어와 보면 관료들에게 로비하지 않고서는 되는 일이 없는 나라……. 우리끼리는 할 얘기가 많지만 국제사회에서 한국은 그런 나라로 낙인찍혀 있었다. 글로벌 룰을 위반하면서 상습적으로 반칙을 일삼는 나라라는 것이 외국인의 시각에 확실히 드러났던 것이다. 우리들의 거짓말 습관에도 외국인들은 넌더리를 내고 있다. 한국은행이 갖고 있는 외환보유고 숫자조차 외국인들은 믿지 않았다. 한국은행 금고 속을 유리알 보듯 들여다보고 있는 판에 넉넉하다는 정부의 공언空言을 믿을 리 없다.

한국기업과 은행의 결산서류도 허위이고, 공인회계사들의 감사보고서도 거짓투성이이며, 정부보고서도 마찬가지라는 것이다. 정부의 공식발표 자료도 거짓말로 둘러대는 내용이 많다는 비판이었다. 어느 회사나 이중 장부를 작성하고 다급하면 둘러대며 위기를 모면하려는 습관에 물들어 있다. 국제사회에서 한국식 거짓말은 결코 용서받을 수 없었다.

구제 금융을 받는 과정에서 한국인의 자존심은 상처를 받았다. 하지만 분하고 쓰라린 마음을 엉뚱한 행동으로 표출할 때가 아니다. IMF 뒤에서 미국정부가 협상을 조정했다는 이유로 반미감정을 내뱉는 분위기였다. 그러나 미국과 IMF가 요구한 정책 권고는 IMF 2년 전 OECD에 가입할 때 받아들였어야 할 내용이 대부분이었다. 어찌 보면 한국이 저질렀던 수많은 반칙행위에 IMF는 분명하게 옐로우 카드를 보여준 후 정확한 글로벌 룰을 가르쳐 주었다고 볼 수 있다.

이면우李冕雨 서울대 산업공학과 교수가 다시 한 번 뛸 것을 촉구하는 저서로 『신新창조론』(한국경제신문사 발행)을 냈다. IMF사태를 자초한 한국 사회에 대한 가차 없는 비판과 독설에서 "IMF는 외세침략이 있어야 겨우 단결하는 우리 민족에게 역사가 준 선물"이라고 말했다. "IMF를 비판해서는 안 된다. 오히려 IMF는 우리 경제의 중병重病 사실을 통고해 준 의사이기 때문이다."

"IMF를 극복한다"고 흔히 말한다. 이런 표현은 두 가지 면에서 틀린 것이다. 첫째, 우리가 극복해야 하는 것은 금융위기지 IMF가 아니다. IMF는 위기에 처한 경제를 구제해 주는 기능은 있지만 그런 위기를 제공하는 기구는 아니다. 둘째, 우리는 현재의 어려움을 극복한다고 하더라도 금융

위기 이전의 고성장 시대로 돌아갈 가능성은 희박하다. "IMF가 무엇인지 잘 모르지만 그놈만 극복한다면 풍요로웠던 옛날이 되돌아온다."고 생각한다면 이것은 큰 착각이다.

우리 경제의 체질도 과거에 비해 많이 달라졌기 때문에 앞으로 위기가 지나간 후에도 과거의 고도성장은 다시 돌아오지 않는다는 사실이다. 실업률도 과거에 비해 높아질 것이고, 직업구조가 달라져 평생 안정된 직장이라는 개념 자체가 무의미하게 될 것 같다는 전망이다. 이렇게 말하면 우리의 미래에 대해 크게 비관할 사람들이 있을 것이다. 1인당 국민소득이 위기 이전에 비해 절반 정도로 줄어들어 가는데 위기가 지나간 다음에도 별로 좋아질 전망이 보이지 않는다면 신나는 일이라곤 하나도 없을 것이 아닌가 하는 예측이 가능하기 때문이다.

그러나 좀 더 생각해 볼 일이다. 경제성장이 삶의 전부인가, 돈이 곧 행복인가 하는 점이다. 물질적 풍요가 삶의 전부인 것처럼 믿고 풍요만을 위해 숨 쉴 틈도 없이 계속 달려온 것은 아니었던가? 물론 사람은 먹어야 살고 물질을 통해 정신을 표현하게 마련이다. 다만 물질이 부족하다고 해서 정신적으로도 궁핍해야 하는 것은 아니라는 진리도 기억해야 한다.

저 가난한 나라 방글라데시 국민의 행복지수가 세계에서 가장 높다는 사실을 새겨볼 필요가 있다. 오히려 경제적 여유가 없는 상황에서 인간은 더욱 창조적일 수 있다는 것이다. 제1차 세계대전 이후 독일경제가 어려웠던 시기에 현대건축의 새로운 방향을 개척했던 미스 판 데어 로헤(Ludwing Mises van der Rohe)도 그랬다. 건축 구조물에 들어가는 재료를 더욱 경제성 있게 사용함으로써 기능적 구조물의 단순하고 순수한 미적 가치를 높여 주었다.

독일의 격언인 "더 적은 것이 더 많은 것(Less is more)"이란 말이 오늘날 우리에게도 많은 것을 시사해 준다. 물질이 부족한 상황에서 더 큰, 더 보람 있는 삶의 뜻을 만들어 내는 것은 인간만이 할 수 있는 일이라는 것이다. 이것은 예술에 있어서 표현수단을 절제있게 아껴써야 하듯이 삶을 설계하는 데 있어서도 생활의 수단을 절약하는 것이 중요함을 뜻한다. 그렇게 하는 경우 그 결과는 보람이 경감되는 것이 아니라 오히려 증대된다는 것이다.

고도성장 30년 동안 우리는 "더 적은 것이 더 큰 것"이라는 진리를 망각하고 있었다. 항상 더 크고, 더 많고, 더 요란스러운 것만을 찾아 헤맸던 것 같다. 이제부터라도 적은 것을 귀중하게 생각하는 연습을 시작해야 한다. "더 적은 것이 더 많은 것이 될 수 있는 것"은 인간의 창조성과 상상력에 달렸다. 물질적으로 부족하면 할수록 인간의 가치를 소중하게 여겨야 한다. 그래서 더 적게 소비하고, 더 적게 장식하고, 더 적게 요구하는 것을 배워야 한다.

많은 사람 앞에서 큰소리로 고도성장 시대의 찬가를 귀따갑게 불러대는 것은 이제 그만 해야 한다. 그대신 한 사람 한 사람을 향해 조용한 목소리로 대화하는 사회가 돼야 한다.

우리나라도 1인당 국민소득이 얼마가 됐다고 세계를 향해 조용한 목소리로 대화하는 사회가 돼야 한다. 확성기로 고함지르는 일은 이제 그만 하고 과연 무엇을 믿고 무엇을 위해 무엇을 할 것인가 하는 이야기를 조용히, 진지하게, 가까운 나라들과 대화할 줄 아는 성숙한 국가가 되어야 한다.

한국인들은 이제 과거 35년간 읽고 배웠던 낡은 경제학 서적을 버리고 글로벌룰이 적혀 있는 새로운 'IMF식 경제학 교과서'를 받아들고 익혀야 한다. 여기서 우리는 치욕과 분노를 어금니 사이에 악물고 구겨진 자존심은 가슴 깊이 묻어둬야 한다. 글로벌 시대에 세계인의 상식이 통하는 경제정책과 국민생활을 계도해야 한다. 공격이 최선의 방어라고 했던가. 작금의 우리 경제사정은 공격도 방어도 모른 채 어정쩡하게 흘러가고 있다. 일본이 엔화의 국제화를 공식선언하고 있는 것과 비교할 때 참담한 심정을 금하기 어렵다.

프랑스 드골 전 대통령이 유럽통합을 제창한 이래 유럽은 끈질기게 이 문제에 매달려 왔다. 마침내 유로화 발행에 합의했고, 미국의 달러화와 쌍벽체제를 갖추는 추세다. 그뿐 아니라 프랑스·독일·영국·이탈리아가 중심이 되어 대학의 통합도 서두르고 있는 단계에 이르렀다.

일본이 엔화의 국제화를 선언한 것도 따지고 보면 나름의 생존전략일 터이다. 마스나가 히카루(松永光) 대장성장관이 "아시아 통화위기의 원인 가운데 하나는 아시아 국가들이 미국 달러에 지나치게 의존하는 외환제도를 채택하고 있기 때문으로 역내 통화 애용을 확대할 필요가 있다."는 얘기가 시사해 주는 바를 주목할 필요가 있다. 유로화 탄생으로 일본경제의 불안이 커졌을지라도 대상은 아시아권을 겨냥하고 있다.

몇 년 전부터 일본은 우리나라의 실상을 훤히 꿰뚫어 보면서 우리들이 아무리 떠들어 봤자 일본과의 27년 격차를 좁히지 못할 것이라고 자부한다. 그들은 1990년의 우리 경제는 일본의 1963년 수준이고, 2000년은 1973년 정도라 단언했던 점을 기억해야 한다.

서해 건너 중국은 어떤가! 이 나라는 모택동 시절 경제적 3류 국가이면서도 국제적으로 정치는 일류국가였다. 이제 등소평 이후 경제대국의 기반을 구축하면서 목소리를 높이고 있다.

우리나라는 일본과 중국 사이에 자리하고 있으나 남북이 분단 상태이다. 더구나 북쪽은 국제사회에 식량을 구걸하는 형편이고 남쪽은 IMF시대를 살았다. 국제사회는 역량이 축적된 프로무대다. 그런데도 한국은 아마추어 실력을 과신한 탓에 국제화 링에 올라서자마자 한 대 얻어맞고 휘청거리는 처지였다.

그 동안 우리는 열심히 미국·일본·독일을 따라가느라 눈코 뜰 새가 없었다. 이대로만 계속하면 곧 그들의 반열에 진입하리라 낙관한 사이에 그 나라들의 강인한 체력에 압도당한 꼴이다. 모창模唱은 기가 막히지만 흉내 노래로는 챔피언이 될 수 없다. 우리는 이 엄연한 사실을 모르고 모창에 정신이 팔렸던 것 같다.

IMF 시련은 우리 국민의 능력을 점검하고 미래를 대비하는 힘을 축적할 좋은 기회로 삼을 계기라 할 수 있다. "늦었다 싶을 때가 오히려 빠르다."는 격언을 신중히 받아들일 계제다. 그야말로 허리띠를 졸라매고 선진국 사람보다 먹는 것 2인분 할 것이 아니라, 일의 2인분을 챙기는 국민으로 거듭나야 한다. 과업지향의 실력과 능력을 길러 프로가 되기 위해 성심성의껏 힘쓰지 않으면 안 된다. 특히 공무원의 대국민 서비스 정신은 아직도 아마추어 시대 그대로다. 셰익스피어의 "세계는 무대요, 인생은 배우"라는 말을 프로답게 소화하여 받아들이는 데 새로운 뜻이 있을 것이다.

그러나 우리는 지금 가계부 없는 집안 살림처럼 그날 벌어서 그날 먹고 손터는 분위기이다. 물가는 자주 오르고 수출은 늘지 않는데, 수입은 계속 늘어만 가고, 부자는 외제로 치장하여 주위사람들에게 위화감에 더하여 불안감마저 안겨주고 있다. 주 5일 근무로 휴일이면 공장지대는 문이 닫혀 있다. 자동차가 물결치는 유원지를 돌아보면 먹고 마시고 쓰고 즐기는 방향으로 정처 없이 흘러만 가는 모양새에서 '베짱이의 불안'을 감출 수 없다.

우리가 처한 경제상황은 1, 2년 내에 물가와 국제수지 문제를 해결하면서 고도 경제성장 궤도에 진입할 획기적인 방안은 찾기 어렵다. 이제부터라도 적자비상에 허리띠를 졸라매고 사회 분위기를 일하는 쪽으로 몰고 가야 한다. 향후 경제의 경쟁력을 높이기 위해서 R&D(연구개발)의 투자와 사회간접자본 시설 확충에 중장기적 정책추진이 있어야 한다.

지도층의 자제와 솔선수범으로 자성과 양보가 있지 않으면 안된다. 모든 국민이 고통을 분담하는 마음을 가질 수 있도록 공감하는 공정하고 합리적인 정부대책이 일관성 있게 추진되어야 한다.

이러한 정책은 근로자·농민·공무원·군인들에게 더 많은 희생을 요구하고 있다. 공직자든 근로자든 모두 이 요구를 흔쾌히 받아들여야 한다. 앞으로 더욱 경제의 뒷받침 없는 국방과 외교는 모래성과 같다. 경제의 불황은 정치적·사회적 혼란과 리더십의 위기를 초래할 것이 분명하기 때문이다.

경제의 적敵은 미래에 대한 불확실성이다. 먼저 경제현상에 대한 각 분야별 정밀 진단과 더불어 일시적으로 경제주체에 영향을 주더라도 예측 가능한 정책과 장기적 성장발전을 가져올 수 있는 효과적인 대책이 강구되어야 한다. 지금까지 경제 정책적 측면에서 문제점과 그 대책을 얘기했다.

그러나 문제는 정부가 외국에서 달러만 가져오면 IMF는 해결되는 것으로 알고 있는데 앞으로는 현재의 정신윤리와 자세를 가지고는 곤란하지 않을까 생각된다. 19세기 말에도 엄청난 민족과 나라의 위기를 맞았다.

20세기 말에도 또다시 위기를 맞이하였다.

19세기 말 위기에 적절하게 대처하지 못해 반세기에 걸친 치욕의 역사를 견뎌야 했고, 한국전쟁에까지 이르는 허다한 비극을 겪어야 했던 사실을 상기하면서, 20세기 말 국제 IMF라는 낯선 이름의 괴물이 몰고 온 엄청난 위기에 그래도 슬기롭게 대처하여 21세기의 오늘에 이른 것은 다행이 아닐 수 없다.

"가을날 비올론의 가락 긴 흐느낌은 우리를 슬프게 한다."는 안톤 슈낙이 쓴 「우리를 슬프게 하는 것들」 중의 한 구절이다. 그의 표현대로 말한다면 겨레의 현실이 우리를 슬프게 한다. 세계에 양식을 구걸하는 북녘의 현실이 우리를 슬프게 하고, 세계에 달러를 구걸했던 남녘의 경제 위기가 우리를 슬프게 하였다.

초겨울의 한파처럼 갑작스레 닥쳐온 IMF사태를 어느 신문에서는 을사보호조약의 국치에 비유했다. 조선왕조가 무능에 무능을 거듭하다가 주권을 일본에 넘겼듯이 지금 우리는 경제주권을 남에게 넘겼다. 가히 경술국치에 비유할 만한 것이었다.

지금에 와서 누구를 탓하겠는가! 남아 있는 구겨진 자존심을 안으로 삼킨 채 와신상담, 분골쇄신, 오늘의 부끄러움을 내일의 자랑스러움으로 바꿔 나가는 길 외엔 다른 방법이 있을 수 없다.

선진국으로 진일보하기 위해 다음 10가지 실천사항을 정하고 신명을 다해 지켜 나가야 할, 다시 말해서 4만불 시대 경제 도약을 위해 다음 IMF 십계명에 많은 국민들의 동참을 바라는 것이다.

첫째, 건강을 지키자. 어려운 때일수록 건강해야 한다. 돈을 잃는 것은 조금 잃는 것이요, 명예를 잃는 것은 보다 많은 것을 잃는 것이요, 건강을 잃는 것은 인생의 모든 것을 잃는다. 건강이 무너지면 모든 것이 무너진다. 건강이라는 인생의 보편적 가치를 모두가 지켜야 한다. 건강한 국민은 건강한 정신력으로 건강한 사회를 만들고 건강한 경제를 일으킬 수 있다.

둘째, 가정을 지키자. 가정은 우리 마음의 궁전이요, 보금자리다. 실직자들이여! 가정으로 돌아가라. 모든 어려운 문제는 가정 안에서 풀어야 한다. 체면·고난·울분·외로움 등 모든 문제를 가족과 함께 수학문제를 풀듯 하나하나 논의하고, 가정은 이를 포용해야 한다. 있는 사람들도 외식을 삼가고 가정에서 식사하자. 된장찌개 한 가지라도 식탁 한가운데 놓고 둘러앉은 가정의 화목함이 얼마나 아쉬운 때인가. 바깥세상이 어려울수록 가정은 최상의 보금자리요, 최후의 피난처가 되어야 한다.

셋째, 지금의 직장을 정성을 다해 지키자. 땀 흘려 일한 만큼 나의 몫이라는 마음가짐으로 일터를 지키자. 요사이 3D현상은 배부른 사람들의 푸념이다. 급료가 많고 적고의 문제를 떠나서 직업인으로서 일하는 보람과 긍지를 가질 수 있어야 한다. 인간은 역할적 존재다. 산다는 것은 자기 일을 하는 것이다. 일을 하기 위해서 살기 위해서 자기 직장을 지켜야 한다.

넷째, 에너지를 절약하자. 자가용이 없을 때도 잘 살았다. 자가용을 팔아서라도 수입이 작은 만큼 몸집을 줄여나가자. 아니면 자가용 사용을 줄이고 기름·전기·전화·휴대폰 사용을 절제하자. 석유 수입 대금이 2백75억 달러요, 식량 수입에 1백억 달러 이상을 쓰고 있다. 거기에다 해외부채에 대한 원리금 상환에 2백억 달러 이상이 나간다. 달러 한 장을 소중히 생각하고 아껴 쓰자. 에너지 과소비의 정도가 미국이 1.6퍼센트, 일본 2.8퍼센트, 한국은 9.6퍼센트에 달한다. 전기 한 등에 국가 장래가 달려 있다는 마음을 갖자. 에너지 10퍼센트를 줄이는 일은 그렇게 어려운 일이 아니다. 너, 나 할 것 없이 휴대폰을 많이 쓰는데 휴대폰 한 통화에 많이는 일반 전화 10배의 요금이다. 여기에도 달러를 지불해야 한다.

다섯째, 아나바다운동에 동참하자. 아껴 쓰고, 나눠 쓰고, 바꿔 쓰고, 다시 쓰는 운동에 동참하자. 종이 한 장, 물 한 컵도 아끼는 습관을 들이자. 꼭 필요한 물건만 구입하고, 신용 카드 사용을 줄이고 사치품은 가급적 절제하자.

여섯째, 가계부를 적자. 계획성 있고 규모 있는 살림을 꾸려나가자. 충동적인 구매는 가정경제와 나라경제를 망치는 요인이다.

일곱째, 국산품을 애용하자. 국산품 애용이 무너진 경제를 일으키는 출발점이다. 우리 기업가·노동자들이 수고해 만든 물건들을 사용하자. 비행기에서도 국산품을 팔고 호텔에서도 국산품을 팔자. 양담배 피우고 양주 마시는 사람들이 부끄러움을 느끼는 사회를 만들어 나가자. 외국제품은 우리나라에 없는 원자재나 설비부품 등 생산적인 것을 사들이자. 그렇다고 국제화 시대에 밖으로 나타나는 외제 불매운동은 삼가고 국민 각자의 애국심의 발로에서 저절로 이뤄지게 하자.

여덟째, 저축을 많이 하고 주식을 사자. IMF와의 협상에 따르면 외국인 주식투자 한도를 50퍼센트까지 넓히는 것으로 나타났다. 국민 모두가 주식을 사서 우리 자본을 산업 자본으로 활용해야 한다. 푼돈도 저축해 모두가 은행의 주주요, 국가경제의 주주라는 생각을 지니고 실천하자.

아홉째, 어려움에 처한 이웃을 돕자. 따뜻한 마음으로 얼어붙은 이웃의 마음을 녹이고 훈훈한 가슴으로 메마른 사회를 살찌우게 하자. 이것이 우리의 전통 문화였다.

열째, 윤리도덕과 법질서를 잘 지키자. 지금 먼저 우리에게 있어야 할 것은 달러가 아니다. 신뢰감과 자신감과 지도력이다. 서로 간에 신뢰를 쌓고 위기를 능히 이겨 나갈 수 있다는 자신감을 가져야 한다. 모두 합의된 국민정신인 윤리 도덕과 법질서를 잘 지켜 이 난국을 극복하자. 혼자만 잘 살 수 없다. 남이야 죽건 말건 나만 잘 살면 된다는 생각은 버리자. 공동체가 무너지면 나도 무너진다. 다같이 잘살아야 한다. 'I am F'를 'I am A'로 바꿔 나가자. "하늘은 스스로 돕는 자들을 돕는다." 하지 않았는가.

지금까지 얘기한 IMF 십계명은 우리가 다 아는 얘기다. 그러나 실천하는 것은 쉽지 않다. 생활수준은 올려 살기는 쉬워도 내려 살기는 어렵다. 생활하는 데 불편이 따르기 때문이다. 비록 작은 것이라도 실천에 옮기지 않으면 우리에게 아무런 도움이 되지 못한다. 이것이 지난 IMF가 우리에게 가르쳐 준 경제교육이다. 국가 경제적 위기에 누구를 탓하기 전에 내 탓이 크다고 생각하고, 나 자신부터 실천에 옮기는 것이 이 시대를 살아가는 국민으로서 중요한 자세가 아닐까 생각한다.

숯덩이와 다이아몬드

폼페이의 풍경

엉성한 황토색 건물 뼈다귀들이
지옥처럼 아가리를 벌리고 서 있는

옛 로마의 유흥 도시
명문거족巨族들이
사치하고 질탕하게 놀던
서기　79년 8월 한창 무덥던 날
베수비오 화산이 폭발
피투성이로 망가진 시신들이
첩첩이 쌓였던 자리

로마의 주신主神 주피터의
노여움이었을까
언제 죽을지도 모르고
허세를 부렸던 사람들
뭐라고 말하면서 죽어갔을까
지금은 온 지구촌에
그 조상들의 폐허의 자리를
상품으로 팔고 있다

　나폴리에서 30여 분쯤 가면 서기ㄴ 79년 8월 무덥던 여름날에 베수비오Vesuvi 화산이 폭발된 옛 로마의 유흥도시인 오늘의 폼페이Pompai가 있다. 1768년 발굴되어 옅은 황토색 벽과 기둥이 주검의 뼈다귀를 드러낸 지옥처럼 보여주고 있다. 폼페이는 기원전 6세기경에 세워진 도시이다. 좋은 경치를 찾아 옛 로마시절의 귀족과 재벌들이 쉬며 놀던 곳으로 그들의 유흥 정도가 대단했던 것으로 알려졌다. 사치와 오락 · 음주 · 섹스를 즐기며 질탕하게 놀았던 그들의 저택 자리를 비롯하여 극장·목욕탕·원형 경기장·술집·매음굴 자리 등이 널려 있었던 곳이다.

어느 벽에선가는 남자의 성기를 저울에 올려놓고 그 무게를 저울질하는 장면을 채색으로 그려 놓은 것을 보면서 놈팡이들이 내기를 하지 않았나 싶었다. 이런 오락이나 즐기다가 그들 머리 위에 베수비오 화산이 폭발하여 뒤덮였을 때 주피터 신에게 뭐라고 하며 죽어갔을까!

공자의 "즐거워하되 음탕한 데까지 빠지지 말고, 슬퍼하되 마음을 상한 데까지 이르지 말라(樂而不婬 哀而不傷)."는 중용의 말씀을 떠올리며 인간의 향락과 사치가 극에 달했을 때 다가오는 재앙이 아닐까 생각했다.

1944년 베수비오 산에서 또 다시 화산폭발이 있었다. 자연의 재앙은 인간의 죄악에 대한 앙갚음이 아닐까 하는 두려움을 느끼게 된다. 세계 각국에서 모여드는 관광객들에게 그들 조상들의 폐허의 자리를 상품으로 팔고 있다는 생각이다. 그 재앙의 현장을 어떻게 수습하지도 못하고 수많은 세월이 흘러갔다. 화산이 폭발한 지 1692년 후인 1768년 그 현장을 발굴했다. 자연의 재앙 앞에 인간은 무기력할 수밖에 없다는 두려움이 가슴을 저며 왔다.

오래 전 보았던 영화 「타이타닉Titanic」에서 한 인간의 중요성을 실감할 수 있었다. 1912년의 일이다. 영국의 초호화 여객선 4만6천 톤. 건조기간 3년, 밑바닥은 이중으로 돼 있다. 16등분으로 건조되어 16분의 1만 떠 있어도 배는 가라앉지 않도록 설계되었다고 한다.

1912년 4월 12일, 2천2백 명을 싣고 런던에서 뉴욕으로 처녀항해에 나섰다. 영국의 정부인사·종교인·학자·회사간부 등이 승선했다. 그런데 출항 이틀째인 14일 빙산에 충돌하여 15일 새벽 2시에 침몰했다. 마침 그 부근을 지나던 캘리포니아호가 빙산이 있다는 것을 계속해서 타이타닉 호에 무전으로 알렸으나 타이타닉호의 무전사가 잠을 자버린 바람에 무전을 받지 못함으로써 엄청난 해난사고를 당하게 된 것이다. 배에 대해 너무 과신한 것도 문제였지만 승무원들도 그날의 호화파티에 취해 신경을 쓰지 않았던 것이다. 무전사는 한 사람인데 초호화 여객선 전체로 볼 때 무전사한 사람의 위치는 하찮은 존재요, 그렇게 중요하지 않은 직위였을 것이다. 무전사가 무전을 받고 5도 각도만 꺾었어도 빙산과의 충돌을 피할 수 있었고, 사고는 능히 예방할 수 있었다.

이 사고로 1천5백3명이 죽었다. 해난사상 가장 큰 사고였다. 단 한 사람이 위치를 망각하거나 임무를 소홀히 한 결과다. 필부에게도 해야 할 일이 있고 역할이 있다. 필부는 우리 한 사람 한 사람이다. 한 사람이 제대로 임무를 수행하고, 이 사람을 관리하는 한 사람의 감독자가 제대로 했던들 그 큰 사고는 일어나지 않을 수도 있었다.

우리 주위에는 항상 크고 작은 일들이 일어날 수 있는 개연성이 있다. 또 일어나고 있다는 사실을 전제로 임해야 한다. 그런데 우리는 일상적으로 하는 일이라고 가볍게 생각하거나 적당히 잘 되겠지 하는 막연한 기대 속에 안주하려는 타성이 문제이다.

이러한 문제들을 전혀 파악하지도 못하고, 파악하려고 하지도 않거나 알고 있으면서도 게으르거나 타성에 젖어 소극적으로 대응하는 것이 엄청난 사고를 유발하게 된다는 것을 깨달아야 하겠다.

고베의 연가

1995년 일본 고베 지진 현장에서 있었던 얘기다. 결혼 3개월째인 한국인 신혼부부가 잠자던 새벽 5시 47분 지진이 일어났다. 남편의 허리와 신부의 배에 건물의 기둥이 눌렸다. 이 신혼부부는 "다 죽어도 우리는 살 수 있다."며 서로를 격려하면서 5시간의 사투를 벌였다. 남편은 꺼져가는 아내에게 정신 차리라며 손을 깨물어 아내의 입에 피를 넣어 줬다. 자신의 머리를 비틀어 인공호흡을 시켰으나 부인은 끝내 죽어갔다. "당신 너무 고마워요." 아내가 남편에게 남긴 마지막 말이다.

재난은 이처럼 예기치 않은 시각에 예기치 않은 장소에서 일어나 인간을 어이없는 죽음으로 몰아넣는다. 애틋한 부부의 사랑도 갈라놓고 부모와 자식 간의 천륜도 갈라놓는 어처구니없는 집단 살상을 가져다주기도 한다.

대형 천재天災와 인재의 현장에서 보여준 한·일 두 나라의 대조적인 사례가 있다. 그 한 예가 바로 일본의 이 고베 지진이다.

1995년 1월 17일의 자료를 보면 우리와는 너무나 다르다는 점을 실감할 수 있다. 고베의 한 호텔에서 묵고 있었던 전 건설부장관 최동섭 씨가 현장에서 본 기록을 보면 놀랍다.

첫째, 잘 훈련된 침착한 시민의식이다. 재해가 나자 그들은 어릴 때부터 훈련받은 대로 집을 빠져나와 지정된 학교나 대피소로 피신했다. 무서울 정도로 차분하고 냉정했다. 자기 집에 불이 났어도 발을 구르지 않았고 가족을 잃었어도 울지도 않았다. 생필품 가게에서 물건을 5개 이상 사지도 팔지도 않았고 사재기나 난동도 없었다. 급수차가 오면 생수병이나 주전자 하나만 들고 모두가 줄을 서서 물을 받았으며 자신의 것마저 나누어 먹고 마시는 모습을 보여주었다. "같이 함께 살자."는 공동체 의식의 현장을 볼 수 있었다.

둘째, 국민들이 정부를 신뢰하고 지시대로 잘 따랐다. 그들은 모든 것을 소방관이나 민방위 구조대에 맡겼다. 이재민은 지정된 학교나 구호소에 모였다. 들어갈 틈이 없으면 운동장에 천막을 쳐주고 모닥불을 피워주면 그 지시대로 따랐다.

셋째, 정부의 대응책도 순서대로 신속하게 나왔다. 지진 발생 2시간 만에 총리의 대책지시가 나오고 재해대책본부가 설치됐다. 그들이 말하는 3대 라이프 라인Life line인 전기·수도·가스를 1주에서 1개월 내 복구하겠다는 구체적인 발표도 있었다.

지방정부에서도 대피한 주민들을 위로하면서 이재민들이 필요한 것을 신속하게 제공했다. 따뜻한 식사, 상황파악을 위한 텔레비전, 라디오와 난로 등이었다. 사망자(4천만 원)와 부상자(2천만 원)에 대한 지원금도 신속히 결정됐다.

넷째, 재난극복에 국민이 하나가 되어 격려하고 협력했다. 재해를 처음 보도하는 신문 1면은 신문사에서 피해주민을 위로하는 대형광고가 실렸다. 병원에는 헌혈 지원자가 줄을 잇고 부족한 간호사와 트럭, 중장비 운전 자원자도 속속 나왔다.

다섯째, 그 와중에도 일본인 특유의 성실과 친절은 전연 달라지지 않았다. 이런 점은 주로 호텔 등 접객업소에서였다. 가스와 물이 나오지 않음에도 손님에게 식사를 제공하는 데 전력을 다했고 정보를 알려주는 데 최선을 다했다. 한국으로 돌아오는 교통편이 없어 쩔쩔매자 선박을 알선해주고 사장은 직접 항구까지 나와 배웅해 주었다. 숙박비도 일체 받지 않았다. 그러나 시민들의 비판적인 목소리가 없는 것은 아니었다. 지방정부와 중앙정부의 역할 분담, 협력체제의 허점 등 제도상의 문제들에 대한 지적이었다.

여기에 미국 언론도 감탄 섞인 놀라움을 보였다. 히스테리도, 신음도, 불평도, 울부짖음도 없다고 보도했다. 울 때도 소리 내지 않고 조용히 울었다고 뉴욕타임스 특파원은 보도했다. 고베 시에 사는 한 미국 영사관 직원은 지진이 일어난 아침에도 어김없이 신문이 배달되었다며 감탄했다. 약탈·절도 같은 범죄도 일어나지 않았다. 그것은 일본인다운 독특한 집단 심리에서 찾을 수 있다.

일본은 수많은 홍수·태풍·지진 등의 재난을 겪는 동안 "어쩔 도리가 없다."며 조용히 받아들이는 심성이 길러졌을 것이라고 평가하는 미국 신문도 있었다.

우리의 경우라면 어떻게 했을까! 어쩔 수 없이 우리의 문제로 돌이켜 생각할 수밖에 없다. 우리 언론은 어떠했을까?

일본의 보도진은 현장에서 사랑하는 가족을 잃고 비탄에 빠진 유가족에게 마이크를 들이대지 않았다. 보도에 앞서 유족들이 조용히 슬픔에 잠기도록 애도의 예절을 다하기 위해서였다.

우리나라는 반복되는 인재에 허둥대는 현장의 모습이 떠오른다. 사고공화국으로 이름을 날렸던 때를 보면 목포 아시아나 항공기 추락 사고, 위도 여객선 침몰 사고, 성수대교 붕괴 사고, 마포 가스폭발 사고, 삼풍백화점 사고 등. 그뿐이 아니다. 씨랜드 화재 어린이 참사 사고, 인천 호프집 사고 등을 보면 거의 비슷비슷한 사고들이 계속 반복되고 있다. 무모하고, 대충대충, 빨리빨리, 돈 때문에, 사소한 방심이 몰고 온 인재들인 것이다.

현장은 혼란과 무질서와 구조의 지연, 행정지원 체계의 미흡과 지연으로 인명의 손실이 더 컸고 피해가 확산되었다는 지적이다. 씨랜드 수련회에 간 선생님들이 밤에 맥주파티를 하지 않고 어린이들과 같이 현장에서 자리를 지켰더라면 사고도 나지 않았을 것이다. 인천 호프집 사고 때, 주인이 돈을 받지 않고 손님을 빨리 내보냈더라면 인명피해도 적었을 것이다. 어른들의 대충대충, 적당히, 그리고 돈 때문에 빚어진 사고에 애꿎은 아이들만 죽어났다.

사고현장의 혼란과 무질서, 신속한 지원의 무대책, 언론의 무례한 현장 취재 경쟁과 보도태도, 민방위대 활용을 제대로 하지 못하는 점 등 아직은 초보적 수준에 머물고 있는 사고와 재난처리가 우리 현주소다.

일본처럼 반복되는 천재에 대비해 평소 초등학교 어린이부터 어른에 이르기까지 시민들이 피부로 느낄 수 있는 훈련을 실시해야 하지 않을까! 인재에 대비한 우리식 민방위 의식교육과 실제훈련을 비롯하여 제도적·행정적인 뒷받침이 있어야 한다. 형식적이 아닌, 실질적으로 모든 재난에 대비해 잘 갖춰져 있는 점을 일본에서 배워야겠다. 반복되는 인재의 사건·사고가 발생되지 않도록 주민 자위의식, 다시 말해서 주민들의 생명과 재산에 관한 위험을 주민 스스로 막아내는 데 다 같이 참여해야 한다. 우리 모두는 민방위 주역이면서 그 수혜자이다.

"사람이 사람을 돕는다(Men Helps to men)."는 스위스 민방위본부의 표어를 기억할 필요가 있다.

우리는 세상에 태어나면서부터 두 개의 집을 갖고 살아간다. 그 하나는 '나, 또는 우리'라는 '작은 집'이고, 다른 하나는 '국가와 사회'라는 '큰 집'에서 살아가고 있다. 철학자 헤겔은 "국가는 인간 최고의 집"이라고 설파했다. 여기서 말하는 인간이란 사람만을 뜻하는 명사가 아니다. 그것은 사람과 사람의 사이에 얽혀서 형성된 인간세상, 즉 휴먼 소사이어티Human Society를 의미한다. 여기서 인간은 인人만이 아닌 인간세人間世를 의미한다. 많은 사람이 서로 돕고 의지하면서 사는 세상을 말한다. 사람은 어떠한 경우에도 홀로 존재할 수 없다.

로빈슨 크루소가 절해의 고도에서 혼자 살았다지만 영국사람 다니엘 디포가 꾸민 소설에 불과하다. 사람은 인人+간間 사이의 존재다. 헤겔이 말한 인간 최고의 집이라고 하는 국가는 인간이 인간다운 생활을 하기 위해서 형성된 큰 사회다.

소크라테스는 "국가는 나에게 최선의 나를 실현하게 해준다."는 국가관을 남겼다. 그의 제자 플라톤은 "인간은 국가를 통해서만 행복을 궁극적으로 실현할 수 있다."고 국가관을 주장했다. 이처럼 국가 없이 사람은 행복할 수 없다. 나, 또는 우리인 작은 나가 편안하게 살아가려면 큰집인 국가와 사회(大我)가 평온하고 안정되어야만 그 안에 사는 '나(小我)'라는 존재의 '작은 집'이 행복하게 살 수 있다. '큰 나(大我)'인 국가사회가 불안하고 난리가 났는데 그 안에 사는 나(小我)는 아무것도 하지 않고 가만히 앉아 혼자만 살겠다고 하는 것은 집에 불이 났는데 그 안에 가만히 앉아서 살아남겠다는 것과 다를 게 없다.

나라 잃은 일제 36년 역사의 비극에서 우리는 언어와 일자리·재산 등 모든 것을 잃어버렸다. 6·25전쟁에서 또 휴전 중 북한군 침략에서 사회가 혼란스러울 때 어떠했는가를 생각하면 긴장을 풀 수 있겠는가!

금강산에 관광객이 오가고 북한주민이 굶어 죽는다는 판에, 또 6·15 남·북 영수회담이 열리고, 실무자 회담이 판문점에서 계속 열리는 판에 무슨 전쟁이 있겠느냐고 할지 모른다. 그 동안 국내외적으로 여러 가지 환경이 변화된 것은 사실이다. 국제 정치 · 경제 · 사회 · 문화 · 교육 등 세상은 많이 바뀌었다지만 북한의 정치체제와 주체사상, 이념적 측면에서는 달라진 게 전혀 없다는 사실을 직시해야 한다.

세상이 많이 변했지만 사회적 안전 여건은 변하지 않았거나 오히려 상황이 더 가중되고 있다. 첫째, 1991년 말 소련의 붕괴와 함께 정치적 · 사회적 이념논쟁은 사실상 막을 내렸다고 보았다. 그러나 지구 한 귀퉁이에서는 "만국의 노동자들이여, 단결하라!"는 공산당선언이 스러지지 않고 있다.

공산주의 이데올로기가 탄생한 지 1세기 반이 지난 지금도 필승불패必勝不敗의 군우선 · 군우위 · 군중시 의지는 무엇을 말하는가. 팍스 아메리카나를 부르짖는 미국 마이애미 턱밑에 있는 쿠바는 그들의 사회주의 체제를 고수하고 있다. 러시아에서는 과거로의 회귀 움직임이 가시화되고 있다. 특히 1998년 8월, 경제악화로 모라토리엄을 선포한 이후 공산주의자들의 부활이 두드러지고 있다. 스탈린 탄생 1백18주년을 기념하는 각종 기념식 · 동상 제막식 · 추모대회 · 기념행진 등이 잇따랐다. 동서냉전이 다시 시작되는 것은 아닌가 싶을 정도다.

문제는 가까이에 또 있다. 북한 1백16만의 정규군에 지상군과 해군력의 전진배치, 노동 1호 미사일과 로켓여단 증강, 사정거리 1천5백 킬로미터 함경북도 대포동 미사일 시험발사, 인공위성 발사 등은 궁극적 군사목적을 위해 계속 시도할 전망이다.

21세기를 살면서 아직도 인류가 해결하지 못한 가장 추악한 난제 중 하나가 바로 전쟁과 테러, 핵위협이다. 그 밑바닥에는 인종적 반목과 종교적 · 사상적 갈등이 진하게 깔려 있다. 남북한의 민족적 대치상황은 언제 또 무슨 일이 터질지 모르는 휴화산이다.

북·러의 새 우호조약 체결로 종전의 '자동 군사개입'이라는 용어를 삭제하는 대신 "쌍방은 어느 일방에 전쟁 등의 위기발생시 또는 위기발생 가능성이 있을 때 즉각 접촉한다."고 교묘하게 러시아의 군사개입 가능성을 시사하고 있다.

둘째, 소달구지 텅텅 굴리던 시절에 우리가 겪지 못했던 사건·사고들이 산업화·도시화·고속화되면서 날이면 날마다 벌어지고 있다. 항공기·자동차·천연가스·각종 화학물질 등 현대문명의 이기가 삶을 안락하고 편리하게 하였지만, 각종 재난과 안전사고가 급증하여 인간의 생명을 옥죄고 있다.

환경오염으로 인한 미국의 허리케인 폭풍·폭우, 터키·일본·대만의 지진 등 천재로 인한 인명의 살상이 얼마인가! 우리나라도 지진 안전지대가 아니다. 그런데도 지진에 대한 내진설계가 거의 안 되어 있는 아파트 교량 등 위험지대에서 일상을 보내고 있다.

긴장관리

"풀지 말아야 할 긴장이 풀리면 위기가 다가온다."고 했다. 어느 시대, 어느 사회건 위기는 있다. 적의 침공이나 재난으로부터 국민의 생명과 재산을 보호하기 위하여 방공·방재防災·구조·복구하는 자위적 활동을 담당하는 신성한 민방위는 우리들의 긴장관리를 위해서도 필요하다. 남북분단과 현재의 자연재해와 각종 인재로 인한 생명의 살상과 재산 피해를 볼 때 긴장을 풀 수 없는 상황이다. 긴장에는 세 가지가 있다.

①공포성恐怖性 긴장

적의 침공을 보고 위협을 느끼는 것이다. 나를 안다는 것은 내 힘과 능력을 아는 것이다. 내 힘과 능력을 기르기 위해 끊임없이 교육되고 훈련되어야 한다.

②대응성對應性 긴장

위기를 당해서 위기에 대처하는 것이다. 그러나 이는 이미 때를 놓친 경우다. 그렇지만 대응할 수밖에 없다. 평소에 얼마나 대응준비를 잘 했느냐가 문제다. 앞에서 일본의 경우를 보면 알 수 있다.

③준비성準備性 긴장

위기 이전에 평소 위기에 대비하는 것이다. 평소에 긴장해야 한다. 유비무환을 말한다. 우리는 그간 준비성 긴장의 해이로 말미암아 많은 인재를 낳았다. 성수대교와 삼풍백화점 붕괴, 대구 가스폭발 사고, 씨랜드 수련원 어린이 참사 사고, 인천 호프집 참사 사고, 강원도 대형산불 재난(교육과 통제미비) 등 안전 불감증에 걸려 있다 해도 과언이 아니다.

어제는 오늘이 아니다. 또 오늘은 내일일 수 없다. 세상은 자꾸 달라지는데 정체는 곧 퇴보를 의미한다. 유기체인 사회조직이 새롭게 변하지 않으면 패배가 따른다. 공동체 조직의 일원으로서 새 천년에 맞는 안전문화 의식과 문화인다운 신선한 행동을 기대하는 것이다.

칼레 시민의 정신

영국과 프랑스 사이에 도버해협이 있다. 그 옆에 칼레라는 조그만 도시가 있다. 1700년대 영국군이 칼레시를 포위하였고 그 후 영국군이 물러가는 조건으로 "시민 중에서 열 사람의 희생자를 내놓으라. 그러면 열 사람의 시민대표를 처단하고 철수하겠다."고 했다.

칼레 시민들은 방법을 궁리한 끝에 시민 중에서 열 사람의 희생자를 모집하기로 하였다. 그런데 30대 열한 사람이 자원하여 한 사람이 빠져야 열 사람이 되는데 아무도 빠지려는 사람이 없었다. 투표로 한 사람이 빠지게 되었다. 그리고 열 사람이 적진을 향해서 죽으러 갔는데 조금 전 투표에 의해서 빠지게 된 그 사람이 한 발 앞서 영국군 앞에 가서 자결했다. 자결한 뒤 열 사람이 영국군한테 가서 이 사실을 이야기했다. 그 말을 들은 영국군 사령관은 이 사람들은 훌륭한 시민이라고 해서 열 명의 시민대표를 무사히 돌려보내고 포위망도 풀어주었다는 얘기가 있다. 한 시민의 희생정신이 열 명의 생명을 살리고 포위한 영국군이 철수하는 계기를 부여했다. 지금도 프랑스에서는 '칼레 시민의 위대한 정신'으로 전해져 내려오고 있다. 의인 한 사람의 힘은 이처럼 위대하다. 구약성서에 단 한 명의 의인만 있어도 소돔과 고모라의 심판은 면할 수 있다는 것을 웅변해 주고 있다고 할까.

1998년 6월, 속초 앞 동해상에 북한 무장간첩 잠수정이 침투했을 때 군 R/D망의 감시권을 벗어나 내해로 침투해 오는 것을 발견하고 신고한 사람이 누구인가! 바로 택시기사인 민방위 대원이었다는 사실이다. 그때 언론은 초점을 민방위 대원에게 맞추어야 했는데 택시 기사로만 보도된 것이 아쉽다. 지금이라도 속초 정동진 바로 위에 전시된 그 잠수함 옆에 그 민방위 대원의 동상이라도 세워야 하지 않나 생각된다.

숯덩이charcoal와 다이아몬드를 모르는 사람은 거의 없을 것이다. 이 둘은 모두 탄소를 원소로 이루어진 물질이다. 그런데 다이아몬드는 이 세상에서 가장 단단하고 아름다운 보석이기도 하지만 유리를 끊고 강철을 자르는 데 쓰인다. 그러나 다이아몬드와 똑같이 탄소원소로 이뤄진 숯덩이는 단단하지도 않고, 보석도 아니고, 푸석푸석 잘 부스러진다. 부서지기도 잘 하지만 무르기가 이루 말할 수 없다. 같은 재료인 탄소원소로 되어 있으면서도 이렇게 차이가 나는 이유가 무엇일까?

다이아몬드는 탄소 원소가 질서정연하게 제자리를 지키는 결정체이고, 숯덩이는 탄소 원소가 무질서하게 제멋대로 서 있기 때문이다. 숯덩이와 다이아몬드는 무생물이다. 생명이 없는 것도 질서 있게 제자리를 제대로 지키느냐에 따라 단단하고 영롱한 빛을 발하기도 하고, 강하여 유리를 자르기도 한다. 마찬가지로 우리 사회도 자기 자리를 제대로 질서 있게 지키면 다이아몬드처럼 단단하고 알찬 가정과 사회가 되지만, 각자가 지킬 원칙을 지키지 않고 해야 할 일을 소홀히 하고 무질서하면 숯덩이처럼 푸석푸석 잘 부서지는 혼돈과 혼란스런 사회가 된다는 사실을 알아야겠다.

공자는 일찍이 군군신신부부자자君君臣臣父父子子라고 했다. 임금은 임금의 자리를, 신하는 신하의 자리를, 아버지는 아버지를, 아들은 아들의 자리를, 제대로 지켜야 한다는 말이다. 필자는 부부부부夫夫婦婦를 추가하고 싶다. 남편은 남편의 자리를, 아내는 아내의 자리를 제대로 지켜야 한다.

근래 가정이 파괴되고 있다. 가족들이 제자리를 제대로 지키지 않기 때문이다. 제자리를 꿋꿋이 지키고 모든 일에 임하여 적당히 넘어가지 말고 법과 질서, 그리고 제반 안전수칙을 철저히 지키면서 할 일을 제대로 해내면 우리 가정, 우리 사회는 다이아몬드처럼 단단하고 빛나는 공동체가 될 것이다. 이 얘기를 단란하게 앉은 저녁 식탁에서 보글보글 끓는 찌개를 앞에 놓고 가족들에게 알려주면 좋은 가정교육이 될 것이다.

문제(적敵)는 내부에 있다

사회생활을 하다 보면 크든 작든 조직의 틀 안에 있게 마련이다. 이런 조직생활은 자리에 따라 승진도 하고, 경우에 따라서는 조직의 장으로 발탁되기도 한다. 이렇게 되다 보면 휘하에 다소의 직원들을 거느리게 될 때가 많다. 처음 맡든 여러 차례 맡든 간에 상하간의 인간관계가 항상 좋을 수만은 없다. 더우기 휘하에 있는 한두 사람과의 감정 대립이나 잘 못으로 당사자는 물론 조직의 리더나 조직 전체가 위기에 직면할 수도 있다.

조직 관리에 있어서는 항상 '만의 하나'를 생각하고 이에 대비해야 한다. 삼성 이건희 회장은 우수한 직원 한 명이 만 명을 먹여 살린다고 했다. 그러나 이와는 반대로 조직이 크면 클수록 어떤 큰일을 처리하는 데는 리더들이 여럿이 모여도 모자라지만 망치는 데는 말단 직원 한 명이 수많은 직원을 죽일 수도 있고 전 조직을 망칠 수도 있다.

첫째, '문제의 하나'를 찾자는 것이다. 어떤 조직에서나 구성원의 대다수는 보통 이상의 상식이나 양식을 갖고 리더의 방침이나 의도하는 방향대로 잘 따른다. 그러나 문제는 99명의 잘 따르는 대다수에 있는 것이 아니라 잘 따르지 않는 한 두 사람이 말썽의 요인이 되고 사고를 유발시킨다는 것을 알아야 한다.

"문제없다는 것이 문제다."라는 말이 있다. "우리 가정은 매우 잘 되어 가고 있으며 문제가 하나도 없다."고 자랑스레 말하는 가장이나 리더가 있다면 바보나 거짓말쟁이라 생각해도 좋다. 문제란 어디에나 있게 마련이다. 그것을 알아차리지 못했거나 숨기고 있는 것이 문제다. 잘 따르는 아흔아홉 명보다 따르지 않는 문제의 한 두 사람을 찾는 데 기능별·계층별 조직을 통하여 파악하고 적극적인 관심과 노력을 기울여야 한다.

문제의 한 사람을 찾는 것도 중요하지만 그 한 사람에 대한 관리 또한 중요하다. 상담과 지도·교육을 지속적으로 실시하고, 지휘권 행사를 통하여 사전 문제요인을 제거하고, 적절한 자리바꿈이나 해결방법을 강구하는 것이 바람직하다.

조직은 사람으로 구성되어 있다. 조직의 운영은 조직원을 잘 관리하는 데 달려 있다. 잘 따르는 아흔아홉 명도 중요하지만, 잘 따르지 않는 한두 명을 찾는 데 노력과 정성을 기울여야 한다. 성자 예수가 잃어버린 한 마리 양을 찾아 광야를 헤매는 고통을 겪듯이 말이다.

둘째, 소관업무의 중요하고 취약한 부분인 '문제의 맥'을 찾아 적절한 처방을 하고 치료를 해야 한다. 조직은 일을 하기 위해서 있는 것이다. 여러 사람으로 구성된 조직은 참으로 하는 일이 많다. 현대는 문화문명의 수준이 향상됨에 따라 폭주하는 다종다양한 업무를 수행하고 있다. 그 많은 업무 하나하나가 중요하다. 많은 사람들에게 미치는 영향이 크기 때문에 어느 하나도 소홀히 할 수 없다. 이런 업무의 진행 및 처리과정의 대부분은 비교적 정상적으로 잘 처리·시행되고 있다. 그러나 그 과정을 자세히 살펴보면 석연치 않은 요인을 반드시 발견하게 된다.

사람의 신체 어느 한 부분에 이상이 있어 피가 잘 통하지 않는 환자에 대해 의사가 '문제의 맥'을 찾아 진단을 내리고 처방과 치료를 함으로써 생명을 소생시킨다. 사고는 일정한 과정을 거쳐서 일어나기 때문에 업무 처리 과정에 대해서 모든 기능별 실무 책임자와 참모·리더는 빈틈없이 문제의 요인을 예단하고, 방법과 대책을 강구하여 적정한 조치를 취함으로써 초기단계와 중간단계에서 사고를 예방할 수 있다.

많은 시간 많은 업무를 많은 사람이 무심코 처리하는 과정에서 빈틈없이 챙기는 똑똑한 단 한 명의 직원이 있다면 문제의 사고는 발생하기 전에 예방할 수 있다. 무관심한 아흔아홉 명의 직원보다는 관심 있게 업무를 챙기는 단 한 명의 직원이 중요하다.

셋째, 조직기강의 확립이다. 기강은 인체의 뼈대와 같은 것이다. 뼈대가 없이는 사람이 설 수 없듯이 기강이 문란한 조직은 잘 지탱하기 어렵다. 자체사고 발생과 기강의 문란은 함수관계가 있다. 조직 내 사고는 기강의 문란에서 오기 때문이다. 조직의 기강은 조직을 질서 있게 하기 위한 행동규칙이다. 이 행동규칙을 잘 지켜 조직이 질서 있게 운영되고 있는 한 사고는 발생하지 않을 수 있다.

모든 조직원은 업무의 집행자로서 자신이 먼저 규정과 기율을 지켜야 하며, 직무의 성질 여하를 막론하고 엄정한 기강이 요구되는 것이다. 기강은 조직의 생명이다. 조직의 명맥을 유지하기 위해 조직원은 저마다의 위치에서 조직원다운 행동과 기강을 지킨다면 자체 사고는 일어나지 않을 수 있을 것이다.

넷째, 외유내강의 자세를 견지하는 것이다. "호랑이의 겉모양은 그릴 수 있으되 그 뼈는 그릴 수 없으며, 사람의 외모는 알 수 있으되 그 마음은 모른다."는 말이 있다. 열자列子는 "사람이 태어나서 늙을 때까지 모습과 지혜와 행동이 하루도 변하지 않는 날이 없다."고 했다. 사람의 마음을 헤아려 올바로 대하기는 참으로 어렵다. 아무리 일을 잘하고 조직원들의 인심을 얻는다 해도 조직 내부가 잘못되면 자체 사고를 유발하여 문제를 일으키는 경우 리더는 그 책임을 감당하기 어려운 때가 있다.

리더는 나름대로 작든 크든 권한과 책임을 갖고 있다. 조직 내에서 조직원을 다루고, 교양과 지도를 하며, 경우에 따라서 잘못을 질책할 수 있는 사람은 리더밖에 없다. 이것이 고유한 리더 업무의 하나다. 리더는 인기직업이 아니다. 리더가 조직원들의 인기에 영합하거나 정당한 업무수행에 불만이 나타난다고 해서 흔들려서도 안 된다. 조직 내부의 기강은 리더의 의지와 노력에 달려 있다. 그렇다고 너무 지나친 기강확립의 강조는 자칫 사기저하의 요인이 될 수 있다. 기강확립은 직원들의 높은 사기앙양에서 찾아야 한다.

"직원들이 땀을 닦지 못하면 리더는 땀을 닦아서는 안 된다. 직원들이 먹지 못하면 리더는 먹어서도 안 된다. 직원들과 괴로움을 함께 하게 되면 직원들도 자기 몸을 아끼지 않을 것이다."

이는 노일전쟁(1865~1904년) 당시 슈우쥬 타이의 군인교육지도요강에 나오는 말이다. 사기는 꼭 무엇을 주어서만이 이루어지는 것이 아니다. 알아주고 예우해 주면 사기는 높아진다. 리더는 강직하면서도 관대하고 엄격하면서도 활달하여야 한다.

조직 내부의 적은 반질서요, 기강문란이다. 어떤 조직이나 다 문제는 있다. 리더의 가장 무서운 적은 바로 내부에 도사리고 있다. "등잔 밑이 더 어둡다."는 말이 있다. 가장 가까이 있지만 숨겨져 있기 때문에 찾기도 힘들다. 조직의 다양한 기능과 계층을 합리적으로 운영하여 확인 · 지도 · 감독을 철저히 해야 한다.

자체 사고는 전적으로 리더의 책임이다. 영명한 리더는 지시는 5퍼센트, 확인감독은 95퍼센트라는 말이 있다. 업무의 세밀한 부분까지 빈틈없이 챙기고 평소 확인 · 지도 · 감독을 철저히 한다면 사고는 예방할 수 있다. 리더로서 이에 대한 강한 의지와 실천이 요구될 뿐이다. 시대와 상황은 시시각각으로 변하고 있어 흔들리고 있을 틈이 없다.

리더는 결코 편안할 수 없다. 맡겨진 직책의 사명완수를 위해 최선을 다해야 한다. 분주한 꿀벌은 슬퍼할 겨를이 없듯이 가정·직장 어디에나 적용될 수 있는 효율적인 조직 관리의 한 방법이 될 수 있을 것이다. 이것은 필자가 36년 여 동안 조직을 관리해 본 경험에서 얻은 지혜와 덕목의 성찰임을 밝혀 둔다.

공인의 손익계산

국정개혁의 칼바람을 타고 추풍낙엽처럼 떨어져 나가는 공인들의 인생무상을 보면서 동병상련의 아픔을 느끼는 것은 필자만의 느낌은 아닐 것이다. 오래된 얘기지만 하나의 실화를 예로 들어 본다. 1960년대 K도 경찰국의 전 직원 조회석상에서 S국장이 꾸짖었다. "경찰관들이 고등교육을 받고 어려운 시험을 거쳐서 경찰에 투신했는데 아직 '더할 셈' 조차 모르는 사람이 있으니 얼마나 한심한 일인가!"

해변의 모 지서에 근무하는 J경위가 조그만 밀수선박을 적발했다. 그 밀수품의 하주가 애걸복걸하자 10만 원을 받고 놓아주었다는 것이다. 그런데 그 밀수선박이 또 다른 경찰관에게 적발되어 입건되는 과정에서 그만 J경위의 수뢰사실이 드러나 구속됨으로써 하루아침에 신세를 망쳐 버렸던 것이다. 그때 J경위는 경찰 경력 15년으로 스스로 의원면직하면 일시금으로 따져 퇴직금이 3-4백만 원이 될 때였다. 요즘 돈으로 수천만 원이 되는데 단돈 10만 원에 눈이 어두워 직장을 잃어버리고, 금쪽같이 여기던 명예와 위신이 땅에 떨어졌을 뿐만 아니라 가정 또한 어떻게 되었는지 상상할 수 있다. S국장은 "눈앞에 보이는 10만 원만 알고 착실하게 근무하다 퇴임하면 예금해 놓은 것이나 다름없이 찾아 쓸 수 있는 수천만 원의 연금증서를 눈 깜짝할 사이에 계산착오로 날려 보냈다."는 지적을 한 것이다. 돈은 사람의 눈을 멀게 하고 돈이 많은 사람이나 없는 사람을 막론하고 돈으로 인한 사건사고는 우리를 슬프게 하고 있다.

미국에서 있었던 일이지만 이와는 대조적인 이야기가 있다. 미국 제강업계의 권위자인 찰스 스와프는 소년시절 공업고등학교를 나온 뒤 남의 가게 점원노릇을 하다가 제강회사에 들어가 하루 1달러의 임금을 받았다. 그 회사의 중역이 그 사실을 알고 "자네는 그 적은 임금으로 어떻게 일하느냐?"고 묻자 스와프는 "저는 지금 하루 1달러의 임금을 받고 있으면서도 몇 백 달러를 예금하고 있는걸요. 제가 꾸준히 일하면 장차 제강회사의 간부나 사장이 되어 한 달에 몇 백 달러를 받게 될 테니까요." 하더라는 것이다. J경위에 비해 스와프는 인생 수학에 능통해서 나중에 제강회사의 권위자가 되었다.

전통 관료사회에 청렴도를 가르는 '네 가지 하지 말아야 할 것과 세 가지 거절해야 할 것(사불삼거四不三拒)'을 불문율로 지켜 내려왔다. 첫째, 부업을 가져서는 안 된다는 것이다. 영조 때 호조戶曹의 서리書吏로 있던 김수팽이 어느 날 혜국惠局의 서리로 있던 동생 집에 갔다. 그는 마당에 널려 있는 항아리에서 염색하는 집漢이 넘쳐 흐르는 것을 보고 따져 물었다. "아내가 염색으로 생계를 돕고 있다."고 동생이 말하자 노하여 매로 치며 "우리

형제가 더불어 국록을 먹고 있거늘 이런 영업을 하면 가난한 백성들은 무엇으로 생업을 유지해야 한단 말이냐!" 하고 그 염색물을 모조리 쏟아 버렸다는 것이다. 둘째, 재임 중 땅을 사지 않는 것이다. 풍기군수로 있던 육석보가 살림에 무관심한지라 고향에 두고 온 처가 굶주리다 못해 시집 올 때 입고 온 비단을 팔아 채소밭 한 떼기를 샀다. 이 소식을 듣자 조정에 사표를 내고 고향에 가서 땅을 물리고 대명待命했다. 셋째, 집을 늘리지 않는다는 것이다. 대제학大提學 벼슬에 있던 김유는 서울 죽동 집이 어찌나 좁던지 여러 아들이 처마 밑에 자리를 펴고 거처할 정도였다. 그가 평안감사로 나가 있는 동안 장마비에 처마가 무너지자 이를 수리하면서 아버지 몰래 처마를 몇 치 더 달아냈다. 처마가 넓어진 것을 모르고 지내다가 나중에 알고 당장 잘라내게 했다는 것이다. 넷째, 재임 중 그 고을의 명물을 먹지 않는 것이다. 조오가 합천군수로 있으면서 그 고을의 명물인 은어를 입에 대지 않았고, 기건이 제주 목사로 있을 때 그곳 명물인 전복 한 점을 먹지 않았다는 것이다.

공인으로서 세 가지 거절해야 할 것은 첫째, 윗사람이나 세도가의 부당한 요구를 거절하는 것이다. 중종 때 정붕이 청송 부사로 있을 때 당시 영의정이던 성희안이 청송 명산인 꿀과 잣을 보내 달라는 전갈을 받고 "잣나무는 높은 산위에 있고 꿀은 민가의 벌통 속에 있으니 부사된 자가 어떻게 얻을 수 있겠는가!"라고 회신했다. 영의정도 잘못을 사과했다니 참으로 아름답다. 둘째, 청을 들어준 뒤에 답례를 거절하는 것이다. 사육신死六臣인 박팽년이 친구를 관직에 추천했더니 답례로 땅을 그냥 주었다. 이에 "땅을 찾아가든지 관직을 내놓든지 택일하라."고 전갈을 보냈다. 셋째, 재임 중 경조애사의 부조금을 일체 받지 않는다는 것이다. 영조 때 우의정 김수항의 10살 난 아들이 죽었는데 충청 병사兵使 박진한이 베 한 필을 부조했다. 이는 아첨행위가 아니면 청렴을 시험해 보려는 행위라고 법에 의해 처벌까지 했다는 것이다.

옛날인들 탐관오리가 없었던 것은 아니지만, 그 시절에 지켜졌던 관료의 청렴도 기준의 불문율인 「사불삼거」가 오늘에 지켜져 왔다면, 요즘 같은 공인의 수난은 없지 않았을까 하는 아쉬움이 남는다.

오늘날의 심각한 우리 사회의 병패는 배금주의다. 돈이 생기는 일이면 인간의 양심과 도덕적 권위, 자존심·명예·책임 같은 것은 고리타분한 것쯤으로 푸대접받는 사회가 되어 아예 포기해 버리는 풍토가 되어 버렸다. 이런 세태 속에서 공인들만 유독 돈을 멀리하라면 "네가 뭔데!"라고 비아냥거려도 할 말은 없다.

그러나 인간은 원래 돈보다는 명예를 존중하였다. 그 명예를 더럽히지 않기 위해 옛 선비들의 생활지표로 청빈을 지켰던 것이 아닐까! 수억대를 가진 부자도 세 끼니 밥에 한 평 남짓한 잠자리를 차지하고 살다가 한 평 남짓한 흙 속으로 묻히고 만다. 단 한 푼도 못 가져가고 빈손으로 왔던 것처럼 갈 때도 빈손으로 간다.

이것을 알면서도 잠시 머물다 가는 이 세상, 인생의 손익계산을 잘못하여 돈 때문에 공든 업적을 하루아침에 망치고 떠나는 사람이 더 이상 없었으면 하는 간절한 마음에서 읊어본 것이다.

사회는 젊어져야 하고 새롭게 변해져야 한다

20세기 마지막 10년. 새로운 세기를 준비해야 하는 첫 시작의 해인 1990년의 얘기다. 페레스트로이카와 글라스노스트(개혁과 개방)의 고르바초프 신사고新思考에 의해 이념과 체제의 차이를 극복하고 공존을 추구하는 동서데탕트는 세계사에 큰 획을 그었다. 모스크바 광장에 30만 시민들이 개혁을 지지하는 시위를 벌이는 가운데 1917년 소련 볼셰비키 혁명 이후 계속되던 공산당의 권력독점을 포기하는 대개혁에 착수했다. 독일은 분단 45년의 불행한 역사에 피어리드를 찍었다. 통일 축하의 샴페인을 터뜨리며 왈츠를 추면서 열광하고 있는 광경을 우리는 눈여겨보았다.

한반도는 광복 60여년이 지났지만 남과 북은 만나면 겉으로는 반가운 표정을 짓지만 속으로는 비수를 품고 서로 경계해야 하는 견원지간이 되었다. 입으로는 한 핏줄 한 형제의 의리를 말하고 있지만 아벨의 번제를 시기하고 동생을 죽인 형 카인의 독검을 감춘 채 대화의 탁상에 마주앉아 교활한 웃음을 짓고 있다. 한반도에 진짜 봄이 오려면 아직도 머나먼 것 같다. 그런 가운데서도 우리는 가슴을 비우고 때를 기다리며 각자 할 일을 찾아 열심히 뛰어야 할 때라고 생각한다.

정치는 공전空轉으로부터 벗어나 여의도 의사당에 모였지만 아집과 소아병에 사로잡혀 큰 정치의 대도를 걷지 못했다. 민심은 멀리 떠나 있고 경제는 무역수지 적자의 최대수치를 그리고 있는 상황이다. 사회는 살인·폭력과 강절도와 어린이 성폭행살해범의 발호로 시민들은 마음 놓고 살 수 없다. 거리는 불법과 무질서가 판을 치고 마약사범의 증가와 더불어 퇴폐향락이 극에 달하고 있다. 근원적인 치유책이나 먼 미래를 전망하거나 계획하지 못하고 대중요법적對症療法的인 단기 치유에만 급급하고 있는 현실이 안타깝기만 하다. 이러한 정치 · 경제 · 사회의 모든 분야에 대한 책임을 남의 탓으로 돌리고 있는 분위기가 더욱 우울하고 답답하기만 하다. 이제 지도자를 비롯한 우리 모두는 각자의 책임을 통감하고 가정 · 사회 · 국가에 대해 무엇을 해야 할 것인가를 생각하며 조용히 실천해야 할 때다.

J.F.케네디는 40세 초반에 미국의 대통령이 되었다. 그의 동생 R.케네디가 죽지 않았더라면 30대 대통령을 맞았을 것이라고 말하는 사람도 있다. 미국의 시카고 대학의 처치슨은 30세에 총장으로 부임하여 세계적인 대학으로 발전시켰다. 미래사회의 꿈은 20대에 갖고 가장 유능하게 일할 수 있는 시기는 30대라고 한다. 30대에 성인다운 성장을 하지 못하면 성공적인 인생을 살아갈 수 없다. 그래서 20대 후반에서 30대 전반기까지를 야망의 계절이라고 한다. 야망이란 무엇인가를 하기 위한 의욕적인 희망을 뜻한다. 의욕은 어느 정도 본능적인 것이며, 본능은 인간적인 욕망을 동반한다. 욕심스러울 정도로 희망적이며 지나칠 정도로 의욕적인 시기가 20~30대이기 때문이다. 그렇지만 그 욕구와 희망은 자신의 욕망이나 행복에 한계 지워진다면 야망이 갖는 사회적 의미는 되지 못한다. 오히려 사회적 의무와 책임을 강하게 느끼면서 일다운 일을 하고 싶은 심정이 바로 야망인 것이다. 여기에 공명심도 따를 수 있으나 일의 사회적 의미를 동반해야 하고, 성공을 뜻하면서도 보람 있는 업적을 남기고 싶은 것이 알찬 30대 전후 세대의 희망인 것이다. 바꿔 말하면 지적으로 빈곤한 의욕이거나 이기적이며 폐쇄적인 개인 본위의 생활 속에는 야망이 깃들 곳이 없는 것이다.

30대 전후 JC세대를 중견사회인이라고 일컫는다. JC세대들은 육체적 젊음을 뜻하지만 정신적 성숙이 있어야 한다. 감상주의에 도취되어 있거나 할 일 없이 소일하면서 젊음을 낭비하는 청년이야말로 야망도 없고 사회적 기대도 저버리는 사람들이다.

JC세대들은 50대와의 대화에서 앞설 수 있으며 60대와의 사회적 책임에 동참할 수 있는 세대다. 알 것은 다 알고 배울 것은 다 배운 세대로서 그만큼 세상을 주관을 갖고 보고 판단할 수 있는 지성을 구비하고 있으며 사회적 공존과 더불어 이웃과 협조할 수 있는 시대적·사회적 사명을 자각해야 한다. JC활동을 통해 미래의 지도 역량을 키우고 있는 것이다. 지도자가 되기 위해서는 언제나 사회 속에 살면서도 다른 사람들의 공감적 지지와 후원을 받을 수 있어야 한다. 그런 의미에서 세련된 야망과 성숙된 사리판단은 필수적인 조건이다.

인간 본래의 소박하고 자연스러운 인간성에의 그리움과 정열을 갖는 것을 야망이라고 표현할 수 있다. 우리 사회는 지금 야망에 찬 JC세대를 기대하고 찾고 있다. 우리들의 현실이 지나치게 합리화를 찾고 메커니즘의 굴레 속에서 일상생활을 보내고 있기 때문이다. 그것은 시대적 풍토가 교양적으로는 세련돼 있으나 힘이 없으며, 의지가 연약한 인간들에게 불만스러움을 느끼는 때문인지도 모른다. 따라서 30대 전후 세대답게 자연스러우면서도 억세고 의욕적으로 일할 수 있으며, 창조적 능력을 갖춘 JC세대가 소망스러운 것이다.

JC회원들은 미래를 개척하는 주역으로서 잃었던 야망의 기질을 회복하고 정열적으로 미래를 개척하면서도 틀에 얽매이지 않는 인간성에의 향수를 느끼면서 60대 이후 세대가 갖는 소박한 기대감을 피력해 보는 것이다. JC회원들은 이 사회의 중견인으로서 국가사회의 중추적 역할을 담당하는 주역이 되어 줄 것을 기대한다.

신앙과 인류애, 자유와 법치, 인간 개성의 존중과 인류의 봉사를 신조로 하는 JC활동이 국가와 사회, 직장과 가정에서 책임과 역할을 실천하는 사람이 되기를 기대하는 바이다.

(경북 · 전북JC 자매결연회 강연요지)

Wake up Korea!

제5부

한국인이여! 한국 현대사를 사랑하라

서울의 역사보존 유감(정도 6백 주년에 부쳐)

서울은 조선 태조 이성계李成桂가 무학 대사와 국도國都를 논의한 끝에 정도한 지 어언 6백 년이 지났다. 백운대·인수봉·만경대가 삼각을 이루면서 우뚝 솟아 결승을 이룬 북악北嶽(삼각산, 또는 북한산)을 주산主山으로 하여 그 여맥餘脈인 안산按山과 인왕산仁王山이 감싸고 있다. 그 터의 북동쪽에서 남서향으로 궁궐을 지어 도읍지로 정하고 궁궐의 좌향坐向과 함께 북동에서 서향으로 흐르는 한강과 더불어 그 동안 이 나라 민족문화의 터전으로 면면히 이어져 내려오고 있다. 도성 안 어디를 가더라도 찬란한 역사유적과 기라성 같은 인물들이 살았던 역사재歷史財가 없는 곳이 없다. 성안의 어느 한 지점을 무작위로 뽑아 그 땅에 숨겨진 역사를 재현시켜 보면 쉽게 알 수 있다.

남산으로 흘러내리는 마르내(乾川)길 주변의 3백, 4백 년 전 유적遺跡을 재현해 본다. 지금은 복개되어 인현동 빌딩가가 된 현 코리아 하우스 자리에는 사육신 중 한 분인 박팽년朴彭年의 오두막집이 몇 백 년 되는 노송老松

의 그늘에 가려져 있었다. 그 아래 인현동 1가 90번지 즈음에 정인지鄭麟趾가 태어나 살던 집에 이어 세조가 항상 곁에 두고 "나의 제갈량諸葛亮"이라고 아꼈던 양성지梁誠之의 집이 있었다고 한다. 또 조선왕조 전반에 걸쳐 가장 청백했던 학자 김수온金守溫이 대신으로 있으면서 땔나무가 없어 집안에 자란 고목을 야금야금 잘라 겨울을 났다던 그 청빈의 나무가 개화기 때까지만 해도 그 그루터기가 남아 있었다는 것이다. 선조 때 영의정 노수신盧守愼, 『홍길동전』의 허균許筠과 허난설헌許蘭雪軒의 집이 잇따라 있었고 그 유명한 임진왜란 때의 명상 류성룡柳成龍의 집과 성웅 이순신 장군이 태어나 자란 곳이 유성룡의 집 바로 이웃이라고 한다. 2백, 3백 미터의 마르내길에 이처럼 기라성 같은 역사를 재현시킬 수 있단다.

프랑스의 경우 몽테스큐가 별장을 짓고 어느 기간 동안 살았던 곳의 초석 몇 개를 보존하기 위해 고속도로를 직선으로 길을 내도 될 것을 완곡한 곡선을 그으며 휘어가도록 공사를 했다던가! 일본만 해도 역사적으로 조금 이름 있는 사람이 아무 누구와 만난 자리일지라도 조사해서 이를 표시하고 보존하고 있는 것을 쉽게 볼 수 있다.

남의 나라의 역사문화의 보존추세로 미루어 본다면 서울처럼 세계에서 가장 문화재가 풍부한 역사공원이 또 어디 있을까 싶다. 이러한 역사자원이 도시개발이라는 미명 아래 회칠한 콘크리트 문화에 의해 깔아 뭉개지고 있는 현상이 안타깝기만 하다.

서울 정도 6백 주년 기념사업이 한창 진행되고 있을 무렵 근교 어딘가에 민속촌을 만들어 정도 6백 년의 역사공원을 꾸미면 어떨까 하는 아쉬움이 남는다. 우후죽순처럼 치솟는 빌딩 숲이 현대문명이 주는 위대한 작품이라면 서울 근교 한 모퉁이에 한옥과 더불어 옛 그대로의 경관과 역사적 유물을 재현하는 것은 온고지신의 옛과 이제의 해후가 아닐 수 없다. 회칠한 벽돌의 인공물이 아니라 오솔길 그대로 시냇가 맑은 물에 이끼 낀 돌과 물고기가 뛰놀고 산새소리, 풀벌레소리, 고요한 밤 옛 선비의 낭랑한 글 읽는 소리, 아낙네의 다듬이소리, 가야금소리가 들리고, 임금과 만조백관의 어전회의나 고관대작의 행차 등 조선인들이 사는 모습 그대로의 복원과 재현으로 정도 6백 년 역사적 도시다운 옛과 이제가 공존하는 서울을 후손에게 물려주었으면 하고 기대해 본다.

1백 년 역사役事의 정신

한국 천주교의 발상지인 경기도 광주군 퇴촌면 우산리 천진암 성지에 가면 성당건립 1백 년 역사役事의 현장을 보게 된다. 설계도 준비와 터 닦기 공사에 15년, 토량土糧이 자연적 변화에 의해서 가라앉아 자리 잡힐 때를 기다리면서 초벌 설계도를 재검토 확정하는 데 15년, 기초공사와 골조공사에 20년, 그 다음 석조 벽 쌓기와 내장공사에 50년을 예정함으로써 1백 년을 계획하고 있다. 우리나라 건축 역사상 처음 있는 일로 1백 년 공사계획에 관하여 듣는 이마다 고개를 갸우뚱하고 매우 이상하게 여기며 여러가지 질문을 하는 이들이 많다는 것이다.

그러나 이 성지를 찾는 외국인들 중 유럽인들의 경우 성당 건립 1백년 공사계획을 듣고도 안색이 조금도 변하지 않는다고 한다. 기념 대성당 공사에 1백 년 미만에 건립한 경우가 매우 드물기 때문이다. 오히려 "요즘은 좋은 기계가 많이 나와서 공사가 좀 빠를 수도 있겠으나 그렇다고 1백 년에 될 수 있을까?" 하며 1백 년이라는 기간이 부족하리라고 말하는 사람도 없지 않다는 것이다.

스페인 바르셀로나에는 성가정 성당이 1866년에 설계와 모금 등 건립 추진이 시작되어 1882년에 착공되었다. 1백10년이 된 수년 전까지도 지붕을 올리지 않은 채 석벽과 종각을 드높이 세우고 있었다는 얘기를 되새겨 보면 알 수 있다. 유럽인들이 성당 건축에 장기간을 잡는 데는 건축비 문제도 있지만, 그보다는 충분한 세월을 두고 일을 제대로 해나가기 위해서 조급하게 서두르지 않는다.

뿐만 아니라 "내가 있는 동안 다 마쳐야 한다."는 생각을 하지 않는다고 한다. 아무리 훌륭한 일이라도 너무 조급히 서둘게 되면 일을 망치는 경우가 적지 않음을 볼 수 있기 때문이다. 우리 주변에서 이루어지고 있는 지하철 공사, 아파트 공사 현장에서의 붕괴사고가 그렇다. 우리나라 최초의 서울 와우아파트가 공사 중에 무너졌다. 성수대교, 삼풍백화점의 붕괴로 인명의 살상과 시민 감정을 그 얼마나 상하게 했던가. 생각만 해도 아찔하기만 하다.

그 동안 우리나라 사람들은 너무 조급하고 빨리빨리 서둘다가 큰 사고를 유발했다. 그리고 "내 대에 내가 다 하겠다."는 당대주의가 모든 일을 성급하고 무리하게 처리함으로써 빚어지는 각종 부실한 사고현장을 보고 안타까움을 금할 수 없는 것이다.

정치 · 경제 · 사회 · 문화 · 교육 등 모든 분야에 걸쳐 당대주의 사고에 젖어 있는 것을 볼 수 있다. 당대주의 사고가 짙은 사람일수록 전임자를 매도하고 후임자를 불신하는 데 주저하지 않는다.

당대주의 사고방식이 강한 세대일수록 모방문화와 예속문화의 형성에는 대단히 민감하고 빠르지만 독창성과 자주성을 띠고 창조적으로 발전해 가는 정신문화의 발전이나 완성에는 무감각하고 무책임하게 방관하기 쉽다.

자라나는 나무를 보라. 매일 보면 자라나는 것 같지 않지만 1, 2년이 지나면 크게 자라고 온갖 풍상을 겪으며 50년, 1백 년의 세월이 지나면서 아름드리 거목이 될 수 있는 것이다. 갓난아이를 보라. 하루하루를 놓고 보면 자라는 것 같지 않지만 한두 달, 1, 2년이 지나면 몰라보게 자란다. 나무와 어린이의 성장과정처럼 세상만사는 일시적으로 되는 것이 아니다. 성당 건립처럼 돈과 기술만 있다고 되는 것도 아니고 충분한 세월이 쌓여야만 되는 것이다. 모든 일은 한꺼번에 당대에 이루려고 하지 말고 서서히 이루려는 점진주의적漸進主義的 사고를 가져야 한다. '진進'에는 조금씩 쉬지 않고 나아가는 '점진'이 있고, 성급하게 일사천리로 단번에 이루려는 '급진急進'이 있다. 생명 발전의 원리나 역사와 사회 발전의 원리는 점진주의에 있다.

자연에 비약과 기적이 없듯이 인간의 역사와 사회발전 과정도 마찬가지다. 로마는 하루아침에 이루어진 것이 아니다. 만리장성도 하룻밤에 쌓을 수는 없다. 참고 기다리는 것을 배워야 한다. 갑자기 대가가 되고, 명인이 되고, 일등 선수가 되고, 권위자가 될 수는 없다. 백련천마百練千麻의 오랜 수련과 공부가 필요한 것이다.

천류성해泉流成海라는 말이 있다. 바위틈에서 솟아나는 실낱같은 샘물줄기가 모여 큰 강을 이루고 바다를 이룬다. 쉼 없이 흐르는 강물만이 망망 대해에 도달한다. 처마에서 떨어지는 작은 물방울이 바윗돌에 떨어져 큰 구멍을 뚫는다. 천리 길도 한 걸음부터 시작한다. 가장 작은 것, 짧은 순간이 모여 영원을 이룬다. 동전 한 닢, 적은 돈이 모여 수억의 거액이 된다. 조그마한 노력이 수없이 쌓여 대업을 이룬다.

우리는 점진주의 철학을 배워야 한다. 도산 안창호安昌浩 선생은 평소 점진주의를 역설하고 20대에 세운 학교가 점진학교다. 우리 국민의 결점을 간파한 가르침으로 본받아야 할 것이다. 서두르지도 말고, 그렇다고 쉬지도 말고 꾸준히 나아가야 한다.

공든 탑이라야 무너지지 않는다. 계단은 한 단, 한 단 올라가야 한다. 단번에 세 계단 네 계단을 뛰어가다가는 넘어지기 십상이다. 옛 선인들은 보보등고步步登高라고 했다. 한 발짝 한 발짝 밟으면서 높이 올라가라고 했다.

과욕을 부려서도 안 된다. 무슨 일이나 무리를 하지 않아야 한다. 과욕은 쇠망의 길이요, 무리는 실패의 근본이다. 순리와 정도를 밟아야 성공하고 승리한다. 인간만사에는 지켜야 할 원칙이 있고, 밟아야 할 순서가 있고, 거쳐야 할 단계가 있고, 따라야 할 과정이 있다. 욕심을 버리고, 성급함을 참고, 원칙과 순서와 단계와 과정을 다 밟고 쉬지도 않으며 점진적으로 모든 일을 꾸준히 해나가는 사람만이 승리의 영광을 차지할 수 있다.

성당건립 계획 1백 년 대역사大役事의 정신을 거울삼아 점진주의적 사고와 행동의 본보기를 자자손손 대대로 전승시켜 우리 가정·사회·국가·민족의 역사와 문화의 꽃을 피우자는 것이다.

로마제국 쇠망사의 교훈

한 시대 한 나라가 어려울 때 역사에서 교훈을 찾기 위해 해부학의 모델로 등장시키는 것이 로마제국의 쇠망사다. 로물루스가 세운 도시국가 로마가 지중해의 패권국가가 되어 2천여 년 전 유럽과 영국까지 정복한 성공의 비밀은 무엇인가? 그 로마가 5세기 만족蠻族의 침입을 받아 어이없이 무너진 멸망의 원인은 무엇이며 그 후에도 동로마제국이 1천 년을 더 버틴 힘의 원천은 무엇인가?

이러한 물음은 오늘날에 와서 제기된 것이 아니다. 에드워드 기번의 『로마제국 흥망사』가 나온 것은 18세기의 일이었고, 슈펭글러의 『서양의 몰락』이 나온 것이 20세기 초의 일이었음을 상기한다면 '국가흥망론'에 대한 학문적 관심은 꽤 오래된 것임을 알 수 있다.

세계적으로 널리 읽힌 미국 예일대학 폴 케네디 교수의 『강대국 흥망론』은 미국의 쇠망까지 예견한 쇠망주의적 역사관을 주의 깊게 볼 필요가 있다. 국가흥망론에 대한 또 하나의 학문적 관심인 캐취 업 시오리Catch up theory, 즉 '따라잡기 이론'을 들 수 있다. 특히 미국 대학교의 정치학과 강좌에서 어떻게 하면 선진국을 따라잡을 수 있느냐에 대한 문제를 집중적으로 다룬 것이다.

국가흥망론이나 따라잡기 이론에 따르면 어느 민족이나 국가이건, 흥성의 열쇠는 땀 흘려 일하는 부지런함과 종이 한 장이라도 아끼는 검약한 생활에 달려 있다는 점이다. 한마디로 근검의 미덕이 그 사회에 보편화되어 있고 생활화되어 있을 때 그 민족과 그 국가는 발전되었다. 반면에 어느 민족이나 국가건 일하지 않기 시작할 때 쇠망의 길로 접어들었다. 가장 뚜

렷한 징후가 제조업의 포기다. 일정한 양의 노동이 요구되는 힘든 제조업을 버리고 쉽게 돈을 버는 투기나 금융부문에 너도나도 매달리면 결과적으로 제조업은 쇠퇴하고 금융업만 비대해진다. 여기에 더하여 유흥업이 번창할 때 그 나라는 기울기 시작했다. 그 전형적인 사례가 로마제국이었다.

로마제국 전성기에 로마사람들은 일손을 놓고 필요한 물품은 모두 식민지에서 가져다 썼으며, 산해진미를 즐기고, 목욕탕에서 안락을 추구했다. "로마제국은 목욕탕에서 망하기 시작했다."는 말은 한 민족의 정신적 해이가 곧바로 민족쇠망의 길로 이어짐을 경고하고 있다. 오늘날 선진국가들 특히 미국에서도 제조업을 포기함으로써 쇠퇴의 징후들이 나타고 있다. 서방 선진 국가들이 제조업을 게을리 하는 사이 개발 도상국가들이나 신흥 공업 국가들이 선진국을 따라잡을 수 있는 기회를 갖게 된 것이다.

우리나라가 1960년대 이후 제조업을 중심으로 땀 흘려 일한 결과 후진국에서 개발도상국으로 다시 신흥공업국가로 발전하게 되었다. 그러나 요즘 우리 사회를 보면 따라잡기가 아니라 쇠퇴의 길로 접어들었던 역사적 징후들이 나타나고 있는 게 문제다. 최근 일하지 않으려는 사회적 분위기와 제조업의 쇠퇴, 부동산 투기와 증권업 등으로 자금이 몰리는 경향이 이를 말해 주고 있다.

여유자금이 창의적인 신기술 개발과 제조업에 투자할 수 있는 정부차원의 지원과 더불어 기업가들이 위험을 무릅쓴 도전정신과 창의성으로 기업가 정신을 발휘하여 제조업의 불씨가 다시 활활 타올라야 한다. 그리하여 21세기 태평양시대의 선두주자가 되기 위해 정부·기업인·근로자, 온 국민이 근면·검약·소박한 기풍으로 경제 재도약에 마음과 힘을 합쳐야겠다. 이것만이 국가쇠망의 역사를 막고 국가를 흥성하게 하는 길이다. 국가 지도자는 국민들이 앞으로 나아갈 방향을 제시하고 앞장서서 이끌어야 한다.

로마제국이 왜 쇠퇴하여 멸망했는지는 그 시대가 처한 위기의 본질에 따라 제국의 멸망을 보는 시각이 다르기 때문에 정설은 없다. 그렇다면 로마제국 쇠망사에서 무엇을 배울 것인가.

풍요는 인간을 오만하게 하고 의지를 약하게 하여 끝내는 쇠망의 길을 걷게 된다는 것이 바로 그 교훈이다. 로마 공화정은 시민들의 정치참여가 열렬하고 적극적이었을 때 성공했고 활기에 넘쳤다. 그러나 외부의 위험이 있을 때 내부의 지나친 정치대립이 국가를 위태롭게 했다는 것이 동서고금의 진리다.

기번의 역사서를 읽으면 행운을 만났을 때는 신중해야 하고 성공한 자는 겸허하라, 용기를 잃지 말라는 교훈이 담겨져 있다. 또한 나라와 민족의 운명은 무정하고 급변하는 것이어서 운명 앞에는 항상 당당히 맞서야 한다는 생각을 떠올리게 하고 있다. 위기는 언제나 올 수 있다. 지도자는 위기를 도약의 기회로 여기고 국가 목표를 향해 온 국민의 역량을 하나로 결집시켜 나아가야 한다.

한 국가의 흥망성쇠는 지도자의 리더십에 크게 좌우된다. 나라의 미래를 생각하는 지도자여야 한다. 그래서 국가 지도자를 뽑는 대통령 선거에서 국민의 올바른 선택이 중요하다. 영원한 힘은 없다는 것이 역사의 가르침이다. 국민들의 선택이 현명하다면 국가 쇠망의 길에서 좀 더 멀어질 수 있을 것이다.

첼시시市 리시버십의 정직성

지금까지 인류가 실험해 본 정치제도 중 그래도 가장 낫다는 민주주의도 두 가지 적敵인 부정부패와 재정적자 앞에서 두 손을 들지 않을 수 없었다. 이런 경우를 민주주의의 천국이라는 미국에서 볼 수 있으니 아이러니컬한 일이 아닐 수 없다.

보스턴시 가까이에 위치한 공업도시 첼시Chelsea시市의 경우 풀뿌리 민주주의에 대한 좋은 교훈을 보여준다. 첼시시는 한때 시市 재정이 바닥난 파산위기에서 주州 정부로부터 사실상 민주주의의 중지령中止令을 받았었다. 그 원인 중 중요한 것은 부정부패였다. 4명의 역대 시장이 감옥에 가거나 목이 달아날 정도였으니 짐작이 간다.

주 정부는 리시버십receivership(管財人의 職)제도를 만들어 리시버 수령인으로 하여금 시장 · 구청장 · 시의회 등의 권한을 한손에 장악하여 시정市政을 펴나가는 일종의 '긴급독재'를 택했다. 여기에 리시버로 선임된 사람은 시의 세금 사정인査定人 '샌터게이트' 였다.

그가 발탁된 배경은 단 하나 정직성이었다. 그는 26년 전 시장에 출마했다가 낙선했지만 다른 후보들이 그의 정직성을 이슈로 삼아 공격했었다. 그들은 불명예스럽게 시장 자리를 떠났고 그들이 앉았던 자리를 샌터게이트가 차지하였으니 아이러니가 아닐 수 없다.

리시버로 앉은 샌터게이트는 즉시 부정부패 척결에 칼을 들이댔다. 17개 부서 중 14개 부서의 책임자를 자르고 명문 하버드대를 나와 시 주택관련 공무원으로 명성을 날리던 직원도 새 일자리를 찾아야 했다. 샌터게이트는 칼날처럼 가차없이 숙정작업을 펴나갔다. 미국에서 흔치 않은 일로 그 자신이 도시락을 싸들고 다닐 정도로 솔선수범했다.

4년에 걸친 각고의 노력으로 시 행정을 정상화시킨 데 감동한 시의회는 마침내 그를 새 시장으로 선출했다. 그를 시장으로 뽑기 위해 의회에서 시 조례를 개정하면서 격렬한 토론과 논쟁이 벌어졌지만 그의 정직성 앞에 반대자들도 고개를 숙이고 말았다.

그는 시장 집무실에 페인트칠을 하는 등 새로 단장하는 모습을 바라보며 "내겐 책상과 전화만 있으면 돼."라고 말했다. 뉴욕 타임즈가 「우여곡절 끝에 훌륭한 인재 찾다」라는 제목으로 보도할 정도의 인물이 되었다. 시 재정은 적자를 면했고, 부정부패는 어느 정도 꺾였다.

그러나 문제는 아직도 실업자 대책, 휴·폐업된 공장의 가동 문제, 낙후돼 버린 아동교육시설 등 해결해야 할 일들이 산적해 있었다. 샌터게이트는 "우리는 지금 싸우고 있는 중이다. 끝난 게 아니야."라는 각오로 그와 함께 4년간 시를 재건하기 위해 생사를 같이 해온 동료들의 축제 분위기에도 아랑곳하지 않고 냉정했다. 미국에서 가장 가난한 시를 맡아 시티 매니저City Manger로 일했지만 자신은 결코 시를 관리하지 않았다고 강조한다. 첼시 시를 지난 4년간 독재로 운영해 온 데 대한 미안함 때문일까! 문제는 아무리 민주주의를 하고 싶어도 부정부패가 난무하고 재정이 바닥나면 안 된다는 데 있다.

끊임없이 밀려들어오는 이민으로 포화상태인 미국의 작은 도시 첼시시가 지방자치제도에서 긴급독재(Emergency Dictatorship)란 얘기를 접하고 보니 일말의 위안감과 불안감을 느끼게 한다. 위안감은 아직 미국도 그러는데 하물며 우리쯤이야 하는 자위의식이요, 불안감은 아직 걸음마에 불과한 우리의 풀뿌리 민주주의가 곳곳에서 휘청대고 있기 때문이다.

진정한 지역주민의 생활정치는 뒷전이고 없는 재정에 일부 시의 대형청사 건축과 유급 보좌관제니 의회활동비 인상 등 자신들의 살찌기에 급급하고 있는 것을 보면서 첼시시의 이야기는 남의 나라 얘기일 수만은 없었다.

미국의 유머 작가 월 로저는 "정치는 너무 비싸 그 정치에 맞서는 데만도 엄청난 돈이 든다."고 했다. 정치에 돈이 많이 든다는 금언으로 곧 잘 인용된다. 또 막스 베버는 「직업으로서의 정치」란 글에서 "합법적인 수단을 통해 인간이 인간을 다스리는 행위"가 근대국가의 정치이자 통치라고 했다. 합리화되고 조직화된 관료로 각 사회기관 구성원들의 소명의식이 그 원동력이다. 사회 각 분야에서 성공해 경륜이 풍부하고 먹고 살 것이 있는 사람들이 개인적 영예와 국가의 봉사를 위해 정계나 관계官界를 노크하는 선진국 정치 형태 또한 이 연장선상이다.

현대사회의 복합적이고 복수적複數的인 이해관계를 국가적 또는 지역 사회적 견지에서 조정하는 조화의 예술이 정치라면 비싸야 할 이유가 없다. 올바른 민주주의가 뿌리내리기 위해 온 국민의 의식이 바뀌어야 한다는 것을 첼시시가 웅변으로 가르쳐 주고 있다. 풀뿌리 민주주의는 한두 사람의 정치가가 하는 것이 아니라, 결국 풀뿌리인 국민들이 하는 제도이기 때문이다.

센터게이트의 아버지는 그에게 늘 이렇게 말했다. "가문을 더럽히는 일은 털끝만큼도 하지 마라. 네가 부정과 타협하면 넌 네 자신으로 결코 돌아올 수 없는 거야."

이 말은 모든 공직자 모든 국민이 새겨들어야 할 말이다. 모든 공직자와 국민 각자는 가문을 가지고 있으며 언젠가는 모두 그 가문과 자신으로 돌아가야 하니까 말이다.

한국병의 치유治癒

한국사회를 위협하는 한국병 세 가지가 있다.

첫째는 21세기적인 가치를 외면하고 자주·민족·평등을 내세우며 북한체제에 관용을 베풀고 있는 점이다. 우리나라는 해방 이후 자유의 가치를 기반으로 세계 최고의 생산성을 지향하는 가치체계와 사회제도를 만들었다. 우리가 걸어온 '자유민주주의 시장경제'로 인간가치를 증진시키고 생산성을 극대화할 가치와 제도라는 확신에 따른 것이었다. 인류 역사상 가혹했던 전쟁을 딛고 전체주의 진영과 대결해 가며 자유민주주의와 시장경제를 성숙시켰다.

오늘의 과제는 바로 자유를 극대화시킬 제도를 성숙·확산시키는 일이다. 하지만 확산은커녕 지난 세월 역사와 체제에 대한 인식의 틀조차 흔들리고 있었다. 대한민국의 성공과 자부심은 말하지 않고 독재와 과거 청산을 먼저 말하였다. 또 북한 김정일 체제가 스탈린과 히틀러를 능가하는 반역사적 체제라는 사실보다 민족과 자주를 말했다. 그러면서 인권을 대표적 브랜드로 내세우는 진보세력들은 북한의 공개처형, 정치범 수용, 강제노동 등에 대해서는 침묵했다. 시장경제에 대해서는 선택과 교환의 자유보다 약육강식적인 비도덕성을 지적하였다.

성공한 대한민국의 가치와 제도는 당연히 북한으로 확산되어야 한다. 우리가 누린 자유민주주의 번영이 북한 동포에게 주어지도록 하는 것이 이 시대의 가치이자 민족주의다. 또 한국의 보수에 부여된 과제 역시 대한민국이 입증해 온 가치를 계승하고 성숙시키는 일이다. 그러나 지난 세월 자주·평등이란 말 앞에 힘을 잃었고 집단의 논리에 고개를 떨어뜨렸다.

성공한 역사는 그 사회가 깔아 놓은 가치와 제도라는 사회자본의 힘에 의해서 시작된다. 이제부터 자주·민족·평등을 내세우는 허위의식과 대결해 가며 자유의 가치를 확산·성숙시키는 것이 목표여야 한다.

둘째는 한국이 선진국의 추세와는 달리 공적 조직의 비대화와 특권적 고용보호가 부동不動의 성역으로 남아 있다는 점이다. 대학가에서는 공무원 시험, 공기업 입사를 준비하는 열풍이 불고 있다. 더욱이 교원 임용고시의 경쟁률은 상상을 초월하고, 교육대학은 최상위권에 들어가야 갈 수 있는 실정이다. 대학가의 이런 현상은 정확하게 오늘의 세태를 반영하고 있다. 대학 본연의 기능인 인성 개발과 학문연구와는 거리가 멀다. 공무원 등 공조직 직업이 '철밥통'으로 명백한 특권을 갖고 있기 때문이다. 이는 선진국이 정부의 고유기능으로 여겨졌던 많은 부분을 점차 민간으로 이양해 가는 추세와는 동떨어진 현상이다. 따라서 '작은 정부'로의 개혁을 적극적으로 추진해야 한다. 그러나 현실은 그렇지 못하다는 데 문제가 있다.

셋째는 조기유학 과열현상이다. 2004년 조기유학을 떠난 초·중·고 학생은 서울에서만 하루 평균 34명꼴인 연간 1만2천3백17명으로 사상 최대치를 기록하고 있다. 그러나 교육 평준화를 금과옥조로 여기는 전교조를 비롯한 진보주의자들은 눈앞의 이 교육 불평등에는 방관하고 있다. 이는 평등을 외치는 사람들의 명백한 이율배반이다. 구태의연한 평준화 체제는 더 이상 평등을 보장하지 못하며 오히려 재산 정도에 따른 교육 불평등을 낳고 있다. 따라서 한국에서 영어 학교나 중국어로 교육하는 국제 학교의 설립이 자유로워지면 굳이 외화를 유출하고 가족이 해체되면서까지 해외에 나갈 이유가 없을 것이다. 학생들의 학교 선택권과 학교의 학생 선발권이 자유로워져야 한다.

한국병의 치유를 위해서 이미 나와 있는 자유주의 이론에 무언가 특별히 보탤 필요도 없이 실천적으로 적용하는 것이 중요하다. 가급적 자유주의에 대한 개인적 선택의 몫을 늘리고 지켜져야 한다. 이에 대해 평등을 내세우며 좌파이념의 편력을 거친 386세대들은 정서적 거부감을 갖고 있다. 그러나 기계적 평등주의야말로 사회적 약자를 희생시키고 신특권주의를 양산하고 있다. 자유주의야말로 1980년대에 꿈꾸었던 자유와 특권폐지의 이상에 접근하는 유일한 길이라는 것이 입증됐다. 자유민주주의 시장경제제도를 보장한 나라는 번영하면서 그렇지 않은 국가들보다 훨씬 평등하고 더 큰 사회정의를 누리고 있다. 이제 한국병의 치유는 자유주의 선택 외에 다른 길은 없다고 생각한다.

통감하고 평상심으로

옛 말에 역사를 뜻하는 통감通鑑이란 말이 있다. 역사는 지나온 사실史實에 그치지만 통감은 과거의 사실뿐만 아니라 그 사실을 거울로 반사시켜 오늘의 지혜로 삼는다는 생산적이고 발전적인 의미가 더 있다. 조선시대에 위로는 정승으로부터 아래로는 수령에 이르기까지 탁상에는 각종 『통감』을 반드시 비치해 놓고 있었다. 정사를 논할 때는 "통감하시오. 통감해 보았습니까!" 하고 통감행위를 동사화動詞化하여 자주 거론하였던 것이다.

큰일을 할 때나 난국을 타개해 나갈 때 옛 사람의 시행착오를 참작한다는 것은 실패를 줄이고 실마리를 푸는 데 좋은 단서를 얻을 수 있기 때문이다. 이 통감의 정신을 오늘의 정치하는 분들이 상용어로 쓰면서 본받았으면 한다.

조선시대 정치 유형을 세 가지로 가려볼 수 있다.

첫째, 정암靜菴 조광조趙光祖의 정치 스타일이다, 옳다고 생각하는 일에 굽히지 않고 관철하는 직정적直情的이다. 왕에게 간諫할 때에도 허락을 받을 때까지 밤을 새워서라도 버티어 내는 경파硬派였다. 악의건 선의건 간에 그는 적이 많았다.

둘째, 퇴계退溪 이황李滉의 정치 스타일은 자신의 정론政論을 절대시하지 않았다. 그는 열한 번 조정에 나아갔다가 열한 번 은퇴를 한 분이다. 선조宣組가 퇴계를 대접하는 예우가 극진하고 융숭하였는데도 조정에 들어오는 일이 드물고, 들어왔더라도 곧 돌아가곤 했다. 한 친지가 그 까닭을 묻자 "요순堯舜시절에 임금과 신하가 서로 화합함이 천고千古에 비할 데가 없었지만, 그 시절에도 정사가 옳았느니 글렀느니 하는 말이 있는데 지금 주상께서 노신老臣의 말에 가부를 묻지 않고 이를 좇으시니 나는 이 때문에 나라 일이 걱정되어 감히 머물지 못한다."고 했다. 정치가의 내 주장이 최고라는 독선에 빠져 극한과 대립으로 당쟁이 생기고 백성이 도탄에 빠지는 어리석음을 정치적으로 구제해 내는 데 퇴계형 정치 스타일이 묘미가 있을 것이다.

셋째, 방촌厖村 황희黃懿의 정치 스타일 이다. 반대의견이나 이론異論을 함께 수렴하여 조화를 이루는 것이다. 방촌이 정승으로 있을 때 노비 부부가 싸우며 서로 자신이 옳다고 고해바치자 "이편도 저편도 다 일리가 있다."고 했다. 곁에서 듣고 있던 부인이 옳고 그름이 완연해야지 어찌 양쪽 모두 일리가 있다 하느냐고 반문하자 "부인, 당신 말도 일리가 있다."고 했다는 얘기가 있다. 이 고사를 우유부단으로 왜곡 해석하는 사람이 있으나 사리事理는 흑백으로 나누어질 수만은 없는 것이다. 어딘가 있는 일리一理를 가려내어 대리大理를 수렴·조화시키거나 취사선택하는 것이 방촌형 스타일이었다.

이 세 가지 정치유형 중 근래 우리의 정치정국이 극한으로 치닫고 타협할 줄 모르는 현실에서 어떤 유형을 본받거나 통감해야 하는가는 자명하다. 경직돼 있는 정당 내의 민주주의는 연육제軟肉制로 퇴계형 정치를 통감하는 것이 좋을 성싶다. 내가 주장하는 정론정략政論政略도 당리당략黨利黨略에는 해가 될 수 있다는 겸허한 생각으로 임하면 긴장된 정국도 느슨해질 것이다.

08년 4월 9일, 18대 국회의원 선거 이후의 이편 저편의 단층이 심화된 정치구도에 방촌형 정치를 통감하면 정국의 차열형車裂刑은 유예될 것이다. 나라와 국민을 진정으로 위하는 대 전제의 정치라면 반대당의 일리에 인색할 수 없을 것이다.

정국의 정치적 교류뿐만 아니라 인간적 교류까지 끊고 양극화하는 것은 정당간의 평면적 단절만이 아니라 서로 멀어진 만큼 비례해서 국민으로부터도 멀어져 가는 입체적 단절이 될 수 있음을 깨달아야 한다.

미국의 대통령 선거 때 어느 쪽도 당선을 장담하기 어려운 인기등락으로 후보들 간의 강도 높은 설전舌戰과 인신공격성 유세행태에 미 언론도 적지 않은 우려를 표시했었던 적이 있다. 그러나 클린턴의 당선이 확정되자 로스페로 후보, 댄 퀘일 부통령, 조지 부시 대통령은 텔레비전을 통해 하나같이 당선을 축하했다. 클린턴 당선자를 중심으로 미국의 단결과 미국의 문제를 풀어 나가자고 하며 민주주의의 위대한 가치를 존중하자고 하였다.

부시 대통령은 클린턴 지사의 선거 팀과 순조로운 정권이양을 위해 최대한 긴밀히 협조하겠다고 했다. 클린턴 당선자도 다른 후보자들의 연설이 끝난 뒤 1만여 지지자들의 환호 속에서도 부시에 대한 격려를 잊지 않았다. "냉전체제를 이끌고 걸프전에의 승리와 제2차 세계대전 이후의 헌신적인 공직생활을 치하하는 박수를 보내자."며 리틀록 시내가 떠나갈 듯 박수가 이어짐으로써 미국인들의 페어플레이 정신을 다시 한 번 확인할 수 있었다.

우리도 이 페어플레이 정신을 발휘하여 선거 후유증을 최소화하는 데 다 같이 노력해야겠다. 선거를 통해 내 편, 네 편으로 갈라진 배타성과 갈등구조를 나라와 지역발전을 위한 하나의 구심점으로 묶어야 한다.

불가에서는 평상심이 곧 불심이라고 했다. 이 말은 참으로 반추해 볼 만한 가치를 지니고 있다고 본다. 이제 일시적인 선거의 열정과 감정에서 벗어나 건전하고 합리적인 평상심으로 돌아가야 한다. 선거 이전으로 되돌아가 이웃 간에 화목하고 협동심을 발휘하여 국가 발전에 다 같이 손잡고 나아가야 한다.

선거에 의해 선택한 결과가 최선이었음을 믿어 의심치 말고 당선자에게는 축하를, 낙선자에게는 위로와 격려를 보내자. 패배한 정당도 시민의 애정 어린 채찍으로 받아들여 새로운 각오로 더욱 분발해야 할 것이다.

매미와 언론

주서周書에 보면 "입추가 되면 매미가 울기 시작한다. 그때 매미가 울지 않으면 신하들이 힘껏 간하지 않는다(立秋之日 寒蟬鳴 不鳴 人臣不力爭)." 고 씌어 있다. 이같이 매미의 울음은 누군가에게 간하는 역할을 한다는 얘기다.

요새는 백성이 임금이다. 누구에게 간할 것인가, 무엇을 간할 것인가는 정해져 있다. 백성에게 간하는 것이다. 역쟁力爭이란 말은 역간力諫이란 뜻이다. 민주주의 정부시대에 매미의 역할이나 간관諫官의 역할은 언론 기관이 맡아서 해야 한다. 언론은 간관이 되기에 앞서 저자거리의 매미소리가 되어야 한다.

매미는 노래하는 곤충이다. 매미는 수컷만이 노래를 한다. 수놈 매미는 세 가지 서로 확실하게 구별되는 소리를 낸다. 첫째, 민중의 노래다. 이것은 다른 수컷들과 함께 부르는 노래로써 날씨에 따라 소리가 달라진다. 날씨가 침울하면 노래 부르기를 전적으로 거부해 버린다. 둘째, 구애求愛의 노래다. 이것은 짝짓기에 앞서 암컷에게 보내는 사랑의 노래다. 셋째, 분노의 소리다. 성가심을 당해 도망쳐 날아갈 때나 잡혀갈 때 내는 소리다.

매미의 이러한 정서와 분별력이 언론에도 반드시 있어야 하는 것이 아닐까 생각한다. 언론이 친화력도 있고 정서도 있어야 하지만 분노도 있어야 언론다운 언론일 수 있을 테니까 말이다.

매미는 전형적인 변태과정을 거치면서 일생을 보낸다. "매미 허물 벗는다."는 말대로 변화가 필요할 때는 그 변화를 서슴없이 한다. 마지막 성충成蟲이 되는 단계에서는 신선이 되는 것으로 미화되어 우화羽化로 불린다.

우화등선羽化登仙이 바로 그 말이다. 우화한 뒤 겨우 한 달 정도 살 수 있다. 이 한 달 동안 수놈은 노래하고 암놈은 알을 낳기 위해, 기나긴 세월을 유충幼蟲으로 흉측한 몰골을 하고 지낸다. 그래서인가. 유난히 매미는 많은 시인들의 주제가 되었다.

해 저물어 들녘에 바람 일 때
수풀 속 매미가 계절을 우네.
어디 있나. 나뭇가지 둘러보지만
소리 나는 것은 공중의 한 곳.
　　　　　－ 後梁 沈君攸의 시

희랍 사람들은 매미를 중요한 요리의 재료로 사용했다. 금방 태어난 성충을 특히 좋아했다고 한다. 한국의 언론은 정치세력이 탐식貪食하는 중요한 정치요리 재료의 하나였다는 점에서 고대 희랍의 매미와 비슷하다. 곤충들은 대부분 밤에만 노래한다. 세레나데 합창단이다. 그들은 해가 뜨면 새들에게 바통을 넘긴다. 그때부터 새들의 노래 차례가 된다. 그러나 매미는 낮에 노래하는 특별한 곤충이다.

언론이 '어두운 밤에만 노래하는 이 시대의 제4부 칭호'를 들어서는 안 된다. 낮에 백성을 간하고 있어야 한다. 공자는 "저자에 매미소리가 있으면 조정에는 쓰르라미소리가 요란하게 된다. 그렇게 되면 정치는 온통 떠들썩해진다."고 했다. 조선조 초기 조광조는 "언로言路의 통색通塞은 국운과 가장 밀접한 관계를 갖고 있다."고 하며 "언로가 통하면 나라가 편안하고 막히면 어지럽고 망하게 된다."고 했다.

신숙주申叔舟는 "인체의 혈기가 한번 정지하여 움직이지 아니하면 몸 전체가 병이 들어 편안할 수 없듯이 언로가 하루라도 통하지 않으면 사방이 병들어 나라가 편안할 수 없다."고 했다. 언론의 중요성과 사명 그리고 그에 대한 기대를 담은 귀중한 담론으로 오늘에도 본받았으면 한다.

한국인이여! 한국현대사를 사랑하라(한국 현대사의 이해)

지구상에서 오직 인류만이 과거 역사를 돌이켜보고 현재를 판단하고 미래를 준비하는 지혜를 가졌다. 오늘날까지 인류는 그렇게 해서 문화문명을 발전시켜 올 수 있었다. 사람은 경험에서 배우며 성장한다. 1차적으로 자기 경험에서 배우고, 2차적으로 남의 경험을 보고 배우게 된다. 역사에서 교훈을 얻지 못하는 국가와 민족이 망하듯이 개인도 자기 경험에서, 주변의 역사에서 배우지 못하면 잘못된 길로 들어서서 자기도 망하고, 몸담고 있는 조직에도 폐를 끼치게 된다.

'역사 바로 쓰고 배우기'는 이런 면에서 중요하다. 역사는 어떻게 써야 하는가? 역사학자 랑케는 "역사란 과학적이고 객관적으로 과거를 복원하는 것이다."라고 말했다. 그러나 20세기 중반을 지나면서 랑케의 이런 역사관은 역사학자들로부터 비판과 도전을 받았다. 헤이든 화이트는 "역사 서술이란 근본적으로 주관적인 것이며 문학적인 상상력의 도움을 필요로 한다."고 했다.

『서양문명의 역사』가 돋보이는 것은 바로 에드워드 번즈의 이 점 때문이다. 서양문명의 역사는 번즈의 손을 거치면서 하나의 '고급스런 이야기'로 바뀌게 된다. 역사는 그것을 서술하는 사람이 어떤 사관을 갖고 있느냐에 따라 달라질 수밖에 없다는 것이다.

역사는 인간 삶의 제반요인들이 복합적으로 어우러지면서 생성되는 생물체라고 할 수 있다. 역사가는 그 생물체를 얼마나 진실하게 독자에게 전달할 것인가를 모색하고 독자는 독자대로 그것을 토대로 역사의 줄기를 잡아가야 한다. 인류역사가 진행되면서 역사가 다시 씌어져야 하는 이유가 바로 여기에 있다.

역사는 이야기(담론)에 다름 아닌 것이다. 영원불변하는 것이 아니라 시대나 사관 혹은 철학에 따라 바뀌는 이야기다. 서양문명의 역사는 1977년 이래 원래의 골격을 유지하면서 불필요한 것은 삭제하고 필요한 것은 보완하는 개정작업을 해 왔다고 번즈의 후학 로버트 러너와 스탠디시 미첨이 말했다.

번즈의 서양 문명의 역사가 탁월하고 조리 있게 서술한 저서일망정 그것을 미완의 것으로 간주하고, 개정판을 낼 때마다 각 분야 전문가들의 의견을 수렴하여 일반화된 학문적 경향을 반영하였다. 이는 역사를 통해 인간을 이해하고 더 나은 곳을 향하여 나아가자는 뜻이 담겨 있다. 역사라는 무대에는 수많은 모순이 뒤섞여 있다. 역사가 단순한 사건의 기록이 아니라 인간 세계의 명분을 바로잡고 선과 악을 준엄하게 가리는 '붓에 의한 처단'이라는 사실이다. 역사는 흔히 과거의 기록인 동시에 과거에 대한 오늘의 해석이자 평가이다. 또 역사란 '삶을 위하여 죽음을 신문하는 것'이라고 규정하고 문제를 제기하는 것이 역사의 시작이요, 끝이라고 프랑스 아날학파 뤼시앙 페브르는 썼다.

역사쓰기에서 현재적 요청을 경계하는 역사관도 만만치 않다. 역사란 성패가 이미 결정된 뒤, 승자에 의해 쓰여지기 때문이다. 승자의 주관에 따라 역사를 아름답게 꾸미기도 하고 나쁘게 깎아 내리기도 한다는 지적이다.

조선시대의 실학자 성호星湖 이익李瀷은 "천하의 일에는 형세가 제일 중요하고, 행운 여부가 그 다음이고, 옳고 그름은 제일 아래다."라고 하며 역사의 객관성을 강조했다. 우리가 하고자 하는 것은 붓에 의한 처단인가, 법에 의한 처단인가, 이 둘의 혼합인가 하는 점이다. 이 시점에 떠오르는 유명한 고사가 있다.

춘추전국시대에 제齊나라의 실권자 최서崔杼가 사사로운 원한으로 임금 장공莊公을 죽였다. 당시 사관인 태사太史는 "최서가 장공을 시해弑書하다."라고 기록했다. 최서가 대노하여 태사를 죽이자 태사의 아우가 형과 똑같이 썼다. 최서가 다시 그 아우를 죽이자, 이번에는 또 다른 아우가 또 그렇게 기록했다. 최서는 기록의 말살을 포기하고 말았다.

역사를 다시 쓰고 역사를 바로 세우겠다는 이 시대 사람들은 제나라 태사 삼형제의 역사에 대한 사명과 꺾일 줄 모르는 의기를 배워야 한다. 그것이 오늘의 역사와 역사의 교훈 앞에 한 점 부끄럼 없이 마주설 수 있는 길일 것이다.

중국의 건국 50주년 행사를 거슬러 추적해 본다. 1999년 9월 30일 오후 북경에는 장대비가 무섭게 쏟아졌다. 베이징에서 이런 장대비는 일찍이 본 적이 없었을 정도였다. 다음날 10월 1일 베이징 하늘은 씻은 듯이 파랗게 갰다. 확인되지 않았지만 중화인민공화국 50주년 경축행사에 맞추기 위한 인공강우였다고 한다. 간밤의 인공강우로 활짝 갠 하늘을 볼 줄이야!

천안문광장에는 모택동의 초상이 언제나처럼 버티고 있었다. "중화인민공화국 50주년을 경축한다." "등소평 이론의 위대한 기치를 높이 들고 새로운 세기로!" 등 여기저기에 플래카드가 걸려 있었다. 그 플래카드 사이로 중국 국민당의 지도자(공산당이 아님.) 중산 쑨원(손문)의 초상화가 걸려 있었다. 붉은 베이징에서 중화민국의 초대 임시총통 손문의 대형 초상화를 본다는 것은 공기오염이 심한 베이징에서 인공강우로 공간적 시야만이 아니라 역사적 시야도 확대된 것이었다.

'현대중국의 3대 황제' 라 일컫는 장쩌민(강택민) 당시 주석은 축사를 통해 단순히 중화인민공화국 50년의 역사만을 말하지 않았다. 19세기 중반에서 20세기 중반까지 '민족독립과 인민해방' 을 위한 1백 년의 투쟁, '사회주의 현대화' 의 실현을 위한 1백 년의 전력戰歷(war career)을 강조했다. 그가 연설한 그 자리는 바로 50년 전 모택동이 중화인민공화국 창건을 선포한 자리다. 이날 배석한 당 간부들이 양복에 넥타이를 매고 있는 가운데 오직 장쩌민만이 '마오 룩(모택동 복장)' 이라 일컫는 중산복(손문 복장)을 입고 있었다. 15년 만에 부활한 천안문광장의 군사 퍼레이드를 사열하기 위해 장쩌민이 탄 자동차도 1984년 등소평이 전 세계를 향해 개방과 개혁 노선을 선포하고 사열할 때 탔던 바로 그 낡은 리무진이었다.

그가 강조하고 있는 것은 연속성이요, 승계성이요, 정통성이었다. 중국 혁명은 손문에서 모택동으로, 다시 등소평으로 일관되고 있다는 지속성을 강조하고 있었던 것이 장쩌민이 연출한 중화인민공화국 50주년 대축제의 요지였다.

한 세기 전만 해도 20세기 유라시아 대륙에서 가장 큰 변화를 가져온 인물로 레닌과 모택동을 드는 것이 상식이었다. 그러나 러시아에서는 레닌의 동지들을 스탈린이 부정하고, 스탈린을 흐루시초프가 부정하고, 흐루시초프를 브레즈네프가 부정하고, 브레즈네프를 고르바초프가 부정하더니, 옐친은 레닌에서 고르바초프까지 모두를 부정해 버렸다. 이건 무얼 말하느냐? 지구 위의 가장 큰 판도에서 또 다른 혁명을 일으킨 중국에서 20세기 역사가 21세기로 승계되는 과정에 비춰 볼 때, 러시아는 피투성이의 20세기 역사가 송두리째 오유烏有(사물이 아무 것도 없이 된다.reverting to nothing)로 돌아가 버린 것이다.

여기서 우리는 이승만, 박정희, 양 김 씨에 이어 오늘에 이어지는 한국 현대사는 어떻게 되어 가고 있는지 다시 생각해 보아야 할 일이다. 지금 우리는 역사의 계승 · 단절 · 긍정 · 부정이냐를 두고 고민해야 할 때가 아닌가 생각하게 된다.

대한제국 마지막 날이었다. 1910년 8월 22일 늦더위가 기승을 부리고 있었다. 오후 1시 창덕궁 대조전의 흥복헌에서 순종이 대신들과 함께 마지막 어전회의를 열었다. 한참 동안 더위에 눌린 듯 침묵이 흐른 다음 순종은 떨리는 목소리로 조칙詔勅을 읽어내려 갔다. "짐은 동양의 평화를 공고히 하기 위해 한 · 일 양국의 친밀한 관계로 서로 합하여 일가가 됨은 만세의 행복을 도모하는 소이로 생각하고, 이에 한국의 통치를 통틀어 짐이 매우 신뢰하는 대일본제국 황제폐하에게 양도할 것을 결정하였다." 순종은 전권을 내각총리대신 이완용에게 일임할 테니 통감 데라우치를 만나도록 하라고 일렀다. 대신들은 아무 말 없이 고개를 숙이고 있었다. 이완용은 오후 4시에 데라우치를 만나 조약문서에 조인했다.

제1조, 한국 황제폐하는 한국정부에 관한 모든 통치를 완전, 그리고 영

구히 일본 황제폐하에게 양여한다.

제2조, 일본국 황제폐하는 전조에 관한 양여를 수락하고 또 전 한국을 일본제국에 병합함을 승낙한다.

대한제국의 마지막 날은 이처럼 어이없이 저물어 갔다. 그러나 나라가 망한 것은 이때가 아니었다. 1907년 정미년丁未年 신 조약으로 사법권과 행정·인사권을 넘겨줬을 때 이미 국권을 상실했었다. 더 정확히는 1905년 11월 을사조약을 맺기 훨씬 이전부터 나라는 완전히 결단이 나 있었다.

흔히 망국의 모든 책임을 이완용을 비롯한 매국 5적(외부 박제순朴齊純, 내부 이지용李址鎔, 군부 이근택李根澤, 학부 이완용李完用, 농상공부 권중현權重顯)에게 있다고 말한다. 그들의 매국賣國이 분명하다면 그들을 대신으로 만든 임명권자의 책임은 왜 묻지 않는 것인가!

1884년 겨울, 고종을 처음으로 가까이서 본 미국인 퍼시발 로웰은 이렇게 그의 인상을 묘사했다. "그의 얼굴은 뛰어나게 부드러워 보였다. 그것은 첫눈에 호감을 갖게 하는 그런 얼굴이었다." 한마디로 사람은 좋지만 매우 유약하고 우유부단한 인물 같았다는 것이다. 순종의 황태자 시절에 대해서도 이렇게 말했다. "그가 나를 접견했을 때 두 대신이 그의 양 옆에 있었다. 그가 무슨 말을 하려 할 때마다 대신들이 허리를 굽히고 그의 귀에 무슨 말을 해야 하는가를 속삭여 주곤 했다. 그러면 그는 동상처럼 무표정하게 서 있다가 앳된 목소리로 대신들이 속삭여 주는 말을 그대로 따라 외우는 것이었다." 이런 황태자도 그 후 20대로 황제 폐하가 되었다. 조금이라도 기골이 있었다면 마지막 몸부림이라도 칠 수 있었을 것이다. 그런데도 대부분의 역사책은 "순진하고 무기력한 순종이 매국대신들에게 놀아났다."고만 적고 있다. 그의 뒤에는 비록 퇴위한 다음이라 해도 고종이 있었다. 태황제太皇帝라는 어마어마한 칭호를 갖고 있던 고종은 "합병은 천명天命이다. 지금은 어떻게 할 수도 없다."고 탄식만 하고 있었다. 물론 고종으로서도 별수 없었을지도 모른다. 그러나 반세기 가까이 왕위에 있었던 그가 조금만 영특한 임금이었다면 나라의 운명은 얼마든지 달라질 수도 있었을 것이다. 보호조약 체결이 막바지에 이르렀을 때에도 궁내부 대신 이재극에게 "정부대신들과 잘 협의하라."고만 했을 뿐이다.

이완용이나 두 임금들이 합병에 따르는 왕실의 예우문제나 친일 고관대작의 처우에 대해서만 일본 측과 흥정했을 뿐 만백성들의 운명을 걱정하는 말은 없었다고 한다. 우리의 불행은 이완용과 같은 매국 대신들을 가지고 있었던 데 국한하지 않는다. 고종·순종과 같은 무능한 최고 권력자를 모셔야 했던 것이 다시없는 불행이었다.

민영환閔泳煥선생을 자결케 한 것은 '충언忠言이 무익無益하고 상소上疏가 불용不容'이라는 절망감이었다. 그리하여 그는 국민 앞으로 직접 혈서를 썼던 것이다. 그것은 미처 잠에서 깨어나지 못한 국민에 대한 채찍이기도 했다. "대한제국이여! 깨어나라"였다.

대한제국이 사라진다고 공표된 날에도 종로의 상인들은 다른 날과 다름없이 가게 문을 열고 장사를 했다. 우리는 목숨을 걸고 나라를 지키겠다며 일제와 싸운 투사들을 자랑으로 여긴다. 그러나 친일파는 이들보다 몇 곱절 많았다는 사실이다.

대한제국 군대가 해산했을 당시 군대는 서울에 5천 명, 지방에 2천 명 (군악대 2백 명 포함)이었다. 그나마 몇 달씩 급료도 받지 못했고 총탄도 화약도 없었다. 그건 자주 독립할 수 있는 군대가 아니었다. 이처럼 만만

했으니까 일본이 감히 제멋대로 삼켜 버리겠다는 야욕을 가질 수 있었을 것이다.

나라를 지키는 세 가지 기둥이 있다. 첫째, 막강한 국력. 둘째, 통치자의 뛰어난 지도력. 셋째, 드높은 국민의식이다. 이 세 가지 중 하나도 없던 대한제국에서 우리는 배우는 게 있어야 한다.

우리 현대사에서 이승만 전 대통령만큼 영욕榮辱을 함께한 인물도 드물다. 그가 거인이었다는 사실은 그를 좋아하는 사람이나 싫어하는 사람이나 모두 인정하는 것 같다. 우리는 지금까지 이승만 전 대통령을 말할 때 남한 단독정부 수립, 3·15 부정선거, 독재자로 지칭하는 게 통상적이다. 그러나 잃어버린 나라를 되찾아 나라를 세우는 일이 결코 작은 일이 아니다. 우리와 비슷한 처지에 놓여 있던 다른 약소민족 지도자와의 교류와 영향은 무시할 수 없는 업적이다. 이 부분은 이승만을 평가하는 데 상당히 중요하다고 본다. 1919년 이승만은 체코슬로바키아를 중심으로 열린 약소민족대회에서 체코슬로바키아를 건국시킨 토마시 마사리크를 만났다. 나이는 이승만보다 25세나 젊었지만 두 사람은 절친했다. 마사리크는 이 박사와 매우 비슷한 배경을 가지고 있던 인물이다. 우선 마사리크는 외교 하나로 체코슬로바키아를 독립시켰고, 초대 대통령이 되었다. 대통령이 된 나이도 이승만과 비슷하다. 그는 철학박사로서 프라하의 대학교수를 지냈다. 저서를 통해 학자로서의 그의 명성은 높았다. 그의 부인은 미국인이었다. 그는 런던에 임시정부를 세워 제자인 베네스와 함께 윌슨 대통령을 외교로 움직여 독립운동을 시작한 지 5년 만에 조국 체코슬로바키아를 독립시켰다.

이 박사도 외교독립을 주장하였고, 철학박사 학위를 받았다. 그는 학위

논문으로 「미국 영향 하에서의 중립국론」을 썼다. 그는 중립국론의 전문가였다. 그의 논문은 프린스턴대학에서 출판되었다. 그는 미국으로 망명하여 외교독립을 위해 불철주야 애썼다. 체코슬로바키아를 외교독립의 모델로 삼고, 외교독립의 확신을 가졌을 것으로 보인다. 이 박사 부인도 외국인으로 그의 제자인 임병직을 데리고 전 세계를 돌아다니며 한국의 외교독립을 호소했다. 이처럼 비슷한 두 지도자는 독립을 달성한 다음에는 전혀 다른 길을 걷게 된다. 체코의 마시리크는 국부로서 종신 대통령을 지냈다. 대만의 장개석이 종신 총통을 지낸 것과 마찬가지다. 같은 시기에 조국 아일랜드를 독립시킨 바레라도 국부로서 종신 대통령을 지냈다. 바레라의 아버지는 스페인 사람이었다. 바레라는 미국 태생이다. 이런 나라들은 건국 대통령을 국부로서 충분히 예우를 했다.

이 전 대통령은 초기부터 정적에 시달려야 했으며 3선 개헌을 했다는 비난을 받았다. 당시 부산에서 3선 개헌을 할 때 아직 세계는 3선 중임금지를 시행한 나라는 없었다. 1954년의 3선 중임반대운동은 우리나라가 최초가 아니었나 싶다. 마시리크와 바레라에 비하면 이 전 대통령은 매우 어려운 처지였다고 볼 수 있다. 그렇다고 이승만 전 대통령의 3선 개헌이나 독재정치를 잘했다고 하는 것은 아니다. 마사리크나 바레라처럼 종신 대통령이 되지 못한 것을 유감으로 생각하는 것도 아니다. 다만 동시대의 다른 나라와 비교해 볼 때 이 전 대통령의 그 당시 정치적 처사가 지금까지 그렇게 비난만 받을 일인가 하는 점을 다시 생각해 보게 하는 것이다. 무엇보다 이 전 대통령과 동시대에 같은 이상을 품고 조국을 위해 애썼던 다른 나라의 지도자와 비교할 때 다시 말해서 비교인물론 적으로 볼 때 그 정치적 업적이 객관적으로 평가받지 못하고 있다는 생각이다.

이 전 대통령이 유명을 달리한 지 40여 년이 지나 세상이 많이 변했다. 그와 동시대에 살았던 다른 나라의 거인들과 어떤 점이 비슷했고, 달랐던가를 비교 평가하는 것은 의미 있는 일이 아닐까 생각된다. 이런 기준으로 평가해 볼 때 이는 단순히 민족 지도자를 뛰어넘어 다른 나라 건국 지도자들과 어깨를 나란히 할 수 있는 세계적인 한국의 거인을 되찾는 길이라 생각되기 때문이다.

1998년『대한민국 50년 이야기 전』에서 김대중 전 대통령의 연설은 이렇다. "한국 현대사 50년을 건국 · 호국 · 근대화 · 민주화 4단계"로 간결하게 정리하면서 우리 현대사를 "도전과 응전의 시련을 겪어낸 성공의 역사"로 평가했다. 건국 대통령으로서 이승만 전 대통령에 대해 조건 없는 찬사를 보냈다. 출발에서부터 가혹한 도전에 직면했지만 성공적인 응전으로 나라를 세운 건국 대통령이라고 높이 평가했다. 6 · 25를 세계 공산세력의 전략적 의도라고 보고, 아시아의 공산화를 막은 호국의 의지와 값비싼 희생을 찬양했다. 다음으로 근대화 단계. 전쟁의 폐허 위에서 경제재건의 도전 결과 한강의 기적이라는 위업을 세웠다고 했다. 지금의 민주화 성취단계. 권위주의 정권으로부터 평화적 정권교체를 이룩하였다는 평가였다.

도전과 응전의 시련 속에서 영광된 역사를 창출했던 우리는 새로운 세기의 문턱에서 지금 가혹한 위기상황을 맞고 있다. 과거의 영광만을 반추할 것인가! 행운의 여신은 언제나 미소 짓고 아름다운 얼굴로 오는 것이 아니다. 때로는 험하고 으르렁거리는 얼굴로 온다. IMF의 얼굴이 바로 그랬다. 이는 위기가 아닌 새로운 도전의 기회다. 50년 영광을 주도해 온 건국 · 호국 · 근대화 · 민주화 세력이 힘을 합쳐 이 도전에 슬기롭게 응전한다면 세계의 주역이 될 수 있다는 희망과 낙관을 역설하였던 것이다.

　김 전 대통령의 이런 역사관은 긍정적 낙관론에 기초한다. 개인이든 나라든 지난 삶의 궤적에는 남루하고 추한 역사도 들어 있게 마련이다. 비록 부끄럽고 추한 과거지만 그것이 남의 과거 아닌 우리의 과거이고, 그 오욕의 역사를 딛고 일어선 오늘을 귀중하게 생각할 줄 아는 긍정적 역사관이다. 또 과거보다 미래를 중시한 것이다. 어제의 영광과 오늘의 성취에 안주하는 것이 아니라 끊임없는 도전과 응전의 자세로 오늘의 위기를 극복하고 내일을 열자는 강한 메시지를 담고 있다. 화해와 협력을 바탕으로 한 미래지향적인 역사인식이다.

　김 전 대통령은 명분보다 실리를 추구했다. 취임 후 자주 썼던 실사구시라는 용어도 유교적 명분론보다 조선 후기 실학자들의 실물경제론을 중시한다는 의미를 담고 있다. 역사쓰기나 역사의식은 증오와 협량狹量에서 벗어나 과거와의 연대 속에서 재도약과 응전의 자세를 가다듬을 수 있는 과거지향이 아닌 미래지향의 역사관을 견지해야 한다고 보았던 것이다.

　제2차 세계대전이 끝난 지 60년이 지나고 있다. 그동안 우리에게 평화적인 남북통일의 기회가 딱 한 번 있었다. 언제였던가? 바로 1948년 1월부터 8월사이다. 당시 유엔 총회는 한반도에서 평화적으로 총선거를 실시하여 통일정부를 수립한다는 결의안을 통과시켰다. 메논 박사를 단장으로 하는 대표단이 평화적 남북통일 총선거를 실현시킬 임무를 띠고 방한했다. 메논 박사는 북한에서 총선거 절차를 협의하기 위해 평양을 방문하겠다고 통보했다. 이에 소련 임시군정 사령관 스티코프 장군은 신변안전을 보장할 수 없다는 회신을 보내 총선거를 사실상 거부했다. 소련 군정은 북한 정권을 김일성이 이끄는 북조선인민위원회에 위임하고 있었다.

만일 그때 김일성 위원장이 "친애하는 스티코프 동지, 아니 됩니다. 평화통일 총선거는 꼭 해야 합니다."하고 버텼다면 역사의 방향은 크게 달라졌을 것이다. 그러나 그는 그렇지 못했다. 그것은 겨레사랑, 나라사랑보다는 개인의 영달과 이익을 앞세웠기 때문이다. 그때 상황은 총선에 의한 통일국가가 탄생될 때 그가 집권하리라는 확률이 거의 없었다. 그는 스티코프에게 아부하고 나라와 겨레에 대한 사랑을 저버렸다. 2년 후 김일성은 6.25 남침을 감행했다. 그때 김일성의 부하 가운데 "경애하는 지도자 동지, 아니 되옵니다. 동족상쟁의 총부리는 거두셔야 합니다."하고 눈물로 간언하는 사람이 줄줄이 이어졌다면 역사의 방향은 또 크게 바뀌었을지도 모른다. 그들도 스티코프와 김일성의 눈치만 보면서 자신의 안전과 영달을 위해 나라사랑, 겨레사랑은 뒷전으로 밀어 놓았던 것이다.

한국전쟁에서 우리 겨레가 흘린 피의 양이 2천 톤이나 된다고 한다. 임진왜란과 병자호란 때 흘린 피보다 엄청나게 많다는 것이다. 역사를 거슬러 올라 조선 중엽 치열한 당파싸움으로 많은 사화士禍가 일어나 흘린 피도 6 · 25에 비하면 극히 미미할 뿐이다. 5천 년 역사 속에서 가장 비극적인 역사적 현상이 지난 60년사에서 나타났다는 사실을 묵과해서는 안 될 것이다. 종교는 저 세상을 낙원으로 만들고, 혁명은 이 세상을 낙원으로 만든다고 한다. 그러나 지도자가 정치혁명의 기치를 높이는 편협되고 사적인 환상이 자칫 잘못된 방향으로 충족될 때 가공할 역사적 현상이 나타날 수 있다는 것을 지난 60년 역사에서 우리는 배웠다.

뛰어난 정치력을 가진 지도자는 개인이나 당의 이익보다는 국가와 국민의 이익을 먼저 생각하며 나라사랑, 겨레사랑으로 귀에 거슬리는 충신들의 말을 즐겨 받아들였다는 점을 알아야 한다.

중국의 당 태종이 노老 재상인 위징魏徵의 생신 축하연에서 "경은 이 나라 개국 공신이며 대들보요. 소원 하나를 말씀하시오."라고 했다. 위징이 아뢰었다. "신의 소원은 폐하께서 신을 양신良臣으로 만들지 마시고 이제와 같이 끝내 충신으로 만들어 주시는 것입니다." 당 태종은 양신과 충신의 차이를 물었다. 노재상은 말했다. "양신은 폐하께서 내리는 분부를 무조건 실행에 옮기며 폐하의 심기를 거스르지 않고 늘 편하게만 해 올리는 신하입니다. 그러나 충신은 폐하의 분부라 하더라도 옳지 못한 일이라면 '불가합니다.' 하고 간언을 올리는 신하입니다." 태종은 위징의 소원을 받아들였다.

조선시대 정치사는 이들과는 정반대였다. 반복해서 피를 흘리는 당파싸움이 이어졌고 나라사랑, 겨레사랑, 부국강병은 뒷전이었다. 그 결과로 이웃 일본에게 나라를 빼앗긴 치욕의 역사를 경험하게 했다.

해방 후 60년사는 조선시대 당쟁의 유혈보다 더 엄청난 유혈을 기록했다. 여기서 정신 차리지 못하면 미래는 더 나쁜 역사적 유산이 양산될 수 있음을 명심해야겠다. 그러나 우리 역사에서 이렇게 꼭 부정적인 측면만 있는가? 그것은 아니다.

지금 우리가 살고 있는 사회에 대한 불만이 지나치게 팽배해 있다. 또 해방 이후 역사에 대한 부정적인 논의뿐이라는 인상을 준다. 텔레비전이나 영화에서 그려지는 한국 현대사는 문제점투성이다. 거기에는 강한 비판적 메시지가 담겨 있다. 해방 후 미·소에 의한 남북분할 점령, 6·25전쟁, 군사 쿠데타와 유신정권, 광주민주화운동, IMF위기 등 지난 60년의 역사는 한마디로 고난과 시련의 역사였다.

그렇다고 해방 후 지금까지 우리 역사가 모조리 부정적인 측면만 있는 것은 아니다. 세상은 변했다. 이승만, 박정희 전 대통령이 독재자였다는 사실이 변한 게 아니다. 독재자의 이면을 들여다볼 수 있게 됐다는 사실이다. 이는 두 전 대통령의 경쟁자 덕분이다.

이승만 전 대통령의 경쟁자는 김일성(1912~1994년)이다. 그의 실질적 몰락과 그 아들 김정일 체제붕괴의 위기가 우리의 눈을 뜨게 하고 있다. 좌파가 유리한 정국을 선점했던 해방정국에서 이승만 전 대통령이 대한민국을 세우고 지켜내지 못했다면 어떻게 됐을까? 거꾸로 북한에 이승만 민주체제가, 남한에 김일성 공산 체제가 들어섰더라면 우리의 운명은 어떻게 됐을까? 북쪽이 아니라 남한의 어느 거리에서 지금도 공개처형의 총소리가 울리고 산골짝 곳곳에 전범과 정치범 수용소가 들어섰을 게 아닌가!

박정희 전 대통령의 경쟁자는 북쪽의 김일성과 남쪽에서 민주화 대열의 선봉에 섰던 양 김씨다. 박정희, 김일성과의 승부는 박정희 독재집권 18년 만에 87달러에서 1천6백44달러로 올라선 국민소득으로 판가름냈다. 그 발판이 없는 오늘의 경제를 생각할 수 있을까! 같은 기간 동안 김일성과 그의 아들 김정일은 1백만 명 이상의 북한주민을 굶겨 죽이고, 그만한 숫자의 주민을 깡통을 채워 국경을 넘게 만들었다. 남쪽의 번영은 근면한 국민과 교육열 덕분일 뿐이라고 말하는 사람들이 있다면 한번쯤 되씹어 봐야 할 일이다. 바꿔 말하면 북한의 인간지옥도 김일성, 김정일의 책임이 아니라 게으르고 학습의욕이 없는 북한주민 탓이라고 말할 수 있을 것인가!

남쪽의 경쟁자였던 양김 전 대통령 그 아들들의 부정부패와 IMF 이후 침체된 경제와 전근대적 정치의식과 도덕적 타락상을 드러낸 점에서 확연히 달랐던 박정희 전 대통령에 대한 국민적 향수는 그의 정치적 복권을 사실상 도와준 셈이 됐다는 것이다. 광복 60년 중 절반인 30년 세월 동안 우리들에게 빛과 어둠을 만들어 냈던 이승만, 박정희 두 전 대통령의 시대를 뛰어넘어 대한민국 60년사를 이야기할 수 있을 건지 참으로 불가사의한 일이 아닐 수 없다.

1960년 이승만 전 대통령은 필리핀 막사이사이 대통령에게 필리핀 경제를 따라잡는 것이 우리의 목표라고 말한 적이 있다.(기무라 간(木村幹), 고베대 교수) 6·25 이후 일본은 물론 동남아시아 여러 나라들에 비해서 가장 낮은 경제생활 수준에 허덕이던 우리는 지금 훌륭하게 경제발전을 이룩했고 풍요한 사회를 건설했다.

민주화도 마찬가지다. 1980년대 새로운 민주화의 파고波高 속에서 우리는 민주화를 실현했다. 필리핀을 비롯한 아시아 여러 나라들이 민주화 실현 이후에도 정치적 혼란이 계속된 데 비해 우리는 민주화를 훌륭하게 정착해 나아가고 있다. 민족분단이라는 극히 어려운 상황 속에서도 경제발전과 민주주의를 동시에 실현한 것은 자랑스럽기까지 하다.

1950~60년대는 우리처럼 가난한 권위주의 독재국가가 수두룩했다. 반세기를 넘은 오늘날 우리만큼 풍요롭고 민주적으로 된 나라는 별로 없다. 외자도입에 의한 경제발전과 그 결과로서의 민주화는 한국이 모델이라는 말이 나올 정도로 많은 나라들에게 발전의 모델을 제공하고 있다. 해방 후 한국의 성공은 세계사적인 것이다. 우리가 우리 역사를 사랑하지 않으면 세계 어느 나라 사람이 우리 역사를 자랑스러워 하겠는가. 역사에 문제는 있지만 한국의 현대사는 결론적으로 훌륭히 해냈다는 점을 자랑할 수 있어야 한다. 개혁은 해야 하지만 과거의 문제점에서 배우되 우리 스스로 어떻게 성공했는지 한 번 더 살펴볼 필요가 있다.

"한때 영화롭던 모든 것엔 그늘이 지는 날이 반드시 오고야 만다."는 것은 불변의 법칙이다. "목숨 있는 것은 언젠가 사라지고 말리라."는 생자필멸生者必滅은 인간이 피할 수 없는 것이 인간세사라면 인간이 만든 것들에서 벗어날 수 없는 것이 운명이다.

국가도 사람이 만든 것이라서 성자필쇠盛者必衰의 수레바퀴를 돌릴 수밖에 없다. 국가가 성했다 쇠하기를 되풀이하는 무대가 역사의 세계다. 그래서 사려 깊은 국가, 깨어 있는 국민일수록 역사를 보고 흥망의 이치를 더듬어 보려 애쓰는 것이다. 그러나 영화로운 기간을 얼마나 늘리고, 그늘이 지는 때를 얼마나 늦출 수 있느냐의 여부는 국가 지도자와 국민들의 의지와 노력에 달려 있는 법이다. "한 번 다스려지면 한 번은 어지러워진다."는 일치일란一治一亂의 역사를 굽어보는 흥망사나 쇠망사를 쓰고 또 찾아 읽는 것도 그런 노력과 의지의 표현이다.

재미있는 것은 흥망사나 쇠망사를 쓸 때, 그리고 그것을 찾아 읽을 때, 그 나라가 그 국민이 가장 건전할 때였다는 사실이다. 왜 그럴까? 그것은 앞서간 사람들이 일어서고 넘어졌던 발자취를 오늘의 사람들에게 작은 성공에 우쭐대거나 웬만한 고난에 주저앉지 않도록 마음을 키워주기 때문이다. "겸허하라. 그러나 용기를 잃지 말라."는 교훈이 흥망사나 쇠망사에는 늘 담겨 있기 때문이다.

그런 역사책으로 가장 널리 읽힌 것이 아마 역사가 에드워드 기번이 쓴 『로마제국쇠망사(History of the Decline and Fall of the Roman Empire)』일 것이다. 기번은 이 책의 첫 권을 1776년에 내놓았고, 1788년 마지막 권을 끝냈다. 처음 찍은 2백 질 가운데 절반은 영국 내에서, 나머지 절반은 그때의 식민지 아메리카로 팔려갔다. 때는 격동의 시절이었다.

바다 건너 유럽대륙엔 프랑스혁명 전야의 파도가 일렁거렸다. 영국이 미국 독립전쟁에서 패퇴해 최대의 식민지를 잃은 내우외환에 시달리던 무렵이다. 지도자는 신념을 잃은 채 방황하고 국민들은 불안에서 서성대던 시절이었다. 이런 시대적 분위기가 기번으로 하여금 『로마제국쇠망사』를 쓰게 하였고, 영국 국민에게 그것을 찾아 읽도록 했을 것이다. 돌이켜보면 그때 영국이 가장 건강했었다는 것이다. 그로부터 그리 멀지 않은 1815년, 영국은 워털루전투에서 프랑스군을 격파해 나폴레옹을 대서양 외딴섬 세인트헬레나로 유배시키고 세계 육지의 4분의 1과 세계 인구의 4분의 1을 통치하는 '영국에 의한 평화' 시대를 열게 된 것이다.

영국 국민과는 달리 식민지 아메리카의 지식인들은 『로마제국쇠망사』 속에서 권력의 유혹 앞에 허물어지는 인간의 약점을 보았다. 권력에 대한 견제와 균형의 필요성을 새삼 깨닫고 그걸 미국 헌법의 기둥으로 삼게 되는 계기가 되었다.

이 『로마제국쇠망사』에서 마음에 걸리는 대목이 있다면 기번이 로마제국 쇠망의 원인으로 무엇보다 '정신의 쇠퇴', 바로 '경박해진 국민과 경박해진 지도자'를 꼽고 있는 것이다. 검소하고 소박한 기풍을 잃어버린 국민과 그런 국민에게 영합하는 지도자가 만나 쇠망의 골짜기로 굴러 떨어졌다는 지적이다.

우리는 어떤가? 근면검소하고 남에게 기대지 않는 국민과 중후하고 근엄하며 확신에 찬 지도자를 만나 이 나라를 만들어 가고 있었는가! 로마제국 쇠망의 역사가 우리에게 가르쳐 주고 있는 것이 무엇인지를 깨닫고 이를 되풀이하지 말아야 할 것이다.

19세기 후반과 지금 21세기 현재 한민족이 놓인 상황이 비슷하다고 지적하는 역사학자나 국제 정치학자가 많다. 19세기 후반, 전통에서 근대로 넘어오는 과정에서 효과적으로 대응하지 못하여 국난을 당했고, 마침내 망국에 이르고 말았다. 지금 21세기 전반 우리는 근대(중세 이후 현대까지를 포함)와 탈근대가 엇갈리는 상황에서 또 한 번 어려움을 맞고 있지 않나 생각된다.

두 시기의 공통점으로 먼저 지적되는 것은 국제정세의 불안정이다. 19세기 후반, 우리는 오랫동안 한반도에 절대적 영향력을 행사해 온 중국의 손아귀에서 벗어나 열강의 각축 속으로 들어갔다. 20세기 1백 년 동안 일본과 미국·소련의 배타적 영향력 아래 있던 한반도는 21세기 전반, 다시 열강들의 경쟁 속으로 들어가고 있다는 지적이다. 19세기 말 외세와의 관계가 가장 큰 국가적 관심사였던 것처럼 21세기 초, 우리의 최대 과제는 국익을 위해 주변 4대 강대국(미·일·중·러)들을 어떻게 활용할 것인가 하는 점이다.

또 한 가지 가장 두드러진 공통점은 국내 정세의 난맥상이다. 국민적 역량을 하나로 결집하여도 국가적 곤경을 헤쳐가기 어려운 상황에서 계급·정파·지역·세대로 나뉘어 끝없는 갈등과 대립을 계속함으로써 국가사회의 에너지를 소진시키고 국제사회의 무한경쟁에서 뒤쳐지고 있는 것은 19세기 말과 다를 바가 없다.

19세기 후반의 역사에서도 갑신정변(1884년)부터 러일전쟁(1904년)까지 20년은 우리의 운명을 결정한 시기였다. 이 기간 조선의 안팎에서 급박하게 벌어졌던 사건들을 따라가다 보면 그야말로 국가의 운명을 좌우하는 순간의 연속이었다는 것을 깨닫게 된다.

개인에게도 때로 한 번의 판단과 선택이 삶과 죽음을 가르는 경우가 자주 있게 되는 것과 같다. 갑신정변 당시 최대의 정적이었던 개화파의 민영익은 절친한 개화의 동지였지만 집단적 이해관계를 벗어나지 못하고 결국 갈라서서 서로에게 칼을 겨누었다.

19세기 그 '운명의 20년'을 총괄해 볼 때 결정적 아쉬움이 남는 부분은 왜 주요 정파 사이에서 '역사적 대타협'이 불가능했을까 하는 점이다. 이 시기 적어도 세 번의 계기가 있었다.

첫째, 1880년대 초 정국을 주도하던 민씨 세력과 갑신정변을 일으킨 개화파는 이대로 가다가는 파국이 불가피하다는 것을 모두 인식하고 있었다. 둘째, 1894년 봄 우리나라 영토 안에서 외국군대가 전쟁을 벌이는 기막힌 상황에서도 호남지방을 장악했던 동학농민혁명 세력과 갑오개혁을 주도한 온건 개화파는 우리나라 영토 안에서 팽팽히 맞서고 있었다.

셋째, 1898년 가을 군민공치君民共治를 외치며 서울 시내를 휩쓰는 만민공동회의 군중을 보면서 고종과 광무정권은 선택의 기로에 서 있었다. 하지만 이 세 번 모두 타협이 이루어지지 않았고 정면충돌로 치달았다. 그 결과는 나라의 쇠망이었다. 그 운명의 20년이 지금도 우리를 통과하고 있다는 지적이다.

1993년 문민정부 이후부터 우리 사회에 잠복해 있던 온갖 갈등이 터져 나오며 좌·우 정파적·계급적 대립이 점점 고조되어 왔다. 그 정점에 지금 우리가 놓여 있다. 훗날 우리 후손들이 이 시기의 역사를 배우면서 무어라고 말할까를 생각해야 한다. 주변 강대국들은 똘똘 뭉쳐 국력신장에 여념이 없는 상황에서 우리는 집단적 이해관계를 벗어나지 못하고 나라를 쇠락으로 떨어뜨리지 않을까 걱정하는 것이다. 오늘의 우리들을 역사는 어떻게 평가할지 역사를 두려워할 줄 알아야 한다.

영국의 역사학자 카(E.H. CARR)가 쓴 『역사란 무엇인가』는 역사 철학서다. 내용을 간단히 말하면 이렇다. "역사란 역사가들이 현재의 눈을 통해 과거의 사실들을 선택하고 해석한 것이라고 주장했다. 역사는 현재와 과거의 끊임없는 대화다." 역사가들이 역사를 해석하는 기준은 진보다. 그래서 역사는 진보한다. 『역사란 무엇인가』를 읽고 『해방 전후사의 인식』을 읽으면 앞뒤가 꽉 맞춰진다.

『역사란 무엇인가』가 가르쳐 준 역사관에 담기에 안성맞춤인 것이 『해방 전후사의 인식』이다. 이 책은 좌파 민족주의 성향의 학자들이 미래의 진보를 상정하고 역사를 해석한 책이다. 조금은 무리하게 '해방 전후사의 인식'의 역사의식을 한마디로 요약해보면,

"해방 전후사(1945~1953년)는 실패한 혁명이다. 혁명의 주체는 민중, 혹은 좌파 지식인들이며 혁명을 좌절시킨 세력은 친일, 기득권층과 미국이랄 수 있다."고 했다.

유신, 5공 시절 중·고등학교에서 입시용 역사만 배우다가 『역사란 무엇인가』와 『해방 전후사의 인식』을 읽으면 세상 보는 눈이 완전히 달라진다. 독재와의 투쟁, 민중을 위한 혁명을 꿈꾸게 되었다는 것이다. 두 책을 읽고는 많은 젊은이들이 "피가 거꾸로 도는 경험을 하게 되었다."는 얘기다. 카의 가르침처럼 문제는 시대가 바뀌면 역사도 바뀐다는 점이다. 『해방 전후사의 인식』이 386세대들의 피를 끓게 했던 시절은 이미 20년 전의 일이다. 지금 『해방 전후사의 인식』의 역사를 보는 눈은 바뀌지 않더라도 이 책의 역사 해석내용은 바뀌어야 할 때가 이미 지났다. 묵시적으로나마 그리려 했던 미래의 진보는 사회주의였고 성공한 혁명은 북한정권이었다. 그러나 사회주의는 몰락했고 북한의 참상은 확인됐다.

그래서인지 2000년대의 젊은이들 대부분은 더 이상 1980년대와 같이 경직화된 민족과 민중투쟁에 관심을 보이지 않고 있다. 그런데 주목해야 할 것은 지금까지 2000년대의 현실무대에서 1980년대의 젊은이들이 주인공으로 등장해 활동하고 있었다는 사실이다.

1980년대에 받아들인 인식과 언어는 변화하는 현실을 제대로 담기 어려우면서도 쉽사리 버리지 못하는 것 같다. 2000년대의 변화를 1980년대의 인식과 언어로 읽어내고 혁신의 방향을 찾으려고 하는 무리수가 끊임없이 나타나고 있다는 지적이었다.

서점가에서 『해방 전후사 재再인식』이 작은 화제를 불러일으키고 있다. 『해방 전후사의 인식』이 1980년대 봄의 제비였다면, 『해방 전후사 재인식』은 2000년대의 제비로 봄을 알리려 날기 시작했다. 두 책이 운명을 반복하지 않고 양 날개로 날기 위해서는 『해방 전후사의 인식』을 동시에 품고 전개되는"세계사 속의 한국 현대사의 새로운 인식을 찾아나서야 한다."

여기서 주목해야 할 것은 작금의 세계는 민족국가에 더하여 지구조직, 지역국가, 지방단체, 시민사회 조직, 그리고 개인의 그물망이다. 국제관계와 그물망 관계를 복합적으로 인식하지 못하면 더 이상 21세기 역사무대에 설 수 없을지도 모른다.

힘의 내용도 복합적이다. 전통적인 군사력과 경제력이 여전히 중요하지만 지식력 · 문화력 · 환경력 · 국제적 조정력을 갖는 매력을 새롭게 발산할 수 있어야 한다. 또 앞으로 20년 후, 그러니까 2030년대 무대의 주인공들은 이런 복합적인 안목에서 역사를 새롭게 얘기할 수 있어야 한다. 그러려면 두 책이 함께 양 날개로 날아올라 21세기 한반도의 진짜 봄소식을 전할 수 있는 '새 인식'과 '새 얘기'를 찾아나서야 한다. 그리하여 이 땅에 개인·민족·지구가 함께 어우러지는 복합건물을 지어야 한다. 그래야만 이 2030년 한반도의 봄을 세계와 동아시아가 부러워하는 때가 올 것이다.

일본의 역사 교과서와 총리의 신사참배는 동북아의 불안요인이다. 요미우리신문의 와타나베 회장이 신사참배를 계속하는 고이즈미 총리더러 "역사를 모른다."고 꾸짖었다. 또 중국정부가 언론탄압이라는 국제적 비난에도 불구하고 주간지 『빙점』을 정간停刊시켰다가 복간시켰다. 역사 교과서를 비판하는 글 때문이었다.

정권에 대해 언론과 시민단체가 비판하는 것도 역사가 현재진행형이기 때문이다. 한마디로 지난 역사에서 현재를 보는 눈을 길러야 한다. "한국인이여! 한국 현대사를 사랑하라!" 이 말은 우리나라 사람이 아닌 일본 고베대 교수 기무라 간[木村 幹] 교수가 우리 한국인에게 해준 말이다. 그가 왜 한국 사람도 아니면서 우리에게 그런 말을 던져 주었는지 깊이 생각해 봐야 할 것이다. 우리의 역사에 대해 통감統鑑해야 하겠다.

일본에서 배운다(일본 속의 한민족사와 21세기 한·일 관계 탐구)

역사에서 과거를 찾기도 하지만, 현재를 살아가는 데 문제가 있을 때 역사에서 그 해결의 방법론을 찾는 것도 역사를 배우는 중요한 목적이다. 21세기는 세계질서가 전면적으로 개편되는 시기로서 모든 면에서 폭발적인 변화가 몰려오고 있다. 흔히 말하기를 '인류문명의 대전환기'라고 한다.

인류 역사 이래 최대의, 최단기간에 전면적인 변혁이 눈앞에서 벌어지고 있다. 세계는 새로운 시대의 좌표와 전시대의 대체 논리를 찾아 신문명을 맞이하는 작업을 추진하고 있다. 미국·유럽 등 자본주의권은 정치적·경제적·군사적인 블록화를 추진하면서 자국을 중심으로 한 신질서 구축에 힘을 쏟고 있다. 옛 사회주의권 역시 허물어진 역사의 폐허 위에서 서글픈 자구책을 강구하고 있다. 이처럼 세계는 협력과 조화를 통한 인류 공동의 문제를 추구하면서도 그 뒤편에선 자국의 이익과 입지를 유리하게 조정하려는 국가 간의 경쟁이 치열하다. 국제질서의 개편, 즉 역학관계의 변화는 향후 1, 2년 동안 조정 작업의 결과가 결국 21세기 내내 또는 그 이후까지도 운명을 좌우하게 될 기본 형태를 결정지을지도 모른다.

자타가 잠재력 있다(?)고 판단하는 동아시아에서 한국을 비롯한 중국·일본·러시아 등이 다른 국제 공동체, 즉 미주·유럽·중동 등의 블록들과 경쟁하기 위해서는 어떻게 해야 할 것인가? 과거 동아시아 각국들은 적대관계, 지배와 종속관계, 체제의 대결 등 매우 복잡한 관계 속에서 살아왔다. 새롭게 전개되는 동아질서 속에서 한·중·일·러 등 동아 4개국은 상호경쟁과 잠재적 적국의 가능성이라는 미묘한 관계 속에서 향후 현실적이고 합리적으로 조정하는 작업은 21세기 한민족의 생존에 절대적인 문제가 될 것으로 보인다.

우리는 아직 세계사 주류의 능력과 자격을 얻지 못했다. 2004년 노무현 대통령은 취임사에서 '평화·번영의 동북아 시대'를 열겠다고 했다. 이 동아 4개국은 우리에게 모두 중요하지만 일본은 특히 중요하다. 세계의 대형大兄 미국이 EC를 제치고 파트너로 삼고자 하는 일본의 존재는 미국·유럽·아랍의 베드원 동남아 여러 나라, 이제 막 뛰는 중국 등 다른 나라들과는 입장이 다르다는 것을 인식할 필요가 있다. 일본은 우리 코앞에 있다. 구식 대포 사정거리 안에 들어 있는 오랜 적대국이었다는 사실에 대해 대부분 일본인은 부정하지만 한국인 중에서 이 사실을 부정하는 사람은 한 사람도 없을 것이다. 세계질서의 재편과 맞물린 동아시아의 질서 재편 주기 1백 년이 돌아온 시점에서 현재의 능력으로는 일본이 주도권을 행사하고 있다.

필자는 2002년 12월 『잃어버린 왕국』(최인호 소설, 조선일보 게재)의 무대가 되었던 일본 하카다[博多]·구마모토[熊本]·아소산[阿蘇山]·뱃부[別府]·세토나이카이[瀨戶內海]·교토[京都]·나라[奈良]·아스카[飛鳥]·오사카[大阪]로 이어지는 일본 속의 한민족사 탐방단의 일원으로 끼었다. 우리 조상들이 조각배를 타고 우여곡절을 겪으며 건넜던 현해탄을 환상의 화려한 관광 유람선 3만2천 톤의 일본산 후지마루hujimaru를 타고 아름다운 저녁노을을 바라보며 격세지감의 감회에 젖기도 했다. 6박 7일 동안 일본열도에 뿌려진 한민족의 발자취를 통해 우리 민족의 진취적 기상을 배울 수 있었다.

세계의 역사적 환경이 달라졌다는 점을 인식해야 하는 시대다. 국경의 제약을 넘어 경제권과 무역권을 중시하는 NET(National Economic Territories), 즉 자연스런 '경제적 영토' 개념이 중요해졌다. 과거 농경·유목 등 땅을 매개로 한 생산양식의 시대가 흘러감으로써 영토의 크기가 그다지 중요하지 않게 되었다. 따라서 영토쟁탈전에 크게 신경을 쓸 필요가 줄어졌다. 21세기를 목표로 세계질서가 전면적으로 재편되는 과정에서 초강대국들이 한데 뭉쳐진 다른 블록에 대응하며 생존하려면 동아시아 내부간의 보다 긴밀한 협력은 필연적이다. 역사적 필요성으로 보아 19세기 말에 협력체를 추진했어야 했는데 이미 때를 놓친 것이다. 그 결과 동아시아 여러 나라들이 피해를 입었다. 가해 당사자인 일본 또한 엄청난 비극을 겪었다. 그러나 블록을 형성하는 데는 여러 가지 어려움이 많다. 이러한 문제점을 해결하기 위해서는 그 동안의 역사적 경험, 지정학적·지경학적·지문화적 조건 등 현실적 공통분모를 찾아야 한다.

일본열도의 고대문화 속에는 한민족 상고문화의 원형이 잔존해 내려오고 있는 점이다. 일본열도의 문화발생과 변천, 정치세력의 형성이 *한륙도에서 진출한 인적·물적 토대가 주된 기반이었음을 확인할 수 있다.

문화는 높은 지역에서 낮은 데로 흐른다. 5백만 년 전 인류는 바이칼 호에서 시작되었다. 추위를 피해 계속 남쪽으로 이동하게 되고 한민족의 조상, 몽골로이드들도 한륙도에서 정착하고 살다가 뉴프론티어 정신으로 바다를 건너 일본열도에까지 다다르게 되었다. 출발지와 항해 조건에 따라 여러 갈래로 이동하여 정착했다.

현해탄은 물결이 높다. 왜 '죽음의 바다'라는 뜻의 현해탄이라고 지었겠는가. 그럼에도 수천 년간 목숨을 걸고 이 바다를 건너 일본열도에 닿아 땅을 새로 개척하고 문화를 일구고 나라를 세운 사람들이 있다. 그들이 일본이라는 나라를 세웠고 일본인이 되었다. 그러면서 수시로 그들은 떠나온 땅을 공격했다. 지정학적으로 역사적으로 현재의 한반도와 일본열도는 애증의 변증법적 과정을 겪어 왔다. 일본열도는 우리의 해양 진출을 방해하는 장애물이다. 우리가 해양으로 진출하기 위해서는 반드시 통과해야만

---

* 한륙도는 『동아지중해와 고대일본』을 쓴 윤명철 교수의 조어造語다. 한반도는 조선시대에 나왔다고 한다. 한륙도는 한민족이 한반도를 포함한 대륙의 일부를 〈고조선의 남만주 일대 요동 지방 가까운 영역이 주된 활동무대로 한〉역사 문화적 개념의 용어다.

하는 길목이다. 반대로 한반도는 일본열도를 겨누는 비수(일본의 비수론)가 되고 일본이 영토를 개척하고 대륙으로 진출하기 위해서는 반드시 거쳐야만 하는 곳이다. 이처럼 서로 모순된 관계 속에서 버리지도 버릴 수도 없는 관계로 살아야만 했던 것이다.

아주 먼 옛날 한반도와 일본열도는 지금처럼 바다를 사이에 두고 있었던 것이 아니다. 육지로 연결되어 있었다. 20만 년 전만 해도 동해는 커다란 호수였다. 두 지역에 서식하던 동물과 구석기인들은 땅을 밟고 비교적 자유롭게 오가며 살았다. 그러다가 1만~1만2천 년 전 지구상에 지질시대의 한 단계인 빙하가 발달하고, 원인猿人 및 진정원인이 나타나는 홍적세가 되었다. 홍적세의 대빙하가 녹은 다음 후기 빙하시대가 왔다. 1만 년 전부터 현재까지 즉 신석기시대 이후 충적세가 되자 녹은 빙하로 말미암아 수면이 약 2백 미터 높아졌다. 그리하여 두 지역은 바다를 사이에 두고 분리, 중간에 높은 산봉우리들은 쓰시마와 이끼 섬이 되었다. 이처럼 바다로 인해 멀리 떨어진 뒤에도 두 지역 사람들은 계속 오고갔다. 부산 태종대 패총과 남해 지역 토기와 일본 쓰시마 큐슈 지역의 각종 유물인 산흑 요석으로 만든 도구나 낚시도구, 융기문 토기들이 이를 말해 주고 있다.

한국과 일본을 직선거리로 이어 보면 2백80킬로미터 정도이다. 부산과 쓰시마 사이가 53킬로미터, 큐슈까지 20여 킬로미터의 가시거리 안에 있다. 한륙도 사람들은 수천 년 동안 뗏목이나 통나무배를 사용하여 일본 땅을 개척하고, 일본열도의 원주민들과 피를 섞어가면서 일본 땅을 개척해 살았다.

1987년, 일본 도쿄대 하니하라[埴原和郎] 인류학 교수는 인류학 잡지에 놀라운 결론을 발표하였다. 두개골 형태의 장기적인 변화에 기초하여 형태변화의 모델을 통한 여러 실험을 했다. 그것을 토대로 기원전 3세기에서 7세기까지 1천 년 동안 일본열도에 거주한 원주민과 이주민[渡來人:한국인]의 비율을 컴퓨터로 계산한 결과 서부 일본의 경우 1대 9나 2대 8이라는 압도적인 수치로 한국인이 많았다는 것이다.

당시 육군의 나라였던 로마가 함선을 건조하여 유럽 지중해를 장악해 나가던 무렵 한륙도 주민들은 탐험정신 하나로 대한해협을 건너 일본열도 연안 곳곳에 *해양 식민植民도시, 소국들을 건설하였다.

그러다가 점차 통합운동을 벌여 나갔는데 바다를 건너간 우리 해양 개척자들의 우두머리가 바로 일본의 태양 여신 히미코이다. 히미코는 『삼국지』동이전에 나오는, 2세기 중엽 정치적 혼란이 일어나 그 혼란을 수습하는 과정에서 귀신도라는 신앙형태를 가진 무녀였다. 그녀는 몸을 숨긴 채 동생 스사노 노미코도를 시켜 야마대국耶馬臺國을 다스린 신비의 여왕으로 1천 시녀를 거느렸다. 히미코는 239년 야마다이국 친위親魏 왜왕이라는 칭호를 받고 중국 위나라에 사신을 보내는 등 정치적 역할을 했다. 야마다이국은 수십 개의 소국들을 통치하는 연맹체로 히미코는 그 연맹체의 맹주였음을 짐작케 한다. 기나긴 우리 역사에서 고구려·신라·백제는 상호 경쟁적으로 왜倭열도에 진출하여 불교를 전파했다. 뿐만 아니라 정치·경제·문화 등 고대일본 역사의 꽃을 피웠다.

일본 속의 한민족사 탐방단 일행은 부산에서 가장 가까운 2백여 킬로미터 거리를 시속 21노트로 열두 시간여 만에 일본열도 큐슈의 수도라 불리

---

* 해양식민 도시: 어떤 나라의 국민·단체가 국경을 넘어 본국과 정치적 종속관계 있는 미개발 지역에 이주하여 경제적으로 개척하며 활동하는 부족으로 1천 호에서 많게는 5만~7만여 호의 도시 또는 소국을 건설했다.

는 후쿠오카의 하카다[博多]항에 도착했다. 후쿠오카는 고조선 이후 가야 · 백제 · 고구려 · 신라의 많은 개척민들뿐만 아니라 중국 동남아 각국과 교류해 오던 일본열도의 관문이었다. 특히 백제인들이 전라도 해안을 출발하여 제주도를 오른쪽으로 바라보면서 동진하다가 해류와 바람을 이용하여 가다 보면 자연스럽게 도착하는 곳이 바로 큐슈 서북쪽이다. 해방 후 제주도나 남해안에서 몰래 떠난 밀항선이 가장 많이 도착한 일본 땅이 바로 아리아케해[有明海] 만灣인데 우리 밀항자를 수용했던 오무라[大村] 수용소가 있던 곳이다.

후쿠오카에서 큐슈의 교통 · 관광의 중심지라는 구마모토(熊本)로 가는 길에 고분 도시인 다마나 시市에 있는 후나야마[船山] 고분을 찾았다. 이 고분은 전방후원분前方後圓墳(전장 46미터, 후원부 직경 26미터, 길이 7.9미터, 전방부 폭 23미터, 높이 6미터)으로 많은 유물이 나왔다고 한다. 그런데 이상한 것은 발굴 당시(1873년) 유물에 대한 보고서가 나오지 않았다는 점이다. 명치明治 후반에야 연구보고서가 나오기 시작했는데 여기서 일본의 역사왜곡 의혹이 일고 있다. 발굴된 유물은 92건에 수만 점이 나왔다. 그 가운데 최인호의 소설 『잃어버린 왕국』에 나오는 석상신궁칠지도石上神宮七支刀에 은상감의 말그림이 있는 철제 칼의 결정적인 부분을 마모시켜 알아볼 수 없게 만든 점이다. 이 칼은 5세기경에 만들어졌고 백제 개로왕이 이 지역 장수들에게 하사한 것이라는 설이 유력하다. 또 청동거울과 금동관은 공주 무령왕릉과 익산 고분에서 발굴된 것과 똑같다는 것이다. 이 후나야마 고분에서 출토된 유물들은 고대 우리나라에서 건너갔거나 열도로 이주한 한민족의 개척민들에 의해서 제작된 것이라고 보는 것이다. 유물은 일본 국보로 지정되어 동경박물관에 보관돼 있고 현지에는 모조품만 있었다.

열도의 옛 서울 다자이후[大宰府]는 백제를 생각나게 하는 유적지다. 백제가 나·당 연합군에 의해 멸망(660년)의 위기에 처하자, 일본이라는 나라 이름이 생기기 전 열도의 여제女帝 사이메이[齊明: 백제 의자왕의 동생설]는 백제를 구원하려고 군사를 이끌고 도성을 떠나 큐슈에 이른다. 그러나 사이메이는 지병으로 사망하고 그의 아들 오오노카미[中大兄]는 소복을 입은 채 어머니의 유언에 따라 큐슈의 하카타에 전진기지를 구축하고 백제의 왕자 부여풍에게 1백 척의 배에 구원군을 태운 선단을 보냈다. 백제 광복군은 열도의 구원군과 연합전선을 폈다. 후에 오오노카미가 덴지[天智] 천황이 된 663년 2만7천여 명(당시 왜의 인구 5백60만. 2백80만을 남자로 잡고 노인과 어린이를 빼면 전 인구의 20분의 1의 병력)으로 대 군단을 편성, 증원군을 다시 파견했다. 나·당 연합군과 금강 하구(백촌강)에서 대접전을 벌이지만 대패하고 재기의 힘을 잃는다. 패전한 백제군은 많은 유민들을 데리고 큐슈로 돌아갔다. 이 소식을 들은 귀족들은 "백제의 이름이 오늘에 끊겼으니 조상의 무덤에 두 번 다시 못 가게 됐다며 통탄했다."고 『일본 서기』(663년 9월 7일)에 전하고 있다.

오오노카미는 신라가 큐슈에까지 쳐들어올 것을 염려하여 방어 요새를 만들었는데 그 대표적인 성이 다자이후의 수성水城이다. 당시 백제 유민들의 선진기술을 이용하여 백제식 토성과 산성을 만들어 신라의 침입에 대비하였던 것이다. 수성의 길이가 약 1.3킬로미터에 달하고 산과 산 사이에 작은 수성을 쌓아 다자이후를 완전 방위할 수 있도록 하였다. 서울 풍납토성과 너무도 흡사하다. 이 수성은 신라의 침공을 두려워하여 축조된 것이다. 우리 조상들이 왜구를 두려워했듯이 열도의 큐슈 사람들은 신라 사람들을 두려워했던 것이다. 다자이후를 지켜주는 두 개의 산성은 대야성大野城과 기이성基肄城으로 일본에서는 가장 오래된 '조선식 산성'으로 지금까지도 알려져 있다. 한민족이 고대 일본역사에 미쳤던 영향을 추적해 볼 수 있는 유물이다. 그러니까 6, 7세기 왜는 백제의 분국이나 다름이 없었다는 얘기다.

일본 귀족학교에서 백제 선생[司馬遼太郎]이 백제말로 강의를 했을 뿐 아니라, 일본이라는 나라 이름도 백제가 망한 후 10년 뒤에 나온 것이다. 『일본서기』는 7세기 이후에 나온 일본 역사책으로 이때 나라 이름을 내세운 것도 그 사실이 백제와는 다르다는 것을 알리기 위함이다. 따라서 적어도 7세기 전반까지는 일본은 우리의 해외 영토였던 셈이다.

아스카를 찾아갔다. 아스카는 한륙도를 비롯하여 대륙으로부터 불교 등 여러 문물을 받아들여 일본문화를 꽃피웠던 고장이다. 아늑하게 펼쳐져 있는 아스카 평원과 구릉지대 곳곳에 궁전·절터·고분·건조물 등이 옛날의 영화를 안고 낭만의 세계로 유혹하는 듯했다.

아스카의 세 가지 대표적 유물로 먼저 석무대石舞臺에 갔다. 아스카천 상류 구릉자락으로 흘러내리는 중간에 거대한 돌덩이들로 이뤄져 있다. 봉분은 다 벗겨져 버리고 내부 현실도 비바람에 노출된 채 장중하게 자리 잡고 있는 거대한 고분이다. 75톤이 넘는 화강암 30여 개로 구성된 석실(길이 7.7미터, 폭 3.6미터, 높이 4.7미터)이다. 부장품이 발견되지 않았기 때문에 고분의 피장자 신분은 정확히 알 수 없으나, 왕릉을 능가하는 규모에도 불구하고 역사에서 버림받은 채 천 수백 년을 내려왔다는 것은 아스카 시대의 정치적 상황을 추정할 수 있다. 아스카의 고대국가 형성에 영향을 끼치고 왕릉보다 더 큰 분묘를 축조할 위치에 있었으나 정치적·종교적 갈등이 한 가계의 몰락으로 이어져 역사의 전면에서 퇴장된 결과를 석무대 고분에서 볼 수 있었다.

두 번째, 다카마츠총[高松塚] 고분은 1972년 아스카의 한가운데 잡목 우거진 굴나무 언덕에 몇 개의 고분군 중에서 발굴했다. 원총圓塚 형태(직경 18미터, 높이 5미터)의 비교적 소규모 고분이다. 석실(내부 길이 2백65센티미터, 높이 1백13센티미터, 폭 1백3센티미터)·채색·벽화의 사신도四神圖·인물도人物圖·성숙도星宿圖가 그려져 있다.

사신도는 각각 방위에 맞춰 그려져 있다. 좌측에 청룡, 우측에 백호가 있고, 북쪽 벽에는 현무가 있다. 이는 만주 통구지역 고구려 벽화에서 발견된 것과 흡사하다. 백호의 머리 위에 달이 그려져 있고, 청룡의 머리 위에 금박의 태양이 있고, 안에 발이 셋 달린 삼족오三足鳥가 검게 그려져 있는데 이는 한민족의 3사상을 표현한 것이다. 만주 별판에서 날아다니던 태양의 새 삼족오로 해모수가 타고 내려온 용이 아스카의 한복판에 있다.

우리 조상들은 별자리를 보고 묘를 썼는데 영혼은 하늘로 올라간다는 뜻으로 천장에는 성숙星宿이 그려져 있다. 중심에 천극을 두고 동서남북에 각각 7숙을 배치하였고, 원형의 별에 노란 금박이 채색돼 있다. 청룡·백호 좌우에 남녀 인물상이 채색돼 있다. 모자·바지·두루마기, 여자 머리 모양, 치마·저고리·허리띠 등 문양과 채색 그리고 둥그스름한 얼굴, 두텁지만 강한 턱, 기품 있는 눈길 등이 평양의 쌍영총 고분과 닮았다. 통구지역 장천 1호 고분의 고구려 유물들과 동일하다고 한다. 백제 세력의 정착지로 알려진 아스카 지역에 고구려계 세력이 일정하게 있었던 것을 증명하고 있다.

고구려는 정치적·군사적으로 가장 강한 나라였다. 뛰어난 문화를 갖고 당시 중국의 수나라와 대결하고 있던 무렵 군사 외교의 일환으로 동아시아 모든 나라들과 교섭을 벌였다. 왜와도 6세기부터 7세기까지 23회의 공식사절을 파견하는 외교교섭을 했던 점으로 보아 능히 짐작할 수 있다.

오사카 항에서 버스 편으로 나라奈良의 동대사東大寺를 찾았다. '나라'는 국가를 뜻하는 우리말의 '나라'와 같은 어원을 가진 지명이다. 5.25㎢의 나라공원 동대사는 거대한 대불전과 국보급 불상이 있는 불교문화의 대표적 사원이다. 백제에서 이주해 크게 번성한 씨족이 배출한 양변良弁 스님에 의해 세워졌다. 양변 스님은 왕인 박사의 후손이라고 한다. 지금도 절터를 제공한 데 대한 감사의 뜻으로 가라쿠니[辛國: 원래 한국] 신사神社가 세워져 있다. 백제인·신라인·가야인·고구려인들도 동참하여 대단위 공역이 이루어졌다. 원래의 대불전은 신라사람 건축가[猪名部百也]에 의해서 세워진 50미터가 넘는 높이의 웅장한 건물이다. 1180년 동대사는 큰불에 탔다. 이때 대불전도 대불도 상하고 말았다. 1185년 재현한다고 했으나 백제 예술의 아름다움은 사라지고 대불은 제 모습을 잃어버렸다. 현재의 대불전은 1195년에 중건된 것으로 일본사람의 건축양식을 닮은 투박한 모양의 일본적인 형용으로 건조되었다. 때문에 백제인의 불상과 신라인의 건축물은 볼 수 없다. 다만 대불전 집 골격인 주두에 굽 받침이 있는 양식성樣式性은 그대로 수용되어 있다. 일본사람들이 아무리 일본 속의 한민족의 얼을 없애려 해도 자신들도 모르게 드러나 있는 것을 볼 수 있었다.

동대사 남문 좌우 끝 간에 나무로 조성한 인왕상이 두 눈을 부릅뜨고 서 있다. 그런데 많이 낯익은 모습이다. "잘못된 사람은 얼씬하지 말라."는 엄포를 하고 있는 듯하다. 인왕상(광화문의 해태)을 보고 문지방 넘어서면 바로 경내인데 좌우 끝 간에 두 발을 튼튼하게 딛고 단정히 앉아 있는 것이 바로 고마누이다. 고마는 일본말로 고구려이고 이누는 개를 이르는 말이다. 고구려 개, 또는 신령스런 개라는 말이다. 고구려 개가 불법을 수호하기 위해 문 양쪽에서 버티고 있는 것이다.

일본 어느 사찰이나 신사를 가도 고마누이를 모셔 놓고 "액이 면해 지이다." 하고 기원하고 있는 것을 볼 수 있다. 그간 일본은 정한征韓에 몰두하고 천황과 일본문화를 극대화시키기 위한 정국신사靖國神社에서 고마누이를 볼 수 있다는 것은 어쩔 수없이 역사는 속일 수 없는 사실로 남아 이어지고 있다는 것을 보여주고 있다.

다음으로 법륭사法隆寺를 찾았다. 고구려를 위시한 삼국시대 건축가들이 즐겨 택하고 있던 산을 등지고 세운 배산背山형국으로 산중턱에 걸터앉은 듯이 자리 잡고 있다. 법륭사 이름은 일본말로 나라현의 이가루가[斑鳩]에 있는 절이라 해서「이가루가 사寺」라 부르기도 하는데, 이가루의 '가루' 는 '한韓', 즉 '가라' 에서 유래되었고, '가라 사람들의 땅' 이란 의미를 담고 있다.

원래 건축물은 완전한 복원이 불가능하다고 한다. 기계가 달라졌기 때문이다. 옛날 건축물은 복원이 거의 불가능하기 때문에 중창重創이나 중건重建한다고 했다. 법륭사는 607년에 불에 타 버리고 708년에 중건된 것이다. 그 후 1600년부터 1606년까지 대수리를 하면서 건물의 원형을 손상했다. 안목 없이 첨삭하여 다분히 왜색倭色이 짙어 보이는 개조였다. 5층탑의 5층 지붕 물매가 낮다고 보고 찰주擦柱를 덧대어 키를 높이고 지붕을 개조하였다. 우리 전통사찰 지붕이 두 활개 활짝 펴고 너울너울 춤을 추며 나는 듯한 곡선미의 처마는 일본에는 존재하지 않게 되고 말았다.

금당金堂에는 고구려 스님 담징曇徵이 그린 벽화가 유명하다. 대수리 기간인 1949년 금당벽화 모사模寫 중 불에 타서 손상을 입은 것을 1968년 모사가 완료되어 오늘에 이르고 있었다.

일본 사찰의 건축물 중엔 고구려계 요소가 많은데 그 두드러진 것이 배흘림기둥이다. 배흘림기둥은 서역에서 전래된 것인데 서역의 석조 기둥이 우리 목조 기둥에 자극을 준 것이다. 기둥의 중간이 배가 부르고 아래위로 가면서 점점 가늘어지게 만드는 기법이다. 이 기둥의 기법은 우리나라에선 보편적으로 보급되어 12세기까지도 성행하는 경향이었다. 일본에서는 고구려·백제·신라인들이 경영한 건축물에서만 볼 수 있다. 이는 치목治木이 까다로워 일본인들의 기량으로는 어려웠던 것으로 보인다. 법륭사의 금당 오중탑五重塔 중문과 회랑의 기둥이 배흘림기둥인 데 반하여 동대사의 대불전 등 일본인들이 재건한 건물에서는 찾아볼 수 없다.

교토[京都]의 광륭사에 갔다. 교토는 천 년 일본고도의 우아함이 숨 쉬는 곳이다. 평안시대부터 명치유신까지 천 년 동안 왕성이 있던 곳으로 역사의 도시 '나라'와 함께 일본을 대표하는 역사 관광도시다. 교토 역시 6세기 한민족을 통해서 들어온 불교문화의 영향이 컸다는 것이 한·일 공통된 학자들의 견해다. 독일의 철학자 야스퍼스가 충격을 받았다는 교토의 광륭사 영보전에 있는 일본국보 제1호로 세계 제일을 자랑하는 '미륵보살반가사유상'이다. "진실로 완성된 인간 실존의 최고 이념이 남김없이 표현되었다."고 감탄한다. "지구상의 모든 시간적 속박을 초월하면서 도달한 인간존재의 가장 청정하고 지극히 원만하며 가장 영원함이 함축된 모습의 표징일 수밖에 없구나."하며 경탄한 바 있다. 삼매에 몰입하면서 느끼는 희열이 적송나무(조선소나무)에 배어나면서 완성된 모습이다. 합장하고 가슴 두근거리며 바라다보아도 전혀 인위人爲를 감지할 수 없다. 일본의 미술을 전공한 대학생이 매혹돼 달려들어 껴안으려는 서슬에 상像의 손가락이 부러지는 소동이 일어났다고 하는데, 그런 충동을 느낄 수밖에 없는 지극한 매력을 지니고 있다.

우리나라에는 같은 시대에 모셔졌으리라고 보는 '금동미륵보살반가사유상'이 세계의 주목을 받고 있다. 주조鑄造가 목조보다 훨씬 더 어렵다는데 우리 문화예술의 위상을 말해 준다. 일본 문화의 바탕이 된 불교문화의 전래와 고구려·백제·신라의 활동상을 보면서 일본의 국가형성에 우리 문화가 얼마나 공헌했는지 알게 되었다. 『잃어버린 왕국』을 보면 일본에 불교가 전래되면서 일어난 소위 불교 공인 문제를 놓고 소아씨蘇我氏 가와 물부씨物部氏 가의 불교전쟁이 그려져 있다. 이 두 세력이 벌인 싸움에서 소아 씨계가 승리, 서기 587에년 정권을 장악했다.

승자인 백제계의 소가노우마코[蘇我馬子]는 그의 생질녀 추고推古를 천황(9년 제1대 천황 칭호. 등장 601년)으로 옹립한다. 정무政務는 추고의 조카이고 또한 소아의 외손이며 사위인 성덕태자[用明: 황제의 아들]가 맡도록 했다. 천황가의 섭정을 소아 씨 가의 인척으로 세우고 정무를 맡기며 그 시대의 실질적인 지배자였다. 여기서 호족들의 막강한 힘을 엿볼 수 있으나 허약한 왕가의 실체도 드러나 있다. 불교가 전래되기 전 열도에는 2백여 개의 작은 나라[小國]가 있었다. 이들을 통합하는 과정에서 피비린내 나는 전쟁이 있었다. 실질적인 정무를 집행하여 왜의 국가적 기틀을 잡는 데 크게 공헌한 인물인 성덕태자는 신라와 통호한다. 신라인 하타[秦]씨를 통해 부처님을 모실 절을 경영하도록 하여 봉강사蜂岡寺를 이루고 나중에 절 이름이 여러 번 바뀌다가 훗날 광륭사가 되었다. 신라에서는 태자 입멸 후에도 금탑 불상 사리를 보내 태자를 추선追善하였다.

일본이란 국호는 백제가 멸망한 후 7세기 후반 670년에야 생겼다. 이러한 흐름에서 보더라도 광륭사는 다분히 신라적이면서 고구려와 백제적인 성향을 함축하고 있다. 이 점이 우리에겐 주목할 만한 과제다. 우리나라엔 아직 기록이나 유구 등이 부족한 실정인 데 비하여 일본에 유존하는 예가 많기 때문이다. 일본 속의 한민족역사 탐구는 감상적이기보다는 부족한 자료를 보충할 수 있다는 점에서 중요한 문화적·학문적 가치를 지니고 있다.

아스카 시대의 특징은 세 가지로 요약할 수 있다. ①불교의 공인 ②정치질서의 확립 ③문화발달과 국제성이다. 이 시기에 가장 중요한 변화는 새로운 문화의 조직적인 대량 수입으로 과도기 변화를 촉진시키고 그 방향을 결정지었다는 데 의미가 있다.

한륙도에서 일본열도에 대량 유입된 정치·기술 등 사회문화와 불교미술 등 종교 문화가 주류를 이루고 있다. 아스카 문화는 일본 고대국가가 질적으로 성숙되고 비약하는 과정에서 화려하고 다양한 국제성을 띠는데 한륙도에서 건너온 세력에 의해서 많은 영향을 받았음을 목격할 수 있다.

6세기경의 한륙도 정세는 중심부로서 진출집단의 모국으로서 일본열도의 정치정세에 아주 민감하게 작용할 수밖에 없었다. 본국에서 백제가 득세하면 왜에서도 백제계가 일어나고 신라가 활발하면 신라계가 왕권에 도전했다.

초기 한륙도 이주민 집단이 본국이나 모국의 절대적 지원 없이는 성립이 불가능했지만 시간이 흐르면서 이 관계는 변화했다. 일본열도에서 세력을 강화한 이주민 집단은 모국에 대한 종속적 위치에서 벗어나 자신들의 독자적인 노선을 가지게 되었다. 일본열도에 진출한 이주민 정치 집단들이 모국에 대해 갖는 태도는 두 가지 상반된 점을 볼 수 있다. 첫째, 종속과 협력의 관계이다. 둘째, 경쟁과 독립의 관계였다. 이 같은 상반된 모습과 성격은 변화하는 객관적 상황에 따라 조정해 나가며 독자적인 정치체제로 발전시켜 나가는 과정에서 한륙도와 가졌던 기존의 관계를 청산하고 6세기(덴지 9년 670년경) 후반 일본국으로 탄생하여 오늘에 이르고 있는 것이다.

1984년 전두환 전 대통령이 일본을 방문했을 때 유인 천황이 말했다. "고대일본 국가형성에 귀국이 크게 도와준 것에 감사합니다."고 한 말이다. 이는 단순히 외교적인 수사가 아니라 역사적 사실을 인정하는 의미 있는 말이다. 그러나 우리 국민들은 조상들이 일본에 무엇을 어떻게 구체적으로 도와주었는지 잘 모르고 있는 것이 문제다.

일본에는 신궁과 신사가 많이 있다. 신궁은 신화에 나오는 중요한 신이나 천황을 모신 곳이다. 신사는 일반신이나 조상신, 일본사의 영웅을 모신 곳이다. 우리의 옛 토속 신앙과 유사한 부뚜막 신을 모신 한조신사·젓가락신사·된장신사·김치신사 등 각종 신을 모시는 것을 비롯하여 식품과 그 조리법의 전파 등 일본의 음식문화는 우리 민족에 의해서 전래되었음을 목도할 수 있다.

일본말에 벼稻를 '니'라 하는데 우리말 쌀밥의 이밥이다. 이는 '이'가 '니'로 바뀐 것이며, 밥의 일본말인 '메시'는 우리말의 '메'에서 나온 것이다. 또 떡을 찌는 기구를 뜻하는 일본말의 '세이로'는 우리말의 '시이리'에서 나왔다. 시루떡은 일본말로 '시루토쿠'라 한다. 시루는 우리말 그대로이고 토쿠는 바로 떡이다. 밥 짓는 기구인 가마도 우리말 가마솥에서 온 말이다. 부뚜막을 '가마'라 했고 솥釜을 우리는 '가마솥'이라고 한다.

일본 사람들이 가마를 써보고 어찌나 편리하고 신기했던지 솥 자체를 신으로 떠받들어 오고 있는 것을 볼 수 있다.

일본사람들은 매우 순박하고 정직해서 솥뿐만 아니라 우리에게서 건너간 여러 가지 기구와 음식물들을 지금까지 신으로 받들어 오고 있다. 일본 신사를 뒤져 보면 일본인도 우리도 까맣게 잊어버린 한민족문화의 자취를 찾아낼 수 있다. 한조신사가 그것이다. 부뚜막 신을 모신 한조신사 외에도 젓가락신사·김치신사·된장신사 등에서 업자들이 모여 제사 지내고 발전시킬 사항을 협의하는 등 일본 속의 한민족사가 살아 숨 쉬고 있는 점을 볼 수 있다. 일본 문화유산과 지금의 일본 생활 속에는 천황의 정통성과 불가분의 관계가 있는 혈통·가계·종교·생활양식까지도 한류도의 문화를 보존하고 계승시키려는 의도를 엿볼 수 있다.

일본 사람들은 전 세계에 문화 파급(일본식이라는 유형들을 전파)을 위해 노력하고 있다. 각 나라의 박물관에 가보면 중국의 문물은 숨겨도 어쩔 수 없이 넘쳐나는 힘으로 세계에 전파되고 있는 느낌을 받는 반면, 일본은 자기 것을 알리기 위해 안간힘을 쓰고 있다는 인상을 받는다. 그에 비해 우리는 아무것도 하지 않고 있다는 것이 세 나라의 다른 점이다.

일본 속의 한민족의 역사를 돌아보면서 우리 조상들의 위대함에 우쭐하고 우리나라에 없는 유물이 일본에 있는 것에 서운하고 억울하기도 하지만 일본 속의 한민족사를 잘 보존·관리되고 있는 점에 감동한다.

이 역사적 사실을 보면서 고대에 선진이었다는 흥취만으로 오늘을 살아서는 안 된다는 것을 느꼈다. 위대한 옛날이 오늘에 이어지도록 하기 위해서 우리는 일본을 냉정히 관찰하고 배울 것은 배워야 한다. 친한파인 오노 반보쿠는 "극동의 안정을 위해서는 일본합중국의 수립이 요청되는데 여기에는 대만과 한국이 포함될 것이다."라고 주장한 바 있다.

수천 년 전 북풍이 몰아치던 이 땅에 1백 년 전 남동풍이 몰아치더니 식민지라는 기막힌 역사를 경험하였다. 역사는 바람을 맞으면서 성장하는 것이라 하지만 어느 날 갑자기 또다시 기습적인 남동풍에 휩쓸리게 될지도 모른다는 생각을 떨칠 수 없다.

앨빈 토플러가 『권력 이동』에서 말한 대로 향후 세계질서의 축으로 워싱턴 · 베를린 · 도쿄의 3극 체제가 될 것이라는 예언은 우리에게 많은 것을 시사해 주고 있다. 과거 식민지를 경험하고 지금도 동해와 독도의 분쟁, 일본의 군사력 팽창 등 위기의식을 느끼면서 일본에 관한 한 일본에 대해서 정확히 알 의무와 능력을 갖는데 금번 일본 속의 한민족사와 21세기 한 · 일 관계 탐구의 의의를 갖는다.

동아시아의 범주 속에서 동북아 경제권의 중심부에 있는 동아지중해 국가인 한 · 중 · 일은 해양과 육지 질서를 공유하고 연결된 권역이다. 따라서 21세기 다원사회의 세계화 시대에 걸맞게 한 · 일 양국은 배타적 민족주의를 극복하고 합리주의적이고 공리주의적인 공동선을 추구해야 한다.

미래는 연결과 협력의 네트워크 시대다. 한국은 동아지중해의 중핵국가로서 동북아의 지역과 국가를 연결하는 네트워크를 가져야 한다. 21세기는 한국의 위기이자 호기이다. 지금부터 우리는 동아지중해의 중핵조정 역할을 통하여 21세기 전환기를 극복해 나가야 할 것이다.

하지만 잊지 말아야 할 것이 있다. 일본이라는 나라가 생기기 전에 우리의 뛰어난 고대문화를 전파해 줬고, 그 후 한반도의 일제 강점기엔 우리의 알짜배기 문화유산을 빼앗아갔다. 현재 일본은 한륙도의 고대문화를 한국보다 더 잘 보존관리하고 있다.

하버드대학 교수이며 주일 미국 대사를 지낸 에드윈 라이샤워는 한 마디로 "일본은 한국과 중국의 앞선 문물을 받아들여 자기의 약탕기에 넣고 달여 스승을 능가하는 문화의 꽃을 피웠다."고 단언했다. 라이샤워는 『일본사日本史』에서 "세계 최초로 조직적인 관비 해외 유학생을 파견한 나라가 일본이었다. 6세기 초엽에 세 차례 견수사를 보낸 이래 2백여 년 동안 꼬박꼬박 유학생을 보냈는데 그 일부는 몇 년씩 중국에서 눌러 살며 과학·예술·사상의 에센스를 흡입했다."는 것이다.

일본 근대화의 주역인 정치가, 제국의 군인들, 실업가들은 거의 하급무사의 후예들이다. 일본은 귀족정치가 끝나고 무사들의 군사적 충돌과 힘의 우열에 의해서 정치의 축이 옮겨 다녔다. 조선에서는 효와 인을 중시하는 선비의 논리가, 일본에서는 주군에 대한 의리, 막부에 대한 충성과 명예와 극기를 중시하는 논리로 변화되었다. 효보다는 충을 강조하고, 부모보다는 주군을 중시하고, 신보다는 주군에 대한 충성을 강조하는 논리로 탈바꿈돼 버린 것이다. 생명을 담보로 한 칼을 매개로 충을 절대시하는 사회에선 한 점의 실수도 용납될 수 없고 주군과 자신의 명예야말로 최고의 덕목이다. 오야붕[親分]과 꼬붕[子分]의 끊을 수 없는 관계는 현대기업의 노사관계도 이런 관점에서 이해해야 쉽게 풀린다. 이 논리가 천황과 결부될 때 천황은 일본 최고의 오야붕이고 국민들은 신민으로서 꼬붕이다. 일본인들의 민족주의·집단주의·가족주의는 여기에 근원을 두고 있다. 일본문화의 특성인 천하제일 정신 즉 장인정신의 완벽 지향주의는 무사도의 정신에서 기인된 것이 많다. 무사도가 일본 정신을 만드는 중요한 역할을 했던 것이다. 과거 일본의 행복과 불행을 동시에 가져다주는 양날의 칼이 되었고, 앞으로도 그렇게 될지도 모르는 일이다.

지금으로부터 98년 전인 1910년 4월 러·일 전쟁에서 승리한 직후 건조한 잠수정(길이 23미터, 폭 2미터, 배수량 57톤)이 훈련 도중 자취를 감췄다. 일본 해군이 이튿날 야마구치 현 앞바다에서 잠수정을 발견했을 때의 얘기다. 그런데 인양된 잠수정의 내부 모습이 가관이었다. 14명의 승무원들이 모두 자신의 근무 위치를 한 발자국도 벗어나지 않고 죽어 있었다. 정장이던 갓 서른 살의 해군 대위의 주머니에서 잠수정 침몰의 원인과 경과, 잠수정 내부의 상황을 띄엄띄엄, 그러나 차분하게 연필로 기록한 수첩이 나왔다. 그에겐 연필밖에 없었던가. 아니면 연필이라야 물에도 지워지지 않는다는 것을 알았던 것인지 궁금하기 짝이 없다.

　"승무원 일동은 죽음에 이르기까지 모두 자신의 직職을 잘 지켜 침착하게 일을 처리. 12시 30분 호흡이 몹시 고통스러움." 전등이 꺼지고 실내에 가스가 가득 찬 죽음의 상황에서도 멈추지 않았던 기록은 "12시 40분이 됨."에서 멈춰졌다고 한다.

　우리의 대구 지하철 화재참사에서 키를 빼 가지고 도망한 운전기사와 비교가 되는 대목이다.

　이 해군 대위의 글을 두고 일본의 문호로 추앙받는 나쓰메 소세키[河目수石]는 명문이라 추켜세운 뒤 그 이유를 "문장이 명문이 아니라 인간으로서 성실의 극치라고 할 수밖에 없는 문장이라는 뜻이다."라고 말했다. 이것이 바다 밑에서의 사건이라면 하늘에서의 사건이 터진 것은 1985년 8월 중순 도쿄를 떠나 오사카로 향하던 일본 점보 여객기 추락 사고다. 승객과 승무원 등 무려 5백20명이 희생되었다. 처참하기 이를 데 없는 추락현장을 정리하던 수색대원들은 종이쪽지에 황급히 휘갈겨 쓴 여러 통의 유서를 발견했다. 그 위급한 상황에서도 아내나 자녀에게 당부의 말을 남긴 사람들이 많았다.

태평양전쟁 당시 일본군은 전선에서건, 후방에서건, 장교이건, 사병이건 가리지 않고 일기를 썼다는 사실이다. 일본인들은 예나 지금이나 무언가를 쓰지 않으면 견디지 못하는 습성이 있다. 잘 쓰는 사람은 읽기도 잘한다. 요미우리·아사히신문이 1천만 부 이상 발행되고 화제의 베스트셀러 소설·에세이가 1, 2만 부씩 팔리는 것은 예사다. 얼마 전까지만 해도 신문과 서적이 앞선 정보와 문물을 흡입하는 유일한 수단이었음을 고려할 때 일본인 저력의 원천을 알 수 있다.

일본이 현대화의 키워드로 흔히 "화혼양재和魂洋才"를 일컫는다. 일본의 정신에다 서양의 기술을 합쳤다는 이 말은 1868년 메이지 유신 이래의 슬로건이었다. 거기에다 신도와 무사도에서 몸에 밴 성실성과 완벽주의가 선진국 일본을 낳게 하지 않았나 싶다.

우리는 일본보다 30년은 뒤져 있다. 억울하고 미운 감정은 속으로 새기고, 그들의 좋은 점을 타산지석으로 삼아야 한다. 고구려가 말을 달려 대륙을 누비고, 장보고가 하얀 돛단배로 대양을 누비던 국력을 다음 세대가 이루기 위해 일본에 대해 보다 더 깊은 연구와 노력이 있어야 할 것이다.

Wake up Korea!

제6부

삶의 지뢰밭을 피해 갈 수 있는
21세기 한국문화 비전

늙어가는 한국의 미래

　신생아들이 줄다 보니 시골에서 아이들 보기가 어렵다. 경북 안동의 종
갓집 제사의 후손들 가운데 아이들 보기가 힘들어졌다는 것이다. 국내 출
산율이 가장 낮은 경남 남해에는 50, 60대가 청년 소리를 듣는다고 한다.
최근 1천만 노인시대를 예고하면서 우리의 경각심을 갖게 하고 있다.

　'세계 인구의 날' 언론의 『1 · 15의 충격』을 보면 한국여성의 합계 출산
율이 1.15명으로 OECD국가 평균 1.6명을 훨씬 밑도는 수치다. 통계청은
한국에서 태어난 신생아수는 2004년 48만여 명으로 1970년 인구통계 시
작 이후 최저기록이다. 한 해 1백만 명이 태어난 35년 전에 비하면 지금
그 절반에도 미치지 못한다. 가임可妊 여성이 2002년을 고비로 줄어들어
출산기반 자체가 흔들리고 있다.

　천문학적인 사교육비로 인해 기러기아빠를 양산해 냈고, 아이들 키우기
가 힘들기 때문에 아이 낳기 어려운 나라가 됐다. 아이를 낳고 길러야 할
신세대 부부들은 IMF 이후 경제구조가 급변하면서 맞벌이를 택해 본의

아닌 DINK(Doble Income No Kids) 족의 길을 강요당하고 있다.

늙어가는 한국의 미래 이대로 두고 볼 것인가. 현재의 저출산율이 지속되면 2100년의 우리나라 인구는 1천6백만으로 줄어든다니 인구 감소를 막는 게 발등의 불이 되고 있다. 노인 인구만 자꾸 늘어나다 보니 밑변이 넓은 전통적 인구 피라미드 구조는 조만간 물구나무를 서야 할 판인데 이 물구나무서기로 나라가 과연 얼마나 버틸지 걱정이 앞선다. 모두 한 자녀만 낳다 보면 삼촌도 사촌도 없고, 이모나 고모도 모르는 아이들이 교실을 메우게 되고 이들이 성인이 되면 국민성까지 바뀌게 될 전망이다. 염색약이 분유보다 더 잘 팔리고 젊은 근로자 한 명이 여러 명의 노인을 부양해야 하는 사회에 활력이 떨어질 것은 자명한 이치다.

미국 경제학자 줄리언 사이먼의 "인간이야말로 궁극적인 자원ultimate Resource"이라는 주장에 새삼 고개가 끄덕여지는 시대가 되었다.

저출산이지만 인구밀도가 최고 수준인 우리는 적극적인 출산 장려는 어렵다하더라도 출산을 가로막는 사교육비, 청년 실업자, 취업여성을 위한 보육시설 등을 해결하여 젊은 부부가 애를 낳고 키우는 데 어려움이 없도록 국가차원에서 대책을 강구해 줘야 할 것이다. 또한 저출산으로 급속하게 진행되는 고령사회를 활기차고 행복한 장수사회로 만들기 위해 노후의 소득보장을 위한 연금제도, 건강한 삶을 보장하기 위한 의료제도, 노후생활의 편의를 제공하는 복지제도, 사회참여를 위한 정년의 재검토와 재취업 등 대책도 심도 있게 추진해야 한다.

구체적으로 근로세대가 노인세대의 연금급여를 부담하는 부과방식(pay-as-you(-go)의 연금제도를 적극적으로 검토해야 한다. 또 건강한 자가 질병에 걸린 자의 의료비를 부담하는 횡적인 위험분산 방식(cross-section risk pooling)의 의료보험제도의 채택이다. 이는 노인 세대의 유병률有病率과 진료비 지출이 높다는 점에서 이 같은 의료보험 제도 하에서는 젊은 세대가 노인들의 의료비를 부담하게 되므로 연금 부과방식과 같은 형태이다. 노인비율의 증가에 따라 근로세대의 부담이 가중되고 세대 간 갈등이 깊어질 수 있는 문제점이 있다. 이에 따라 유럽 국가들은 근로시기에 적립해 두었다가 노후시기에 인출하는 개념의 적립식 방법을 가미하려고 노력하고 있다. 이에 반해 일본처럼 국가의 역할보다는 가족과 지역사회로 하여금 적립식 보장방법을 활용할 수도 있다. 또 노인 의료비 지출을 일반 의료비 지출에서 분리함으로써 부담과 수혜를 일치시켜 세대 간의 갈등을 해소하려는 방안도 검토되어야 한다. 고령사회의 진전으로 인해 노동력은 축소되고 경제성장이 둔화되는 상황에서 젊은 세대가 노인 세대를 부양하는 기존 사회보장제도는 더 이상 지속이 어렵다는 분석이다. 따라서 고령화가 진전된 선진국에서는 연금제도에 적립식 요소를 강화하고 있다. 의료보험에서도 의료저축계좌(Medical Savings Account) 방식과 같이 부담과 지출을 가급적 일치시키려는 제도 등은 고령화로 인한 세대 간의 갈등을 완화하려는 노력의 일환이다.

우리 모두 노인이 된다. 모두의 다각적인 지혜를 모아 늦었지만 늙어가는 한국의 미래에 대비해야 할 때다. 당장 눈앞의 이해에 얽매이지 말고 먼 장래 나라를 생각하는 창의적이고 비전 있는 국가와 지역사회 경영을 입안하고 실행해 나가야겠다.

좋은 시절

옛 사람들은 어진 임금이 나라를 잘 다스리는 가운데 격양가擊壤歌를 부르며 농사지어 배부르고 등 따숩게 살던 태평성대가 '좋은 시절'이었다. 그러면 현대적 의미의 좋은 시절은 어떤 때일까!

시오노 나나미가 쓴『로마인 이야기』에 보면 돈을 벌기 위한 인간의 욕망이 건설적이고 생산적인 곳을 향해 분출하는 때가 "좋은 시절"이라는 것이다. 시장에서 기회를 읽고 그 기회를 잡기 위해 기꺼이 위험을 감수하고 사업을 일으키는 사람이 많은 때를 말한다. 일자리를 창출하는 사람들이 많은 시대다. 일자리가 많으니 실업자가 없고 돈 버는 사람이 많으니까 소비가 미덕인 시대가 바로 '좋은 시절'이 아닐까 생각된다.

우리는 지금 어떤 시대에 살고 있는가. 서민들은 살기 어렵다고 야단이고 중소상인들은 물건이 안 팔리고 식당도 안 된다고 아우성이다. 이는 돈 있는 사람(기업가)들의 여유자금이 사업을 일으키고 일자리를 만드는 데 사용되지 않기 때문이다. 욕을 먹어가면서 누구 좋으라고 사업을 하느냐고 자조적으로 생각하는 사람들이 많다는 것이다. 기업인들은 기업하기 좋은 땅을 찾아 해외로 떠나거나 아예 그동안 벌어 놓은 돈으로 아파트 · 토지 · 주상 복합건물 · 주식 등의 투기바람이나 찾아 나선다니 문제는 심각하다. 연 전 미국 LA의 아파트 값이 급등한 것은 한국에서 몰려온 투자자들 때문이란다. 지금 좋은 시절이 아닌 것만은 분명한 것 같다.

지구상에서 가장 큰 사막은 사하라사막이다. 이 사하라사막도 4천 년 전에는 농경과 목축을 했을 정도로 푸르렀다. 경제도 자연의 사막화와 흡사하다. 하늘에서 내리는 비의 양보다 증발되는 수분이 많으면 사막화가 필연이듯이 경제도 투자와 신규창업은 하지 않고 기존의 기업과 공장의 기계만을 활용하여 빼먹기만 한다면 경제의 사막화는 피할 수 없게 될 것이다.

오늘의 기업가들은 창업세대가 발휘했던 위험감수(risk taking)보다는 위험관리(risk management)에 몰두하고 있다. 여기에는 경제의 불확실성, 각종 규제와 창업비용의 과다 등 여러 가지 이유가 있지만 무엇보다도 기업가 정신의 퇴색이 큰 문제다.

국가가 번영하기 위해서는 우수한 인재들의 창업이 활발해야 한다. 위험이 없다면 과실도 없다. 리스크를 기꺼이 껴안으려는 사람이 현대판 영웅이자 CEO다. 세계화 시대는 국경도 민족도 없어지고 모든 것이 효율성으로 평가되는 효율성 지상주의 시대다. 모든 분야가 시장으로 흡수 통합되는 경제의 논리와 자본의 논리가 있을 뿐이다.

또 엄청난 권력이동이 이뤄지고 있다. 실물시장으로부터 자본시장으로의 권력이동이다. 21세기 실질적인 권력은 이미 국제자본으로 이동해 버렸고, 그 영향력은 더욱 커질 것이다. 그런데 국제자본에서 매력적인 나라가 되기 위해서 어떻게 해야 하는가? 개인이든 나라든 자기 주장이 강하고, 다른 나라 사람에게 배타적이고 여간해서 돈을 벌 수 없는 사회라면 국제자본은 들어오지 않을 것이고 이미 들어와 있던 것도 떠나고 말 것이다. 자본은 철저히 이익의 논리에 따라 움직이기 때문이다. 부자는 하늘에서 떨어지는 것이 아니다. 자연자원에 인간의 온갖 재능과 지식을 더할 때 새로운 부가가치를 만들어낼 수 있다.

인간의 재능은 치열한 경쟁을 통해서 발견되고 발전된다. 시장경제를 통해 생계를 해결하는 사람들은 자신의 특기를 바탕으로 만들어낸 상품이

나 서비스를 다른 사람과 교환을 통해 가격과 품질 등 여러 면에서 경쟁이 이뤄진다. 이런 치열한 경쟁의 과정에서 개인의 창조성은 빛을 발하게 된다.

오늘날 경제자원의 핵심은 창조적인 사람이다. 이 창조적인 사람들이 새로운 아이디어로 투자와 창업을 적극적으로 일궈나가야 나라가 부유하게 될 수 있고 살맛 나는 사회가 된다. 그런데 이 창조적인 사람들은 특정한 환경이 만들어진 곳에 모이게 되는데 바로 '관용이 있는 사회'여야 한다. 관용이 있는 사회라야 생각이나 삶의 스타일이 다른 사람들끼리도 한데 어울려 일하는 가운데 창의력이 나올 수 있다.

창의력은 순혈주의에서는 탄생되지 않는다. '관용(tolerance)'은 창의성을 꽃피우는 바탕이요, 기술(technology)·재능(talent)과 함께 국가 지속적 성장의 3가지 중요한 요소(3Ts)다. 관용의 또 다른 표현은 '개방'이다. 이는 시장의 개방뿐만 아니라 의식의 개방을 뜻한다. 개방이 있기 때문에 여러 다른 종류의 배경과 생각을 가진 사람들이 함께 어우러질 수 있고 창의력을 발휘할 수 있게 된다. 이런 의미에서 미국은 모든 지상의 사람들을 끌어들이는 자석이라는 것이다. 3백 년 동안 모든 종류의 인간을 끌어들여 오늘의 미국이 이뤄졌다. 미국은 수많은 이민족이 모여 이룩한 나라다. 이런 미국의 강점은 군사력도 넓은 땅덩이만도 아니다. 새로운 사고를 권장하고 새로운 사고와 발상을 통해 성공한 사람이 충분한 대가를 받는 사회 분위기가 미국 발전의 견인차 역할을 했다. 미국이 21세기 세계 시장경제의 주도권을 쥘 수 있게 된 원천은 바로 창의력이라 할 수 있다. 빌게이츠나 스티븐 스필버그 등의 창의력이 미국의 경쟁력을 높여주었고 세계 리더십의 원동력이 되었다.

일본경제가 부활의 노래를 부르고, 중국이 바짝 뒤를 추격해 오는 지금 위험을 무릅쓰는 창업과 투자로 일자리를 창출하는 기업가 정신을 발휘하는 사람들이 많이 나오도록 용기를 북돋워 주는 사회적 분위기를 만들어 주어야 한다. 이것만이 우리 경제 재도약의 전기轉機가 될 수 있다. 그래야만 우리도 '좋은 시절'을 맞이할 수 있을 것이다.

새 세기, 새 천년의 의미

새 세기의 시작이요, 새 천년이 시작된 지 벌써 몇 년이 지났다. 오늘을 사는 우리는 가장 행복한지도 모른다. 이미 죽은 사람들이 살아 보지 못한 새 세기, 세 번째 맞는 뉴밀레니엄에 살아 남아서 두 번째의 새 천년을 경험하기 때문이다. 흐르는 시간을 요모조모로 구획지어 나름대로 의미를 부여하는 일은 인간의 몫이다. 지난해와 올해 사이에는 또 한 번 지구의 자전이 있을 뿐이다. 그런데 1999년과 2000년을 두고 인류는 야단법석을 떨었다. 해와 달은 변함없이 동쪽에서 떴다가 서쪽으로 진다. 그러나 사람들은 1초, 1분, 한 시간, 하루, 1년, 한 세기, 새 천년에 의미를 부여하고 다가오는 시간에 대한 새로운 기대와 희망을 걸고 살아간다. 시간이라는 개념은 과거에서 현재와 미래로, 미래에서 현재와 과거로 자유롭게 왕래한다. 자연은 이 시간개념의 역류에 개의치 않는다. 문제는 인간이 인식하는 시간이다. 과거로의 되풀이가 아닌 미래에의 지향이다.

스코틀랜드의 시인 로버트 번드가 작사한 「올드 랭 사인」은 「오랜 옛날」

이란 뜻이다. 친구와 헤어질 때 다시 만나기를 비는 노래다. 한 해를 보내고 새해를 맞는 희망의 노래이기도 하다. 서양의 제야행사에 자정이 가까워 오면 광장에 모인 사람들은 시계탑을 쳐다보면서 1분 남았을 때 한 목소리로 카운트다운을 시작한다. 마침내 자정이 지나고 새해가 시작되면 「올드 랭 사인」을 합창한다. 주위에 있는 사람이면 누구라도 얼싸안고 환호성과 함께 악수하고 새해 인사를 나누며 샴페인 축배가 돌려지고 자신과 가까이 있는 사람들과 키스할 수 있는 것이 유럽풍의 세시풍속이다. 화려한 폭죽과 불꽃놀이로 밤하늘을 수놓는다. 묵은해의 악령을 쫓고 새 희망과 기대에 부푼다. 서울의 보신각 타종도 같은 의미를 담고 있다.

세기의 명화 「바람과 함께 사라지다」의 주인공 스칼렛 오하라의 외침처럼 온갖 시련 속에서도 "내일은 내일의 태양이 뜬다."며 황폐해진 고향으로 돌아가 새롭게 시작하듯이 사람들은 새날, 새해, 새 세기, 새 천년에 새로운 각오와 다짐으로 새 출발을 시도한다.

전 세계 각국은 2000년이라는 테마를 놓고 진작부터 머리를 싸맨 채 국가적 두뇌의 경연이요, 국가적 역량의 경시를 벌였다. 역사상 일찍이 세계가 한 주제를 놓고 이렇게 경쟁해 본 적이 없다. 세기의 대결이 아니라 수천 년 만의 승부수다. 세계 각국은 역사가 쌓아 놓은 문화의 부피를 총동원하여 새로운 천년의 역사를 여는 데 쏟았다. 지난 세기의 잘못을 반성하면서 앞으로 나아가야 한다는 것이다. 세기말의 위기를 어떻게 극복하고 새 세기를 어떻게 맞이할 것인가! 서울 상암동 월드컵 주경기장 부근에 15만 평 규모의 평화공원 조성, 향후 1백 년에 걸쳐 평화의 12대 문 건립, 다섯 손가락 정신(Five Finger Sprit: 평화 · 환경 · 인간 · 지식창조 · 역사)의 틀 속에서 새 천년 사업을 진행했다.

새 천년은 대립 갈등을 의미하는 한 손 원리 대신, 화합과 조화의 개념인 두 손 원리에 의해 움직여 나아갈 로고와 조형물도 이런 의미를 상징하고 있다. 공원 내에는 지구본 모양의 평화기상대와 평화기둥, 광섬유로 평화횃불을 조성했다. 횃불은 기둥 높이로 세계 1백50여 개국의 평화지수를 표시하고, 이를 인터넷을 통해 전 세계에 알렸다. 2000년 일몰과 일출 등 다양한 국가적 이벤트 행사가 추진되었다. 우리는 불과 3년 전에 D-1천 일을 남겨두고 불을 댕겼지만 미국은 1977년 '글로벌 2000'이라는 대통령(카터) 보고서를 채택하고 진작 카운트다운에 들어갔다. 영국은 세계 기준시인 그리니치 천문대에 지름 3백60미터, 높이 53미터의 밀레니엄 돔 dome을 건설했고, 프랑스는 파리의 센 강변에 2백 미터 높이의 지구탑을 세웠다. 프랑스 푸른 자오선은 국토의 최북단에서 최남단까지 1천 킬로미터를 일직선으로 1만 그루의 나무를 심어 연결했다. 독일은 베를린의 브란덴부르크 문 부근에 기둥 4천 개의 나치 학살 희생자 메모리얼을 건립했다. 우리와는 발상의 범위가 다르다는 생각이 든다.

20세기의 태양이 서서히 지평선을 향해 내려왔다. 노을이 인간의 마음에 깔린다. 그 노을의 빛깔은 핏빛이다. 지난 세기는 나름대로 영화도 있었지만 전쟁과 질병, 기아와 환경오염으로 점철된 세기였다. 전쟁으로 희생된 목숨만 26억 명에 달한다.

21세기에도 또다시 되풀이될 것인가? 이 위기를 어떻게 극복할 수 있을 것인가? 이 세기말의 지구촌 위기는 남의 위기 아닌 바로 우리의 위기다. 피안의 화재가 아닌 우리가 사는 동네, 한 이웃집의 화재요, 재난으로 봐야 한다. 지구촌이 점점 가까워지고 있기 때문이다.

21세기 지구촌 위기와 전망

지구촌 시대다. 세계가 한 동네처럼 좁아졌다. 지구 반대편인 뉴욕에서 전화가 집에 걸려오는데 집에 사람이 없을 때 핸드폰 자동 접속번호만 눌러 놓으면 골프장이나 들에서 일하다가도 옆에서 얘기하는 것처럼 가까이 말하고 들을 수 있는 시대에 살고 있다.

인천 신공항 완공으로 마하시대(Mach: 음속을 기준으로 한 속도단위로 마하 1은 초속 3백40미터, 시속 1천2백24킬로미터)가 도래하게 되면 지금 미국 뉴욕까지 비행기로 13시간 소요되던 것이 5, 6시간이면 갈 수 있게 된다. 인천공항 관제탑 높이가 3백 미터로 세계 3번째 큰 항공로이며 아시아 최대의 공항이다. 동남아권의 여객유치는 물론 많은 물류비용 절약과 외화유치에 엄청난 효과로 지구촌은 더욱 가까워졌다. 지구 한 쪽 귀퉁이에서 어떤 문제가 생기면 바로 한 동네 이웃에서 사고가 난 것처럼 전 세계에 직접·간접 영향을 주고 영향을 받는 시대에 살고 있다. 이러한 지구촌이 오늘 안고 있는 문제는 무엇인가? 또 21세기 한국적 위기와 그 처방은 무엇일까?

인간이 지혜와 이성을 가지고 생각하고 판단하며, 지나간 역사를 되돌아보고 미래를 창조하는 영성靈性을 가지고 있기에 인류는 발전을 거듭해 왔다. 20세기는 국제 정치적 혼란과 과학의 발달을 기조로 물질적 개발을 두 축으로 하여 양적으로 크게 움직였던 극단의 시대였다. 종족과 국가 이기주의가 전쟁과 테러를 유발하고 평화를 외치면서도 핵개발 위협에 직면했었다. 과학과 산업의 발달에도 불구하고 질병과 빈곤이 인류의 곁을 떠나지 않았다. 인간이 욕구만족을 위해 뱉어 놓은 배설물로 인해 오존층(지상 30킬로미터)에 구멍이 나 성난 자연은 이미 오래 전에 인류에게 복수를 시작했다. 20세기 지구촌이 안고 있는 숙제 7가지는 그대로 21세기에도 이어질 것으로 보는 견해가 있다.

①전쟁 위협이다.

인종 · 종교 · 사상의 갈등으로 세계 곳곳이 화약고로 위기일발의 상황이 계속되고 있다. 극단의 시대였던 20세기는 전쟁으로 시작됐다. 제1차 세계 대전(1914~1918년), 제2차 세계 대전(1939~1945년), 6 · 25전쟁, 월남 전쟁, 중동 전쟁 등 20세기는 찬란하고 추악했다.

21세기 인류가 안고 있는 가장 추악한 난제 중 하나는 역시 바로 전쟁이다. 그 밑바닥에는 계속 인종적 반목과 종교적 · 사상적 갈등이 진하게 깔려 있다. 중동지역의 민족간, 종교간 싸움이 언제 터질지 모르는 휴화산처럼 불안한 정국이다. 우리 남북한은 교류가 이뤄지고 있지만 민족적 · 사상적 갈등의 골은 아직도 깊게 파여 있고, 휴전선에 남북대치의 긴장된 상황은 아직도 변함이 없다.

문명충돌론을 주장한 하버드대 새뮤얼 헌팅턴 교수는 국제분쟁 해소를 위해서는 그 문명권 안에서 해결할 수 있도록 다른 문명권 국가들의 개입이 자제돼야 하며 유엔 안보리 상임이사국들의 협력도 긴밀해져야 한다고 지적했다. 강대국들은 국가간 민족간 이해관계에 얽혀 있고 유엔은 국제평화 유지라는 명분 때문에 앞으로도 국지전에 개입할 전망이다.

②핵 위협이다.

핵은 평화적으로 사용되더라도 조그마한 허점만 나타나면 엄청난 재앙을 초래한다. 수년 전 일본 핵 방사능 누출사고, 우리나라의 월성원전 원자로 중수 누출사고는 우리를 불안하게 했다. 대표적 사례인 1986년 우크

라이나에서 발생한 체르노빌 원전 폭발사고는 히로시마에 투하됐던 원폭의 3백배나 되는 방사능이 유출되었다. 인근 주민 9백만 명이 직접·간접 피해를 보았고 현장수습을 위해 투입됐던 35만 명 가운데 1만2천5백 명이 사망했다.

현재 핵 강국 미국·러시아가 보유하고 있는 핵탄두 수는 베일에 가려져 있지만 대략 각각 8천~9천기에 달하는 것으로 추정된다. 중국·영국·프랑스 등도 각각 2백50~5백기의 핵탄두를 보유하고 있는 것으로 전해진다. 1999년 5월 인도·파키스탄이 경쟁적으로 핵실험을 강행했다. 2006년, 북한은 핵실험으로 한반도와 동북아의 평화를 위협했다.

1947년에 만든 핵과학회가 핵전쟁 위기를 경고하기 위해 자정을 인류 파멸시간으로 가정하였다. 지구의 종말시계는 자정 7분 전인 11시 53분에 출발하여 현재 2분 앞당겨 5분 전이다. 자정은 핵전쟁으로 인한 인류멸망의 시간을 의미한다. 앞으로 인류가 할 일은 이 시계를 뒤로 돌리는 일이다.

③테러와 마약이다.

피를 먹고 사는 악령, 테러가 21세기 지구촌 한가운데를 맴돌고 있다. 미국에 의해 국제 테러범 1호로 지목받고 있는 오사마 빈 라덴은 아직도 오리무중이다. 미국은 9·11테러 이후 세계무역센터 쌍둥이빌딩이 서 있던 그라운드 제로는 지금 평온을 되찾았다지만 세상은 더 안전해졌는가? 테러는 줄어들었는가? 적이 누구인지조차 불분명한 테러와의 전쟁은 끝이 보이는가?

바그다드에서 마드리드 그리고 발리까지 테러의 검은 그림자가 세계인의 마음을 짓누르고 있다. 9·11테러의 악몽을 미국은 다시 원점에서부터 고민하고 있다. 문제는 앞으로 이 정도에 그치지 않고 사이버 테러를 감행한다는 것이다. 이 경우 정부의 컴퓨터망이 해킹되고, 전기·전화선이 끊기고, 군의 지휘통제 기능이 마비되는 등 엄청난 혼란이 빚어질 것으로 보고 있다. 언제 그라운드 제로를 떠돌고 있는 영혼을 편히 잠들게 할 것인가. "예!" 라고 대답하기 어려운 가운데 21세기는 가고 있다.

테러 못지않은 골칫덩어리가 마약이다. 유엔 마약 통제계획에 따르면 전 세계 인구의 3.3~4.1퍼센트, 그 중 헤로인과 코카인 사용자는 각각 9백만 명에서 1천4백만 명에 달한다. 세계적으로 마약산업에서 발생한 수익은 연간 4천억 달러, 전 세계 무역의 8퍼센트에 해당하는 양이 유통되고 있다. 세계 마약인구 중 40퍼센트가 아시아인으로 추정되고 한국도 점점 확산되고 있는 추세다. 더욱이 각성제 마약이 성욕을 일으키는 미약媚藥으로 쓰이고 있는 추세다. 우리나라에서 가장 흔한 게 히로뽕으로 불리는 메스암페타민이다. 청순한 이미지로 대중의 사랑을 받는 연예인들이 마약 투여로 구속되는 걸 보면서 앞으로 더욱 마약사용은 늘어날 전망이라니 우리 사회의 앞날에 걱정이 앞선다.

④빈곤과 기아 문제

유엔식량농업기구(FAO)에 의하면 현재 전 세계 인구 60억 중 13퍼센트를 차지하는 40개국 8억 명이 만성적인 기아상태에 빠져 있다. 이 중 1천2백만 명이 먹을 것이 없어 목숨을 잃고 있다. 식량문제를 다루는 데 가장 큰 변수는 인구증가다.

1998년 유엔 보고서에 의하면 세계인구는 30여 년 전 30억 명에서 두 배인 60억 명으로 증가했다. 이대로라면 2025년에는 40퍼센트가 늘어난 85억 명에 달할 것으로 예상된다. 하지만 식량생산 증가량은 하향추세다.

1960년대 3퍼센트에서 1980년대 1.8퍼센트로 뚝 떨어진 상태다. 엘리뇨·라니냐 등 이상기후도 곡물생산의 장애요인이다. 빈곤문제 해결의 한방안으로 전문가들은 21세기 과학기술을 바탕으로 슈퍼 쌀(쌀 한 톨 사람 머리 크기)같은 신품종 개발을 들고 있지만 문제는 심각하다.

⑤공산당 유령의 끈질긴 행보

냉전 잔재가 문제이다. 1991년 말 소련의 붕괴와 함께 정치적·사상적 이념논쟁은 사실상 막을 내렸다. 그러나 아직도 지구 한쪽 귀퉁이에서는 "만국의 노동자들이여, 단결하라!"는 공산당선언이 스러지지 않고 있다. 공산주의 이데올로기가 탄생한 지 1세기 반이 지난 지금 공산주의 종주국이 쓰러졌는데도 북한과 쿠바는 자신들의 체제를 고수하고 있다. 피델 카스트로 쿠바 전 국가평의회 의장은 "나의 월급은 5백25페소(약 3만5천원)에 불과하지만 국가의 지원으로 부족한 것이 하나도 없다."며 체제를 옹호하는 발언을 했었다. 북한은 1999년 3월 쿠바와의 친선협조조약 12주년을 맞아 양국의 사회주의 건설과 반제국주의 투쟁을 다짐했다.

이들 국가들의 민생 현주소는 참담하기만 하다. 쿠바의 젊은 여성들은 공공연하게 서방 관광객 매춘 유혹에 나섰다. 러시아 인터걸들의 매춘은 유럽의 매춘시장을 점령했으며 한국의 서울·부산에서부터 지방도시 미군 기지촌으로 활동범위를 넓힌 지 오래다. 러시아 마피아가 마약밀수와 매춘으로 한 해에 벌어들이는 돈은 국민총생산의 40퍼센트에 달한다. 북한 역시 기아에 허덕이고 있는 것은 우리가 다 알고 있는 사실이다. 그럼에도 불구하고 옛 소련 땅에서는 과거로의 회귀 움직임도 가시화되고 있다. 특히 1999년 8월 경제악화로 모라토리엄(국가채무 지불유예)을 선포한 이후 공산주의자들의 부활이 두드러진 적이 있다. 러시아를 비롯한 옛 소련 땅에서는 스탈린 탄생 1백18주년을 기념하는 각종 기념식 · 동상 제막식 · 추모대회 · 기념행진 등이 잇따랐다. 동서 냉전은 아직도 끝나지 않았는가 하는 의문이 재기再起되고 있다.

⑥질병 확산

의술의 발달에도 질병은 인류의 곁을 떠나지 않고 있다. 페니실린과 마이신에 끄떡도 하지 않는 세균이 속속 등장하고 있다. 우리는 지금 병원에서 불필요한 항생제를 받아먹고, 항생제를 섞은 사료로 키운 가축과 양식 어류를 통해 우리도 모르는 사이에 매일 항생제를 먹고 있으니 강력한 내성을 가진 세균으로부터 가장 취약한 국가 중 하나다.

에이즈 3천3백40만 명 중 5백80만 명이 1998년 한 해 동안 감염된 수치이니 지금은 어느 정도일지 알 길이 없다. 15세 미만의 어린이 감염자도 12만 명이나 된다. 이 중 절반이 1998년에 새롭게 감염됐다. 결핵도 창궐하고 설사 · 말라리아 등과 같은 감염질병이 21세기에도 인류를 계속 괴롭힐 전망이다. 현대의학의 항생제로도 치유가 되지 않는 새로운 세균이 총공격을 시작했다. 인류의 실탄이 떨어져 가고 있다는 생물학자 스튜어트 레비의 말이 의학계를 섬뜩하게 하고 있다.

⑦자연고갈과 환경파괴

지구 온난화로 인한 해수면 상승으로 수몰 위기에서 남태평양 피지 섬 주민들은 조상대대로 바다를 터전으로 살아왔던 바다가 두렵게 됐다. 산림파괴도 크나큰 위협이 되고 있다. 수원고갈, 수질오염으로 물 부족 현상도 점점 심화돼 2025년에는 전 세계 인류의 60퍼센트가 물 공급 스트레스에 시달리게 될 것으로 예상된다.

무분별한 에너지 소비로 자원고갈을 불러 인간의 미래를 옥죄고 있다.

지구가 5억 년 동안 만들었던 석유가 2백 년 만에 고갈될 전망이다. 환경 오염도 문제다. 아시아에서 세계 최대 공해국가로 중국이 가장 큰 골칫거리다. 충칭重慶에서는 산성비로 밭작물의 25퍼센트가 폐기 위기에 처했던 적이 있다. 2020년에는 호흡기 질환으로 사망하는 사람이 이 지역 주민의 60퍼센트까지 늘어날 수 있다는 충격적인 보고서가 세계은행에서 나오기도 했다. 이 산성비는 대기를 타고 한국 · 일본 등 동남아 지역까지 위협하고 있다. 이의 해결책으로 온실가스 배출량을 2012년까지 5.2퍼센트 줄이겠다고 선진국들이 합의했다. 이러한 노력이 범지구적으로 이루어진다고 해도 지구는 과연 거듭나게 될 것인가 의문이다.

지구 종말시계는 2007년 1월 17일 종전보다 2분 앞당겨 11시 55분이다. 이 시계는 1947년 과학자들이 핵전쟁 위험을 경고하기 위해 자정을 인류 파멸의 시간으로 정한 것이다. 이 시계는 지난 60년 동안 11시 53분에서 11시 58분 사이를 18차례나 왔다 갔다 했다. 2분은 솔직히 큰일 났다고 생각하지 않을 수도 있을지 모르겠다. 하지만 두가지 점에서 우리들의 관심을 갖게 한다. 하나는 지구온난화가 지구 종말시계를 좌지우지 하는 핵심 변수가 되었다는 점이다. 이 시계를 관리하는 미 핵과학회는 이번 조정의 하나로 이란과 북한의 핵 위협 이외에 기후변화에 따른 지구온난화라는 점을 처음으로 지적한 것이다. 다른 하나는 테러보다 지구온난화가 인류에게 더 위협이 된다는 사실의 확인이다. 테러는 수백 수천을 죽이지만 지구온난화는 수백만 명을 죽이기 때문이다. 지구온난화가 더 이상 환경운동가들만의 '불편한 진실' 이 돼서는 안 된다는 까닭이다.

21세기를 내다보는 사람에 따라서 비관적인 견해가 적지 않다. 오늘과 같은 인간성, 도덕성의 상실, 자기중심적인 생활방식, 자연환경의 파괴 등으로 치닫는다면 앞으로 20, 30년 안에 인류는 멸망하리라는 비관론이다. 그러나 한편에서는 낙관론도 없지 않다.

21세기의 지구는 평화와 안전, 풍족하고 쾌락이 충만한 별이 되리라는 전망이다. 이 별에 사는 사람들은 어디라 할 것 없이 병도 없고 굶주림도 없이, 오직 인생을 즐길 수 있으리라고 한다. 누군들 바라지 않겠는가! 그러나 21세기를 사는 사람들이 이냥 있어서는 될 일이 아니라는 생각이다. 21세기의 우리는 20세기의 성과를 들고 잘못을 반성하면서 앞으로 나아가야 한다. 21세기는 양적으로 움직이는 시대가 아니라 깊이 그리고 높이, 질적으로 움직여야 하는 시대다. 20세기는 전쟁으로 시작되어 "나를 찬란하게 만들기 위해서 너는 죽어 주지 않으면 안 된다."는 자기중심적 이기주의로 치달아 갔다. 21세기는 반목과 갈등으로부터 서로 사랑하고 화합해야 하는 시대여야 한다. 21세기의 정해진 형태는 아직 없다. 지구촌 사람들이 어떻게 사느냐에 따라 정해질 것이다.

21세기 한국적 위기와 처방

뉴밀레니엄, 새 천년을 맞는 21세기는 문화의 세기다. 문화란 무엇인가? 문화의 사전적 의미는 진리를 추구하고 끊임없이 진보, 향상을 꾀하는 인간의 정신활동, 또는 그에 의해 만들어지는 것을 말한다. 정치 · 경제 · 학문 · 예술 · 종교 · 도덕 등 모든 게 문화 아닌 것이 없다. 정치문화 · 교육문화 · 청소년문화 · 교통문화 · 음식문화 · 성문화 등 총체적인 문화다. 흔히 문화인이란 말을 자주 쓰는 사람이 많다. 과연 문화인다운 마음과 행동은 무엇일까?

수년 전 터키 지진으로 인한 고통과 슬픔이 하늘을 찌르고 있는데 가장 심한 타격을 받은 얄로바의 경우 10년 안 된 건물의 90퍼센트가 무너진 반면 오래된 건물은 25퍼센트만 무너졌다. 또 이스탄불의 옛 도시는 별로 파괴되지 않은 반면 신개발지역과 신흥도시는 처참한 피해를 입었다. 이 것은 무엇을 말하는가! 근래에 지은 신축건물과 신도시 지역의 부실공사 가 속속 확인되고 있다는 것이다. 함량미달의 콘크리트, 규격미달의 철근, 설계 불이행 등으로 건축업자들이 성난 시민들을 피해 도망 다니느라 정 신을 못 차릴 지경이었다. 언제 죽을지 모르는 인간들의 행진이 세상을 시 끄럽게 하고 있다.

우리는 19세기 말에도 엄청난 위기를 맞았는데 20세기 말에도 또다시 위기를 맞고 있는 게 아닌지 걱정했었다. 19세기 말 위기에 적절하게 대처 하지 못해 일제 36년에서부터 반세기에 걸친 치욕의 역사를 견뎌야 했다. 더욱이 6·25전쟁 등 비극을 겪어야 했고 20세기 말 IMF라는 낯선 이름 의 괴물이 몰고 온 엄청난 위기를 겪어야 했다. 우리가 20세기에 겪었던 비극이 21세기에 되풀이되어서는 안 된다.

우리 국가사회를 근본에서부터 흔들고 있는 한국적 위기는 무엇일까? 중국의 순열荀悅이 나라를 위태롭게 하는 네 가지 환患과 똑같은 현상이 아 닌가 생각하게 된다.

첫째, 위僞다. 정치가 밥 먹듯이 거짓말을 하고 국민과의 약속을 지키지 않는다. 따라서 사회규범이 무너지고 사회가 혼란하다.

둘째, 사私다. 사람들이 개인주의와 집단 이기주의로 사리사욕에 빠지는 것이다. 도덕이 무너지고 사람들의 품성이 사악해진다.

셋째, 방放이다. 예의와 절도를 지키지 않는 사회적 풍토다. 모든 것이 정상적인 틀을 넘어 예禮가 무너지고 있다.

넷째, 사奢다. 사치와 낭비에 흐르고 교만해지는 점이다. 사람들이 제도를 무너뜨리고 제 욕심만 차리는 데 눈이 어두워진다. 경제위기에 더하여 이와 같이 모든 사람들의 무절도와 부도덕성으로 삶의 가치기준이 무너져 가고 있다.

수년 전 성수대교가 무너지고 삼풍백화점이 붕괴되는 어처구니없는 일이 왜 일어났는가! 경제가 허약해서, 기술이 부족해서 다리가 무너지고 백화점이 붕괴됐는가! 아니다. 우리는 충분한 경제력도 있었고 해외에서도 인정받는 충분한 기술력도 있었다. 왜 이런 일이 일어났느냐 하면 도덕성의 상실, 문화의식의 결핍에서 유래되는 '인간성 상실' 때문인 것이다. 돌이켜 보면 한보사태, 기아사태, 정치인들과 관료들의 무책임한 대응이나 책임전가, 경제인들의 방만한 경영 등도 경제적인 측면보다는 '인간성의 상실과 문화적 추락'에 기인한다고 봐야 하지 않을까. 경제적 위기 뒤에는 정치적인 위기가 도사리고 있고, 정치적인 위기를 파헤쳐 보면 우리 사회를 근본에서부터 흔들고 있는 인간성의 상실과 '문화적 위기'에서 기인한다고 봐야 할 것이다.

문화란 어떤 존재, 어떤 행동의 사회적 의미나 삶의 의미를 문제 삼는 지적인 태도다. 이 태도는 사람들이 삶의 목적이나 가치를 향해서 어떻게 움직이고 있는가이다. 그 목적이란 다름 아닌 우리들이 사는 조건이나 환경을 개선하기 위한 것이다. 우리는 삶의 목적을 잊은 채 수단에만 급급해 살아왔다. 인간은 무엇 때문에 사는가. 돈을 벌기 위해서 사는가. 밥만을 먹기 위해서 사는가. 한번 골똘히 생각하면서 살아야 하지 않을까!

경제란 경세제민經世濟民으로 세상을 다스려 백성의 괴로움을 구제한다는 말의 줄임말이다. 우리는 세와 민을 빠뜨린 채 경제를 얘기하는 습성이 익숙해졌다. 경제의 목적과 수단을 혼동하면서 경제의 가치 이해와 실천에 혼란을 일으키며 살아왔다.

온 국민들이 피땀 흘려 벌어서 은행에 맡긴 돈을 재벌들은 제 금고에서 빼내 쓰듯 은행에서 갖다가 눈속임으로 기업수익의 공익적 사회 환원은 없고 문어발식 사세확장을 위해 내부거래에 바쁘다 보니 나라 경제는 거덜 나고 힘없는 서민들만 죽어났다. 고래 장난에 새우 등 터지는 격이다. 국민의 위임을 받은 정치인들이 자신들의 손으로 만든 법을 자신들이 지키지 않고 세 불리기에 바빠 정파끼리 삿대질뿐이다. 업무를 제대로 챙기지 못하고 비리에 연루된 공무원들, 위로는 대통령부터 장·차관, 대기업 사장과 말단 공무원에 이르기까지 돈에 연루돼 줄줄이 묶여 들어가는 것을 보고 무엇이 중요한 가치인지 분간할 수 없는 가치혼돈의 시대를 살아왔다.

지성과 양심을 자부하는 교육계, 자비와 사랑을 베푼다는 종교계까지도 제 살 찌우기에 바쁘다 보니 어디 하나 성한 데가 없고 제대로 되는 게 없는 사회적 비리와 부조리 현상은 우리의 미래를 어둡게 하고 있다. 오늘날 인간의 윤리와 사회규범이 무너질 대로 무너진 요인이 바로 돈과 권력의 비리 때문이다. 달디 단 물질, 즉 돈과 권력에 매달려 지내느라고 참된 자기 모습을 까맣게 잊고 살고 있다. 이 세상을 무엇 때문에 사는지, 어떻게 사는 것이 제 몫의 삶인지를 잊어버린 채 제 정신을 못 차리고 있는 것이다.

무슨 수를 써서든 돈만을 추구하는 탐욕으로 인해 환경의 약탈, 국토의 무차별적 유린을 함부로 하고 국가·사회·동료, 가족과의 관계는 물론이고 자신과의 관계에서도 극단적인 분열을 일으키고 있다. 돈 때문에 죽는 사람이 너무나 많기 때문이다.

오늘날 사회풍토가 돈을 버는 데는 온갖 수단과 방법을 가리지 않고 있다. 물질 만능주의 의식이 팽배한 탓이다. 대부분의 기업들이 문어발식 사세확장과 부의 대물림으로 회사는 망해도 사주는 끄떡없이 버티고 살아가는 것을 지켜보는 서민은 허탈하다. 있는 사람들의 사치와 낭비 풍조는 부유계층에 대한 상대적 빈곤감으로 삶의 가치기준을 상실하고 비탄에 빠진 분위기에서 살고 있다.

중국 당나라 말기에 방덕공이란 억만장자가 있었다. 어느 날 그는 뜻한 바 있어 재산을 실은 배를 동정호에 가라앉히고 빈털터리가 된 다음에 처자식을 거느리고 산속의 굴 안에서 바구니를 만들어 팔며 살았다. 그는 오랫동안 청빈의 상징으로 뭇 사람들의 숭상을 받았다. 또 그보다 3백 년 후의 남송의 맹아도 산 밑에 지은 검소한 암자에서 종이를 만들고 글을 쓰며 청빈한 일생을 살았다. 그러나 그는 방덕공처럼 금은보화를 물속에 버릴 바에야 가난한 사람들에게 베풀면 되지 않겠느냐며 아쉬워했다. 그는 방덕공과는 달리 마을 사람들과 잘 어울려 지내며 살았다. 가난을 자랑으로 삼지 않았으며 부를 부러워하지도 않았다. 방덕공처럼 세상을 등지고 살면서 청빈하기도 어렵다. 그러나 맹아처럼 세상과 어울려 살면서 청빈하기는 더더욱 어렵다. 깨끗하게 살면서 욕심이 없어 그 때문에 가난한 것이 청빈이다. 일부러 가난해지고 싶어서 가난한 것이 아니라 욕심도 있고 깨끗이 살겠다고 마음먹은 것도 아닌데 가난한 것은 적빈赤貧이다. 바꿔 말하면 똑같이 가난해도 맹아처럼 덕이 있는 사람의 경우 청빈이라 하고 덕이 없는 사람을 적빈이라고 한다. 청빈은 청절清節과도 통한다. 가난하면서도 뜻을 굽히지 않고 지조를 지키는 것이 청절이다. 보통사람이 깨끗하게 살기 위해서는 다소의 재산이 있어야 상지매절喪志賣節의 유혹을 벗어나 살 수 있다. 제갈공명 같은 고사高師도 다소나마 재산이 있는 것을 다행스레 여겼다. 다만 그에게는 청절을 지키기에 필요한 최소한도의 재산으로 더 이상 탐내지 않았다는 게 보통사람과 달랐다. 그러나 과연 어디까지 욕심을 부려야 알맞은 것인지를 알아차린다는 게 여간 어려운 일이 아니다.

이솝의 우화에 이런 게 있다. 한 소년이 식탁 위의 병에 땅콩이 들어 있는 것을 발견했다. 그는 엄마 몰래 땅콩을 꺼내 먹으려 했다. 그는 병 속에 손을 집어넣어 욕심이 끄는 대로 한 움큼 땅콩을 움켜쥐고 손을 빼려는데 병 구멍이 좁아서 손이 빠지지를 않았다. 소년은 땅콩을 손에 쥔 채 이리저리 손을 비틀어 보고 갖은 꾀를 다 부렸지만 소용이 없었다. 그러면서 그는 손안의 땅콩을 하나라도 떨어뜨릴세라 더욱 주먹에 단단히 힘을 주었다. 그럴수록 손은 빠져나오지 않았다. 그는 결국 울음을 터뜨렸다. 그 소리를 듣고 어머니가 달려와서 영문을 물었다. 소년이 자초지종을 말하자 어머니는 이르기를 "너무 욕심을 부리지 말고 몇 개만 집고 손을 빼보아라."고 했다는 얘기다.

꽃은 만발했을 때보다 피기 시작했을 때가 아름답고, 술도 약간 취(微醉)했을 때가 좋다고 채근담에 적혀 있다. 돈도 마찬가지가 아닐까! 사람은 한 번 돈의 마력에 사로잡히면 멈출 줄을 모르고 욕심을 부리게 된다. 석가는 "부富는 바닷물과 같다. 그것은 마시면 마실수록 더욱 목이 말라진다" 고 했다. 돈이 많다고 해서 하루 네 끼니를 먹는 것도 아니고 하루에 몇 번씩 옷을 갈아입는 것도 아니다. 그러나 셰익스피어의 말대로 황금은 못난이를 똑똑하게 만들고, 겁쟁이에게 용기를 부어주고, 사기꾼을 명사로 만들고, 창녀를 숙녀로 만들어줄 수도 있다. 정당한 수단에 의해 땀을 흘리며 일해서 부자가 되면 청부淸富다. 이런 청부는 떳떳하고 자랑스럽기도 하다. 이와는 달리 수단방법을 가리지 않고 남을 괴롭히고, 때로는 법을 어겨가며 탐욕스럽게 돈을 긁어모으면 탁부濁富다.

고대 로마 국운은 공직사회가 청빈으로 가득 차 있을 때 번영했고 모두가 탁부를 부러워하면서부터 멸망의 길을 걷기 시작했다. 지금 우리 사회의 부조리를 우려하는 것은 바로 이 때문이다. 우리는 자칫 적빈과 청빈을 혼동하는 것 이상으로 청부와 탁부를 분간하지 못한다. 아무리 똑같이 값싼 옷을 입어도 미인은 미인인 것과 마찬가지로, 아무리 값진 옷을 입어도 미운 여자는 밉게 마련이다. 그런데도 우리는 값진 옷을 입기만 하면 대접받는 줄 안다. 아니면 나무랄 데 없는 사람도 값진 옷을 입었다 하여 뒤에서 손가락질을 받기도 한다는 것을 사람들은 모르는 것이 안타깝다.

이는 곧 우리 위기의 근본이 단순한 경제적 위기가 아닌, 보다 기초적이고 지속적인 위기, 총체적 문화위기에 있다는 것을 모르는 것이 문제다. 여기에는 위기를 극복하는 대응책이나 처방도 당연히 달라져야 한다. 그럼에도 불구하고 많은 사람들은 경제적 처방만을 제시한다. 경제가 급한데 한가롭게 문화를 생각하고 논할 겨를이 없다는 것이다. 그러나 그러한 처방은 일시적으로 위기를 봉합할지는 모르지만 더욱 깊은 위기의 수렁으로 몰고 갈 가능성이 많다.

오늘날의 위기는 단순한 외상을 좀 치료하고 환부를 도려내는 외과적 수술로는 그 근본적인 치유가 불가능하다. 정책적으로 뒷받침해 주고 구조조정을 한다 해도 분수에 맞지 않게 돈을 빌리고, 남의 돈으로 벼락부자가 되겠다는 정신 상태를 고치지 않는 한 경영파탄의 악순환은 되풀이 될 것이다. 남을 존중하지 않고 오직 끼리끼리만 잘살면 된다거나 너 죽고 나 죽자는 식의 자포자기는 우리 사회를 구원될 수 없는 수렁으로 끌고 갈지도 모른다. 이러한 총체적 위기를 극복하는 길은 경제적 처방이 아닌 문화적 처방이 나와야 한다. 다만 문화적 처방은 단기적 치료가 아니라 긴 인내를 전제로 한 오랜 치료가 될지도 모른다. 게다가 그 치료방법이나 처방은 경제적 처방이나 어떤 조치처럼 구체적인 것이 되지 못할 수도 있다. 말하자면 고통과 인내를 통해서 스스로 깨달을 때를 기다려야 한다. 그것을 깨달을 수 있도록 전 국민 문화교육과 전 국민 정신개혁운동이 전개되어야 한다. 여기서 지도자들이 깨달아야 하는 것은 눈에 보이는 경제적 위기만이 위기의 전부가 아니라는 사실을 깨닫는 일이다.

우리는 위기의 본질을 직시해야 한다. 개혁이니 혁신이니 하는 문제는 인간의 책임과 권리와 의무를 균형 잡는 것에서부터 출발해야 한다. 이 위기는 진실을 가릴 수 있는 눈이 떠야만 극복되는 것이며 문화의 가치를 제대로 볼 줄 아는 리더십만이 위기해결의 근본적인 단서를 쥐게 될 것이다.

오늘의 위기를 극복하는 출발점은 우리의 위기가 총체적 문화적 위기이며 문화의식의 상실에서 비롯됐다는 것을 깨달아야 한다. 그 어느 때보다도 우리의 문화를 생각하고 새로운 정신혁명을 기해야 할 시점이다.

과거를 회상하고 미래를 구상할 때 발걸음은 느려진다. 모든 것을 잊고 싶어 할 때 발걸음은 빨라진다. 느림이란 기억이고 빠름이란 망각이다. 하루에 자동차 사고로 죽어가는 사람이 30여 명이다. 1년이면 1만1천여 명으로 세계적인 기록을 보유하고 있다. 애간장 태우며 무작정 앞만 보고 달려온 60, 70대 남자들의 암 사망률이 세계 최고치를 지키고 있다. 수십만

명 인구가 밀집하는 아파트 단지를 단 몇 년 만에 때려짓다 보니 피사의 탑 같은 기우뚱한 아파트가 생겨나고 지하철은 개통되자마자 사고가 연발되는 사회에서 그 동안 우리는 살았다. 지하철과 가스 난방이 편리하다고 일시에 전국적으로 무작정 파고 까부수다 보니 하루아침에 1백여 명이 몰살하는 대형 참사가 앞으로도 발생하지 않는다고 누가 보장 하겠는가!

우리는 툭하면 뛰자고 했다. 개발독재시대 때 잘살아 보자는 일념으로 그만큼 뛰었으면 이젠 달려온 자리를 뒤돌아보고, 무엇이 잘못 되었는가를 곰곰이 따져볼 때가 되었으련만 아직도 마냥 뛰자고만 하니, 땅이 꺼지고 다리가 무너지고 가스가 폭발하지 않는가! 한강의 기적을 낳았다는 빨리빨리 증후군은 이제 더 이상 미덕이 될 수 없다. 모로 가도 서울만 가면 된다는 식의 맹목적 무작정 빠름은 지양돼야 한다. 양반이 물에 빠져도 개헤엄은 못 치겠다는 식의 절차와 과정을 중시하는 가치 지향적 사고와 행동이 그 어느 때보다 중요다.

어느 날 중국의 황제가 장자에게 '게' 그림을 부탁했다. 그는 두 명의 시종과 집 한 채 그리고 5년의 시간을 달라고 했다. 5년의 시간이 흘렀지만 그림은 완성되지 않았다. 다시 5년을 요구했다. 10년의 세월이 지날 무렵 장자는 마침내 붓을 들어 한순간에 단 하나의 선으로 일찍이 본 적 없는 가장 완벽한 '게' 그림을 완성했다.

지금 사회가 요구하는 것은 무작정 빠름도 아니고 게을러터진 느림도 아니다. 다리 하나, 가스배관 하나 모두가 완벽한 시공을 위한 철저한 느림과 빠름의 절묘한 조화다. 우리는 어째서 행복의 형식인 느림의 완벽함과 즐거움을 모두 잊고 빠름의 대가인 참사와 망각으로만 치닫고 있는지 모를 일이다.

밀란 쿤테라의 느림의 미학은 이렇게 시작하고 있다.

"어찌하여 느림의 즐거움은 사라져 버렸는가. 어디에 있는가. 옛날의 그 한량들은..." 여기서 알아야 할 것은 "문화가 동사적 기능을 해야 한다."는 것이다. 문화는 인간이 삶에서 매순간 취하는 모든 활동을 지칭할 수 있으며, 자신을 에워싼 모든 것에 대해서 새로운 관계를 발견하려 애쓰는 활동 이것이 문화의 동사적 의미요, 기능이다. 문화가 명사적 기능을 하는 것은 그것을 관망하는 것이고, 수동적으로 받아들이는 것이며, 문화를 자신의 생산체로 보는 것이 아니고 타인의 생산물로 보는 것이기에 거기에는 책임이 따를 수 없다. 우리의 경우 이런 점이 문화적 변화를 다른 영역에서의 변화와 비교되지 않을 정도로 정체한 영역으로 만드는 이유가 아닐까 여겨진다. 세계가 제공하는 변화에 어떻게 능동적으로 새로운 관계를 수립하느냐 문제며, 개개인이 문화의 주체로서의 의식적인 활동이 다른 어느 때보다도 더 강하게 요구된다.

여기서 간단한 사례로 횡단보도 지키기를 보자. 제일 잘 지키는 순위는 유치원생, 초·중·고생, 기성세대 순이다. 나이 들수록 알고도 행하지 않는 것이 문제다. 어린이는 내가 해야 한다는 순수한 책임의식과 주체의식이 살아 있고, 어른들은 나 하나쯤이야 하는 피동적이고 무책임한 의식의 본보기다. 새 천년 문화의식을 우리 모두가 마음 깊이 새기고 행동으로 나타내야겠다.

어느 목사가 빈민선교를 하면서 그들을 구제하는 길은 환경을 개선시켜 주고 일자리를 얻어 주는 것으로 될 줄 알았다. 그런데 그것만으로는 안 된다는 것을 체험을 통해 알았다. 그 해답은 사람이 달라져야 한다는 것이다. 사람이 달라지려면 행동이 바뀌어야 하고 행동이 바뀌려면 의식구조가 달라져야 한다는 것이다.

　코비 교수의 베스트셀러『성공하는 사람들의 7가지 습관』이란 책에서 제일 중요한 것으로 주도성主導性을 들고 있다. 그것은 "모든 것을 나 자신에게서부터 출발하자."는 것이다. 내가 달라지면 세상이 달라진다는 것이다. 그러나 한편으로는 나 한 사람의 의식구조 변화가 사회를 변화시키는데 무슨 소용 있겠는가! 혼자 독야청청해 봐야 무슨 소용인가 반문할 수 있다.

　카오스 이론에 나오는 '나비효과'라는 개념이 있다. 북경에서 나비 한 마리가 날갯짓을 하면 공기에 미세한 떨림을 일으키게 되고 그것이 계속 연쇄반응을 일으켜 뉴욕에 이르면 폭풍을 일으킬 수 있다고 한다. 그러므로 개인의 의식구조 개혁은 사회 전체 의식구조 개혁의 필수조건이며 그것을 가능케 하는 원동력이 될 수 있다는 얘기다. 이처럼 세상 살아가는 이치가 하찮게 생각하는 '나' 한 사람이라는 존재 가치에 있다는 걸 깨닫게 된다.

　중국의 대문장가요, 정치가였던 백낙천이 나무에 새처럼 둥지를 틀고 사는 조과선사를 찾아가 불법이 뭐냐고 물었다. 선사는 "착한 일을 받들어 행하고 악한 일을 하지 말라(衆善奉行 諸惡莫作)."고 했다. 이는 요새 불자들이 흔히 하는 말이다. 이에 백낙천이 "무슨 특별한 법이라도 있나 했더니 별거 아니군. 그런 소리는 세 살 먹은 아이도 다 아는 말이오."라며 실망하고 돌아서는 뒤통수에 대고 선사는 일갈한다. "이놈아! 세 살짜리도 다 알고 있지만 백 살 늙은이도 행하기는 어렵다." 이 말을 들은 백낙천이 결국 돌아서서 무릎을 꿇었다는 얘기가 있다.

　희수喜壽 기념 명상록을 낸 김수환 추기경이 서울대교구장 퇴임 후 가진 기자회견에서 "2000년대다. 어떻게 살아야 할까! 죽음이냐, 삶이냐 갈림 길이다."라고 했다.

내가 변하면 세상이 달라진다. 모든 것은 나 하나부터 작은 것 하나라도 먼저 시작하고 행동으로 옮기는 일이다. 이게 한국적 위기극복의 지름길이라고 감히 말할 수 있다. 깨어 있는 의식과 행동으로 실천하려는 의지와 노력, 자기 희생정신 없이는 새 천년 문화인의 긍지와 자부심을 갖고 살수 없을 것이다. 나 한 사람부터 행동으로 옮겨야 한다. 행동하는 양심으로 새 천년 문화의식이 우리 모두에게 더욱 요구되고 있다. 행동하는 양심으로 새 시대를 살아갈 마음의 자세를 가다듬어야 한다. 이를 위해서 우리 마음속에 문화의식을 갖기 위해 평생교육에 접할 수 있는 시간을 자주 가져야겠다. 요즘 세태는 그 반대로 백화점 세일하는 데는 손님이 미어터진다. 문화의식을 깨우칠 수 있는 세미나 장소나 강연장은 파리를 날리고 있는 현실이 안타깝다. 이웃 일본만 해도 그렇지 않다는 데 주목할 필요가 있다.

21세기 생존전략

표범은 가을이 되면 눈부시게 아름다운 털갈이로 표변豹變을 한다. 21세기를 살아가려면 표변하려는 지략智略을 세워야 한다. 인류역사는 변화를 수용한 개인과 국가에게는 발전을 부여했고, 이를 거부한 개인이든 국가든 퇴보의 아픔을 안겨주었다.

세상이 빛의 속도로 변하는 디지털시대에 변화는 선택이 아니고 필수적임을 명심해야 한다. 변화하면 살고 변화하지 않으면 죽는다(變則生 不則死). 그동안 우리가 정치·경제·사회 등 각 분야에 걸쳐 구조조정과 개혁을 해 왔지만 제대로 이뤄진 게 없다. 집단의 구조조정이나 개혁에는 관심을 가져왔지만 자기 자신을 제외시킨 채 개인적인 차원의 구조조정이나 개혁에는 관심이 없었던 결과다. 이제 개인도 구주조정과 개혁을 해야 한다는 인식을 갖고 자신의 변화 리스트를 만들어 실천하는 자세가 필요하다. 지금은 변화의 시대다. 변화하려고 하지 않는 자, 그는 죽은 자다. 인류의 역사는 변화의 역사다. 이 시대에 살아남기 위해서는 시대의 변화를 빨리 읽을 줄 알아야 한다.

공룡과 바퀴벌레는 수억 년 전 한 시대를 함께 살았던 관계다. 그런데 공룡은 50톤 무게의 화석으로밖에 볼 수 없다. 가상영화에서나 보게 된다. 그러나 바퀴벌레는 지금껏 살아남아서 집안 구석구석에 나타난다. 이사를 가도 어느 틈에 끼어서 따라와 다시 나타나는 끈질긴 생명력을 갖고 있다. 이처럼 재빠르게 환경변화에 대처해야 살아남을 수 있다는 교훈을 얻게 된다.

21세기는 구체적으로 어떻게 변화하고 있으며 새 천년, 21세기의 화두와 패러다임의 핵심이 무엇인가? 인류문명사에서 지금처럼 빠르게 변혁을 한 적이 일찍이 없었다. 정치·경제·사회·문화·교육·군사 등 모든 분야에서 급속한 변혁이 이뤄지고 있다.

미래학자 앨빈 토플러의 『제3의 물결』을 보면 제1물결인 농경사회에서 3천 년간 살았고, 제2물결인 산업사회가 약 3백 년간 지속되었다. 제3물결인 정보지식사회는 30년간 지속될 것으로 내다봤다. 여기서 주목할 것은 시대를 지배하던 패러다임이 빨라지고 있다는 것이다. 농경사회가 천년 단위로 변하던 것이 산업사회는 백 년 단위로 변하고, 정보지식사회는 10년 단위로 변하고 있다. 지금은 10년이 아니라 하루 한시 앞을 내다볼 수 없는 빛의 속도(광속)로 변하는 격변의 시대에 살고 있다.

『미래의 충격』이라는 책에서 '제4의 물결'인 유전공학과 과학기술의 접목으로 복제인간 또는 더 나은 인종을 만들 것이라는 것을 30년 전에 이미 예측하고 있었다. 산업 혁명기에 아담 스미스가 『국부론』을 쓴 뒤 지식이 두 배로 될 때까지 1세기가 걸렸지만, 인터넷시대엔 매 1년마다 지식이 두 배로 폭발하고 있다.

미국 인텔사의 창립자인 고든 무어가 발견한 이론인 '무어의 법칙'을 보면 컴퓨터 칩의 밀도가 18개월 간격으로 두 배씩 증가한다는 법칙이다. 그 결과 소비자는 18개월마다 두 배나 성능이 좋은 컴퓨터를 이용할 수 있다는 얘기다. 컴퓨터 칩이 두 배면 그 안에 담을 수 있는 정보지식은 수십 배가 될 것이다. 이처럼 변화의 속도가 빨라지면서 미래에 대한 예측능력보다 변화에 적응하는 능력이 더욱 중요시되고 있다.

세계화와 지식정보화사회는 인터넷이 주축을 이루는 디지털과 지식정보다. 통신과 컴퓨터가 접속된 인터넷 지식 정보화 시대다. 디지털 인터넷이 주축을 이루는 사이버 혁명이다. 21세기엔 지식을 많이 가진 사람이 최고가 아니라 정보지식을 빨리 찾아내고, 종합하고 창의력을 생산해 내는 순발력 있는 컴퓨터 맨이 지식사회를 주도하고 있다.

나노 테크놀로지nano technology처럼 빛의 속도로 빠른 시간개념과 사이버 스페이스cyber space처럼 무한정한 공간개념이 21세기의 키워드인 것이다. 나노 테크놀러지는 예전 같으면 며칠 걸려야 할 정보처리도 1초 안에

할 수 있다. 어쩌면 초 단위의 시간도 의미가 없어진다. 컴퓨터 성능을 비교 할 때 10억 분의 1초인 나노초를 다투는 시대가 전개되고 있기 때문이다. 미세한 단위개념인 현대를 나노초를 다투는 시대라고 한다. 사이버스 페이스는 PC 통신이나 인터넷 등 컴퓨터 네트워크에서 만들어지는 확장 공간이다. 인간이 살고 있는 우주 위에 또 하나의 새로운 우주가 만들어지고 있는 개념이다. 인간사회에 필요한 수십 제곱미터 크기의 새로운 우주가 만들어지고 있다. 사이버는 지구의 60억 인구가 하나의 유기체 내에 살 수 있는 시대다. 우리는 이처럼 커다란 사회변화의 파고波高 속에 살고 있다. 컴퓨터 기술은 인간이 세계와의 접촉공간을 확대하는 핵심수단이 되었다.

컴퓨터 기술이 조만간 인간지능에 필적하는 인공지능을 개발할 것이라고 한다. 미래의 키워드 하나하나 속에서 생소하고 다양한 미래로 가는 길을 찾게 되는 시대에 살고 있다. 현존하는 프랑스 천재라고 불리는 자크 아탈리가 쓴 『21세기 사전』을 보면 21세기는 컴퓨터 자판기인 키보드가 사라질 것이라는 예측이다. 컴퓨터가 음성인식 시스템으로 바뀐다는 것이다. 21세기에는 또 화폐와 문자가 사라질 것이라는 예언이다.

영국의 데일리 텔레그래프가 60명의 저명한 과학자와 미래학자에게 신세기 전망을 물은데 대한 대답은 더욱 놀랍다. 칼럼니스트 토머스 페징어는 오늘의 지폐나 동전은 모두 디지털 방식의 전자화폐로 바뀔 것이라고 했다. 디지털 기술은 사람의 신용과 재산을 완벽하게 나타낼 수 있게 되어 한 장의 카드로 택시도 타고 돈을 넣고 빼며 물건도 살 수 있는 시대가 이미 이뤄졌다.

과연 문자까지도 사라지리라는 예언을 믿을 수 있을까 하는 의문을 낳게 하지만 이미 키보드 없는 컴퓨터, 문자나 소리만이 아닌 냄새나 맛과 같은 오감五感을 전달하는 인터넷2가 연구되고 있다. 스탠퍼드대 케이스 데블린 교수는 앞으로 컴퓨터 화상의 삽화와 도표 등을 통해 견해와 느낌이 충분히 전달되므로 문자의 필요성이 없어질 것이라는 전망이다. 모든 사람들이 사이버 세계에서 정보지식을 공유하게 됨으로써 정보의 투명성은 1등만 살아남게 되었다(No.1 Only). 마이크로소프트(MS) 사의 빌 게이츠가 쓴 『생각의 속도』라는 책을 보면 지금은 새로운 차원의 부의 이동이 일어나고 있다고 했다.

종전의 농경사회에서는 땅을 많이 가진 사람이 부자였다. 산업사회에서는 자본과 기술을 많이 가진 사람이 부자다. 정보지식사회는 새로운 정보지식을 가지고 눈에 보이지 않는 부가가치를 창출하는 사람이 돈을 많이 벌고 세상을 지배한다. 소프트 산업이 그것이다. 사이버에 들어간 사람과 들어가지 못한 사람은 종속관계에 있게 된다. 빌 게이츠는 미 하버드대학을 중퇴하고 조그만 창고에서 창의력 하나로 최고의 돈을 벌 때는 1초에 81억 달러를 벌었다. 1998년 GE사를 재치고 1위에 랭크됐었다. 가장 짧은 시간에 세계 최고 부자가 됐다. 빌 게이츠는 왜 하버드대학을 중퇴했을까! 사물이나 사실을 머리에 담는 공부는 하지 않겠다는 것이다. 컴퓨터가 해결하는 지식은 지식이 아니다. 머리 아프게 암기할 필요가 없다. 교육은 지식의 전달이 아니다. 상호교류 속에서 자기 분야에 독창적인 일을 하는 사람이 돈을 번다.

고등학생 이상엽 군은 컴퓨터에 빠졌다고 꾸지람을 듣던 학생이 프로그램 하나를 개발, 10대에 수십억을 벌어 엄청난 부자가 됐다. 박찬호는 투구 한 번에 3백40만 원, 박세리는 스윙 한 번에 1백만 원, 이창호는 바둑

알 하나에 1백만 원이다. 이처럼 창의적 사고는 100 : 0의 차이다.

지금 세계 인구가 가지고 있는 직업은 10만여 종, 한국은 6만여 종이다. 이 직업을 크게 3가지로 나눈다. 제조업 · 관리업 · 유통업 중 어느 하나에 포함된다. 기계문명의 발달로 1백 명이 하던 일을 20명이 다 해낸다. 80명은 쓸모없는 노동력이다.

제조업의 경우 로봇이 사람이 할 수 있는 일의 수십 배, 수백 배를 하게 되어 노동력이 쓸모없게 됐다. 로봇은 일도 잘 하지만 불평도 없고 노사문제도 없어 더욱 좋다. 20 : 80의 위기론이 폭풍처럼 불어 닥치고 있다.

관리(사무직) 분야도 다를 바 없다. 관리직도 20 : 80은 마찬가지다. 자판기만한 컴퓨터 한 대가 수십 명의 일을 하기 때문에 동사무소가 없어지고, 구청 단위도 통폐합하여 행정관리 조직도 인력을 축소조정하지 않으면 나라와 회사가 망할 위기에 있게 된다. 이미 프로그램이 개발돼 시행단계에 있으나 충격을 줄이기 위해 중지돼 있을 뿐이다. 동사무소가 없어져야 나라가 발전한다. 사이버 행정 전산화가 이뤄지면 주민등록증이나 인감증명을 공중전화 박스에서 본인의 주민등록번호만 누르면 발급되는 시대가 이미 와 있기 때문이다.

경제유통에서도 종전의 생산자 · 공급자 중심에서 소비자 중심사회로 바뀌었다. 소비자는 왕이다. 종전에 거쳐야 하는 3, 4단계인 생산자 · 총판 · 대리점 · 도매점 · 소매점에서 바로 소비자와 생산자가 직거래되는 다이렉트 경제유통으로의 변화다. 앞으로 길거리에 가게가 없어지고, 역세권의 가치가 없어지는 시대가 온다. 유통업 분야도 20 : 80의 현상은 마찬가지다. 전체 인구의 25퍼센트 4분의 1이 유통으로 먹고 살았다. 현재 상당분야에서 제조 생산자와 소비자의 직거래가 이뤄지고 있다. 앞으로 더욱 최고의 제품이 중간유통을 없애고 다이렉트 셀링direct selling으로 소비자 만족시대를 구가하게 될 것이다.

가장 이상적인 사회구조는 다이아몬드 형이다. 꼭대기 5퍼센트와 밑의 5퍼센트로 90퍼센트의 중간층이 많은 사회다. 밑이 많을수록 불안한 사회다. 항아리 모형의 20 : 60 : 20의 선진국형의 안정된 사회가 앞으로는 20 : 80의 목이 짤록한 배불뚝이 종속형 사회가 형성될 전망이다. 결재판이 없어지는 시대가 됐다. 화상결재 시스템 시대가 오기 때문이다. 80퍼센트는 저절로 직장을 떠나야 한다. 앞으로 10명 중 8명은 취직이라는 '취'자도 맛볼 수 없는 시대가 오고 있다. 금융불안, 주가불안, 개혁과 구조조정, 기업의 빅딜, 기업 부도사태, 생명연장, 고령화 등 엄청난 변화의 소용돌이 속에서 살고 있다. 단순한 변화가 아니라 가위 혁명적이다. 미래는 불안하기만 하다. 다만 그것을 실감하지 못하고 있을 뿐이다.

사이버 세계에 들어가면 국경과 국적이 없다. 그뿐이 아니다. 현실세계에도 국경이 없어진다. EU국가가 바로 그러하다. 일본에서는 외국인이 공무원 시험을 본다. 모든 문을 활짝 열어 버렸다. 헝가리 · 폴란드 · 루마니아가 이미 시행하고 있다. 사이버 세계는 지구의 60억 인구가 하나의 유기체 내에 살 수 있는 시대이기 때문이다. 세계인 누구든지 전문가로 일할 수 있는 시대가 됐다.

정보지식사회는 투명한 사회가 된다. 도청 · 감청이 성행한다. 미스 코리아 선발대회에서 투시 카메라로 알몸을 찍어 인터넷에 올려 그 부모가 야단을 떠는 것을 봤다. IBM이 개발한 무성 녹음기는 손에 대면 기억을 녹음할 수 있다. 앞으로 나노 컴퓨터는 사람의 마음을 읽는다. 이처럼 변화하는 시대에 살아남기 위해서 어떻게 해야 하는가가 문제다.

삶의 수단을 기계에 빼앗기게 된다. 아날로그 시대 텔레비전 채널 하나로 시청하던 시대에서 디지털 텔레비전은 데이터베이스만 연결하면 수십 개의 채널을 선택적으로 보는 시대가 됐다. 과거에는 모든 것이 클수록 비싸지만 지금은 작을수록 비싸다. 노동의 종말시대가 오고 있다.

자원은 만져볼 수 있는 유형자원과 만져볼 수 없는 무형자원으로 나눈다. 유형자원은 3M이다. money돈 · man사람 · materia물자이다. 경영은 이 3요소에 대한 존재론적 가치의 효율적 관리다. 유형자원에 대한 소유경쟁이 치열했다. 민주주의와 공산주의 유물사상과의 냉전시대를 살았다.

그러면 무형자원은 무엇인가? 시간 · 지식 · 신용이다. 시간은 선의 개념이다. 이는 약속이다. 시간의 넓이에 속도를 가미하면 시간의 위력은 커진다. 네트워크 비즈니스는 시간가치의 극대화 개념이다. 지식은 사물에 대한 인식인 사물지 · 사실지 · 방법지다. 지식은 뇌(brain)와 머리통(head)이 아니다. 컴퓨터가 해결하는 지식은 지식이 아니다. 브리태니커 백과사전이 CD 3장에 담겨 있다. 지식은 사실을 응용하는 창의적 사고(Creative Thinking)다. 창의적 사고는 신지식이다. 자기 분야에 독창적인 일을 하는 사람이 돈을 벌고 부자가 된다.

21세기에 살아남기 위해서는 향후 전략 목표를 세워 다시 시작하지 않으면 결코 앞서 갈 수 없다. 늦다고 생각할 때가 빠른 때다. 지금 지식의 격차가 크게 벌어지고 있다. 계층 간 정보지식의 격차는 계속 벌어지고 있다. 아이디어와 신지식 없이는 점점 뒤떨어질 수밖에 없는 것이 현실이다. 오늘을 잘 살아가기 위해 다음 몇 가지 전략을 생각해 보자.

첫째, 자신의 몸값을 향상시키자.

현재의 자신의 몸값이 얼마라고 생각하느냐다. 자신의 몸값을 정확히 알아야 한다. 흔히 사람들은 현재 자신이 받는 직위나 봉급을 자신의 몸값으로 생각하는 경향이 있다. 그러나 몸값은 현재의 직장을 그만두고 다른 곳에 갔을 때 받을 수 있는 직위와 급여를 말한다. 이를 기회직위, 또는 기회임금(opportunity position or wage)이라고 한다. 지식정보사회가 요구하는 능력과 태도 면에서 객관적인 몸값이 얼마인지 따져보고 그에 알맞은 능력개발에 노력해야 한다. 단호한 자세로 새로운 변화에 순응하고 변화의 주역이 될 때 자신의 몸값이 올라간다. 그럴수록 소속한 조직과 사회와 국가발전에 이바지할 수 있는 기회가 더 오래 주어지게 된다.

앞으로 근로사회의 조로화早老化를 방지하기 위해서 현재 조기퇴직에서 정년제 폐지가 논의되고 있다. 따라서 계속 몸값을 올려야만 살아남을 수 있다.

또 자기가 하는 일의 프로페셔널이 되라는 것이다. 예능인이든 스포츠맨이든 직업인으로서 프로페셔널은 자신이 가지고 있는 기능을 상품으로 팔고 있는 것이다. 일반적인 직업세계에서 프로페셔널과 아마추어라는 말은 사용하지 않지만, 급료를 주고 생활을 보장해 주는 경영인의 입장에서나 서비스를 받는 고객의 입장에서도 프로페셔널한 기능을 발휘해 줄 것을 기대하고 있다.

프로페셔널은 자기가 하고 있는 일에 대해 직업적 양심을 가지고 스스로 기량을 향상시키기 위하여 각고의 노력을 계속해야 한다. 에이스적인 직업인이 되라는 것이다. 프로야구에서 에이스는 그 팀에서 가장 믿을 수 있는 투수다. 꼭 이겨야 하는 시합에는 선발투수로 기용되고 완투하여 팀에 승리를 가져다주는 사람이다. 멤버들로부터나 관객들로부터 전폭적인 신뢰를 모으는 사람이 바로 에이스다. 훌륭한 직장인이 되기 위해서는 직장의 에이스도 이와 똑같은 의미를 갖는다. 회사가 핀치(위기)를 맞으면 몸을 던져 실지회복을 위해 진력하고, 찬스가 도래하면 선두에서 공격을 가하여 찬스를 잡는다. 그런 행동에 동료들은 물론 고객들의 신뢰를 한 몸에 받게 됨으로써 직장에서 승승장구할 수 있다. 우리는 일터의 일꾼들이다. 자기 일에 열과 성을 다해야 한다. 그래서 자기 일에 미칠 정도로 신명을 바칠 수 있어야 한다.

둘째, 평생학습의 자세를 가져야 한다.

변화의 속도가 점점 빨라지고 있다. 어제의 지식은 빨리 보충하지 않으면 순식간에 진부하고 낡은 지식이 되어버린다. 자신의 직무와 관련된 전문성을 높이고 정보화 능력을 보완하기 위해 부단한 노력을 기울여야 자신의 몸값을 유지하거나 상승시킬 수 있다.

새로운 학문이나 자기 전문분야에 대해 학습하는 자세를 가지고 학습으로부터 기쁨을 얻는 태도를 유지하는 것이 바람직하다. 지금은 모험적 신분야를 개척하는 벤처시대다. 새로운 것에는 모험이 따른다. 개인이든 조직이든 변화와 변신에 느린 자는 살아남을 수 없는 시대다. 조그만 사무실에 컴퓨터 몇 대가 고작인 벤처기업에 수조 원대의 돈이 모여드는 세상이다. 경제의 틀이 바뀌고 아울러 새로운 문화가 창출되고 있다. 21세기는 무형자본인 신지식의 창출이 무엇보다 중요하다. 무형자본인 정보는 서로가 많이 나눠 쓸수록 빛이 난다. 지역과 공간이 무너진다. 지구촌시대 세계화시대다. 신사고를 가지려면 신문 하나라도 제대로 샅샅이 보고 배워야 한다.

셋째, 과거의 관행을 깨라.

21세기형 CEO는 CDO(관행 파괴형 경영자Chief Destruction Officer)

여야 한다. 세계 최우량기업 GE(제너럴일렉트릭)가 'e' 기업으로 한발 앞서가기 위해 사내 인터넷 주소를 아예 '당신의 사업을 파괴하시오(destroy your business.com)로 내걸었다. 현재 하고 있는 것을 모두 때려 부수고 새로이 판을 짜라는 주문이다. '바꿔바꿔' 노래처럼 모든 것을 바꾸지 않으면 안 되는 세상이다. 과거의 틀에 묶인 고정관념을 버리고 좀더 유연하라는 것이다. 부드럽다는 것은 변화에 잘 적응할 수 있다는 것이다. 현재에 안주하지 말고 위험에 도전하라.

넷째, 창의와 파트너십을 길러라

현대를 정보지식사회라고 한다. 그러나 피터 드러커는 지금은 정보지식사회가 아니라고 한다. 정보지식은 컴퓨터 안에 다 들어 있다. 꺼내 쓰기만 하면 된다. 클릭만 하면 정보지식이 슬롯머신의 코인처럼 쏟아져 나오는 시대다. 그래서 지금은 창의력의 시대라는 것이다. 지식과 창의력은 다르다. 창의력은 지식의 반대 개념이다. 지식이 많은 교수님에게서는 창의력은 나오지 않는다. 창의력은 어디서 나오는가! 창의력은 빈 가운데서 나온다. 머리를 비우지 않으면 창의력은 나오지 않는다. 빌 게이츠나 서태지가 공부를 많이 해서 창의력이 나온 것이 아니다. 사이버사회는 깨달음의 사회다. 사이버사회를 떠받드는 것은 지식이 아니라 깨달음이다. 아이들에게 공부를 강요하지 마라. 공부에 스트레스 받으면 창의력은 나오지 않는다.

우리나라 중 · 고교 교육평준화가 문제다. 지식 위주의 주입식 · 하향식 · 암기식 · 기계식 · 획일주의 교육이 우리 아이들을 멍들게 하고 있다. 10대 학생들의 자살사건은 바로 창의력을 죽이는 교육의 병폐다. 지금까지의 산업사회적인 사고방식과 의식, 그 생활패턴을 바꿔야 한다. 창의력을 기르는 깨달음의 교육은 적성에 따라서 스스로 공부하고 선생은 보조만 해야 한다. 시간적 여유를 갖고 머리를 비우고 조용히 명상에 잠기며 자기 자신을 생각하는 여유를 가져야한다.

우리는 너무 빨리빨리 생활패턴에 젖어 있다. 선진국 유럽 사람들은 급한 게 없다. 마음이 여유롭고 넉넉하다. 창의가 부가가치의 핵심이다. 창의는 여유 속에서 나온다. 창의력을 유발하기 위해서는 파트너십이 중요하다. 파트너십은 수평문화를 이루는 기본정신이자 새로운 조직의 질서다. 조직 내의 상하관계는 서열과 계층에 따른 위계질서가 아니라 공통의 목표를 지향하는 각각의 전문가들이 협력하고 조화를 이루는 수평적 질서를 이루어야 한다.

직장의 장은 조직의 일원으로서 권위주의적으로 군림하는 자세가 아니어야 한다. 파트너들이 서로의 역량을 쏟아내도록 지원하고 엮어주는 역할을 해야 한다. 파트너십은 서로가 서로를 열어 놓고 대화하며 이해하는 동지적 애정관계를 형성하면서 목표를 향해 뜻과 행동을 일치시키는 상하좌우 협동관계이기 때문이다. 이러한 문화가 깃든 조직이라면 갈등과 대결구도가 있을 수 없다. 파트너십에 입각한 수평문화는 이 시대 모든 집단의 경쟁력을 좌우하는 조직형태다. 파트너십은 조직의 일원으로 스스로가 훈련되어야 한다. 협조적인 창의성, 즉 협창성協創性을 발휘해야 한다.

정보사회의 성패는 정보를 공유하고, 그 공유된 정보를 바탕으로 창의성을 얼마나 이끌어낼 수 있느냐에 달려 있다. 나쁜 사람의 어원은 "나뿐인 사람"이라고 한다. 자신만을 생각하는 독불장군은 설 땅을 잃게 될 것이다. 더불어 살아가는 상생相生의 지혜를 발휘할 수 있도록 공동체에 참여와 협조가 강조되고 있다.

다섯째, 기본을 지켜라.

국제 골프계에서 한국의 낭자 그룹이 헤게모니를 쥐고 있다. 박세리, 박지은, 김미연, 장 정 등이 그들이다. 박세리는 10승의 영광을 누리고 미국 골프 명예의 전당에 그 이름을 올렸다. 골프는 어떤 기교를 부리는 것보다는 기본자세에 가장 충실해야 잘 맞는다. 기본자세가 흐트러지면 공은 맞지 않는다. 이 기본이 쉬울 것 같은데 실은 그렇지 않다. 이처럼 인간생활에서도 기본이 제대로 잘 돼 있지 않으면 안 된다. 인간이 살아가는데 기본적인 지혜는 유치원의 모래성에서 이미 배워서 다 잘 알고 있다. 세상이 왜 복잡한가! 기본을 잘 지키지 않기 때문이다.

붉은 악마들이 질서 있게 응원하고 놀던 자리의 청소 하나가 얼마나 월드컵의 성공에 기여했는가! 다만 우리 사회가 복잡하고 어려운 것은 기본을 제대로 지키지 않고 있기 때문이다. 기본을 지키는 데에는 4가지가 있다.

① 가정을 지키자.

가정은 사회의 기본단위다. 가정이 튼튼해야 개인이 안정되고 사회가 건강해진다. 우리는 핵가족시대에 살고 있다. 문제는 가정이 해체되고 있다는 데 있다. 2세대 한 가정이 거의 사라져 가는 형편이다. 더욱이 근래 높은 이혼율이 문제다. 가정은 우리 마음의 궁전이요 보금자리다. 보금자리로서 가정은 안정되고 평온해야 한다. 가정이 불안하면 사람들은 정신적으로 방황하게 되고 하는 일이 손에 잡히지 않는다. 가정을 잘 지키려면 가족 구성원인 남편과 아내와 자녀가 각자 마땅히 해야 할 직분을 다해야 한다. 남편은 밖에 나가서 열심히 일을 해야 하고 아내는 집안 살림을 잘

꾸리고 아이들의 양육에 힘써야 하고, 자녀들은 학교에서 열심히 배워야 한다. 각자의 직분을 다하지 않으면 가정은 불안하고 혼란에 빠진다. 맞벌이 부부들이 많다지만 가정에서도 부부가 공동으로 정신적인 집 지킴이가 되어야 한다. IMF 이후 많은 가정이 무너졌다. 직장을 잃고 어려움이 있다고 가출할 것이 아니라 가정 안에서 가족이 함께 노력하여 문제해결의 실마리를 찾으려는 노력을 해야 한다. 행복은 각자 마음의 잣대다. 행복은 사랑하는 가족들과의 대화 속에서, 단란하게 마주앉은 식탁 위에서, 자녀들을 지켜보는 평화스런 웃음 속에서 찾을 수 있어야 한다. 지금은 여성시대다. 여성시대라고 남성들에게 무조건 아부하라는 말이 아니다. 아내는 남편의 영원한 누님이라고 했다. 그만큼 아내는 남편의 보호 · 격려 · 교정자 역할을 한다는 것이다. 가정은 남녀 양성의 평등과 다양한 인성을 바탕으로 행복을 추구하는 공동체 단위다. 남편은 가정에서 아내에게 잘 대해줘야 한다. 그것이 가정을 지키는 지름길이다. 두 부부가 가정의 중심에 굳건히 서서 가족 간의 유대를 끈끈히 하는 대화가 잘 이루어져야 한다.

② 직장을 잘 지키자.

근래 직장이 흔들리고 있다. 구조조정으로 직장을 떠나는 사람, 봉급이 적다고, 승진이 안 된다고 철새처럼 직장을 옮겨 다니는 사람이 많다. 장래가 보이지 않으면 빨리 바꾸어야 한다. 직업은 선택이다. 인생의 3가지 선택은 학교 · 직업 · 배우자이다. 처음에 잘 선택해야 한다. 직장은 가급적 오래 근속하면서 그 직장에서 꼭 필요한 전문인이 되어야 한다. 직장을 자주 옮겨 다니는 한 전문인의 자리, 중요한 자리를 갖기란 쉽지 않다. 프랑스의 문인인 앙드레 모로는 "인생을 살아가는 기술의 하나는 하나의 공격목표를 선정하고, 여기에 온 힘을 집중하는 데 있다."고 했다. 이 말은 인생을 살아가는 방법과 지혜를 가르치는 간결한 표현이다. 한 직장에서 오래 살아남기 위해서는 일을 하는 데 있어서 진심(盡心)으로 임해야 한다. 일에 대해서 마음을 다하지 않는 것은 일을 자신의 인생 그 자체라고 생각하지 않거나, 자기 일이 아닌 남의 일이라든가, 스스로 마음에서 우러나 능동적으로 하는 것이 아니라 남이 시켜서 마지못해 함으로써 자기 모습이 아닌 가짜 모습으로 일하기 때문이다. 일을 하는 데 있어서 겉마음이 아니라 속마음으로 임해야 한다. 정말로 들어가고 싶은 학교나 회사에 시험을 치를 때처럼 자기가 가지고 있는 힘과 실력을 십분 발휘하기 위해 필사적으로 노력하는 것처럼 자신이 하는 일에 진심을 다하고 그 일 속에서 인생을 찾아야 한다. 직장생활에서 밥이 적다고 밥상을 뒤엎어 버려서는 안 된다. 밥을 먹기 위해서 밥상이 있어야 하는 간단한 원리를 생각해야 한다. 일을 하기 위해서는 직장을 지켜야 한다. 사람이 살아가는 근간은 가정과 직장이라는 기본을 잊지 말자는 것이다.

③ 사회 공동체 의식을 갖자.

공동체란 무엇인가? 생활과 운명을 같이하는 조직체다. 공동체 사회의 가장 작은 단위가 가정공동체다. 인간은 관계 속에서 살아간다. 인간은 신과의 관계(對神), 물질과의 관계(對物), 사람과의 관계(對人)로 살아간다. 이 세 가지 관계가 원만할 때 비로소 행복을 느끼며 살 수 있다. 그러나 그 관계가 원만하지 못할 때 인간은 불행하다. 인간의 행불행은 모든 관계가 원만하냐, 못하냐에 따라 결정된다. 부부지간·부자지간·형제지간·상하지간 등 관계를 떠나서는 존재할 수 없다. 인간이 사람과 사람 사이의 존재라는 뜻은 의미심장하다. 인간은 관계적 존재다. 인간 세상은 많은 사람들이 서로 돕고 의지하면서 사는 사회를 말한다.

그런데 우리는 흔히 자기 가정은 중요시하면서 우리가 몸담고 사는 공동사회는 오불관언吾不關焉인 경우가 많다. 나와는 아무 관계가 없다는 식이다. 자기 집은 깨끗이 할 줄 알면서 쓰레기는 아무데나 함부로 버리고, 공장에서 돈은 벌면서 폐기물이나 오염물을 상수원으로 흘려보내는 것은 일종의 간접 살인죄에 해당한다. 우리는 사회적인 일에서 흔히 자기 자신은 빼놓고 남만 잘해 주기를 바란다. 100은 하나부터 시작된다. 모든 것은 나 하나부터라는 것을 명심하고 모든 것을 나 하나부터 잘 하자.

④ 자연을 지키자.

환경 친화적인 삶을 살자는 것이다. 우리 인간은 지구의 일부분이다. 이 지구는 인간의 영원한 고향이며 우리와 한 몸이다. 우리 또한 그 지체요 영혼이다. 우주의 질서는 순환법칙에 의해서 움직이고 있다. 계절의 변화가 그렇고 음양의 조화는 '받아들임과 스며듦' 이라는 양극성에 의해서 움직이고 있다. 모든 생명체는 주고받는 관계 속에서 그 생명을 유지하게 된다. 사람이 나무를 키우기 위해 거름을 주고 흙을 북돋아 주면 나무는 흙으로부터 자양분을 받아들이고 그 보답으로 꽃을 피우고 열매를 맺어 우리에게 되돌려 준다. 그러나 사람들이 나무를 마구잡이로 훼손하여 자연을 해침으로써 자연은 인간에게 재앙을 가져다주고 있다. 우주 대자연의 보호를 잘 받기 위해서 지구가 벌이는 생명의 잔치에 동참해야 한다. 내가 피운 담배꽁초 하나에서부터 내 집의 쓰레기가 자연에 재해를 가져다주고 결국 우리들의 숨통을 조이는 부메랑이 되어 돌아온다는 것을 깊이 인식해야 한다. 사람들이 자연환경친화적인 관계를 이뤄 에코토피아 ecotopia(환경낙원)를 이룩하자는 것이다.

지금은 무한경쟁시대다. 경제를 비롯해서 모든 분야에서 국경 없는 무한경쟁 속에서 살고 있다. 답은 나와 있다. 냉엄한 생존의 싸움에서 살아남으려면 사고의 틀과 행동양식을 바꾸어야 한다.

한국 축구를 몇 단계 업그레이드 시킨 히딩크가 준 교훈은 기본과 원칙의 고수다. 선수들은 기초체력 향상과 경쟁원리를 터득해야 한다. 오직 실력만이 살 길이었다. 선수들의 과거 이름값에는 관심이 없었다. 히딩크에게는 오로지 기본과 원칙의 고수만이 중요했다. 이 시대를 살아나가기 위해서는 어떻게 해야 하는가. 다시 말하자면 ①기본을 잘 지키자. 가정·직장·사회 공동체·자연환경을 잘 지키자. ②평생학습의 자세를 가져라. ③창의력과 파트너십을 길러라. ④과거의 관행을 깨라. 고정관념을 버리고 현재에 안주하지 말라. ⑤자신의 몸값을 향상시켜라. 승승장구 살아남을 것이다.

한 사람이 1만 명을 먹여 살리는 시대다. 위기는 언제 어디에나 있다. 위기는 바로 기회다. 위기에 도전할 줄 아는 강한 인재가 되어야 21세기에 살아남을 수 있다.

한국사회가 지향해야 할 21세기 가치관

우리는 21세기를 살고 있다. 지금부터 길게 보면 1백 년, 짧게 보면 50년 동안 어느 민족과 어느 사회가 세계무대를 이끌어가고 세계역사를 영도할 것인가. 앞으로도 앵글로색슨 사회, 영어문화권이 세계를 지배할 것 같다는 생각을 갖게 된다. 즉, 영국·미국·캐나다·호주·뉴질랜드를 포함한 영어 문화권이 세계를 지배할 것 같다는 것이다. 어떻게 해서 앵글로색슨 민족이 세계를 지배하게 되는가. 우리는 어떤가. 우리 민족은 세계를 영도할 수 없는 것인가. 그들 민족이 우수해서인가. 그렇지만은 않다. 꼭 민족이 우수해서가 아니다. 그 사람들, 그 사회가 갖고 있는 가치관과 사고방식, 그것이 지금 세계에서 제일 앞서 있기 때문에 세계를 지배하고 있는 것이다.

21세기 세계무대에서 가장 중요한 것은 정치나 경제가 아니다. 국민들의 사고방식이다. 국민들이 무슨 생각을 어떻게 하고 있는가 하는 것이 문제다. 강한 정신력을 가진 민족이 세계를 지배한다. 그것은 도덕성과 창조적 사고방식인데, 그건 바로 가치관이다.

그런데 불행하게도 지금 가치관에 대해서는 교육부장관이 그렇게 많이 바뀌었지만 여기에 대해서 걱정하는 것을 듣지 못했고, 대통령도 큰일을 많이 한다고 하지만 어떤 생각을 어떻게 해야 하는가 하는 중요한 가치관의 문제에 대해서는 그 누구도 말을 못하고 있다. 이런 문제를 우리의 역사 속에서 실질적으로 구체적으로 어떤 생각을 버리고 어떤 생각을 해야 하는가를 역사적 교훈에서 찾아보고 이를 행동으로 옮겨야 한다.

앵글로색슨 사회가 가지고 있는 모든 가치관은 영국에서 6백 년 전에 시작해서 1백 년 전부터 미국이 중심이 되어 이끌어가고 있다. 이제 얼마 지나지 않아 미국에서는 흑인 대통령이 나오게 될 것이다. 미국의 큰 기업 체에 이탈리아계 사람의 회장이 많이 나올 것이다. 그 사회가 가지고 있는 가치관과 사고방식에서 흑인이 앞서면 그가 대통령이 된다. 미국은 여러 인종이 모여 이룩한 나라. 그 사람들 가운데 그 사회가 가지고 있는 가 치관에서 앞서면 누구나 지도자가 될 수 있는 그런 사회다.

한 민족과 사회가 가치관을 형성해 가는 데는 5백 년이 걸린다고 한다. 예를 들면 우리 목사들, 크리스천 지도자들을 생각하게 된다. 목사님이 어 느 어려운 가정을 찾아가 위로의 말을 하는 가운데 "그럼 어떻게 하겠습니 까? 다 하느님의 뜻이 그런걸." 하고 말한다. "그렇지요. 하느님의 뜻인데 할 수 있나요!"그들은 그걸 기독교 정신이라고 말한다. 우리는 흔히 자신 에게 어려운 일이 생기면 "다 팔자소관이다. 팔자가 그런 걸!"이라고 말한 다. 이건 5백 년 동안 우리를 이끌어 온 운명론적 사고방식이다. 목사님도 하느님이라고 말만 바뀌었지 기독교적 정신에서 나온 말은 아니다. 전통 적 사고방식 가운데 버릴 것은 버리고 바꿀 것은 바꾸지 않으면 안 된다.

역사적으로 볼 때 세계의 근대화가 시작된 것이 길게 보면 6백 년, 짧게 보면 5백 년이 된다. 지금까지 세계를 지배하고 있는 큰 사상이 두 개가 탄생했다. 하나는 앵글로색슨 즉 영국을 중심으로 탄생했다. 이를 영국계 정신이라 하는데 이 가치관은 경험주의 사고방식이다. 이를 5~6백 년 동 안 계속해 왔다. 영국의 경험주의는 학문의 기초를 심리학으로 보았다. 심 리학은 고정된 게 아니다. 자꾸 변하는 것이다. 경험주의 앵글로색슨 사회 는 살아 보는 가운데 더 좋은 것이 무엇인가를 찾아가는 사회다. 어떤 원 칙이 있는 게 아니고 살아가면서 좋은 것이 나오면 자꾸 바뀌어 나가는 것이다. 이를 귀납적 사고방식이라고 하는데 지금까지 우리에게 많은 영향을 주었다.

다른 하나의 가치관은 경험주의인 영국이 섬이니까 대륙이라고 하는 프랑스와 독일 사람들의 사고방식이다. 이들은 5~6백 년 동안 합리주의적 사고방식으로 살았다. 학문적으로도 독일·프랑스에 가게 되면 가장 중요한 학문이 무엇인가 하면 수학·기하학·논리학이다. 여기엔 별 변화가 없다. 공식에 따라 딱딱 맞춰 나가면 된다. 합리주의적 사고방식을 학문적으로는 연역적 사고방식이라고 한다. 원칙을 하나 찾아내면 합리적으로 원칙을 따라서 살아야 한다. 심하게 말하면 발에 구두를 맞추는 것이 아니라 구두를 만들어 놓고 발을 맞추는 것이 합리적 사고방식이다.

프랑스혁명이 일어났을 때와 미국이 독립했을 때는 비슷한 연대이다. 프랑스는 그 동안 헌법이 다섯 번이나 바뀌어 제5공화국이라고 한다. 미국은 2백 년 동안 변한 게 없다. 언제쯤 제2공화국이 생기느냐 물으면 미국사람들은 이렇게 반론한다. "우리는 그렇게 살지 않는다. 나라를 만들고 살아가면서 나쁜 점은 버리고 좋은 점은 찾아가면 되는 거지 제2공화국·제3공화국 그런 것은 생각 안 한다." 경험주의를 택한 사회와 합리주의를 택한 사회가 다른 점이다.

우리 민족도 우수한 민족이다. 은근과 끈기라든가, 위기에 처했을 때 국민의 단결력이라든가, 속전속결로 짧은 기간 내 경제건설과 민주화를 이루는 등 세계가 주목하고 있는 우수한 민족인 것만은 틀림없다. 그런데 우리에게는 문제가 있다. 우리는 5~6백 년 전 조선왕조 때부터 흑백논리를 많이 썼다. 유림들이 5백 년 동안 조선왕조를 이끌어 왔는데 역사적으로 흑백논리로 일관해 왔다.

고 윤 태림 교수는 "우리나라가 조선 초기의 주자학만 아니었으면 많이 달라졌을 것이다."라고 했다. 주자학이 도덕과 윤리, 인격과 학문의 성취를 역설하는 등 좋은 점이 많은 이면에 주자학은 철저한 형식논리다. 주자가례를 보면 관례·혼례·상례·제례 등 내용을 가지고 취급하는 것이 아니라 전부 형식주의다. 유교의 교조주의와 합해진 것이 유림이다. 조선 5백 년 동안 유림이 우리 국가사회를 지배했다. 옛날에 부모가 돌아가시면 3년간 시묘 살이라고 해서 일체 외부에 출입도 하지 않고 묘 옆에 움막을 치고 조석으로 음식을 올리고 곡을 하며 부모가 살아 있을 때와 똑 같이 부모님을 공경하며 지냈다. 이 얼마나 형식적이고 비현실적인 행태인가! 여기에 더하여 유교의 교조주의와 형식논리가 합한 흑백논리 속에서 5백 년 동안 살았다.

앵글로색슨 사회는 흑백논리가 없다. 경험해 보고 더 좋은 것을 찾으면서 계속 개선해 나가는 사회다. 또 합리주의는 원칙을 찾아가면 된다. 원칙을 찾으면 그 원칙을 따라가기만 하면 된다. 그런데 우리는 흑백논리를 가지고 5백 동안 살다 보니까 투쟁과 싸움밖에는 없다.

흑백논리가 무엇인가? 무슨 생각을 하든지 나는 옳고 너는 틀렸다는 것이다. 옳은 것도 하나고 틀린 것도 하나밖에 없다. 흑백논리를 벗어나지 못하니까 네가 없어져야 내가 살고 내가 살기 위해서 네가 없어져야 하니까 내내 파벌싸움 뿐이다.

언젠가 텔레비전에서 박종화 원작 「여인천하」가 방영되는 것을 보면 "나는 제일 충신이다. 존경받는 신하다."고 하면서 임금에게 간한다. "이것밖에는 없습니다. 이렇게 하지 않으면 나라가 망합니다." 목숨을 걸고 간한다. 그러면 충신이라고 그런다. 그 반대 입장에서도 똑같이 말한다.

그러면 임금은 어느 것을 선택할 것인가 판단하기가 매우 어렵다. 그러니 어느 쪽 하나를 없애야 한다는 것이다. 흑백논리가 아니라면 이렇게 한다.

"저는 애국심을 가지고 말합니다. 현실은 이렇습니다. 사실은 이렇습니다. 저는 임금님이 모르시는 사실을 말씀드립니다. 판단하시고 실천하는 것은 위에서 임금님이 알아서 하실 일입니다." 그런데 5백 년 동안 흑백논리로 살았고 요즘도 여야가 마찬가지다.

물리학자들에게 흑백이라는 게 무엇이냐고 물어 보면, 네 가지 원색이 밝은 방향으로 올라가면서 좋아지고 밝아지는 것, 그것이 백색이고, 자꾸 어두워져서 색을 잃어버려 마지막에 가서 아무것도 없는 것을 흑이라고 한다. 원래 백이라는 것은 존재하지 않는다. 머릿속에 생각하는 백이다. 흑이라는 것도 존재하지 않는다. 존재하는 것은 백에서부터 시작해서 흑으로 가는 중간만이 존재한다는 것이다. 중간은 넓은 의미의 회색이다. 밝은 회색이 백색에 가까워지는 것이고, 어두운 회색이 흑색에 가까워지는 것이다.

모든 것은 회색이다. 암만 내가 옳아도 부족한 점이 있고 저쪽이 아무리 나빠도 좋은 점이 있다. 흑백이라는 것은 없다. 우리는 다 중간에 산다. 흑백논리를 하게 되면 현실을 무시하고 없는 백색하고, 없는 흑색하고 싸우고 있는 것이다.

통일 문제도 그렇다. 왜 통일이 안 되는가? 경험주의를 택한 사람들은 나라가 분열되는 일이 없다. 분열해서 손해 볼 필요가 없다고 생각하기 때문이다. 그러니 분열이 되었다가도 바로 합친다. 왜 더 좋은 것이 있는데 갈라져 살아야 할 필요가 있느냐!

영국 박물관에 가보면 아직도 어느 왕 이름이 그대로 있다. 기념탑에 가

보면 어느 황태자 이름이 그대로 있다. 우리는 해방 후 일본 것은 다 없애고, 중앙청 건물도 없애 버렸다. 영국적 사고방식을 가진 인도 사람들은 뭐라고 하느냐. 이런 건물 두었다고 큰일 나느냐. 좋은 집 쓰면 되는 것이지 꼭 없애야 되는 것이냐. 영국에서 좋은 점 받아들이고 우리의 좋은 점 살리면 되는 것이다. 앵글로색슨 사회는 식민지를 많이 가지고 있다가 다 내놨지만 원수지는 법이 없다. 흑백논리가 아니기 때문이다.

프랑스와 독일식 합리주의는 원칙만 맞으면 통일이 된다. 동서독이 통일되는 것을 보라. 원칙이 맞으면 함께 따라서 한다. 그래서 통일이 되는데 우리는 흑백논리 때문에 안 된다.

20세기에도 흑백논리를 갖고 있는 사회가 꼭 하나 있다. 공산주의 사회다. 이 공산주의가 스스로 문을 닫게 된 것은 흑백논리 때문에 문을 닫은 것이다. 김일성이 60년 동안 무엇이라 했던가?

인민공화국은 100이다. 대한민국은 0이다. 100과 0으로 자꾸 가르쳤다. 그리고 북쪽 사람들은 대한민국을 따라가거나 손잡으면 안 된다는 것을 가르쳤다. 우리도 대한민국은 100이다. 인민공화국은 0이다. 그렇게 가르쳤다. 초등학교 어린애들이 북한 애들의 얼굴이 빨갛게 생긴 줄로 알고 있다. 하도 빨갱이라고 가르쳤으니까. 우스운 예를 하나 들자면 남북이 오래 벽을 쌓고 있다가 휴머니즘에 입각한 남북적십자 관계로 북한 사람들이 서울에 왔을 때다. 당시 북한 사람이 오면 중앙정보부에서 관리하였다. 워커힐에 머물면서 서울을 관광시키는데 퇴계로 지하상가를 거쳐서 롯데백화점에 올라가는 코스를 가게 되었다. 그때 정보부에서 퇴계로 지하상가 주인들을 모아 놓고 여러 가지 교육을 시켰다. "북한사람이 당신네 종업원더러 한 달 월급이 얼마냐고 물으면 150만 원이라고 대답해라."라고 교육시켰다. 때가 되어 북한사람이 지나다가 가게 앞에 앉아 있는 여종업원에게 한 달 월급이 얼마냐고 물으니까 80만 원 받는다고 했다. 그 말을 들은 북한사람은 속으로 계산하면서 지나갔다. 주인이 나중에 "150만원이라고 가르쳤는데 왜 80만 원이라 그랬느냐?" 하자 이 아가씨 대답이 "지금 50만 원씩 받는데 150만원 받고 있다고 하면 그 사람들이 믿겠어요! 그래도 잘사는 체하려고 80만 원이라고 그랬어요." 했다. 이 아가씨는 사실에 입각해서 말한 것이다. 이러한 사고방식을 가져야 통일이 된다. 중앙정보부식 사고방식으로는 통일이 안 된다. 바로 흑백적인 사고방식의 연장선상이기 때문이다.

앵글로색슨 사회가 세계를 영도하게 되는 제일 큰 뿌리, 원동력이 무엇인가? 앵글로색슨 사회에 가서 누구와 얘기를 해봐도 그들은 흑백논리가 없다. 그 사람들과 무슨 이야기를 해도 상대방이 옳다고 주장하면 좋은 점이 있을 거다 하고 다 들어준다. 그러나 받아들이지는 않는다. 그 가운데서도 좋은 점이 있다면 받아준다. 모두 문을 열고 산다. 세계에서 가장 흑백논리가 없고 서로 대화할 줄 아는 사람들이 미국사회다. 그래서 지금 세계를 이끌어가고 있다. 가장 대화를 못하고 사는 사회가 흑백논리로 사는 사회다.

미국에서 살다 온 젊은이들이 한국에서 살기 힘들다고 한다. 왜 그럴까. 미국사람들은 지구 끝에서 온 사람하고 대화하면서 같은 점과 다른 점을 인정하고 받아들일 건 받아들이기 때문에 대화가 잘 된다. 토론이 잘 된다.

우리는 어떤가. 나와 생각이 다르면 왜 너는 나와 생각이 다르냐며 받아들이질 못한다. 우리는 정치도 전부 흑백논리다. 노사도 그렇고 언론도 옳

으냐 그르냐 흑백논리다. 중간에서 산다는 생각을 하지 않는다. 흑백논리를 바꾸지 않으면 결코 일등국가가 될 수 없다. 상대방은 잘못이 없나. 또 내겐 잘못이 없나. 여당과 야당이 싸우는 것은 부부싸움과 마찬가지다. 부부싸움 아무리 해봐도 얻는 것은 아무것도 없다. 불행한 건 애들뿐이다.

경험주의를 택한 앵글로색슨 사회가 몇 백 년에 걸쳐 발전하게 되는데 그 다음에는 존 스튜어트 밀이 제창한 공리주의功利主義를 택했다. 공리주의는 최대다수의 최대행복이다. 사람들이 이 세상에 살 때 가장 올바른 생각, 가장 값있게 사는 방법이 무엇인가? 어떻게 하면 많은 사람들이 가장 많은 행복을 누릴 수 있는 사회를 만드는 것일까?이다. 적은 사람보다는 많은 사람이 더 많은 행복을 각자가 누릴 수 있는 세계를 만들자는 것이 공리주의. 이 공리주의를 가지고 2백 년 동안 살았다.

합리주의를 택한 프랑스는 철학의 방법이 사실에 의한 증명을 하는 실증주의實證主義를 택했다. 그런데 독일 사람들한테서 공산주의가 나왔다. 1850년대에 공리주의·실증주의·공산주의가 나왔다. 그런데 불행하게도 공산주의는 이제 끝났다. 20세기에 가장 큰 사건이라 하면 공산주의가 정권을 잡고 70년 동안 세계를 이끌다가 문을 닫게 된 게 제일 큰 사건이다. 실증주의는 프랑스가 만든 것인데 지금도 과학이론으로만 남아 있다. 학자들은 그것을 택하고 있다.

그런데 공리주의는 최대다수의 최대행복이므로 정치적으로 가장 많은 사람이 가장 큰 행복을 누릴 수 있을까 하는 것을 찾다가 발견한 것이 민주주의다. 이게 바로 의회민주주의다. 그 다음에 경제적으로 어떻게 해야 가장 많은 사람에게 큰 행복을 누릴 수 있게 할까. 거기서 찾아낸 것이 복지제도이다.

그런데 실증주의는 학문으로만 남고 현실에서 민주주의와 복지제도가 오늘까지 세계를 이끌어가고 있다. "영국 런던의 의사당에서 정치에 가장 좋은 진리가 하나 나왔는데 그게 의회민주주의다. 영국 의사당 건물이 세계에서 가장 값있는 건물이다."는 말이 회자되고 있다. 세계 역사가 다 이를 따라가고 있다. 그게 공리주의에서 나온 것이다. 정치적으로 가장 많은 사람이 가장 큰 행복을 누리게 되는 사회다. 그 다음이 복지제도다. 결국 이것 때문에 공산주의가 무너지게 된다. 지금 복지제도를 많이 얘기하고 있는데 복지제도는 과연 어떤 것인가? 복지사회를 찾으려면 캐나다에 가보면 알 수 있다. 이렇게 사는 것이 복지사회구나 하는 것을 알게 될 것이다.

캐나다 토론토에 이민 간 교포를 찾아갔더니 생각보다 아주 큰 아파트에 살고 있는 게 의문이 생겨 뭐하고 사느냐고 물어 봤다. "낮엔 공장에서 아르바이트를 하고, 밤엔 야간대학에서 회계학 공부를 하고 아내는 아직 영어에 익숙지 못해서 직장에 못 나가고 시에서 매달 50달러를 받고 산다."고 했다. "그런데 이런 큰 아파트에서 사느냐!"고 물으니 "여기 와서 집이 없어 시영아파트를 신청하면 가족 수에 따라 크고 작은 아파트를 주고 집세는 수입의 4분의 1만 낸다."는 것이다. 직장이 없으니까 집을 공짜로 산다는 것이다. 기본가구는 전부 아파트에 딸려 있으니까 올 때 그릇과 옷가지만 갖고 오면 된다는 것이다. 이것이 복지국가가 가지고 있는 제도다. 아무리 가난해도 그렇게 사는 것은 기본이다. 고등학교까지 무료다. 교과서도 학교에서 제공해 주고 스쿨버스도 그냥 타고 다닌다. 모든 보험 혜택도 받는다. 15불만 보험료를 내면 여행하다 떠날 때까지 모든 병원에서 치료 혜택을 받을 수 있다. 바로 이게 복지사회다.

공산주의가 아무리 발버둥쳐도 그 벽을 넘을 수 없다. 사람들이 최대다

수 최대행복을 생각하게 되니까 이 사람들의 사고방식은 나만 잘살면 된다는 이기적인 생각이 없어지는 사회가 된 것이다. 거기서 2백 년 이상을 살게 되므로 이기적인 생각 대신 공동선을 택하게 되었다.

"우리 모두를 위해서 바람직한 것을 찾자. 우리 모두에게 도움이 되는 것을 찾자." 이런 공동선을 추구하는 동안에 이기적인 사고방식이 없어지게 된 것이다.

앞으로 세계가 좀더 21세기로 가게 되면 일본과 한국은 어쩌면 국제사회에서 버림받을지도 모른다. 일본과 한국이 왜 버림받게 되는 것일까! 한국과 일본은 단일민족이라고 자랑한다. 단일민족으로서 민족주의, 국가주의가 제일 강하기 때문에 배타성이 강하다. 앞으로 배타적인 사고방식을 가진 민족은 세계와 어깨를 나란히 하고 살 수 없다.

세계는 21세기 다원사회다. 미국이 왜 세계를 지배할 수 있는가. 미국은 다원사회다. 미국에 귀화한 사람은 흑인도 대통령이 될 수 있다. 어디 출신인가를 가리지 않는다. 공공사회에서는 그게 문제가 되지 않는 사회가 미국이다.

그런데 동양에서는 중국이 다원사회다. 중국은 옛날부터 여러 민족이 섞여 살았다. 현재 중국에서 중화민족은 40퍼센트가 안 된다. 거의 외부에서 들어온 민족이다. 동남아 국가들도 거의 다 그렇다.

유럽 국가들이 서로 등지고 살아서는 안 되겠다 해서 유럽을 하나로 통합해 EU가 탄생했다. 그런데 단일민족인 일본과 우리만이 아주 배타적이다. 그걸 애국심이라고 착각하고, 일본도 지금 그렇게 하고 있다. 그렇게 되면 세계무대에 서지 못한다.

그러면 어떻게 해야 할까? 다원사회를 만들어야 한다. 다원사회는 어떤 것인가? 미국이 최대다수 최대행복을 하는 동안에 이기주의를 극복했다. 영국이나 미국이나 그 사회에 가서 이기적인 발언을 하면 다 버림받는다. 케네디가 제 동생을 법무부장관에 임명했어도 미국인들은 아무도 의심하지 않는다. 그가 유능하기 때문에 시켰지 동생이라고 해서 시킨 것이 아니라는 것을 다 알고 있기 때문이다. 아무리 가족관계지만 이기적인 지도자가 아니라는 것을 믿기 때문이다. 모든 사람들이 다 문을 열고 살지 가까운 사람, 먼 사람 가리지 않는 것이 구미사회의 강점이다. 우리는 배타성과 집단이기주의, 이 두 가지를 극복해야 한다.

영국 중심의 앵글로색슨 사회가 미국 중심 앵글로색슨 사회로 바뀌었다. 미국사람들이 개발한 것이 실용주의다. 이것을 1백50년 동안 발전시켰다. 실용주의는 미국사람들이 가지고 있는 생각이다.

경험논리와 공리주의에다 그 방법론적으로 탄생한 것이 실용주의다. 다시 말하면 진리라고 하는 것은 열매가 많아야 한다. 가치 있다고 하는 것이 무엇인가? 결과가 좋아야 한다는 것이다.

독일 · 프랑스식으로 이론에 붙잡혀서 살 필요가 없다. 원칙에 매달려 살 필요가 없다는 것이다. 어떤 원칙에 매달리지 말고 살아 보고서 더 효과적이다, 더 효율적이다, 더 좋은 결과를 가져올 수 있다면 따라가는 것이다.

하버드대학 윌리엄 제임스 교수가 프라그마티즘pragmatism, 즉 실용주의를 시작했다. 존 듀이가 이걸 가지고 콜롬비아대학에서 미국의 교육을 바꿔 놓았다. 그 바꿔 놓은 교육이 오늘의 미국을 만든 것이다. 교육이 이처럼 중요하다. 존 듀이가 영국에서 교육을 받은 다음 그의 이 교육 때문에 미국이 완전히 달라졌는데 지금 미국 초등학교 학생들이 가진 생각하고 클린턴 대통령의 생각이 서로 통한다. 그게 실용주의다.

영국의 의회민주주의를 미국이 받아들였다. 영국식으로 하게 되면 민주주의는 잘 된다. 그런데 나라의 발전에 별로 진척이 없다. 국가라고 하는 것은 민주주의를 지키기 위해서 있는 게 아니고, 강한 힘을 가지고 더욱 발전해야 한다. 영국식 의회민주주의 가지고는 잘 발전하지 못했다. 그래서 대통령 중심제를 택했다. 대통령이 강한 행정력을 가지고 이끌어가고 의회는 민주주의 울타리를 지켜주어야 민주주의에 문제가 생기면 의회가 해결한다. 강한 정치는 대통령이 하게 되어 있다. 지금 우리나라에서도 내각책임제 하자는 사람이 많이 있다. 정치가들은 귀가 솔깃할 것이다. 지금과 같은 대통령제 하게 되면 5년 동안 별로 나설 만한 자리가 없다. 일본이나 인도식으로 의회민주주의하게 되면 장관은 전부 국회의원들이 하게 되어 있으니 내각책임제를 하게 되면 장관을 자주 바꿀 수 있으니까 너도나도 장관 한 자리 할 수 있는 기회가 오게 되기 때문에 귀가 솔깃할 것이다.

미국은 대통령에게 4년 동안 맡겨서 강한 행정력을 발휘하고 의회는 민주주의를 지켜준다. 앵글로색슨 철학에서 보면 고르게 잘 살아서 좋기는 좋은데 경제가 잘 발전하지 못한다는 점이다. 경제는 누구의 힘을 통해서든 올라가야 하는데 올라가지 않는다. 그래서 안 되겠다 해서 미국식 자본주의를 개발해 냈다. 아울러 시장경제로 발전하게 된 것이다. 모든 경제는 기업가들에 의해서 자꾸 끌어올려져서 그 혜택을 가난한 사람이 받으면 되지 나라가 복지제도를 생각할 필요가 없다는 것이 미국식 경제다.

미국에서 길거리를 걸어가는데 흑인 아이가 옆에 와서 5불 달라, 10불 달라고 한다. 거지들도 꼭 얼마를 달라고 하는 것이 미국사회다. 그 흑인 아이 보고 캐나다 가서 살면 거지도 없고 잘사는데 이러냐니까 그래도 미국이 좋다고 한다. 거지생활하면서 좋을 것 없지 않느냐고 했더니 일하기 싫어서 실업자 등록을 하고 먹을 것은 나라가 다 주기 때문에 걱정 없다면서 자기가 돈 달라는 것은 술값을 달라는 거지 먹을 것 달라는 것이 아니라고 한다.

미국에서 열심히 일하면 잘산다. 미국은 게으른 사람은 몰라도 일하는 사람은 다 먹고 살게 되어 있는 사회. 부시 대통령이 "내가 대통령 되면 부자들의 세금을 감해 주겠다."고 했다. 부자들은 "우리가 세금을 안 내게 되면 가난한 국민들이 세금을 내야 하는데 차라리 우리가 세금을 내는 게 낫지 가난한 사람들에게 세금을 받는 것은 옳지 않다."고 했다. 클린턴 민주당 정치가 부자들한테 세금을 많이 받아 가지고 가난한 사람들에게 혜택을 주었다. 그걸 잘하는 것이라고 했는데, 가난한 사람들이 땀 안 흘리고 일 안 하고 먹고 살게 되니까 자꾸 게을러진다. 그러면서 실업자가 아니라 직업을 기피하는 사람이 늘어나고 더욱 가난해지게 된다는 것이다. 부자들한테 세금을 감면해 주되 회사를 잘 운영케 하여 공장을 짓게 하고, 실업자들을 회사가 흡수하고 재벌이 흡수해서 직업을 주어야 한다는 것이 부시 대통령의 논리다. 미국제도는 절대로 부자가 돈 가지고 그냥 있지 못하게 한다. 그 돈은 투자하게 되어 있다. 투자하게 되면 가난한 사람은 나라가 도와주는 것이 아니라 기업체가 도와주는 것이다. 그러니까 국민이 국민을 부하게 만들어야지 정부가 할 일이 아니라는 것이다. 그것이 부시 행정부의 주장이다. 미국의 본래 방향이 그것이다. 클린턴은 캐나다가 가는 방향으로 가자는 것이다. 우리나라도 기업을 자꾸 키워주어야 한다. 국제경쟁에서 돈을 벌어들여야 한다. 그래서 기업이 잘 되면 국민들이 그 혜택을 받게 된다. 그런데 기업을 키우지 않고 복지제도만 확장해서 사람들을 편하게만 해줘서는 나라경제는 가난해질 수밖에 없다.

세계적 경제방향을 선택해야 한다. 노동조합이 자꾸 투쟁만 하면 불행한 결과를 가져오게 된다. 일을 사랑할 줄 모르고 일에서 오는 즐거움을 빼앗길까 봐 걱정이다. 노동하는 사람들이 임금 올려달라고 투쟁하는 것은 지지한다. 그러나 저렇게 투쟁하는 동안에 사람들이 직업에 대한 감사하는 마음을 잃어버리고 직장과 더불어 행복한 생활을 잃어버리게 되어 국민들의 진정한 행복이 깨질까 봐 걱정이다. 사람은 일에서 행복을 찾아야 한다. 월급이 적더라도 일이 즐거워야 한다.

세계 역사에서 투쟁해서 이기면 잘살 수 있다고 생각하는 것은 공산주의자들이다. 투쟁해서 잘 사는 게 아니다. 협력해서 잘 사는 것이다. 노사가 협력해서 잘 사는 것이다. 더 좋은 사회는 어떤 것인가? 서로가 서로를 이해해 주는 사회로까지 올라가야 모두 행복하게 된다. 사람은 일에서 행복을 찾고 일이 즐거워야 한다. 그런데 불만을 가지고 자꾸 투쟁만 하게 되면 마지막에는 서로 다 못 살게 된다.

박정희 대통령에 대한 인식이 새로워진 적이 있다. 박 대통령에 대한 긍정적인 평가가 몇 가지 있다. 그 중에서 노동조합과 파업을 못하게 한 것이다. 그때 교수들은 그것을 인권탄압이라고 했다. YH사건도 인권탄압이라고 항의 데모를 했다. 그때 박정희 대통령은 "한국경제가 겨우 밭 갈고 씨 뿌렸다. 곡식이 다 자란 다음에 같이 나눠 먹자는 것이다. 임금을 많이 달라 하는 것은 되지만 자라기 전부터 파업하면 우리 경제는 절단나고 만다."며 "이렇게 되면 보릿고개는 없어지지 않는다. 내가 대통령 하는 동안에는 절대 파업은 못한다."고 꾹 눌렀다.

지금 와서 박 대통령 잘못했다고 하는 사람 있는가. 흑백논리로 따지면,

노동조합측에서는 잘못했다고 할 것이다. 그러나 국민들은 잘못했다고 생각하지 않는다. 그때 그렇게 했기 때문에 오늘날 먹을 게 여유가 생기고 투쟁할 수도 있게 되었다. 북한과 같이 가난하면 투쟁이 다 무엇인가! 사회적으로 볼 때 꼭 어떤 원칙에만 매달리지 말고 그때그때 변해야 한다. 지금 경제는 미국이 승리하고 있다. 미국의 철학은 간단하다. 얼마나 열심히 일하고, 즐겁게 일하느냐. 아메리카는 그렇게 해서 부를 누리면 된다. 일본이 따라가고, 우리가 따라가고, 독일도 따라간다.

그러면 미국의 교육은 어떤가. 대화교육이다. 미국의 교육이라고 하는 것은 한마디로 대화를 통해서 객관적 가치를 추구하는 교육, 객관적 가치를 추구하는 사회를 만들어 가는 것이다. 대화를 통해서 더 좋은 게 무엇인가. 더 소망스런 게 무엇인가를 찾는다. 대화를 하게 되면 좋은 점이 함께 나타나서 좋은 게 나오면 택하자, 대화를 해서 그보다 더 좋은 게 나오면 합하자는 그것이 미국의 교육이다. 클린턴 대통령이 초등학교 학생들과 생각이 같아 껄렁껄렁한 것 같지만 8년 동안 세계를 쥐고 흔들었다. 클린턴이 중국에 가서 장쩌민 주석을 만나 당신네하고 우리하고 같은 점은 무엇이냐. 같은 점을 찾아본다. 다른 점은 무엇이냐. 다른 점을 찾아본다. 왜 우리와 다르냐. 따라오라 등의 말은 절대 하지 않는다.

"20~30년이 지난 다음에 세계가 어떤 방향으로 가야 할 거라고 생각합니까?" 장쩌민은 말을 잘 못한다. 그런데 클린턴은 그때가 되면 세계는 이 방향으로 가야 한다고 말하고 받아들일 수 있으면 공감하라고 하고 돌아온다. 장쩌민은 각료들을 모아 놓고 "클린턴이 이런 말을 했는데 어떻게 할까." 그러면서 받아들이게 된다. 러시아 가서도 그렇게 말했다. 제일 콧대 높은 프랑스에 가서도 그런 식으로 말하면서 자기주장만 하지 않았다.

"우리는 이렇게 생각한다. 너희는 어떻게 생각하느냐. 같은 점은 택하자."
그렇게 외교를 하고 돌아온다. 미국은 초등학생과 대통령이 가지고 있는
사고방식이 다 그렇다.

이처럼 미국의 교육은 완전히 대화교육이다. 대화를 통해서 더 소망스
러운 가치를 추구하는 것이다. 대화를 통해서 객관적 가치를 찾는 방법이
무엇인가. 우리 모두를 먼저 생각하자. 나만을 생각하거나 부분을 생각하
지 말고 언제나 우리 모두를, 전체를 생각하자는 것이다. 그 다음엔 과거
의 노예가 되지 말고 앞을 생각하자. 미래를 생각하자. 방법으로 나갈 때
는 앞으로 무엇을 어떻게 이뤄야 할 것인가. 그것을 찾는 교육을 자꾸 하
게 되니까 나보다 우리를, 좁게 보지 않고 크고, 넓게 볼 수 있는 사고방식
을 가지게 된다.

월드컵 축구를 봤는데 미국이 그렇게 강할 줄은 몰랐다. 포르투갈은 구
라파에서 월드컵 우승 후보국으로 대단한 나라다. 그런데 미국에게 졌다.
미국의 감독과 선수들은 우리하고는 다른 점이 있다. 남미 선수들은 이기
면 삼바 춤을 추고 야단인데 미국 선수들은 골을 넣고서도 그냥 또 뛴다.
의당 선수로서 할 것을 했을 뿐 이겨도 미국 선수들은 부둥켜안고 야단을
떨지 않는다. 감독도 그렇다. 이게 미국의 장점이다. 차범근 선수가 쓴 글
을 보면 "한국하고 미국하고 해서 '미국의 자유'가 이겼다"고 했다. 미국
축구 감독, 야구 코치들을 보면 원칙만 정해 주고 가는 길은 선수가 찾으
라고 한다. 쇼핑할 것 다 하고, 놀 것 다 놀지만 일단 게임이 시작되면 자
기네가 찾은 길이니까 자기네가 작전을 짜기 때문에 강해진다. 이겨도 야
단 떨지 않는다. 아직도 할일이 많은데 뭐 한 점 이겼다고 그걸 가지고 야
단하고 그러지 않는다. 역시 큰 대륙 국가답다.

그 사고방식 속에 깔려 있는 것이 무엇인가? 우리 모두라고 하는 것을 논리적으로 보면 나, 내 직장, 정당이나 중간체 모두는 개인 위치에서 보면 국가를 위해서다. 나는 내 직장을 통해서 우리나라를 돕고 있는 것이다. 목적은 국가에 있다. 나는 우리 정당을 통해서 국가를 돕고 있는 것이다. 미국이나 영국은 두 정당이 내내 해 오고 있지 않는가! "나는 민주당을 통해서 아메리카에 봉사한다. 나는 공화당을 통해서 아메리카에 봉사한다. 나는 무엇이냐. 나는 정당의 한 분자다." 목적은 아메리카에 있다.

우리는 어떤가! 국가나 정당이 아니고 내가 중심이다. 내가 필요하면 정당을 만든다. 보도에 보면 김대중 전 대통령은 정당을 7개 만들었고, 김영삼은 5개 만들었다. 뭐 때문에 정당을 자꾸 만드느냐. 나 출마하기 위해서 정당을 만든다. 기껏 생각하는 것이 '나에서 우리까지' 다. 정당이 그렇게 많이 필요한 것이냐. 그렇게 되어 지느냐. 국민들이 인정하느냐. 지도자들이 넓게 생각하지 못하고 좁게 생각하는 거다. 넓게 생각하는 사람은 지도자가 되고, 좁게 생각하는 사람은 집단 이기주의가 되고 흑백논리가 된다. 나에게 틀리면 다 틀렸다고 보니까 그렇다.

사람은 과거의 노예가 되면 안 된다. 오히려 현재를 생각해야 한다. 그러나 진정한 지도자는 미래를 생각해야 한다. 참 가까운 것 같으면서도 우리에게 멀게만 느껴진다. 필자가 아는 젊은이 가운데 결혼할 나이가 되었는데 왜 안 하느냐 물으니까 할아버지가 돌아가셔야 결혼한다고 한다. 왜 그런가? 하고 물었다. 아버지에게 결혼 승낙을 받으러 갔으나 할아버지에게 승낙을 받아야 한다고 했다. 할아버지께 사주를 보였더니 궁합이 좋다고 했다. 그러면서 "집안은 어떠냐?"고 물었다. 좋은 집안이라며 그 집안 얘기를 했더니 "너 이놈! 정신이 있느냐? 2백 년 전에 그 집안하고 우리 집안하고 한양에서 싸우는 바람에 우리 집안이 쫓겨서 낙향했다. 너희 증조할아버지께서 절대 그놈의 집안하고는 혼인해서는 안 된다고 유언을 하고 돌아가셨다며 절대 안 된다!"고 했다는 것이다. 아버지는 "할아버지가 사시면 얼마나 사시겠느냐! 당분간 혼인 얘기는 꺼내지 마라." 그래서 기다리고 있다는 것이다. 우리 사는 것이 이렇다. 생각하는 것이 전부 과거의 노예이다. 현재를 볼 줄 아는 사람은 좀 나은 사람이고, 미래를 볼 줄 아는 사람은 지도자가 된다.

사람이 사는 데는 꼭 두 가지가 함께 있다. 하나는 감정이고, 하나는 이성이다. 부부관계·가족관계·친척관계는 감정관계다. 그런데 직장생활·공공생활은 이성적 관계다. 이성으로 생각해야 한다. 동양사람, 특히 한국 사람은 아직도 전부 감정으로 문제를 풀려고 하는데 이것은 버려야 한다. 그것이 집단 이기주의를 만들고 지역감정을 만든다. 감정이 가까운 것을 내 편이라 생각하는데 이게 불행을 만들어 낸다. 이성으로 판단하게 되면 고향이 같지 않느냐, 출신학교가 같지 않느냐, 이런 걸 보지 않고 누가 더 성실하고 누가 더 유능하냐 그걸 보게 된다.

수년 전 정부에서 한일관계를 원만하게 해결하기 위해서 일본 수상을 만나기 전에 한일관계 현안문제를 검토하는데 그 가운데 어업협정을 맺는 것이었다. 그 당시 일본의 해양장관은 어떻게 했는가? 그 어업협정 문제가 나오니까 과장들을 다 전국에 보내 협동조합 사람들 만나고 어민들을 만나는 등 현장에 가서 다 살펴보고 협정안을 가지고 왔다.

우리는 어떻게 했는가? 해양수산부장관이 협정준비를 다 한다고 했는데, 현장의 소리나 현실을 살펴보지 않고 과장들이 탁상에서 해준 서류만 받아 가지고 가서 협정을 맺고 보니, 깡그리 어선이 빠지고 손해가 막심하게 되었다. 부산에서 어민들이 데모를 하고 야단을 했다. 우리 해양수산부 장관이 무엇이라고 했던가? "걱정할 거 없다. 내가 일본 장관하고 친하게 잘 지내며 호형호제하니 내가 갔다 오면 된다."

참으로 깜짝 놀랄 일이다. 국제문제가 호형호제로 되느냐! 친구 사이도 계약서를 쓰고 하는 판인데 그게 될 일이냐. 가서 문전박대 당하고 올 수밖에 별 볼일 있었느냐. 아직도 우리는 국제문제를 감정으로 되는 줄 알고 있다. 반드시 이성적으로 판단해야 하고 합리적으로 처리할 줄 알아야 한다.

우리는 아직도 여러 가지 점에서 권위주의를 가지고 산다. 권위의식을 질서의식으로 바꾸어야 한다. 이게 우리에게 주어진 큰 과제 가운데 하나다. 지성인들 가운데서도 권위가 있어야 하는 줄 안다. 종교인들도 그렇다. 석가에 대한 권위, 예수그리스도에 대한 권위가 있으니까 종교인들이 권위에 빠지는데 그건 잘못이다. 석가의 뜻이 어떻게 사회질서가 되느냐를 생각해야 하고, 그것 때문에 스님이 포교하는 것이다. 예수 그리스도의 정신이 어떻게 사회의 정신적 질서로 바뀔 수 있느냐. 그것 때문에 교회가 필요하고 전도하는 것이다. 신부나 목사가 예수 그리스도의 권위를 가지고 살고, 스님이 석가의 권위를 가지고 살면 종교 때문에 권위주의가 되고 나라는 더 불행해진다.

내가 맘에 안 들어 표를 안 찍었어도 대통령에 당선됐으면 임기 동안은 시시비비를 가려 지지해야 한다. 나는 야당이니까 대통령 끝날 때까지 지지 안 한다고 하게 되면 나라가 안 된다. 야당을 찍었더라도 여당이 당선 됐으면 여당을 5년 동안 도와주어야 한다. 도와주는 방법 중 하나가 무엇인가? "옳은 것은 옳다. 잘못된 것은 잘못됐다."고, 우리 국민들은 그걸 해야 한다. 그것이 질서다.

미국 경찰은 범죄가 발생한 지역에서 범인이 탔을 법한 버스를 경찰이 검문하는데 버스를 타고 죽– 가면서 살펴보고, 가다가 없으면 내린다. 아무리 검문경관이지만 몇 십 명이 타고 가는 교통질서는 막을 수 없다는 것이다. 이처럼 질서를 소중히 여긴다. 그것이 우리와는 다른 사회다. 절대로 같은 사회가 아니다.

중요한 것은 무엇이든지 나와 남의 이해관계가 있다. 내가 많이 가지면 남이 적게 가지게 되는 이해관계. 이 공동선을 추구하는 데는 생각을 바꾸어야 한다. 모두에게 도움이 되는 공동선을 추구해야 한다. 미국이 그걸 했기 때문에 세계를 이끌어간다. 그 정신을 살리는 동안에는 세계를 이끌어갈 것이다. 그렇게 되면 우리 한국 사람은 자꾸 서양 사람만 따라가야 하느냐 반문할 수 있다. 그건 아니다. 사람이 성장하는 데는 과정이 있다. 유년기 · 소년기 · 청년기 · 장년기가 있는데, 청년기를 빼먹고 장년이 될 수 없듯이 다 과정을 거쳐야 한다. 미국 거다, 프랑스 거다, 독일 거다 해서 따라가자는 것이 아니다. 한 사회가 성장하기 위해서는 이 과정을 밟아야 한다. 그래서 따라가는 것이다. 그 다음에 우리도 세계무대에 서게 되는 것이다. 우리는 앞을 내다보는 사람이 너무 없다.

우스운 얘기 하나를 하면, 한국 · 일본 · 미국 사람이 오랫동안 방에서 얘기를 나누다 보니 목이 말랐다. 우물을 파서 물을 마시자고 했다. 한국 사람이 제일 먼저 뛰어나가서 맨손으로 우물을 판다. 한참 파는데 일본사람은 안 나오다가 그때야 삽을 들고 나온다. "나는 한참을 파는데 뭐 하느냐?" 하니까 "어딜 파야 물이 나올지 몰라 지금 삽 들고 찾아본다."고 그랬다. 한참을 피가 나도록 파도 미국사람은 안 나온다. 가봤더니 미국사람은 창고에서 뭘 뚝딱거린다. "뭐하느냐?" 하니까 "우물 파는 기계를 만든다.”고 한다. “이 사람아, 이제 기계 만들어 언제 어떻게 하느냐?” 바보라고 놀려댔다. 그러면 누가 물을 먼저 마시느냐? 미국사람이 먼저 마시고, 그 다음 일본사람이 마신다. 우리는 어떻게 하느냐. 우물이 두 개 생겼으니 얻어 마시면 되고, 우물은 파다 그만두면 된다. 우리는 오늘날까지 그렇게 살았다. 앞으로는 그렇게 살면 안 된다.

미국처럼 세계를 제일 멀리 넓게 보는 지도자가 없다. 그 사람들만큼 객관적 가치를 추구하는 교육을 받은 사람이 없다. 앵글로색슨 사회가 세계를 영도하고 앞으로도 얼마 동안 계속 영도할 것이다. 그러한 사고방식을 배워 우리 것을 발전시킬 때 우리도 세계에서 가장 살기 좋은 나라 가운데 하나가 될 수 있을 것이다. 그런 점에서 사고방식과 가치관의 변화가 있어야겠다. 최소한 이런 문제는 역사가 주는 교훈이기 때문에 선택해서 받아들여야겠다고 하는 생각을 하게 된다.

(김형석 전 연세대 교수 강연 중에서)

21세기 한국문화비전

1. 문화란 무엇인가.

집에 일하러 오는 파출부가 있었다. 비록 가정형편이 어려워도 목수일을 하는 남편과 중학교에 다니는 아들딸과 사뭇 단란한 가정을 꾸려나갔다. 그러던 어느 날 그녀에게 우울한 기색이 감돌았다. “왜 그러냐”니까, “남편이 일자리가 없어진 다음부터 집안에 웃음이 사라지고 아이들도 풀이 죽었다"는 것이다.

그러던 어느 날 그 파출부는 집으로 돌아가는 길에 지하철역 출구에서 꽃 몇 송이를 샀다. 집에 와서 화병에 담아 식탁 위에 올려놓았더니 썰렁해 보이던 식탁이 갑자기 환해지는 것이었다. 아이들도 그 꽃을 보고 여간 좋아하는 게 아니었다. 그날 저녁의 밥상은 어느 때와 다름없이 빈약했지만 오랜만에 아이들과의 웃음이 만발했다. 밤늦게 거나하게 취해 돌아온 남편은 탁자 위의 꽃을 보자마자 "이 어려운 판에 무슨 놈의 꽃이냐?"면서 꽃병을 집어던지려 했다. 그러자 아이가 "그 꽃은 천 원밖에 안 된대요!"라고 소리치는 것이었다. 그제야 아차 하는 생각이 들었는지 남편은 취한 척하고 잠자리에 들고 말았다. 그 다음날 일을 마치고 집에 돌아와 보니 꽃은 남편이 어디선가 사온 새 꽃병에 꽂혀 있었다. "그 후부터 우리 집에 다시 웃음이 찾아왔어요."이렇게 말하면서 파출부는 힘주어 걸레질을 했다. 가난한 살림살이에 꽃을 사는데 돈을 쓴다는 건 부담이 될 수 있다. 그러나 그 꽃은 파출부 가족들에게도 분에 넘치는 낭비가 아니라 그 무엇과도 바꿀 수 없는 소중한 필수품이 되었다는 예기다.

문화예술이라는 것은 바로 이 꽃과 같다. 문화란 우리의 배를 채워주지는 않는다. 하지만 앙드레 말로의 말대로 문화는 "국가 민족의 내일을 밝혀주는 빛이며 양식이다." 이런 빛을 꺼뜨려서는 안 될 것이다.

문화는 참으로 광범위하다. 어떤 존재 어떤 행동의 사회적 의미나 삶의 의미를 문제 삼는 지적인 태도다. 이 태도는 사람들이 삶의 목적이나 가치를 향해서 어떻게 움직이고 있느냐 이며 그 목적이나 가치의 지향은 다름 아닌 개인이나 조직의 환경이나 조건을 개선하기 위한 것이다.

현재를 위기라고 말한다. 흔히 이 위기는 경제적 위기만을 얘기한다. 국가 사회적 위기의 근본은 기초적이고 총체적 문화적 위기이다. 우리는 위기의 본질을 직시해야 한다. 개혁이라는 문제는 인간의 책임과 권리와 의무를 균형 잡는 것에서 출발해야 한다. 이 위기는 진실을 가릴 수 있는 눈이 뜨여야만 극복되는 것이며 문화의 가치를 제대로 볼 줄 아는 리더십만이 이 위기를 해결할 수 있다.

우리는 그 어느 때보다 문화를 생각하고 21세기 새로운 정신혁명을 기해야 할 때라고 생각한다. 세계가 제공하는 모든 변화에 어떻게 능동적으로 새로운 관계를 수립하느냐 하는 문제이며 자기가 속해 있는 조직문화의 주체의식과 행동이 그 어느 때보다 강하게 요구되고 있는 것이다.

여기에서 문화인은 어떤 사람인가? 문화인은 문화의식과 문화적 교양이 높은 사람을 지칭한다. 우리는 과연 문화인인가. 우리 민족이 문화민족인 것만은 틀림없다. 우리는 5천 년 역사와 문화전통, 동방예의지국을 자랑하고 있다. 그러나 우리 스스로를 문화인이라 하기엔 아쉬운 점이 많다는 것이다.

2. 문화인의 품격

생물인 인간에게 가장 중요한 것은 건강한 생명력이다. 개인도 그렇고 집단도 그렇다. 개인은 각자의 생명력과 건강에 각별한 관심을 기울이지만 집단을 이루고 사는 우리들은 우리 문화의 생명력과 건강에 대해서는 별 관심이 없다. 그런 까닭에 우리 문화는 현란하고 화사하기는 하나 왕성한 생명력과 질박한 건강미를 자랑하기에는 아쉬운 점이 많다. 특히 청소년문화가 그렇다. 청소년들은 나라의 희망으로 왕성한 생명력이 있어야 한다.

그런데 청소년들이 확고한 삶의 목표를 정하지 못하고 방황하는 것을 보면서 나라의 장래를 걱정하게 된다. 씩씩한 기상을 잃어버리고 나약해 보이기 때문이다. 그러면서 잘못된 남의 나라 퇴폐문화를 받아들여 문제가 되고 있는 것을 볼 수 있다.

문화의 생명력과 건강 다음으로 중요한 것이 문화의 품격이다. 사람의 인격에서나 문화에서나 품격은 여유와 관계가 있다. 우리 선인들은 물질적 빈곤 속에서도 분수를 지킬 줄 알고(守分) 풍류와 해학을 즐기고 살았다. 우리는 지금 그런 여유를 잃어버린 채 살고 있다. 자연히 사람됨과 문화의 품격도 사라져 버렸다. 그러다 보니 졸부들의 각박하고 성급한 빨리빨리 심성이 도처에 난무하는 것이 아닌가 생각된다. 그리고 사회에 법과 질서가 확립되지 않고 혼란과 부패와 무질서가 판을 치고 있다.

정치와 경제도 문화이고 교육도 문화의 일환이다. 특히 정치문화는 다른 분야의 문화에 지대한 영향을 미치므로 그 나라의 전체 문화를 주도하는 성격이 있다. 정치문화가 정도正道를 일탈하면 문화 전체가 방향을 잃게 된다.

개인에게 사람으로서 됨됨이가 있고 품격이 있듯이 인간집단에게도 집단으로서 됨됨이와 품격이 있다. 개인이 말과 행동으로 됨됨이를 나타내듯이 집단은 집단의 문화를 통해 그 됨됨이를 나타낸다. 이처럼 문화는 인간집단 됨됨이의 표현이다. 그래서 우리는 집단의 됨됨이를 보고 문화를 평가한다.

개인에게 건강이 중요하고 품격이 중요하듯이 집단의 경우에도 건강이 중요하고 품격이 중요하다. 개인에게 정체성이 중요하고 개성이 중요하듯이 집단에게도 정체성과 개성이 중요하다.

개인이 맥박과 체온, 언행과 문필을 통하여 그의 건강과 품격과 개성을 나타내듯이 집단은 학문과 예술, 종교와 언론을 통하여 건강과 품격과 개성을 나타낸다. 이건 바로 문화의 품격과 문화수준이다.

현대를 일컬어 문화전쟁시대라고 한다. 19세기가 군대로 지배권을 가렸다면 20세기는 경제로 가렸고, 21세기는 문화로 가리는 시대가 되었다. 21세기는 문화의 세기다. 냉전시대 이후 세계는 정치 · 경제에서 문화와 문명의 패러다임으로 옮아가고 있다. 이 21세기를 살면서 문화시민은 어떤 모습과 행동이어야 하는가. 다섯 가지 사례를 들고자 한다.

첫째, 바로 살아야 한다.

"사는 것이 중요한 문제가 아니라 바로 사는 것이 문제다."

이 말은 플라톤의 『대화편』 「크리톤」에 나오는 철인哲人 소크라테스의 말이다. 그는 기원전 399년 봄 아테네 감옥에서 독배毒杯를 마시고 70년의 생애를 마쳤다. 사형선고를 받고 한 달 동안 감옥에 갇혀 있었다. 그때 친구인 크리톤이 감옥에 찾아와 탈옥해서 도주할 것을 권했다. 그는 탈옥하여 더 연명할 수도 있었다. 그러나 그것은 그의 원願이 아니었다. 사는 것이 중요한 문제가 아니라 어떻게 사느냐가 중요한 문제였다. 소크라테스는 참되게 살고 아름답게 살고 의롭게 살기를 원했다. 우리도 바로 살고 옳게 살기를 힘써야 한다.

오늘날 우리는 잘 살아야 한다는 말을 많이 한다. 사람마다 경제적으로 여유가 있고 물질적으로 풍족하게 살기를 원한다. 풍요로운 생활은 우리의 원이다. 그러나 풍요는 물질적 · 경제적 풍요와 동시에 정신적 · 도덕적 풍요를 의미해야 한다. 잘 살려는 의지는 중요하지만 바로 살려는 의지가 더 중요하다. 바로 살아야 잘살 수 있다.

주위를 둘러보면 한때 잘나가던 친구들도 바로 살지 못했기 때문에 결국 나이 60이 넘어 며느리 사위까지 본 사람이 감옥에 가고 수억대의 벌금을 내야 하는데 그것을 못내 집에 차압이 들어오는 경우를 보게 된다. 잘살려면 바로 살아야 한다. 바로 사는 자가 잘 사는 가정과 사회를 만든다. 그것이 인간다운 가정과 사회다. 법이 무시되고 정의가 실종된 사회 분위기가 문제다.

둘째, 거짓말하지 말자.

우리나라 대표적인 범죄는 무엇일까. ① 위증(거짓 증거) ② 무고(거짓 고발) ③ 사기(남을 속임) 이 세 가지 범죄다. 인구를 비교하지 않고 단순 비교만으로도 위증은 일본의 16배, 무고는 30배, 사기는 26배나 많다. 일본의 인구가 우리의 3배인 것과 비교하면 그 건수는 엄청나게 많은 것이 된다. 위증·무고·사기의 공통분모는 거짓말이다. 한마디로 우리는 거짓말을 많이 하는 나라라는 것이다. 우리 검찰인력의 70퍼센트가 이 세 가지 범죄를 처리하는 데 쓰이고 있다.

문제는 우리 사회에 거짓말이 범죄에 연결된다는 것을 인식하지 못하는 데 그 심각성이 있다. "거짓말 좀 하면 어때!"이다. 또 거짓말은 일반 사람보다 권력층·지도층 인사들에게서 더욱 광범위하게 애용되고 있다는 게 큰 문제다. 근자에 우리를 우울하게 만든 것은 대선 때의 '김대업 거짓말'에 대한 대법원 판결이었다. 또한 철도공사 유전사업 의혹사건, 행담도 사건에서 "마치 거짓말의 향연을 보는 것 같다."고 정부 고위층이 한 말이다. 이런 현상은 자신이 하는 일은 옳고 그것을 저해하는 것은 나쁜 것이라는 오만과 아집에서 출발하고 자신들의 관점에서 '나쁜 법'은 지키지 않아도 된다는 인식에서 나온 것이 문제다.

서구사회의 경우 정치인이나 공직자가 거짓말이 들통 나면 정치나 공직의 생명은 끝장난다. "잘못은 용서해도 거짓말은 절대 용서하지 않는다."는 것이다. 그들에게 거짓말쟁이라는 말은 최고의 욕이고 모욕이다.

일본사람들은 어렸을 때부터 가정에서, 초등학교에서 가르치는 품성교육의 첫째가 바로 "정직하고 솔직하라."는 말이다. 우리는 이것을 본받아야 하지 않을까. 모든 사회악의 근원이 되는 거짓말을 범죄로 여기도록 온 국민들에게 교육해야겠다.

아들이 남을 때리고도 거짓말을 해 풀려난 것을 보고 아들을 다시 경찰서로 보내 "정직을 가르쳐 달라."고 한 광주의 한 어머니를 본받아야겠다. 법과 질서·정의가 지배하는 사회를 건설해야 한다. 이것이 건강한 사회와 건강한 문화의 기본이기 때문이다.

셋째, 준비된 말을 하자.

언어는 그 사회의 문화를 재는 척도다. 언제 어디서나 말은 참으로 중요하다. 인간은 말씀의 존재다. 말씀이 인간의 특색이다. 동물은 소리는 있어도 말은 없다. 사람만이 말을 하고 산다. 사람은 말을 하지 않고는 하루 한시도 살 수 없다.

그러면 어떻게 말 할 것인가. 이것이 문제다. "준비된 말이 인생을 바꾼다. 준비된 말이 성공을 부른다"고 했다. 현대는 설득의 시대다. 말을 잘하려면 준비된 말을 해야 한다. 그러기 위해서는 다음과 같은 언어훈련을 해야겠다.

① 존댓말을 쓰자.

사람에게 언어상황은 누구에게나 똑같이 존댓말을 쓰는 것이다. 텔레비전에서 유치원 선생이 어린 유치원생에게, 학교에서 선생님이 학생에게 "안녕하세요? 이렇게 하세요, 저렇게 하세요." 하고 경어를 쓰는 경우를 흔히 보게 된다. 존댓말은 선생님과 학생뿐만 아니라 모든 사람에게 다 같이 써야 하는 것이 원칙이다. 주위 사람들에게 평소 존댓말을 쓰면 친절해지고 호감을 주고 믿음을 주고 믿음을 받을 수 있을 것이다. 가정에서 남편이 아내에게 경어를 써야 한다. 그렇게 되면 아이들도 자연히 누구에게나 경어를 쓰는 것이 몸에 밸 것이다.

② 표준말을 쓰자.

표준어는 한 나라의 국어를 대표하는 말이다. 이는 정치·경제·사회·교육·문화 등의 공용어로서 모든 언중言衆이 익혀 씀으로써 의사소통을 원활히 하고 일체감을 공고히 하도록 하는 것이다. 가급적 표준말을 쓰려고 노력해야 한다.

③ 진실하고 솔직히 말하자.

말이라고 다 말이 아니다. 참말만이 말이다. '믿을 신(信)' 자는 '사람 인(人)'에 '말씀 언(言)' 자로. "사람의 말을 믿는 것이다." 공자는 무신불립無信不立이라 했다. 서로 믿음이 없으면 아무것도 이루어질 수 없다는 것이다. 달변보다는 진실한 말 한 마디가 감동을 준다. 말 많은 사람보다 과묵한 사람이 두렵다. 솔직하고 진실한 말이 사람의 마음을 녹일 수 있다. "민어사 신어언(敏於事 愼於言)"이라는 말이 있다. "일처리는 민첩하게 말은 신중하게 하라."는 선현의 말이다. 잦은 말실수는 실패한 정치인의 특징이다.

지금은 국제화시대다. 문을 닫고는 하루도 살 수 없는 세상이다. 세계에서 제일 대화를 잘하는 나라가 미국사람이다. 사람의 감정을 상하게 하는 직설적인 어법보다는 영어의 if 화법을 구사하는 것도 바람직하다. 미국 영어 강사가 영어를 형편없이 못하는 사람에게 "만약 당신이 'R' 발음만 명확하게 한다면 완벽한 영어를 할 수 있을 텐데." 한다면, 이 말은 들은 한국 사람은 'R' 발음만 못하고 다 잘하나 보다 하고 착각을 하기 십상이다. 그러나 조금 지나면 "너는 R발음을 너무 못한다. 그러니 부단히 연습해서 고쳐라"는 의미를 깨달을 수 있다. 미국인 교사는 직접화법을 쓰지 않았을 뿐이다. 또 미국 사람들은 부정사 not을 잘 쓰지 않는다. "개를 가져오지 말라Do not enter with pet."고 하지 않고 "애완견을 데려오는 사람이 없습니다 Nobody enter with pet."라고 말하기를 좋아한다. 또 걸핏하면 소리를 꽥꽥 지르는 아들놈 때문에 속이 터져도 "시끄러워! 조용히 해!" 하지 않고 "너는 소리만 안 지르면 천사 같을 텐데."라고 말한다. 제대로 교육받은 미국인이라면 If를 애용하지 not는 가급적 쓰지 않는다. 만약 직설적으로 말하고 싶으면 "무엇 무엇을 말해도 되겠습니까? Do you mind…?" 하고 물은 후 허락이 떨어져야 말한다. 말은 그 나라 그 국가사회의 문화수준을 재는 척도가 된다. 말 한 마디 한 마디에 신중을 기하고 남을 기분 나쁘지 않게 하면서도 할 말을 다 할 수 있는 재치 있는 말을 구사할 수 있도록 평소 언어훈련을 해야겠다.

④ 정확한 말을 해야 한다.

김영삼 대통령은 말로 인한 일화를 많이 남긴 대통령이다. 1993년 취임 후 외화를 벌어들이고 관광수지 적자를 해소하고자 '관광의 날' 행사에서 연설하는데 "강간(관광의 잘 못 발음)도시를 확대해 나가겠습니다."라는 발음상의 문제가 있어 화제가 된 적이 있었다. 1997년 밴쿠버에서

APEC(아태경제협력기구)회의 때 클린턴 대통령이 다가와 인사했다. "How are yow(안녕하십니까?)' 김 대통령이 말했다. "Who are you ?" How are yow를 잘 못 발음해 "당신은 누구십니까" 라고 했다 클린턴의 대답이 "Dont you know me당신, 나 몰라요?" I'm Hillary's hasband 나, 힐러리 남편이오." 김 대통령의 국제적 매너를 빗댄 우스갯소리인지도 모르겠지만, 이처럼 정확한 말을 하지 못하면 이는 국제적 수치가 아닐 수 없다. 21세기의 성공은 말에 달려 있다고 한다. 평소 말 잘하는 훈련을 해야겠다. 지난 참여정권에서도 지도자의 경박한 말투로 많은 국민들이 마음을 상했던 것을 기억할 것이다.

넷째, 바캉스 문화

장마철이 끝나면 뜨겁게 작열하는 태양 아래 바캉스가 마치 허락받은 자유방임의 축제인 양 착각하는 사람이 많은 것 같다. 평소보다 훨씬 더 오만불손하고 지극히 이기적이고 원색적인 모양새를 드러낸다. 술에 취해 반말 짓거리를 예사롭게 하며 반바지 · 러닝셔츠 · 슬리퍼 차림으로 운전한다. 자동차 의자 등받이에 기대고 창틀에 다리를 올린 채 비스듬히 누워 가래침을 뱉고, 담배꽁초를 아무데나 멋대로 버리고, 껌을 질겅질겅 씹어 가면서 몰상식한 무법자의 행태를 예사롭게 하는 모습을 볼 수 있다. 양심의 가책도 없이 계곡이나 바닷물에 은근슬쩍 볼일을 보고, 빈 깡통 · 빈 병 · 과일껍질 · 비닐봉지 따위를 아무데나 버린다. 어쩌다 그런 짓을 지적이라도 하면 "허! 애국자 났네. 너나 잘해!" 하고 냉소적이다. 마치 먹고 마시고 노래하지 못해 한이 들린 사람들처럼 고성방가하고 FM방송을 틀고 디스코에 몸을 흔들어대다가 끝내는 무엇이 남는가? 허탈감밖에 남는

게 뭐 있겠는가.

우리의 바캉스는 마음부터 차분한 여유가 없는 것 같다. 남이 많이 즐기는 시기를 놓쳐서는 안 되고 유명 해수욕장과 명산계곡을 다녀온 것을 과시하기 위해서인지 고생을 각오하고 그런 시기와 장소를 택한다. 그러다 보니 바가지요금에 들끓는 북새통 속에서 각종 혐오스런 행위를 보게 되고 비위생적인 쓰레기더미 등 불쾌하고 불편스럽기만 하다. 그런데 해마다 당해보고도 또다시 반복되는 게 더 문제다. 내가 버린 것들이 공기와 물·흙을 오염시켜 다시 내 입으로 내 몸으로 되돌아오게 된다는 사실은 꿈에도 생각지 못하고 눈앞의 편의만 추구하는 게 우리 바캉스 문화의 현실이다.

바캉스란 무슨 말이냐? 프랑스말로 '휴가' 라는 뜻이지만 언제부턴가 세계적으로 대중화된 휴가의 세계 공용어가 돼버렸다. 주로 여름 피서지나 온천 등 휴양지에서 일상에 찌든 심신의 피로를 회복하고 몸과 마음을 편안히 하여 내일을 위한 재충전의 과정으로 해석된다.

그러려면 앞으로는 우리도 꼭 여름만 고집할 게 아니다. 사계절 중 각자가 특징 있고 좋아하는 계절과 장소를 택하고 유적지 관광이나 박물관 탐방, 시원한 도서실에서 도서열람을 하거나 일가친척집 찾기 등으로 일에 경직된 머리도 식히며 건강도 돌보고 친인척간 우애도 다지는 등 몸과 정신에 윤기가 흐르는 자양분을 흡입할 수 있는 방법으로 휴가를 보내면 한층 문화인답게 세련되고 수준 높은 바캉스 문화가 되지 않을까.

원색의 한풀이 굿마당을 연출하고 흡사 졸부들의 축제처럼 안하무인에 이기적이고 염치없고 뻔뻔스럽기조차 한 피서가 아니어야 하겠다. 나를 위해, 너를 위해 그래서 우리 모두를 즐겁게 하기 위해 자연과 인간이 함께 건강해지는 멋지고 아름다운 바캉스 문화 현장이 되었으면 좋겠다.

다섯째, 교통문화

우리나라 자동차 보유대수는 2005년 2월 말 현재 1천 5백만 대로 1985년도 1백만 대의 15배를 돌파했다. 그 중 수도권이 6백95만대로 전체의 46.3퍼센트에 달했다. 2004년 통계로 본 교통사고는 22만7백55건으로 전년대비 8.3퍼센트 감소했다. 사망자수는 6천5백63명(1일 18명)이다. 1996년도 사망자가 1만 2천5백 명으로 10년 전보다 47퍼센트나 크게 감소한 편이니 대단한 감소추세. 자동차 1만 대당 사망자는 2001년 통계자료를 보면 일본 1.4명, 호주 1.5명, 프랑스 3.5명, 미국은 2명으로 2억7천만 인구에 자동차 2억 대가 넘는 자동차 국가 미국에 비해 우리나라는 8.9 명이다.

수년 전 기아경제연구소 연구결과를 보면 자동차 1대에 한 달에 드는 비용을 계산하면 기름값·세금·보험료 등을 합하면 30~40만 원 든다고 한다. 이는 통상적인 유지비이고 여기에 도로혼잡비용·공해비용·교통시설비에 따른 도로 공급비용 또 개인이 차안에서 보내는 시간비용까지 계산해 넣으면 무려 1년에 9백40만 원에 이른다.

우리나라 도시민의 민원사항 1위가 다름 아닌 교통민원이다. 한국에서 몇 년을 지낸 어느 외신기자는 "한국에서 운전하는 것은 러시안 룰렛게임보다 더 스릴이 있다."고 지적했다. 러시안 룰렛게임은 참가한 사람 중 반드시 한 사람은 죽게 되는 끔찍한 게임이다. 목숨을 담보로 해야만 차를 타고 거리로 나갈 수 있는 우리의 교통문화 현실을 꼬집은 것이다.

현재 환경오염의 주범인 아황산가스·일산화탄소·미세분진이 모두 자동차로 인해 빚어진 것이다. 더욱이 주차 여건의 악화로 집 앞의 주차시비 끝에 살인사건까지 발생하는 마당에 앞으로 2천만 대 자동차시대를 바라보면서 언제까지 이 우울한 밑그림만 그리고 있을 것인가! 교통이 혼잡한 수도권에서 자동차를 몰고 다니는 것이 아니라 숫제 자동차를 모시고 다니는 것이라고 비웃기까지 한다. 자동차 문화에서 특히 요청되는 것은 질서감각이다. 질서감각이 동반되지 않는 자동차 문화는 위협적이고 폭력적이다. 질서감각의 소유여부는 자동차 문화에 있어서 생사가 달린 문제다. 질서 감각이 없으면 마치 달리는 철갑짐승에게 속수무책으로 당하기만 하는 셈이기 때문이다. 질서감각은 한 두 사람만 가지고 되는 것이 아니라 우리 모두가 지켜야 하는 것이다. 자동차 문화는 '만인이 법 앞에 평등하다'는 대원칙을 확인시켜 주는 것이다. 각 개인의 권리와 책임, 질서감각의 의미를 뚜렷하게 잘 드러내 주는 것이 바로 교통문화다. 우리나라 자동차 운전자의 반문화적인 원인의 절반은 공간협소라는 물리적 필연성에 있는 것이 사실이다. 그러나 나머지 절반은 운전하는 사람들의 질서감각의 부족에서 오는 것이 그 실상이다. 일상을 보다 인간화된 공간으로 만들기 위해 세련된 자동차 교통문화 건설이 시급한 과제다. 바람직한 교통문화 정착을 위해 범정부적인 강한 의지, 범사회적인 공감대, 범국민적인 참여로 획기적인 교통문화 개혁이 절실하다. 모두는 교통문제의 최대의 피해자이면서 또한 가해자이기 때문이다.

우리의 건강을 위협하는 것은 술·담배·고기만이 아니다. 5, 10분도 걷지 않고 편하게만 지내려는 어리석은 마음이다. 우리나라 주차사정을 더욱 심각하게 만드는 것은 늘어나는 차량 대수만이 아니다. 그저 편안하고 편리한 것만 좇는 우리들의 욕심이다. 한번 마음먹고 걸어 보지 않겠는가! 우리에게 모자라는 것은 칼로리가 아니고, 생활 속의 여유다. 부족한 것은 주차공간이 아니라 마음속의 빈자리다. 승용차를 운전하고 가는 길이라면 이렇게 해보면 어떨까. 약속장소 앞까지 차를 몰고 갈 것이 아니라 걸어서 20~30분 거리 전쯤에 차를 세우고 걷는 것이다. 차 댈 자리도 없어 빙빙 돌기 일쑤고 요금도 비싼 중심가 지옥 주차장보다 훨씬 싸고 좋은 주차장이 변두리 가까이에 있을지도 모른다. 하루에 몇 걸음이나 걷는가? 직업이나 지리적 여건 탓에 하루에 만보 걷기가 결코 쉽지 않을 것이다. 걷는 게 좋다는 것도 알고 느림의 즐거움도 알지만 잘 걷게 되지 않는다면 시 외곽 주차장에 차를 두고 버스나 지하철을 타고 가면서 걷는 것이다. 걷다 보면 비즈니스맨의 경우 신선한 아이디어도 떠오를 수 있고 애인을 만나러 가는 길이라면 멋지게 사랑을 표현할 수 있는 말이 생각날지도 모른다. 오늘 우리 한 번 걸어 보지 않겠는가!

여섯째, 자폐성 문화

김포공항에서 있었던 일이다. 국제선 대합실 스낵코너에서 아가씨에게 "커피 한 잔 주십시오." 했더니 대꾸가 없었다. 조금 지나 못 들었나 하고 다시 "여기 커피 한 잔이요." 했더니 그래도 아무런 반응이 없었다. 속마음이 불편하던 차에 커피를 내 앞 탁자 위에 탁, 놓는다. 나는 즉시 "이곳에서는 대답은 안 하기로 돼 있습니까?" 했더니 "예!"라고 하는 것이었다. 무슨 우울한 일이라도 있었던 모양이라고 이해하고 일어선 적이 있다.

종종 외국인이나 오래 해외에 가 있던 교포들이 우리나라에 와 보면 불친절하고 더 나아가 무성의하기까지 하다는 것이다. 택시를 타 봐도, 식당에 가도 그렇고, 관공서나 사업하는 회사에 가서 뭘 조금 물어 보면 "모르겠네요. 저리 가보세요." 등 외부사람과의 접촉 자체를 아예 꺼리는 인상을 준다는 것이다. 얼굴도 굳어져 있거나 찡그리고 냉담한 표정을 짓는다는 것이다. 어쩌다 대화를 해도 본심을 얘기하지 않고 이중삼중 철책을 치고 있는 듯 겉만 빙빙 돈다. 또 자기 입장만 얘기하지 상대방 말은 듣지도 않으려고 한다는 것이다. 이러한 표정과 태도가 정신장애의 한 부분인 '자폐증'을 연상케 한다는 것이다.

우리나라 사람들은 이처럼 자폐증이 유별난 것 같다. 이 자폐증의 특성은 어떤 반응에도 냉담하고 움츠리며 나아가 사람들의 선의의 접근에도 오히려 반감을 갖는 경우가 있다. 사고방식 자체가 주변 환경이나 상대방을 무시한 채 자신의 욕망에만 치우치는 성향이다. 우리 사회에 이러한 자폐증 현상은 개인에게만 국한된 것이 아니라 집단의 태도에까지도 연결돼 있다는 것이다.

우리나라 사람들은 집단 만들기를 좋아한다. 동창회·계모임·친목회·향우회 등 작은 빌미만 있어도 서로 뭉쳐 집단 만들기를 좋아한다. 문제는 그 집단이 모두 배타적이다. 자폐적 성향을 갖고 있다는 것이다. 더욱이 새로운 사람이 기성단체에 끼어들기가 어렵다. 어설피 끼어들었간 '개밥에 도토리격'이 되기 십상이다. 아무리 좋은 생각을 가졌어도 먼저 그가 우리 편인가 남의 편인가를 따진다. 지역적으로는 더 말할 나위 없다. 같은 한국인인데 마치 적군 보듯 한다.

정치인들도 매우 자폐적이다. 끼리끼리만 한다. 말은 민주주의라 해 놓고 몇몇이 자기들끼리 다 해버린다. 대화를 해도 자폐적이다. 남의 이론을 긍정적으로 듣기보다는 일단 부정적으로 생각한다. 어떤 다른 사람이 자기들 영역에 끼기라도 할라치면 가차없이 비판하고 거부한다.

세계화시대, 지구촌시대는 문호를 열고 사는 시대다. 문호를 여는 데는 두 가지가 있다. 하나는 남의 문화를 이해하는 것이요, 다른 하나는 우리 문화를 다른 사람에게 이해시키는 것이다. 무조건 문을 닫고 다른 문화를 거부할 것이 아니라 이해해서 우리의 창의력을 확대하는 것이다.

부처의 말씀에 선악은 둘이 아니며, 미추美醜도 둘이 아니라는 말이 있다. 이 말은 선악과 미추가 절대적이 아니라 상대적인 것이라는 것을 의미한다. 우리 사회는 그 동안 흑백논리와 극단적 양극논리가 만연해 있고 여기에 불신과 조급증까지 가세해 있다. 중용을 취하고 순수하고 온건하게 행동하는 것은 기회주의자이고 무능하다고 치부해 버린다. 불법적 권력과 부정한 금력, 고도의 권모술수와 모함성의 투서세태가 문화예술에까지 횡행하고 있는 것은 참으로 안타까운 일이다 흑백논리와 자폐문화는 세계화와 지구촌 시대 큰 장애요인임이 분명하다.

지금 세계는 다민족·다문화가 공존하는 시대에 살고 있다. 서로 다르다는 것은 사회생활에서 다채로움을 주고 풍요로움의 원천이 되는 것이다. 집안의 정원이 아름다우려면 한 가지 꽃으로 단색화된 단조로움 보다는 여러 가지 꽃이 번갈아 피고 서로 아름다움을 겨루어 나갈 때 정원으로의 아름다움은 더욱 돋보일 것이다.

인간사회도 이와 같은 이치다. 흑·백·황의 피부색깔을 넘어 서로의 특성을 이해하고 다양한 문화와 어우러질 때 창의적인 문화를 꽃피울 수 있을 것이다. 여기에는 다른 사람과 차이를 이해하고 존중하며 관계를 개선해 나가는 관용이 있어야 한다. 관용이야말로 창의적인 문화를 꽃피우는 바탕이다. 관용이 없이는 인간의 자유도 없고 서로가 어우러질 수 있는 평화도 깃들 수 없다.

민주사회라는 것은 '차이의 가치(Value of Differences)'를 믿는 바탕 위에서만 가능하다. 여기에는 다른 가치관, 다른 견해, 다른 사상, 다른 신념들을 서로 인정하고 보장할 때 민주주의 사회가 이룩된다. 관용은 민주사회의 초석이다. 우리 사회의 갈등과 마찰의 평화적인 해결과정을 밟는 민주주의 체제에서 타협의 정신과 원칙이 지켜져야 평화로운 사회를 만들 수 있다. 관용의 정신교육이 잘 된 문화국민이라야 민주사회 건설과 인류평화에 기여할 수 있을 것으로 믿는다.

민족의 지도자 김구 선생은 일생의 소원이 문화국가 건설이라고 했다. 일제와의 독립투쟁을 전개하면서 무엇보다도 시급한 것은 민족의 힘을 길러 식민지에서 벗어나는 일이요, 가난을 물리쳐 부강한 나라를 만들어야 할 터인데 김구 선생은 독립만 되면 무엇보다 중요한 게 우리 민족의 높은 문화를 창조하고 사랑하는 국민이 되고 국가가 되기를 소망했다. 나라를 건설하고 통치하는 데 가장 큰 이상을 문화에 두었다. 일제 침략자들과 싸워 이겨야 할 판에 문화에 대해 얘기하는 것은 어느 의미에서는 한갓 배부른 농언弄言쯤으로 지적할 수도 있을 것이다. 정치도, 경제도, 교육도, 궁극의 목표는 문화발전에 있다. 고도의 정치, 높은 국민소득, 양질의 교육을 받은 사람들이 살아가면서 생각하고 만들어 내는 게 문화다. 문화가 한 나라의 정신과 모양새 그리고 나라의 틀을 대표한다. 따라서 문화는 국가 이미지를 높이는 데 큰 목을 차지하고 있는 것이다.

검은 보물인 석유를 캐내는 중동국가들은 돈이 많다. 그들이 벌어들이는 돈은 가히 천문학적인 숫자다. 경제가 인류가 추구하는 최고의 가치라면 수억만 금을 가진 그들을 문화인 · 문화국가라고 치부해야 한다. 그러나 과연 그들을 문화인 · 문화국가라고 부르는가! 아니다.

인류가 추구해야 할 가치는 정신이 깃든 문화 창조다. 정치·경제를 선도해 나갈 수 있는 것은 문화라는 것을 상기시켜 주고 있다. 이 문화는 사람과 그 사람들이 모인 집단(사회단체)에서 만들어 내는 것이다. 그러기 위해서는 국민 한 사람 한 사람이 그리고 각 사회단체가 문화인의 품격과 인격을 갖추어야 한다. 다시 말해서 고운 언어 습관과 법질서를 잘 지키며 정직, 솔직하고 서로를 이해하며 포용하는 관용의 정신으로 세계화와 지구촌 시대에 걸 맞는 건강하고 생명력 있는 문화인으로 거듭 태어나야 할 것이다. 가장 핵심적인 경제 문화자원은 창조적인 사람이다. 창조적인 사람들은 관용이 있는 사회에 모이게 된다. 관용의 또 다른 표현은 개방이다. 이는 시장의 개방만이 아니라 의식의 개방을 뜻한다. 개방이 있기 때문에 여러 다른 종류의 배경과 생각을 가진 사람들이 함께 어울려 대화하고 일할 수 있다. 거기서 창의력이 발휘되고 문화인으로서 품격도 가다듬어지고 문화예술의 꽃을 화려하게 피울 수 있을 것이다. 관용은 창의력의 바탕이고 민주주의의 기본이다.

천 년 묵은 문화재가 무너지려 해도 화재가 나거나 맹장이 터진 환자를 병원에 후송할 때처럼 비상등도 켜지 않고 급하게 느껴지지 않는 것이 문화의 현실이다. 다른 차에 길을 다 비켜 주고 멈춰서 있다가 뒷전에 밀려나는 것이 문화사업·문화행정이다. 경제의 위기는 따져도 문화의 위기는 따지지 않고 있는 것이 현실이다. 문화의 위기는 소리 없이 온다. 아주 서서히 그리고 눈에 띄지 않게 우리 목을 조르는 것이 문화의 위기다. 과거 산업사회의 국가자원은 땅속에 있었지만 미래의 인터넷 디지털 사회의 자원은 인간의 마음과 머릿속에 있다.

"권력은 유한하지만 문화는 무한하다."는 말이 있다. 겸허한 생각을 갖고 문화인다운 품성개발과 창의적인 콘텐츠를 만드는 등 사이버 문화시대에 대비한 문화 비상등을 켜야 할 때라고 보는 것이다. 우리 다 함께 기본이 튼튼한 문화의 나라를 세우기 위해 '21세기 한국 문화인'으로의 꿈과 이상을 펼쳐 나가자.

통일의 대응논리와 국민의 몫

이청준의 소설 『소문의 벽』에 나오는 얘기다. 6·25 당시 한 마을에 낮에는 경찰 세상이 되고, 밤에는 공비들의 세상이 됐던 어느 날 밤이다. 박준이 어머니와 깊이 잠들어 있는데 방문이 열리더니 눈부시게 밝은 전지 불빛이 방안을 비춘다. 그러면서 경찰인지 공비인지 정체를 알 수 없는 불빛 저편의 상대방은 "너는 누구 편이냐?"고 다그친다. 대답하기에 따라 사느냐 죽느냐 운명이 엇갈리는 순간 박준의 정신병이 발작하는 장면을 묘사하고 있다. 필자는 11살 초등학교 3학년 때 6·25를 만나 이러한 경험을 한 세대로서 이 비슷한 기억이 지금도 살아남아 있다.

이런 사람도 있다. 르베르트 폴러첸은 독일 출신 의사다. 1년 3개월간 북한에서 의사로 활동하면서 숱한 참상을 목격하고 충격을 받았다. 북한에서 추방된 뒤 자기의 시간과 돈을 써 가며 북한체제의 실상을 전 세계에 알리는 데 전력을 쏟고 있다. 폴러첸은 탈북자 25명의 기획망명에 참여하여 멋지게 성공을 거두기도 했다. 탈북자들이 주중 스페인 공관으로 난입하자 스페인 본국 정부와 중국 당국, 유엔 난민고등판문관실 베이징사무소, 주중 한국대사관 등과의 접촉 및 교섭활동으로 이뤄졌다.

독일의 통일 전 상황이 그랬다. 동독사람들이 헝가리로 휴가를 나와 부다페스트 서독대사관으로 몰려들어 서독 행을 요구한 것이 1989년 7월이었다. 밀려드는 동독 주민들로 사태가 걷잡을 수 없는 상황으로 치닫자 그해 8월 25일 서독의 콜 총리와 겐셔 외무장관, 헝가리 네메드 총리와 호른 외무장관과 본에서 4자 비밀 회담을 연다. 회담 끝에 헝가리는 동독 주민들의 서독 행을 허용하는 대신 서독은 헝가리에 10억 마르크의 차관을 제공키로 합의했다. 그해 9월 10일 자정을 기해 헝가리 국경을 전면 개방한 지 한 달 동안에만 2만5천 명이 서독으로 탈출했다. 그 후 두 달 만에 베를린 장벽이 붕괴되고 독일은 통일이 이루어졌다.

폴러첸은 자신이 하는 행동의 이유를 이렇게 말한다. 그는 네명의 아들을 두고 있다. 그는 네 아들로부터 "아빠는 어째서 진실을 알면서도 아무 일도 하지 않았나요?"라는 핀잔을 듣지 않기 위해서 행동하고 있다면서 북한이 1989년 동독처럼 붕괴되는 것이 자신의 궁극적인 꿈이라며 엄청난 포부를 밝힌 바 있다.

여기서 유의할 것은 중국은 헝가리가 아니고, 남북한은 동서독이 아니라는 사실이다. 중국과 북한당국이 탈북자들과 그 지원 단체에 대해 대대적인 단속에 나섰다. 하지만 물은 높은 데서 낮은 데로 흐르게 마련이고 구멍이 뚫린 둑은 언젠가 무너지게 돼 있다. 이는 거스를 수 없는 자연의 법칙이다.

그러나 통일문제는 복잡하다. 통일은 남북관계에 대한 갈등과 견해 차이도 있지만 함부로 말할 수 없는 뜨거운 감자다. 부시의 '악의 축' 발언 이후 핵과 대량살상무기 문제 등 한·미간의 견해차, 남북 사이의 갈등과 더불어 남한 내부에 진보와 보수의 남남 갈등이 더욱 상황을 어렵게 하고 있다.

문제는 남북관계의 이중성이다. 안보와 통일의 상충개념이다. 안보측면에서는 전력강화를 해야 하고, 통일측면에서는 화해협력을 해야 하는 이중적·상충적인 문제를 어떻게 조화롭게 풀어나갈 것이냐가 문제다. 국가 중추세력인 젊은이들이 이 문제에 대해 확고한 자기 신념을 갖고 대응할 자세를 가져야 한다.

인류의 역사는 만남의 역사. 우리의 역사야말로 20세기 이 지구상에서 인류가 가꾸어 온 모든 문명과 문화의 양태들이 격렬한 만남을 시도한 최전방의 격전지였다. 그러나 정작 한민족은 한 땅덩이에 살면서도 서로 만나지 못하고 반세기가 넘게 흘러갔다. 나무는 떨어지는 낙엽을 아쉬워하지 않는다. 나무는 그 떨어지는 낙엽을 거울삼아 새싹을 틔울 것만을 준비하며 새 봄을 기다릴 뿐이다. 우리 역사는 분단이라는 20세기 인류 역사의 뼈아픈 죄악의 유물을 가슴에 품고 새 천년 21세기까지 왔다. 우리는 이제 민족의 새 역사를 창조해야 한다.

2000년 6월 14일 오전 11시 20분. 평양 순항공항에서부터 한반도 역사가 새로 쓰여지는 순간이었다. 아니, 세계 역사가 새로 쓰여지는 순간이기도 했다. 반세기만의 남북 정상의 만남은 참으로 역사적인 일이었다. 세계의 주목을 끌었다. 흥분했다. 모두가 감격했다. 남북의 두 정상은 당대 세계 최고의 인기배우였다. 이는 너무나 극적이었기 때문이다.

그러나 기대가 컸던 만큼 실망도 컸다. 지난 50여 년 동안 얽히고설킨 실타래가 그렇게 쉽게 풀어질 거라고 기대했던 게 잘못이다. 그 동안 동족상잔의 55년은 지리적 분단 이상으로 가슴속에 증오와 불신의 깊은 골이 파여 있다. 이를 이해와 믿음으로 바꾸는 일이야말로 평화통일의 굳건한 디딤돌을 놓는 일이다.

김대중 대통령은 남북문제를 다루는 데 있어서 '차가운 머리'와 '뜨거운 가슴'을 함께 지니겠다고 했다. 때로는 냉정하고 이성적으로 때로는 박애와 온정적으로 대응해야 할 때가 있어야 하기 때문이다.

남북 간의 화해와 평화는 아직도 시작 단계에 불과하고 앞으로 실천과정에 많은 문제가 노정될 것이다. 그럴 때에는 조화와 타협으로 문제해결의 본질에 접근해야 한다. 우리는 객관적인 북한관을 형성하고 남·북 사이의 '서로 다름'을 인정하면서도 남·북은 한민족으로서 '같음'을 확대 창조해야 하는 노력이 있어야 한다. 협상을 통해 평화를 구축하는 것은 전쟁보다 힘들다는 것을 명심해야 할 것이다

통일이 민족적 숙원사업인 것은 분명하다. 그러나 통일을 명분으로 민주주의를 앞설 수는 없다. 우리 사회의 주요한 가치인 인권·언론자유·법치주의·사유재산권 등을 희생시킬 수는 없다. 민주주의를 지키기 위해서는 통일을 해야 한다. 북한에 민주주의가 소중함을 전파해야 한다. 우리 사회에 통일이 하나의 이데올로기(기본적인 사상·경향·이념)로 변질되는 것을 경계해야 한다. 통일만 된다면 방법이야 어떻든 체제야 어떻든 무슨 상관이냐는 식의 순교론을 경계해야 한다. 아직 북한의 체제에는 아무런 변화의 조짐도 없다. 북한은 공산주의를 모든 사회적 가치에 최우선시킨다. 김일성 공산주의 주체사상 이데올로기 아래 세움으로써 획일성을 유지한다.

민주주의 체제가 다원적 세력의 다양성을 생명으로 하는 것과는 근본적으로 다르다. 다수의 동의에 의해 움직이는 민주주의 체제 국가는 전쟁을

일으키기 어려우며 또 전쟁하기를 싫어한다. 그러나 공산 체제나 파시즘은 체제의 특성상 한두 사람의 야욕이나 결심에 의해 전쟁을 일으키기 쉬우며 독재 체제와 파시즘은 역사적으로 민주주의 체제 국가와 비교해 볼 때 현저하게 전쟁하기를 좋아한다. 남한·북한이 전쟁을 하지 않고 평화를 가져오는 첩경은 북한이 민주주의 체제로 바뀌어야 한다. 그렇게 되면 민주주의 특성상 평화공존은 자연스럽게 이뤄진다. 지금의 상황에서 북한에 그런 변화가 당장 오리라고 기대하기는 참으로 어렵다. 남쪽은 자유민주주의 체제, 북쪽은 공산 전체주의 체제로 존속하는 한 전체주의 체제의 특성상 남·북간 갈등은 계속될 수밖에 없다. 양쪽 체제를 그대로 두고서 평화롭게 살자는 것은 그래서 허구일 수 밖에 없다.

제대로 통일을 하자면 통일에 대한 확고한 목표가 있어야 한다. 북한을 종합 학문적으로 다뤄야 한다. 정치는 대화를, 경제는 상호이익을, 문화·종교는 교류와 협력을, 국방은 튼튼히 보초를 서서 휴전선을 비롯하여 영해와 영공을 철저히 수호해야 한다. 안보에서는 평화를 지키고(peace keeping), 통일을 지향하는 측면에서는 평화를 만들어 가는(peace making) 대북한관을 확립해야 한다. 우리의 통일원칙은 평화(무력도발 억제), 자주(남북 당사자간 해결), 자유민주주의다.

위대한 정치가 윈스턴 처칠은 "민주주의는 최악의 정치형태지만 민주주의보다 나은 어떤 정치형태도 지구상에 존재하지 않는다."고 했다. 우리의 민주주의가 비록 교과서적인 것에는 미치지 못한다 하더라도 북한 공산주의 주체사상보다는 훨씬 우월하고 정당하다는 사실이다. 이렇게 볼 때 통일이 아무리 소중해도 자유민주주의를 앞설 수는 없다는 것은 자명한 이치다. 우리의 소원은 어디까지나 북한이 자유민주주의가 될 때 통일이 자연스럽게 성취되는 것이다.

대북정책에서 상호주의란 무엇인가? 그 동안 북한에 너무 퍼다 준다거나 일방적으로 끌려 다닌다고 말이 많은 게 사실이다. 남한은 북한에 대해 경제지원을 하고 그 대가로 군사적 긴장완화와 평화공존을 기대해 왔다. 그러나 경제지원은 계량화할 수 있는 반면 긴장완화나 평화공존은 그렇지 못하다. 일정액의 경제지원에 대해 얼마만큼의 상응한 조치를 취해야 상호주의에 부합한 것으로 볼 것이냐는 문제다. 기본적으로 10개를 주고 10개를 받겠다는 것이 상호주의라면 여기에도 문제가 없지 않다는 점이다.

현시점에서 북한을 어떻게 볼 것인가? 문제는 남·북 정상회담 이후 첫째, 북쪽이 방향을 선회했다고 확신하는 사람이다. "더 이상 전쟁은 없다."는 희망적인 수사修辭 이상으로 받아들이며 북한에 의문을 제기하는 데 대해 "찬물을 끼얹지 말라."고 나무라는 사람들이다.

둘째, 첫째의 반대 입장에 있는 사람으로 평양의 드라마는 쇼일 뿐이며 북한의 전략이 변한 것은 없다고 폄하한다.

셋째, 위 두 가지의 중간입장이다. 확신할 수는 없지만 북한을 변화조짐으로 보고 남북관계를 대결에서 화해와 협력의 공존관계로 바뀔 가능성을 읽는 부류다.

여기서 어떤 평가가 올바른 것인지 판단할 근거는 제한돼 있다. 북한 김정일 국방위원장은 "내게 변화를 기대하지 말라."고 했다. 변화니 개방이니 하는 말을 체제붕괴의 음모로 보고 이런 말 자체를 싫어한다. "주체의 모기장을 쳐야 한다."며 외부에서 불순한 사상과 조류가 들어오는 것을 경계한다.

김정일이 언제 올 것인가? 얻을 게 있어야 온다. 북한은 우선 체제유지가 더 급하다. 당분간 오기 어려울 것이다.

1990년 전 방위 외교로 미국·일본·EU국가 등과 외교관계를 수립하고 과거 혁명 전략에서 생존전략으로 변화하고 있는 것이 사실이다. 김정일 상하이 방문 이후 대내적 신사고와 개혁개방을 지향하면서도 금강산 관광문제, 개성공단, 경의선 철도건설 문제 등 대남관계에 있어서 경계를 늦추지 않고 있다. 이처럼 여러 정황에 비춰 보면 변화의 가능성은 있어 보이지만 손에 잡히는 확실한 증거는 없다. 결과는 미래의 몫일 뿐이다.

정치권에서는 그 동안 대북정책에서 상호주의 주장이 일었다. 상호주의를 등가적(가치나 가격이 같음)이고 대칭적(점·선·면의 마주 놓여 있는 경우)인 의미로 이해하는 한 남북 관계의 변화를 기대할 수 있을 것인가. 다른 한편으로 상호주의를 형식적이고 부분적인 것으로 이해해서도 안 된다는 것이다.

대표적인 예로 국가보안법 문제를 들 수 있다. 일부 급진주의자들은 북쪽의 태도에 관계없이 보안법의 폐지를 주장해 왔다. 여기에 대응해 나온 것이 상호주의론이다.

남한의 국가보안법과 헌법의 영토조항과 북한의 반혁명범죄를 규정한 북한 형법 및 대남 적화통일 노선을 밝힌 노동당 규약도 함께 바꿔어야 한다는 주장이다. 북한 형법의 반혁명 조항이나 노동당 규약이 바뀐다는 것은 중대한 변화의 조짐임에 틀림없다. 그러나 여기서 유의할 점이 있다. 북한에서 법이 갖는 의미는 남한에 비해 큰 차이가 있다. 김일성 저작에서 "법은 정치에 복종해야 한다."고 강조하고 있는가 하면 북한의 '재판소 구성법'에서는 "재판소는 조선노동당의 지도하에 활동한다."고 명시하고 있다. 한마디로 북한에서는 법의 지배는 원칙적 차원에서조차 수용되지 않고 있다.

북한 형법 개정과 우리 보안법 개폐를 똑같은 차원에서 놓고 볼 것이 아니다. 노동당 규약은 북한에서 헌법보다 더 높은 위치를 차지하는 만큼 그 개정 여부는 북한의 태도변화를 판단하는 데 중요한 기준이 될 수 있다. 그렇지만 노동당 규약개정이 실현된다 하더라도 그 의미는 전체적인 맥락 속에서 평가해야 한다. 〈도표 참조〉

〈도표〉　　　　노동당　　　　정 치
　　　　　　　　　↑
　　　　　노동당 규약　　　　↑
　　　　　　　　　↑
　　　　　북한 형법　　　　법

보안법 개폐 문제는 형식적이고 부분적인 상호주의에 따라 대응하는 함정에 유의 경계하고 북한의 대남위협에 대한 총체적인 평가 차원에서 판단해야 한다.

올바른 통일을 하자면 우리 내부에 확고한 목표를 가지고 있어야 한다. 우리의 통일이 목적인가 수단인가 하는 점이다. 통일의 목적은 우리 민족이 다 같이 자유와 인권을 누리면서 행복하게 살며 민족번영을 도모하는 것이다. 이러한 민족의 목표달성을 위한 통일은 수단일 뿐이다. 최근까지 우리의 통일원칙은 평화이다. 남북 당사자 간 해결과 민주주의이다. 이는 우리의 확고한 목표다.

남북 정상회담 5개항 공동선언에서 남북당사자간 해결원칙은 들어 있으나 평화와 민주주의 원칙은 빠져 있다. 대북정책에서 상호주의가 의미 있는 것이 되기 위해서는 등가적 대칭적인 것이 아니라 비등가적 비대칭적인 것이어야 하고 형식적 부분적인 것이 아니라 실질적 총체적인 판단

아래 보다 신중하게 다뤄져야 한다.

북한사회의 실상을 알아보자. 북한의 평양 중심권(인구 3백만 명)은 남한의 1980년대 생활수준인데 비해, 비평양 중심권(1천9백만)은 남한의 1960년대처럼 가난한 계층으로 대조를 이루고 있다. 그러면서도 주체사상탑 1백70미터 높이를 자랑하고 개선문(1925년 김일성 빨치산 활동, 1945년 민족해방)의 상징적 건축물이 뜻하는 것은 무엇일까! 국토 포장률은 7~8퍼센트 수준(평양~신포 1백22킬로미터 5시간 소요)이며, 2000년 기준 북한 경제규모는 남한의 27분의 1이다. 아이러니가 아닐 수 없다.

한때 이런 역설적인 얘기가 있었다. 한 쪽에서는 너무 먹는 권력이 등창이 나 있고 반대쪽에서는 뱃가죽이 등에 닿도록 못 먹어서 탈이라는 것이다. 남쪽에서는 누가 검은 돈을 먹다가 잡혀왔느냐가 화두지만, 북쪽에서는 오늘은 뉘 집에서 굶어죽어 나갔느냐로 수군댄다는 것이다. 어느 날 갑자기 남한의 부패와 함께 북한의 가난, 불치병, 핵 찌꺼기까지도 떠맡아야 할지 모르는 일이다.

북한을 다녀온 어느 저널리스트의 표현을 빌면 머지않아 북한은 백치병 환자가 우글거리는 나라로 전락할지 모르는 엄청난 위험성을 안고 있다고 했다. 이것은 차후 통일한국에 있어서 재앙과도 같은 엄청난 부담으로 작용할 수밖에 없다. 영양실조는 그 상태가 장기화될수록 회복의 가능성은 더욱 멀어진다. 매사가 그러하듯이 치료는 예방보다 돈이 더 드는 법이다. 지금 급할 때 도와주는 것과 시간을 끌며 나중에 도와주는 것은 경제적 무능력자에 대한 공적·사적 부조와 비용 부담 면에서 많은 차이가 있다.

여기서 잠시 미국의「마셜 플랜」을 상기할 필요가 있다. 1947년 6월 5일 조지 마셜 미 국무부장관은 하버드대 졸업식에서 제2차 세계대전 후 피폐해진 유럽을 위해 미국의 대대적인 지원을 촉구하는 연설을 했다. 당시 유럽은 승전국·패전국을 막론하고 식량·연료 등 생필품의 절대부족으로 "이런 추위와 굶주림을 견디느니 차라리 전쟁 때 죽은 사람이 오히려 축복을 받았다."고 할 정도였다.

이「마셜 플랜」은 4년에 걸쳐 1백30억 달러, 오늘의 가치로 1천억 달러에 해당하는 원조와 차관을 제공했다. 이것을 놓고 영국의 윈스턴 처칠경은 역사상 가장 숭고한 행동이라고 찬양했다. 이 마셜 플랜은 당시 절망에 빠진 유럽인들에게 희망을 일깨우고 국가 간의 반목을 극복하고 오늘의 EU로까지 발전하는 계기를 만들었다.「마셜 플랜」이 성공하고 평가를 받는 이유는 인도주의적 이상을 바탕으로 하고 있기 때문이다. 마셜 장관의 연설에서도 밝혔듯이 특정국가의 이념에 대항하기 위한 것이 아니라 단지 굶주림·가난·절망, 그리고 혼돈에서 구하기 위한 것이었다.

미국이 쓰고 남아서 도와준 것이 아니었다. 트루먼 대통령은 미 국민의 희생을 요구하며 유럽을 도와주기 위해 닭고기와 계란을 덜 먹을 것을 호소했고 낭비를 없애기 위해 초등학생들에게 접시 깨끗이 비우기 운동을 벌이기도 했다.

유럽 사람들은 지금도 1947년 당시 미국의 도움을 고마워하며 대대적인 기념행사를 하고 있다. 우리는 불과 몇 십 마일 북쪽에 그 당시 유럽보다 더 굶주림과 헐벗음에 빠져 있는 동족을 두고도 모른 체할 수는 없는 일이다.

남쪽의 캐지 않아 웃자란 쑥을 바라보면서 굶어죽는 것을 그냥 두고 볼 수 없는 단순한 이유만으로도 북한을 지원해야 한다.

미국인들은 동족도 아닌 타 국민을 위해 희생을 서슴지 않았는데 우리가 못하는 이유는 우리 탓인가, 북쪽 탓인가. 북한은 지금 남북협력으로 트로이 목마가 되어 남한에 흡수당할 것을 염려하기 때문이다. 북한이 얼마나 더 버틸 것인가는 미지수다. 그러니 더 목을 졸라 질식케 만들자는 주장도 있을 수 있다. 그럴 경우 북한은 전쟁도발이라는 마지막 카드를 들고 나올지 모르는 위험이 도사리고 있다. 그러니 고양이도 쥐를 쫓을 때 도망갈 구멍을 보고 쫓는다는 말을 상기해야 할 일이다.

국제사회(KED:한반도 에너지 개발기구)가 막대한 자금지원으로 북한의 핵개발을 저지했듯이 대북지원은 전쟁의 비극을 막을 수 있는 최소한의 투자라고 보아야 한다.

국방비가 국가예산의 0.7퍼센트(15조 원)로 한반도 평화가 유지되는 것을 보더라도 북한 지원은 제2의 국방비와 평화유지비로서의 기능을 발휘하고 있다고 할 수 있다.

강릉 잠수함 침투사건 등에서 경험했듯이 군사적 긴장고조는 외국인 투자와 해외 관광객 감소, 원화가치 및 주가하락 등 수억 불의 손실을 발생시켰음을 볼 때 북한 지원의 대가는 국제사회로부터 나올 수도 있다.

우리가 1년에 음식물 쓰레기로 버리는 것이 8조 원이다. 이를 10퍼센트만 줄이면 약 8천억 원이다. 이 돈은 지난 3년 5개월간 북한 지원 금액 연평균 1천1백6억 원의 7배에 달한다.

참고로 동독사회에 자유의 바람을 일으켜 베를린 장벽을 무너뜨린 서독의 예를 보면 연평균 32억 불(GNP의 0.252퍼센트)을 지원하였다. 유엔은 인류 공존공영을 위해 각국 GNP의 0.7퍼센트를 대외 원조토록 권고하고 있다. 돈으로 평화를 살 수 있다면 사는 것이 더 경제적이다. 안보를 위해 사들이려는 F-15K 라팔 전투기 1대 값이 1억 불이다. 국가신용평가 해외 기관들이 한국 신용등급의 가장 중요한 변수는 남북관계라고 지적했듯이 대북지원은 곧 국가 경쟁력이요 평화유지의 한 방책이라 할 수 있다. 따라서 대북지원을 통해 한반도 평화를 보다 적극적으로 만들어 가야 한다. 다만 실사구시의 원칙 아래 줄 것은 주고 받을 것은 받아내는 물적 인적(이산가족 상봉 등)교류확대가 이뤄져야 한다. 우리의 한 끼 식사 값 5천 원이면 북한 주민 한 사람이 한 달간 생명을 이어갈 수 있다고 한다.

몇 년 전에 북한 주민을 위한 '금식의 날'이 있었다. 국내 26개 도시를 비롯해 세계 36개국 1백7개 도시에서 펼쳐졌다. 참가자 중에는 요한 바오로 2세 로마 교황, 지미 카터 전 미국 대통령, 티베트 망명 지도자 달라이 라마 등이 참여했다.

국내 6개 종교단체를 중심으로 94개 시민단체가 참여하여 북한의 실상이 알려진 후 최대행사였다. 1백억 원의 목표를 갖고 세계 유명인이 다수 참여했지만 상징적 의미일 뿐이었다. 목표액의 대부분은 우리 동포들의 몫이었다. IMF 이후 우리 현실도 궁핍했지만 한 끼를 굶고 빈자의 일등을 밝히는 마음으로 북한 동포를 생각하는 기회를 가졌던 것으로 기억한다.

부처님이 아세사왕에게 설법 후 기원정사로 돌아가는 길에 수많은 등불이 길을 밝혔다. 그 중에서도 가난한 여인(難陀)의 등불이 마지막까지 불을 밝혔듯이 '빈자의 한 등'으로 한 끼 금식의 정성이 모아져 북한 동포에 전해질 때 민족의 동질성을 확인할 수 있는 게 남한 국민의 몫이 아닐까 생각한다. "장차 얻으려면 먼저 주라(將欲奪之 必故與之)."라는 노자의 혜안을 빌릴 만하지 않은가.

남북통일은 아직 오리무중이다. 안개 속에 가려 앞을 볼 수 없는 것과 같다. 서독 언론인의 말처럼 "내 생전에 통일의 날이 오리라고는 기대한 적이 없다. 내가 품어 온 꿈은 동과 서, 이산가족이 서로 만나고 싶을 때 만나는 조촐한 것이었다."고 회고한다. 통일의 노래를 부르지 않았던 서독인에게 1990년 10월 3일 갑자기 통일이라는 선물이 선사되었다.

역설적이지만 서독의 통독정책은 대화에만 만족하는 것이었다. 그것은 통일이 가능하지 않다고 생각하였다. 그래서 대화와 만남의 수준에만 묶어두려 했다. 서독이 통일을 포기한 마당에 동독이 두려워 할 것은 없었다. 동독은 서독과의 대화와 이산가족 상봉 그 자체로 끝날 것으로 단순하게 생각하는 착각에 빠졌다. 그러나 그것으로 인하여 서독사회의 정보가 동독사회로 퍼져나갔고 자유의 이념이 확산되었다. 그러한 정보와 이념이 공산주의의 허구성을 노정시키면서 동독의 공산체제를 그 안에서 와해시켜 어느 날 갑자기 통일이 이뤄진 것이다.

북한의 기득권 세력은 민주주의 체제와의 대화가 대화로 그치지 않고 혁명을 낳는다는 사실을 독일 통일과정에서 깨달아 알고 있다. 평화적 체제경쟁에서 패배할지도 모르는 위험성 때문에 북한은 어떤 다른 길을 모색할지도 모른다.

한민족의 분단으로 견딜 수 없는 고통과 시련으로 가득 찬 비정상의 상태가 지속되고 있다. 역사의 반전은 잔인하다. 독일이 평화적 통일을 먼저 달성했기 때문에 한민족의 독일식 통일이 어려워지고 있다고도 한다. 또한 통일에 대한 바람이 너무 강렬하기 때문에 더 멀어지고 있는지도 모른다.

"우리의 소원은 통일/꿈에도 소원은 통일/이 나라 살리는 통일/이 겨레 살리는 통일/통일이여, 어서 오라."고 노래했다. 우리는 이러한 현실을 정확히 파악하고 분석하여 분단의 고통을 인내하는 정신력을 키워 나가야 할 것이다.

남북 정상회담으로 잠시나마 6월이 '비극의 달'에서 '희망의 달'로 바뀌고 분단에서 통합으로 이 시대의 화두가 되는가 했다. 그러면서 북한과 김정일 바로 알기 열풍이 불었다. 이것은 우리가 지금까지 북한 내부사정과 문제 그리고 김정일에 대해 너무 모르고 지내왔다는 얘기다.

분단에서 통합으로 가는 길은 아직 멀고 험하다. 반세기 넘게 우리 마음속에 자리 잡고 있는 분단의 벽을 헐어 버리기 위해서는 한민족으로서 문화 정서적 이해와 동질성을 먼저 회복해야 한다.

탈북한 아버지를 따라 신의주에서 월남한 재영이는 서울 모 중학교에 입학하여 학교생활에도 잘 적응하였다. 하루는 재영이 아버지가 담임선생님을 집으로 초대하여 6시에 교문에서 재영이와 만나기로 약속했다. 그러나 교무회의가 길어지는 바람에 30분이나 늦게 나온 선생님이 재영이에게 전후 사정을 얘기하고 미안하다고 말했다. 그런데 재영이는 얼굴을 붉히며 "선생님, 일없습네다."하였다. "선생님이 사정을 얘기하고 사과했는데도 재영이가 버릇없이 군다."고 생각했다. '일없습니다.' 이 말은 북한에서는 '괜찮습니다.'인데 이 말을 모르고 재영이를 오해한 선생님은 나중에 재영이 아버지를 만나 얘기하면서 알게 되었다는 것이다.

또한 우리들의 잃어버린 말(단어)들이다. "동무 따라 강남 간다."는 속담은 "친구 따라 강남 간다."로 변했다. 1960년대만 해도 동요 속에 남아 있던 동무란 단어는 이젠 완전히 자취를 감췄다.

요즘 아이들은 벗을 동무라고 부르지 않는다. 순우리말인 동무가 사라진 빈자리에 한자어인 친구가 들어앉아 있다. 강릉에 침투한 무장공비 이광수가 말했듯이 "남한사람들의 '오케이'라고 말하는 것만 들어도 기분이 나빠진다."는 북한 주민들의 문화정서가 바로 지금까지 분단의 장벽이 만든 아이러니다.

대한민국은 민주공화국이다.(헌법 제1조) 그러나 공화국의 구성원인 자연인을 뜻하는 인민은 우리 사회에서 금기시되는 단어로 전락한 지 오래다. 북한에 주체사상이 등장하면서 주체라는 말도 같은 신세가 됐다. 우리 사회에서 인민은 국민으로, 주체는 자주로 자리바꿈 했다. 인민이든 주체든 낱말이 지니는 함축적인 의미가 무엇인가를 알고 써야 한다. 남북한 공히 살아 있으되 죽은 거나 다름없는 낱말들에게 생명을 불어넣어 줘야 한다. 남한 말과 북한 말의 차이는 김일성 교시로 '문화어'가 만들어지면서 크게 달라졌다. 앞으로 언어학자·종교인·예술인들의 많은 교류를 통해서 언어와 문화예술의 동질성을 회복해야 할 것이다.

북한의 모든 사회생활은 조선노동당 조직생활로 이뤄져 있다. 유치원에서부터 어버이 수령을 노래하며 시작된 이런 조직생활은 만 7세가 되면 조선소년단에 입단한다. 14세에 사회주의 청년동맹에 입단하여 30세까지 활동하고 계속해서 직장단위로 노동당 활동에 참여하게 된다. 입당하지 못한 성인의 경우 김일성 사회주의청년동맹, 직업 총연맹, 농업근로자동맹, 여성동맹 등 외곽단체에 가입하게 된다. 따라서 북한에서는 부모형제들의 혈연관계를 기초로 구성된 가정생활과 수령·당 인민의 대중관계를 중심으로 이뤄지는 대가정의 통제체제로 구성돼 있다. 가정생활에서 육체적 생명을 준 아버지와 사회 정치적 생명을 준 수령을 섬기는 조직으로 꼼짝 못하게 얽혀져 있다.

이에 비해 남한은 사회생활의 일부로서 정당에 가입, 정치활동을 하기도 하지만 대개 정치와 무관한 취미·친목·종교 활동 등 자유로이 단체 활동을 하기도 하고 하지 않을 자유를 갖고 있는 것과는 전혀 다른 세상이 북한의 현실이라는 것을 알아야 하겠다.

통일을 다지는 초석은 어떤 외부적인 것보다는 우리들의 마음속에 단절된 문화 정서적인 것부터 하나하나 통합과 어우름이 있어야 할 것이다. 분단의 세월 동안 6천만 민족에게 드리워진 마음의 그늘에서 벗어나려는 노력이 어느 것보다 우선되어야 한다. '마음의 분단'을 털어내는 것이 우리 모두의 몫이다.

통일은 단순히 분단된 국가가 하나가 되는 것이 아니라 이질화된 민족이 동질화되어 민족 공동체를 재구성하는 과정이다. 이 과정에서 법적 제도적 통일을 통해 국가를 합치는 것보다 먼저 민족의 문화정서적 재통합을 이루는 것이 더 많은 노력과 시간이 필요한 작업이라고 본다.

결론적으로 대북 정책에서 네 가지 중요한 요소는 ①자유민주주의에 입각한 평화적 통일의 추구이고, ②남북 간 무력충돌을 피하는 긴장완화이며, ③동포애에 입각한 구호지원과 북한의 개혁과 개방을 위한 교류협력이고, ④이러한 목적추구를 위해 미국 등 우방국과 긴밀한 공조체제를 유지하는 것이다. 앞으로 통일 추진방향은 보다 많은 접촉과 보다 더 많은 대화와 협력을 추구하는 소박한 것으로부터 시작되어야 한다.

우리는 3분란紛亂 시대에 살고 있다. 3분란(the three 'S')이란 선거의 선택(selection), 평창 동계올림픽(sport)과 문란한 성 문제(sex)이다. 3분란 문제를 극복하고 30, 40대 중추세력들이 국가 중심세력으로서 확실한 통일 대응논리로 무장하여 국민의 몫을 다한다면 통일은 다소 앞당겨질 것으로 믿는다.

■ 참고문헌

「이 아름다운 생명을」 안병욱 自選에세이集 어문각

「轉換期의 哲學」 鄭 璇 지음 福音文化社

「로마인 이야기」 시오노 나나미 지음 김석희 역 한길사

「역사란 무엇인가 WAHT IS HISTORY」 EDWARD HALLETT CARR 著 三志社 編輯部

「로마제국 쇠망사의 교훈」 EDWARD GIBBON 著 金永振 譯

「10년 후 한국」 공병호 지음. 해냄사

「바닷길은 문화의 고속도로였다」 「동아지중해와 한민족 해양활동사」 윤명철 지음 사계절출판사

「사랑과 행복의 사회학」 姜凡牛 지음 미리내

「쓰러지는 갈대, 바람의 노래여」 정순재 글 · 그림 카톨릭출판사

「한국현대사의 이해」 이주영. 이대근. 이동복 외 경덕출판사

「여성은 미래생명공동체」 영산원불교대학교 여성문제연구소 제작

■ 참고자료

동아 · 조선 · 중앙일보

전남 · 광주 · 전북일보 등 기타 신문, 잡지

한국이여! 깨어나라
Wake up Korea!

초판인쇄일 | 2008년 9월 11일
초판발행일 | 2008년 9월 19일

지은이 | 이당재
펴낸이 | 金永馥
펴낸곳 | 도서출판 황금알

주간 | 김영탁
실장 | 조경숙
편집 | 칼라박스
표지디자인 | 칼라박스
주 소 | 110-510 서울시 종로구 동숭동 201-14 청기와빌라2차 104호
물류센타(직송·반품) | 100-272 서울시 중구 필동2가 124-6 1F
전화 | 02)2275-9171
팩스 | 02)2275-9172
이메일 | tibet21@hanmail.net
홈페이지 | http://goldegg21.com
출판등록 | 2003년 03월 26일(제300-2003-230호)

값 15,000원

ISBN 978-89-91601-59-8-03810